慕义 著

下册

青岛出版社
QINGDAO PUBLISHING HOUSE

第八章

醋坛子

第二天，周孟言和阮烟从月心湖湾回到市区。因为是周末，阮烟在家里休息了一天，周一才回到剧团。

早晨，阮烟走进排练厅，刚好撞到了导演张晋。张晋看到她，面带笑容地打招呼："阮烟，来啦。"

"张导好。"

"吃早饭了吗？"张晋关心地问。

"吃了。"

张晋笑笑："排练还没开始，你可以先在旁边坐一下。我们今天会把十四号的戏重新排一次，具体情况等一会儿再说。"

重新排一次是什么意思？

"好。"

"去吧、去吧。"

张晋离开后，阮烟坐到前排的观众席上，温习了台词。过了一会儿，演员逐渐到齐，晏丹秋也来了。

几个演员坐在一起聊天，说起前两天情人节的事。有人打趣晏丹秋："情人节那天，你的未婚夫接你去哪儿'浪漫'了啊？"

晏丹秋想起那天晚上的事情，很烦躁，但仍然面上带笑："他带我去商场吃了饭，又看了电影。这些活动是他提前安排的，我原本打算随便过就好。"

其实她很早就和未婚夫说，想去月心湖湾过节。听别人说那边的风景特别好，如果晚上能在那边住，肯定很浪漫。可是那天两人开了将近一个小时的车去月心湖，工作人员竟然说那晚景区关闭，不对外开放。

晏丹秋气他不提前做好"功课"，白跑了一趟。两个人又饿又累，回到市区，发现到处都是人，吃饭排了两个小时队，连电影也没看成，最后闹得很不愉快。

有别的演员说："挺好的，我老公给我做了一桌子的菜，简简单单地过了节。"

"你老公是居家好男人嘛。"

"对了阮烟，你和你老公去哪里过节了啊？"她们看向阮烟。

阮烟莞尔："我们去了月心湖湾。"

晏丹秋震惊。

"怎么可能？月心湖湾那天晚上没对外开放。"晏丹秋质疑的话脱口而出。

"啊？"

"我未婚夫了解过，情人节当晚月心湖湾闭园了，你怎么进得去？"晏丹秋翻了个白眼，这人比自己还会装，没想到会被拆穿吧？

阮烟闻言，笑了笑："那晚月心湖湾确实不对外开放，我先生包下了那里，景区里只有我们两个游客。"

晏丹秋的表情僵了。

情人节的第二天，周孟言带她在月心湖湾里吃早餐，顺便告诉了她这件事。她本来不喜欢把这种事告诉外人，但是刚才晏丹秋明显就是在挑衅。阮烟也不是好欺负的人，受不了某些人踩在她的头上，拐弯抹角地讽刺她。

旁人听到后，羡慕地说："阮烟，你们过节也太浪漫了吧！你的老公真爱你。"

"果然，我们和有钱人生活在两个世界啊。"

晏丹秋的脸气成了猪肝色。

过了一会儿，导演助理过来通知晏丹秋和阮烟，让她们去一趟。

两人被叫到张晋和副导演面前。张晋说要把剧本改回去："我们回去讨论了一下，二姨太把香丽赶出家门的那段戏，还是用原来的剧本。二姨太生无可恋地让香丽离开，省去那些愤怒和谩骂的动作。"

晏丹秋震惊地说："又改回原来的版本？！"

"嗯，有什么问题吗？"

晏丹秋疑惑地问："赵编剧今天不在吗？"

"对。"张晋看向阮烟，"赵编剧最近身体不适，请了一段时间的假，接下来她都不会出现在剧团了。"

晏丹秋满脸疑惑之意。

于是阮烟和晏丹秋又对了一遍戏。这一次，推打的动作只剩下一处，阮烟摔倒的戏也被去掉了。

晏丹秋隐隐约约地觉得有点儿奇怪，但也不敢问。

排练开始前，《静湖》的制作人陈康突然来到了现场。制作人是话剧团队中权力最大的人物，统领全局。平时排练，有导演在场就够了，但是今天不知为何，制作人也来了。

陈康先和几个导演沟通了一下，然后去见了几个主演。

跟陈康打完招呼后，大家陆陆续续地散去了。晏丹秋却被陈康叫住了："丹秋，有些事我和你说一下。"

"好的。"

晏丹秋见陈康只留下她，以为他要对她说些什么重要的话，满怀期待。排练厅只剩下他们两人时，陈康看着她，问："丹秋，你之前参演过一些我制作的剧，对吧？"

她笑着回答："是的。"

陈康冷冷地说："如果以后你还想参演我制作的剧，就要老实一点儿，不要在私底下做一些小动作。"

晏丹秋的心一沉："这是什么意思？"

"有些人不该招惹，你千万别去招惹，否则你担不起那个后果。"

"陈制作人，我不明白你在说什么。"

“阮烟。”他索性挑明了，“这下听懂了吗？”

过了半晌，她点点头，毕恭毕敬地道：“我听懂了。”

“别再给我招惹什么麻烦。”

陈康离开后，晏丹秋震惊地瞪大眼睛，没想到阮烟背后的势力竟然这么厉害！她想起那天排练，自己故意借着那场戏，发泄了对阮烟的不满之情。没想到这件事竟然传到了制作人的耳中……所以赵月没到场，很有可能不是请假，而是因为那天改了剧本，惹怒了阮烟或者是她背后的人。

晏丹秋突然想到，难不成这些都和阮烟的老公有关？

张晋正在指导道具组和灯光组工作，刚和晏丹秋聊完的陈康走了过来，压低声音说：“别再出什么幺蛾子，赵月就是第一个。”

张晋的脸色微变，他点点头。

演员上台后，阮烟站在右侧等候。排练开始前，张晋走了过来，对她道：“阮烟，平时排练得太久了，如果觉得眼睛不舒服，就提出休息。我们会照顾每个演员的感受。”

“嗯，好……我没事。”

“不要觉得不好意思啊，身体最重要。”

张晋笑眯眯地走了，阮烟在心里寻思：周孟言到底在背后和那群人说什么了……

早晨，阮烟和晏丹秋按照新的剧本开始排练。晏丹秋对阮烟的态度发生了一百八十度的大转变，就差没把“阿谀奉承”四个字写在脸上了。

晏丹秋没再搞小动作，排练十分顺利。下午的排练没有香丽的戏份，张晋就让阮烟提前回去休息。

阮烟去做了针灸，在叶青的带领下回依南公馆。

路上，阮烟正闭着眼浅睡，突然接到一个电话——仲湛静打来的。

“喂，湛静姐？”

仲湛静站在办公室的玻璃窗前，听到阮烟的声音，心里渐冷，声音却很温和：“阮烟，你现在在忙吗？不会打扰你吧？”

"我有空，怎么了？"

仲湛静笑了笑："其实这几天我一直不好意思联系你，担心你还在生气。"

"啊？"

"就是赵月改剧本的事。我知道孟言很生气，你是不是也怪我了？抱歉，其实我也不知道这件事。赵月的性格就是这样，她在工作上很严格，其实没有其他意思，你千万别误会。"

阮烟看着窗外的日光，过了半晌，道："嗯，我没误会。"

"你们俩都是我的朋友，说实话搞成这样……很难看，我在中间左右为难，赵月也觉得委屈，那天到我家还哭了好半天，说真的不是有意的。"

阮烟一时不知道说什么。

"孟言会那样做，应该也是因为担心你，但是他这样让我很……"仲湛静垂下眸子，"不过，事情过去了就算了，我只是希望你不要再生气了。"

阮烟闻言，淡淡地应了一声，然后挂了电话。

阮烟放下手机，沉思了一会儿，忽然开口了："叶青姐，你会相信自己的第六感吗？"

"会啊，女人的第六感往往挺准的。"叶青转头看向她，"怎么了，太太？你是不是有什么心事？"

"你觉得情人节那天，赵编剧在针对我吗？"阮烟也不知道自己到底是不是想多了。

"太太，你想听实话吗？"

"你说。"

"其实明眼人都看得出来她在针对你。只是谁都不会提出来，因为你只是一个小配角，没有人会为你说话。"

阮烟莞尔："很真实。"

叶青疑惑地问："只是我不明白她为什么要针对太太？你和她都是仲女士的朋友。就算抛开这些因素，你跟她没见过几次，她为什么要这样？"

这也是阮烟心中的疑惑之处。刚才，仲湛静和阮烟打电话时，全程都在说自己有多为难、赵月有多委屈，搞得好像是阮烟做了什么对不起她们的事。

末了，叶青道：“太太，反正现在周总已经解决这件事了，你就别再纠结了，自己开心比什么都重要。”

阮烟放下手机，合上眼点了点头。

晚上，阮烟没练习话剧，而是去了游戏室，陪可可玩，让自己放松一下。接下来没有阮烟的戏了，她可以好好地休息几天。

周孟言忙完后，走出家中的会议室，下楼去拿他今晚让厨师做的芝士摩卡蛋糕。

阮烟正在给可可顺毛，就听到了敲门声。她应了一声，门被推开了，她看到了那抹熟悉的身影，知道来的人是周孟言。

男人走上前，然后坐到她旁边：“要不要吃甜品？”

“甜品？什么呀？”

“芝士摩卡蛋糕。”

阮烟顿时坐直了身子，挑起眉毛：“要。”

男人握住她的手，然后把盘子和叉子放进她的手里。阮烟看了蛋糕的模糊轮廓一眼，叉了一块，送到嘴边，谁知上头的奶油一下子粘到了她的鼻子上。

周孟言抽了张纸巾，帮她擦拭：“怎么这么笨？”

她气鼓鼓地说：“你也试试闭着眼睛吃一口。”

周孟言抽走了她手里的盘子。两秒后，她听到他说：“张嘴。”

她照做，周孟言将一块蛋糕送入她口中。意识到他在喂她，阮烟羞涩地拒绝：“我自己吃就好。”

他沉声说：“烟儿能让我献个殷勤吗？”

她又听到他叫她“烟儿”了。她以为只有在长辈面前，他才会这样亲昵地称呼她。熟悉她的人，会叫她“烟烟”，长辈也会这么唤她。只有周孟言叫她“烟儿”，仿佛是他对她独特的爱称。

旁人若听到这话，必定会感到惊讶，谁能想到有权有势的周孟言，竟然会问别人能不能献殷勤？

阮烟没再拒绝，周孟言就一口一口地喂她。

他忽然提到一件事：“后天我在 F 大有个活动。”

“什么活动？”

“一个全省高校联盟举办的大学生金融交流会。”

“嗯。”

这次金融交流会的举办地点在金融专业全国排名前列的 F 大——阮烟在读的学校，一共有 20 所高校的学生前来参加。F 大作为这次活动的举办方，用了各种方法才联系到周孟言，让他同意去做演讲。他是交流会重量级的嘉宾之一。

阮烟作为金融专业的学生，听到有这个活动，也很激动：“哇，我也想去，只可惜我现在没上学……”她还在休学中。

“想回学校看看吗？要是想去，我就带你去。”

阮烟惊讶地问：“带我一起？”

“嗯，到时候我去忙，你可以找同学玩。”他想，她在家待着也闷，不如带她回校园走走。

想到大学的室友最近一直说想见她，阮烟开心地点头：“好呀。”

两天后的早晨，阮烟和周孟言乘车进入 F 大的南门。

今天，学校要举办金融交流会，还要迎接来自各个高校的学生，校方隆重地布置了一番校园。学校里到处都是志愿者，在进门处超大的 LED 屏幕上，滚动播放着金融交流会的宣传片。

车子驶进学校后，阮烟给室友打了个电话，想问问她们在哪儿。然而三人像约好了似的，没接电话，也没回复宿舍微信群的消息。

她昨天提前和室友们说了，今天会回学校，只是没有提到周孟言。

室友们知道周孟言，很多人来参会都是为了来看他的演讲。

阮烟一直没有把结婚的事情告诉她们。她想低调点儿，毕竟学校里容易传播流言蜚语。她出车祸休学后，已经听到了不少议论的话。

车停在篮球场旁边的露天停车场，后面就是教学楼。周孟言下了车，带着她走下来。

阮烟刚踏下车，包里的手机振动起来。她拿出手机，周孟言看了屏幕上面的名字一眼，告诉她：“羊霂。”羊霂是阮烟的室友之一。

阮烟接起电话："喂，霂霂……"

"你到学校了吗，二哥？"

阮烟宿舍有四个人，她们以大哥、二哥、三哥、四弟为外号，阮烟排行老二。

"我到了，我应该就在……"周孟言转头看了教学楼一眼，提示了一下。阮烟道："教学楼 B 楼前面的停车场。"

"这么巧，我们几个刚从食堂出来，马上就到停车场了。你在那边等我们啊！三十秒！"

"嗯。"

羊霂挂了电话，阮烟慌了。周孟言看着她："怎么了？"

"那个，我室友马上就要来找我了。"

她暂时还不想让她们知道她和周孟言的关系啊！她现在跑还来得及吗？等等，她看不见啊，往哪里跑才好……

男人看到从篮球场的拐角处走来三个女生："你的室友里……有人背一款粉红色的小猪形状的书包吗？"

粉红色的猪……小猪佩奇？她记得那是四弟背的！

周孟言看向她，淡淡地问："慌什么？"

她慌得整张脸都红了："能不能先让我回到车上？"

周孟言看她不知所措的模样，立刻猜到了原因。

阮烟不知所措地站在原地，几秒后就听到身后的门被打开了。周孟言护着她的头，把她塞进车中，然后关上了车门。

三个室友环顾了一圈停车场，没看到人影，有点儿疑惑。突然有个人指向前方："我看到了谁？！是周孟言吗？"

"好像真是他！"

三人格外激动，毕竟能见到梵慕尼的总裁是很难得的机会！

周孟言身着笔挺的西装，长身而立，远远望去，显得气质卓越。

三人感觉到那气场，不敢多看，赶快溜了。

车里，刚松了一口气的阮烟接到了羊霂的电话："二哥，我没在停车场看到你啊？"

还好她们没看到她。

“我……我往前走了一点儿。没事，你们去教学楼门口等我吧。”

“行，阮烟。等一会儿我们告诉你，刚才在停车场看到谁了！我现在激动死了！”

阮烟想，不会是周孟言吧？最后，她挂掉了电话，放下手机，听到车门被打开了。

“她们走了。”男人温润的嗓音传进了阮烟的耳朵。

阮烟闻言，耳根泛红：“嗯。”

周孟言向她伸出手。她牵着他，想借着周孟言的力气走出车门，然而周孟言突然一拉，她失去重心，撞进他的怀中，闻到一股清新的雪松木香。

她的腰被男人紧紧地揽住，心跳也乱了。

男人用低沉的声音问：“周太太，我就这么见不得人吗？”

阮烟闻言，小声地否认：“不是、不是……”

主要是周孟言太优秀，她怕室友承受不住，太激动，把这个消息传遍学校，那她就彻底完了。见他迟迟不松开搂着她腰的手，阮烟觉得皮肤发烫，生怕又碰到熟人，想推开他：“孟言……”

这声音软得像撒娇。

周孟言附在她的耳边问：“不想让别人知道我们的关系，嗯？”

阮烟欲哭无泪，嗫嚅着说：“你今天要演讲，我觉得还是低调点儿比较好……”

“那你打算装作不认识我？”

“嗯……”阮烟心想：你可太聪明了。

周孟言见她真的不想被人看到和自己在一起，松开手不再逗她，恢复了平常的声音：“现在打算去哪儿？”

“我去找室友。”

“让叶青陪着你过去，你有事和她说。演讲结束我再联系你。”

“嗯，那你去忙吧。我没问题的。”

阮烟和他道别后，被叶青带去了前面的教学楼，找到了在花坛前的三个室友，让叶青暂时离开。

阮烟慢慢地朝她们走去。三人正在吃早餐，看到她，愣了两秒，飞

快地冲过去：“烟烟！”

室友走到了阮烟的面前，说：“好久不见，甚是想念啊！”

四人都笑了。室友们拉着阮烟坐下。

“你的眼睛怎么样了？今天怎么来学校的啊？”武方雅问。她是宿舍里年龄最大、身材最为“魁梧”的知心姐姐，大家都叫她大哥。

“眼睛快复明了，今天是……家里人陪我来的。”

“烟烟你吃早餐没有？”四弟窦琼把小猪佩奇的书包打开，“我有你爱吃的小饭团，来一个？”

她们知道阮烟最爱的早餐是二堂的小饭团。阮烟虽然吃过早餐了，但仍莞尔：“好呀。”

“你有水吗？我给你倒一杯。”羊霂道。

看大家这么关心她，阮烟很感动。她很庆幸，在大学里遇到了三个好室友。因为从小和阮灵的关系不太好，所以她有点儿害怕和同住一个屋檐下的女孩儿相处。她会怀疑是不是自己性格不好，不招人喜欢。刚上大一时，她心里很忐忑。

记得上大学第一天晚上，四个室友对彼此都不熟悉，只客客气气地说了几句话，很早就上床睡了。但是后来大家熟了之后，就经常一起点外卖、打游戏、旅游……相处得很融洽。阮烟知道，在其他宿舍，室友之间的关系不一定融洽，有三个人联合起来排挤另一个的，也有四人都玩不到一块的。但是她们四个，就像亲姐妹一样。

大家聊到了阮烟的眼睛：“你上个学期不是没上学嘛，好多人都知道你出车祸了，有好几个仰慕你的男生跑来我们班打听。”

窦琼说：“之前隔壁班有个女生在班里谈论你，说了些难听的话。后来我们知道了，就直接在年级群里反驳她，弄得她不敢还嘴。”

阮烟无奈地笑了笑：“不用和那些人计较。”

“气死我了，好讨厌这些爱打听的人。”

武方雅道：“烟烟，你今天早晨有没有其他的安排？”

“没有。”

羊霂拉住阮烟的手：“那你和我们一起去金融讲座吧？让你一个人待着我不放心。你和我们一起去见男神吧！”

"男神？"

"周孟言啊！他是梵慕尼的总裁，我刚才和你说看到的人就是他啊！他本人比照片上还帅，我们金融界竟然还有这种帅气的男人！爱了。"

武方雅翻了个白眼："这次过去主要是听人家的讲座，你是去看脸吗？"

羊霂："对啊！我可以发朋友圈炫耀这件事了！就这么一次能看到周孟言的机会，以后想看都不行。烟烟，我说得对吧？"

阮烟心虚地点头。

羊霂站起身："走，我们四个一起去！"

于是阮烟被室友拉去了金融交流会的现场。今天早晨，交流会的第一项活动内容就是周孟言的讲座。

讲座的举办地在学校的文体中心。文体中心可容纳将近一千人，来自各个学校的金融专业的学生都在这里。

因为阮烟休学，这里没有她的座位，所以武方雅联系了班长。刚好班里有个同学请假，阮烟可以坐这个同学的位子。

四人坐在一排。好几个同学看到阮烟感到惊讶，纷纷上前打招呼。

有几个女生坐在角落，一边玩手机，一边小声地讨论起来："阮烟怎么回来了？不是还在休学吗？"

"人家是学霸，今天交流会想回来看看吧。"

"你看我们班好多男生都凑上去了。"

有人嗤笑了一声："隔壁班的团支书之前不是喜欢阮烟吗？我前段时间听他的室友说，他有女朋友了。女朋友说他瞎了眼才会喜欢一个瞎子，笑死我了。"

"你说话可小心点儿，别被人家听到了，小心人家带着追求者来找你。"

"那怎么办，我好怕啊？"

几人忍不住笑了。

九点半，活动正式开始。

主持人上台，请学校的副校长和金融学院领导致辞，然后终于到了

众人翘首以盼的环节——周孟言的演讲。

周孟言走上台，台下爆发出热烈的掌声。闪光灯咔嚓咔嚓地闪着，众人把目光汇聚在他的身上。他穿着一身熨烫妥帖的西装，修长的西裤包裹着笔直的腿，身材高挑，让人过目难忘。他戴着一副金边眼镜，鼻梁挺拔，长相斯文，气质清冷，令人觉得难以靠近。

阮烟看着台上那抹模糊的身影，听着周围的室友、同学激动兴奋的声音，顿时红了脸。

这是一种说不清楚的微妙的感觉。

羊霖捧着脸，超级激动："周孟言看起来怎么这么斯文、有禁欲感？是不是女生站在他面前，他都毫无感觉？我动了邪念了。"

阮烟正在喝水，喀喀喀……

"没事吧？你喝慢点儿。"

窦琼凑了过来："阮烟，你的脸怎么这么红？"

"哦，阮烟你是不是也……"

阮烟立马否认："没，就是有点儿热。"

只是她听到"禁欲"两字，就不经意地想起一些少儿不宜的画面。

周孟言不配这两个字！

男人走到讲台上，开始讲话。话筒里传出他低沉好听的声音，所有人的注意力都被吸引了。

阮烟的班级分到的位置在后排，大家只能通过实时投影直播屏看到周孟言的脸。阮烟想，既来之则安之，还是和他们一起听吧。她听着听着，逐渐被男人所讲的内容吸引了。没想到工作中的周孟言，这么有魅力。

过了一会儿，阮烟感觉有些口渴，去摸刚才放在座位底下的水。然而她一动，膝盖上的小包就掉落在地，拉链没有拉紧，里头的东西掉了出来。

"我帮你捡。"羊霖弯腰拾物，突然看到一个首饰盒，"这是什么啊？"她无心地打开，看到里面的东西，顿时大吃一惊，"我的妈——钻戒？！"

阮烟感觉自己的脑子像被狠狠地砸了一下。她特意把戒指摘了下来，没戴在手上，怎么还是被发现了。

羊霂的声音吸引了周围人的注意，窦琼和武方雅凑了过来，看到这枚漂亮的钻戒，惊呆了。

“你包里怎么放着一个戒指啊？”

“你什么时候买的钻戒啊？”

“阮烟，你这是什么情况？”

大家闻声凑了过来，阮烟红着脸，想着可能越隐瞒暴露得越快，就干脆承认了：“我结婚了，这个是婚戒。”

“结婚？”

“你什么时候有男朋友的啊？我们才一个学期没见，你逗我呢？”

阮烟吞吞吐吐地道：“暑假刚谈的男朋友，他年纪到了，家里人催，就……就提前领证了。”

阮烟越说越觉得羞耻。

“厉害啊，烟烟。你毕业证没领，结婚证倒是先领了！”

“这么大的消息，你可真是藏得住啊。”

“我现在整个人都是蒙的……”

有人半信半疑，不怀好意地问：“阮烟，你的老公年纪多大了啊？”

“29 岁。”

“29 岁？你怎么找比你大这么多的老公啊？”

“阮烟，你有没有结婚照？给我们看看啊。”

“对啊，阮烟，我们想看看你老公的照片！好好奇呀。”

阮烟想：你们不是正在看吗……

大家嘀嘀咕咕地问阮烟结婚的事。一个同学看着 LED 屏幕，突然道：“你们看周孟言无名指上的戒指！他结婚了？！”

摄像头刚好拍到男人的手，婚戒拍得格外清晰。

“他结婚了吗？！”

“好像听说过这个消息，现在看来果然是真的？”

窦琼仔细地盯着投屏，忽然眯起眼：“你们看，他的戒指和阮烟的戒指款式有点儿像……”

羊霂惊讶地说：“真的有点儿像，钻石旁边有一圈蓝色的小细钻，

好好看。”

阮烟的心跳突然加快了，她身边有人笑着说：“你们俩什么视力？他俩的戒指怎么可能是对戒啊？难不成和周孟言结婚的是阮烟？”

“我们就是开个玩笑，当然知道不可能啊！”

阮烟再次松了一口气。果然，大家都不可能相信自己和周孟言结婚了。

大家没再去看周孟言的手部特写，于是这件事就被当作玩笑，过去了。

有几个听到阮烟结婚消息的女生凑在一起，窃窃私语：“阮烟怎么找了个这么老的老公啊？条件那么好，她找谁不好？”

“你没看到那钻戒吗？”

“什么意思？”

“虽然人家老，但是有钱啊。有钱的男人谁不想嫁？”

“勾搭上了有钱人，她够势利的。”

“这种男人除了有钱，还有其他能拿得出手的东西吗？否则刚才我们问她要照片的时候，她怎么会不同意？”

“也是……”

周孟言的讲座结束之后，阮烟跟着室友们又逛了逛文体中心。临近中午，四人打算去食堂吃饭。

在去食堂的路上，她接到了周孟言的电话。

“在哪呢？”男人问，“我带你去吃饭？”

“我中午想和室友一起去吃食堂。”她太想念食堂的味道了。

周孟言问她去哪个食堂，阮烟说去三号食堂。周孟言没再说什么，嘱咐了几句，就挂了电话。

室友凑过来问：“烟烟，不会是你老公打来的电话吧？”

“嗯……”

“哎哟，你一日三餐吃什么，他都得知道，你们俩可太‘甜’了吧。”

阮烟被他们调侃得脸颊发烫：“走啦，你们不饿吗？”

周孟言挂了电话，和几个院领导从大楼往外走。副书记邀请他去校外吃饭，他却道："就在学校食堂吃吧。"

"吃食堂吗？"院领导已经订好包间了。

"嗯，不用太麻烦，去食堂吃就好。"

这个时间刚好错过了其他学生的饭点，因此食堂里一点儿也不拥挤。

阮烟她们找到位置，放下东西。室友们问了阮烟想吃什么，然后去打菜。

十分钟后，四人坐了下来。阮烟闻到面前青花椒龙利鱼的味道，开心地弯起眉眼。学校食堂的味道，她会怀念一辈子。

其他三人聊起了毕业的事情。她们正在写论文，在学校待不了几个月了。羊霂和武方雅最近在实习，阮烟估计会推迟一年毕业，明年就要遇到新的室友了。

"等你的眼睛好了，你就和我们一起参加毕业旅行吧。"羊霂挑了挑眉，"过段时间，我们定个旅行计划。"

阮烟说："好。"

羊霂喝了口汤，抬头一瞥，突然愣住了："天哪，你们看！那个是周孟言？！"

武方雅和窦琼也看了过去，只见几个西装革履的男人走进餐厅，又高又瘦的周孟言站在中间格外引人注目。

"我们今天又碰到他了！也太巧了吧！"

阮烟愣住了："周孟言？！"他真的来了？！

"对啊，他和我们院的几个领导来吃饭。"羊霂如痴如醉地看着周孟言，"他也太帅、太有气质了吧，好像明星……"

"周孟言也吃食堂，太接地气了，哈哈哈。"

窦琼也如痴如醉地打量着周孟言。只见几个男人走到窗口，打了饭，然后周孟言转过身，环视一圈食堂，最后把视线停在一个地方。

羊霂突然尖叫起来："啊啊啊，他朝我们看过来了！"

阮烟飞快地把头埋下——周孟言看不见她、看不见她……

周孟言看着坐在不远处小脸红通通的女孩儿，压下唇角的弧度，往那边走去。

羊霖惊叹："他往我们这个方向走过来了！"

阮烟想周孟言铁定抓到她了。

最后，周孟言带着一群人坐在阮烟的后面。阮烟和他隔着两排位置，他刚好能看到她的脸。

羊霖非常激动，压低声音和室友说："我坐在这里能看到周孟言啊！"

阮烟能猜到，周孟言为了能近距离地看到她，所以故意坐在这里。还好他没上前和她打招呼……

武方雅笑着敲了敲羊霖的桌子："你能别犯'花痴'了吗？阮烟坐在旁边，听得脸都红了。"

羊霖摸了摸阮烟的小脑袋："果然还是二哥最纯情。我跟你说，要是你看得见也会觉得周孟言很帅。"

阮烟越来越好奇，在室友的眼中周孟言到底长什么样了。

过了一会儿，四人突然听到从旁边传来一个男声："嘿，你们四个……"

几个和她们关系不错的男生朝她们走来。

他们和阮烟好久不见，便端着饭走上前来坐到她们旁边。其中有个绑着发带、穿着运动服的高瘦男生坐到阮烟的身旁："阮烟，你今天怎么在学校啊？"

阮烟回以礼貌的微笑："今天没事，我就回学校看看。"

周孟言把目光落到了凑上前和阮烟笑着打招呼的男生身上，他停下了夹菜的动作，眼神深沉。

发带男明显对阮烟有好感，频繁地和她搭话，问她最近在干什么。阮烟一一回答。

羊霖问："你们今早去干吗了啊？没去听讲座？"

"听了，刚刚我们去打球了，下午有篮球赛，你们要不要去看？是我们金融学院和经管学院的比赛。"

发带男看向阮烟，一脸期待之意："阮烟去吗？"

"阮烟看不见，怎么看啊？"武方雅调侃他。

"这个……可以去体验一下氛围？"

阮烟摇摇头，笑道：“不了，我下午应该就回家了。”今早，周孟言说他只忙一上午，所以她也只能在学校待半天。

“那好吧，也不知道下次什么时候才能见到你。”

吃完了饭，几人端着餐盘站起身，发带男对阮烟道：“我来吧。”

“啊，谢谢。”

发带男帮阮烟把盘子端起来，然后往外走。周孟言这桌人也吃完了，几个男生看到院里的领导，就上前打招呼。

阮烟一行人走在前头，周孟言他们走在后面。羊霂偷偷地回头瞟了几眼：“我怎么感觉周孟言一直在看我们？”

“怎么会是看我们，你走在人家前头，人家不看你看谁？”

阮烟感觉周孟言一直看着自己，后背仿佛被他炽热的视线烤得发烫。

把餐具放好，众人走到食堂的门口。发带男开口问阮烟：“对了，你们要不要喝奶茶？我请客。”

阮烟刚想拒绝，就感觉到周孟言一行人从他们身旁走过，空气中飘过熟悉的男士香水味。

阮烟的心跳快了一拍。下一秒，他与她擦肩而过，像不认识她一样。

阮烟回过神，婉拒了发带男，几个男生只好和她们道别。四人往宿舍走去，阮烟突然感觉到包里的手机振动了一下——周孟言的语音信息：“去哪里接你？”

阮烟想了一下，让室友带她去教学楼的自习室，说等一会儿有人来接她。

找到一间空教室后，三人和阮烟依依不舍地道别，阮烟说自己有空的话会多回学校。她们走后，阮烟把教室的号码发给了周孟言，顺便问了句：“你能找到吗？”然而对方没回答。

阮烟刚吃了饭，就在教室里走来走去，想消消食。走到讲台旁，她忽然听到有人按下了教室的门把。

她转过头，看到门被打开，一个熟悉的人走了进来。

“你来啦？”

男人没应，关上了门，朝她走近。

阮烟站在原地，见他走到面前。下一刻，她的腰突然被他搂住。阮烟感受到他强势的动作，被吓得瞪着眼，乱了心跳。男人俯下脸，垂眸看着她，眼神炽热。

“孟言……”她轻轻地说。

她想推开他，听到他低哑的嗓音在耳边响起：“你装作和我不认识也就罢了，还允许其他男孩儿坐在你旁边，真当我不会吃醋？”

这是周孟言第一次在她面前主动说他吃醋了。

阮烟感受到了男人的占有欲，心里一动，面红耳赤地解释：“你误会了，就是普通同学……”

他靠着她的脖子，温热的气息喷在上面：“普通同学的醋我也吃。”

之前阮烟从来没发现他竟然有这样的一面。不知为何，阮烟心头的一池春水被他搅动得失了平静。

她轻咬着唇，害羞得说不出话。周孟言看着她泛着水光的红唇，哑着嗓子道：“想亲。”

阮烟趁他没注意，立刻钻出了他的怀抱，不让他亲。周孟言见她害羞了，勾起唇角，觉得逗她玩真的好有趣。

阮烟站在一旁，周孟言握住她的手，温柔地道：“走了，我们回家。”

短短的校园时光过去了，阮烟回到了家里。

翌日早晨，阮烟醒来后，下意识地睁开眼去感知眼前的光亮，却觉得眼睛有些痛，看东西很吃力，眼前的光影变得比平时还模糊。阮烟以为是昨晚没睡好导致的，于是又眯了一会儿。一个小时后，她再次醒来，发现眼睛还是很难受。

她爬起来，走到窗前，看着窗外的日光，闭起眼睛，眼眶不禁湿润了。

这是从来没有过的症状。明明她前段时间都快恢复了……

阮烟慌了。洗漱完，她摸索着走出房间想去找周孟言，却听到用人说，他去公司了，不在家。

犹豫了半天，阮烟还是给他打了个电话。

周孟言接起电话，对旁边的人低声说了句“等等”，然后问她：“醒了？”

“你在忙吗？”

“没有。”他放下手中的笔，“怎么了？”

“我感觉眼睛有点儿不舒服。”

阮烟跟他描述了一下情况，男人听完，蹙起眉：“你先去吃早餐，等一会儿让司机接你去医院，我也过去。”

“没事，你先忙，我等一会儿自己去。”

“听话，你出发前给我发信息。”

“好。”

他温柔地安抚她：“现在不要想太多，知道吗？”

她的紧张情绪缓和了一些：“嗯。”

阮烟在家忙完，叶青赶来了，陪她出了门。她觉得眼睛难受，只能闭着眼，掌心出了点儿汗。

阮烟到了医院，周孟言也到了。他俯下身观察了一番她的眼睛，用指腹轻轻地摩挲她的下眼皮，温柔地道：“没事，应该不会有什么大问题。”

周孟言牵着阮烟走进医院，抹了抹她的手心的汗，眼神深沉，却什么都没说。

见到主治医生后，阮烟说了下她的情况，医生给她安排检查。做完检查，周孟言陪阮烟坐在长廊等待检查报告。

他轻轻地握住她的手：“很紧张？”

她点头：“我就是害怕。”她害怕会有什么变数。

这段时间她挺注意保养，平时绝不在日光下暴晒。这几天话剧团也没什么要忙，她基本每天都在休息，按理来说不会出问题。

周孟言道：“别怕，我在这。”阮烟的手被他握得很紧。

过了一会儿，她想去洗手间，叶青就带着她离开了。

回来后，叶青说周孟言不见了。阮烟以为他有什么事，叶青往会诊室里张望了几眼：“周总在里头。”

阮烟走到会诊室前，刚要推开门，就听到了医生的声音：“周先生，

初步的检查结果出来了，周太太目前的情况还没法确定。”

周孟言问：“这是什么意思？”

医生给他说了几个数据：“我们还需要确认几个指标，目前看来，有两种可能。第一种是短时间内就会消失的小症状，不会对眼睛有太大影响。但是另一种……就不太乐观了，周太太的病情可能出现了反复，视力会慢慢地变得模糊起来，眼睛的感光能力也会再次变差，你要做好心理准备。”

阮烟怔住了。

医生说：“最后的检查报告还要过几天才能出来，我得看到报告才能判断到底是哪种情况。”

周孟言沉默了半晌，开口道：“麻烦医生只跟我太太说第一种可能，可以吗？我不想她心理负担太重……”

阮烟低下头，转身往其他的地方走去。她不想让周孟言出来看到她，还嘱咐叶青什么都不要说。

过了一会儿，阮烟又走了回来。周孟言带她去见了医生，表现得很放松。阮烟听到医生说不会有什么大问题，尽力地配合着露出微笑，表现出松了一口气的样子。

她这样做，是为了不让周孟言担心。

走出医院后，周孟言说公司还有事，必须得回去一趟。把她牵到车前，他揉了揉她的头发，嘱咐道：“回家后好好休息，如果阳光太刺眼，就把窗帘拉上。不想看东西就躺着，不要让眼睛太累，知道吗？”

阮烟扯起嘴角，乖乖地点了点头：“你去忙吧，我没事的。”

周孟言并没有看出她的异样。

回到家，阮烟走进卧室，坐在床上看着窗外，觉得心里很压抑。过了一会儿，她闭上眼，倒在床上，捂住了眼睛，苦涩的感觉在心里蔓延开来。

她努力地暗示自己，眼睛一定不会有问题。可是她还是觉得很慌，很害怕。她期盼了这么久，但是很有可能期待会落空，病情会反复，视线会再次模糊……

阮烟想起今天在会诊室门口听到周孟言说的话，如果她的病情真的朝坏的方向发展，他肯定比她还难受。

她现在感觉自己拖累了周孟言——她不想他因为她而难过。

整个白天，阮烟的心情都很低落。她听不进话剧，也不想和人聊天。虽然在听欢快的歌，可她还是没有办法拂去心头的阴霾。她想睡午觉，但心情沉重，只能假寐。

傍晚，周孟言忙完公事，离开梵慕尼，回到依南公馆。推开卧室的门，他看到女孩儿躺在床上。阮烟闻声睁开眼睛，轻轻地说："孟言。"

男人坐到床边，看着女孩儿带着倦意的面容，抬手拂开她脸上的碎发："吵到你睡觉了？"

"没……下午我已经睡了很久了。"

他看她有些沮丧："你怎么心情不太好？"

阮烟摇头，故意伸了个懒腰："估计是睡太久了。"

"眼睛感觉怎么样？还会不会痛，会不会不舒服？"

"比早晨好一点儿了，应该不打紧。"

看到她笑了，周孟言没想太多，提出带她下楼吃饭。然而她实在没胃口，不想下床："我现在不饿。"

"不饿？"

阮烟找了个借口，说下午吃得太迟，让周孟言先去吃饭。他看她一副抗拒的样子，就走出卧室，去问了下用人，才知道阮烟一整天都没怎么吃东西。

他皱着眉头，返回卧室："你今天都没吃东西，还不饿？"

阮烟听到他的问话，心虚地坐直身子。周孟言抱着她，沉声说："为什么不想吃饭？"

阮烟眨了眨眼睛，吞吞吐吐地说："没什么胃口。"

"因为眼睛？"

"嗯……"她连忙道，"我今天睡太久了，没什么精神。"

他抬手扣住她的后脑勺，让她靠在他的肩头，轻声哄她："可是不吃东西不行。"

阮烟听到他温柔的声音，抿了抿唇，觉得眼眶有点儿酸。

几秒后，他问："有没有想吃的东西？"

感觉到男人的担心，她想了一下，随口胡诌："想吃曲奇饼干。"

"嗯？"

阮烟说，眼睛失明前，如果心情不好或者压力很大，她就会在家做甜点。她很怀念自己做的甜点的味道，只是现在她做不了了……

"那烟儿教我做？"周孟言突然道。

阮烟愣住了。周孟言说，她可以把做曲奇的步骤告诉他，让他尝试一下。

他竟然要为她亲手做饼干，这让阮烟感到惊讶。

"不用那么麻烦。"

"怎么会麻烦？我今晚也没什么事。"

男人执意要做，不像是开玩笑的样子。他站起来，打算去拿纸和笔，阮烟拉住他的手臂，道："要不我和你一起去厨房？我直接教你吧。"

他勾起唇角："好。"她愿意动弹也是好事。

两人下楼到了厨房。周孟言让用人和厨师先离开，厨房里只剩他们俩。

阮烟坐在大理石料理台前的高木椅上，用手托着下巴，回忆起当初做曲奇时用到的食材。周孟言按照她说的食材，一样一样地准备好。

"你先把白砂糖加到黄油中，然后打发，直到黄油颜色变浅……

"然后你分三次加入打散的鸡蛋液，再筛 100 克低筋面粉……"

阮烟看不见，也不知道周孟言到底做得如何，只能尽可能地指导他。因为周孟言极少下厨，他的动作显得有些生疏，但是格外认真。

"我可不希望这次做出来你还要给差评。"

"给差评？"阮烟愣了几秒，"上次那碗排骨面是你做的？！"

"嗯。"他黑着脸，"那是第一次做饭，这次肯定不会那么难吃了。"

上次他只是失误。

阮烟大吃一惊，没想到他竟然偷偷地为她做饭："你以前从来没做过吗？"

"在家里，不需要我自己下厨，而且……"他看着她，淡淡地反问，"我第一个喜欢的人是你，还能为谁做过饭？"

阮烟听了他的话，有些震惊。她垂下眸子，轻声说：“感觉做这些会浪费你很多时间。”

几秒后，他说：“为你浪费时间，挺好的。”

几个月前的阮烟绝不会想到，有一天会从周孟言的口中听到这样的话。之前她不觉得能在这段婚姻中得到除利益之外的东西，可是后来他喜欢上她了，说要给她真正的婚姻——白头偕老，共度一生。

阮烟再次想起今天在会诊室门口听到的那些话，忽然觉得鼻子酸了。

“烟儿，下一个步骤是什么？”

阮烟垂着头，陷入了沉默。

见她没说话，周孟言问：“在发呆？”

“孟言，其实今天我听到你和医生的交谈了。”她突然说道。

周孟言停下了动作，抬头看她。

阮烟低着头：“你们只告诉了我好的可能，但我知道眼睛的情况也许会恶化。我知道你特别希望我能复明。你说你喜欢我，可是如果……我的眼睛好不了了，你考虑过后果吗？你愿意和我这样身体有缺陷的人在一起吗？”阮烟哽咽了，“我可能一直需要被人照顾，也会经常麻烦你……”

曾经周孟言只想从她这里得到利益，不在乎她的眼睛。她觉得这种婚姻她能接受，也不会介意。可是现在，他喜欢她，阮烟不得不开始为他考虑。如果她真的一辈子都有视力障碍，他会介意吗？他以后带她出去，向外人介绍她，会迎来一些异样的眼光和议论，不会介意吗？光芒万丈、优秀卓越的周孟言，为什么要喜欢这样的她？

周孟言看着她，放下搅拌器，绕过料理台，走到她的背后。

阮烟垂着头，身后响起男人低沉的声音：“转过来。”

他轻轻地把她的身子扳了过来，面向他。她坐在高椅上，他站在她的面前，注视着她，和她靠得很近。

然后，阮烟低垂的脸被他轻轻地捧起，他用指腹摩挲着她的脸颊：“你觉得你的眼睛不好，我就不喜欢你了？你就这样想我？”

阮烟觉得眼眶泛酸。

周孟言凝望着她的眼睛，温柔缱绻地说：“从和你签订《婚前协议书》时起，到现在，我始终没有离婚的打算。我喜欢你——这种喜欢是已经把未来的所有可能都考虑在内的喜欢。我对你很执着，你不用担心。”他抬手把她搂进怀中，“不管发生什么，你永远都是我的周太太。”周孟言看着女孩儿震惊的表情，用单手撑着料理台，另一只手把她搂在怀里。

阮烟感觉到他在靠近自己。一个轻如蜻蜓点水的吻落在她的脸颊上。

“不要以为我没那么喜欢你。”他声音低哑。

这句话在阮烟的心底掀起了巨浪。

周孟言沉默良久，压抑住内心的情绪，揉了揉她的头发，红着眼眶看着她：“以后不许再有这种猜想了，知道吗？你永远都不可以推开我。”他刚才听到她的那些话，心里慌了，生怕她下一刻就要提离婚。他害怕阮烟因为不想连累他，就选择推开他。他真的会疯的。

过了半晌，阮烟轻轻地点了点头：“嗯。”

“接下去你是不是要继续教我做饼干了？”

“好。”

他松开手，走到料理台的另一边。阮烟转头看向他，一边和他说话，一边把他模糊的身影刻进自己的心中。这一整天慌张难过的情绪在此刻慢慢地消失了，如冰雪消融。

她渐渐地笑了。

还要等几天，最终报告才出来，医生嘱咐周孟言要让阮烟放轻松，别有太大的压力，建议周孟言可以带阮烟外出散散心，去一些空气好、环境好的地方，对眼睛有好处。

第二天，周孟言安排好梵慕尼和欧拉的公务，腾出了一周的时间。晚上，他来找阮烟。

“外出散心？！”阮烟听到他说的，很惊讶。

“嗯，我把公司的事安排好了，接下来可以好好地陪你。”他坐在她旁边，“就我们两个，一路往西南开，你喜欢哪里，我们就在哪里停下。”周孟言想，坐飞机去景点可能也没什么意思，还不如带着她自由行，看看路上的风景。虽然她看不见，但是他可以描述给她听。

这一周，阮烟和话剧团请了假。

的确，她一直待在家会觉得很闷。

听到他的提议，阮烟开心地答应：“好呀。”

第二天，两人收拾好行李准备出发。出门时，阮烟发现原来周孟言准备了一辆超级大的房车，里头的设施一应俱全，他们不需要再去找酒店。

周孟言没有让助理、司机陪同，亲自开车，阮烟带上了可可。

上车后，他把副驾驶室的座位往下放了一些，阮烟可以半躺在上面。

车子启动后，阮烟吹着迎面而来的微风，感受到窗外灿烂的阳光，不禁弯起唇角。周孟言看着她，缓缓地道：“其实我们是去度蜜月。”

“度蜜月？”

“之前那次……没有好好过。”

周孟言想到这个就很后悔。那次在国外办婚礼，风景特别美，只是当时他没有陪她，一直在忙公事，还让她一个人去海边。两人没有过个像样的蜜月，这次就算补上了。

阮烟莞尔，轻声说：“其实这样感觉比之前更好……”

他闻言，笑了。她喜欢就好。

周孟言没有选择开到高速路上，驾驶汽车沿着国道行使，看到的风景会更美。

换作以前，两人单独相处没有什么话可以说。但是今天，周孟言主动找话题，阮烟和他越聊越开心，感觉有说不完的话。她发现，其实他也不是那么沉默寡言。从周孟言说的话里，她可以听到许多他的生活阅历，感受到他的魅力。

一路上阳光明媚，两个人的心情也“暖洋洋”的。

周孟言开了三个小时车，在临近中午时将车子驶出国道。他看到一处风景，然后把车子停了下来，对阮烟道：“下来走走。”

阮烟被他牵着下了车，感觉周围很幽静，还有阳光落在她的脸上。她感觉自己踩在草坪上，还闻到了青草和泥土的味道。

前面有一片很大的自然湖泊，应该还没被开发。周孟言带着她沿着草坪慢慢地往湖边走去，顺便向她形容眼前的美景。光听他说的，阮烟都能感觉到这里有多漂亮。

大自然的美景，往往不需要人类的精雕细琢。这里远离市区，让人心灵宁静。

“我好喜欢。”

“那要不要在这里野餐？”周孟言问。

“这你也准备了？！”

“嗯，你先在这里站一会儿。”

男人从车里拿出一块防潮垫铺在草坪上，让她坐了上去，然后拿出准备好的午餐和零食。阮烟感觉像是小时候参加春游，开心得像个孩子。

周孟言坐在她旁边，把三明治拿给她，然后解开可可身上的导盲鞍，让可可在草坪上打滚玩耍。

阮烟吃着三明治，听到男人含笑问她：“喜欢吗？”

她点头如捣蒜。风和日丽，波光粼粼，草木清香，无人喧闹。这用“岁月静好”四个字形容，再好不过。

过了一会儿，周孟言拿出相机，拍了几张风景照，然后把镜头对准阮烟。

女孩儿穿着淡绿色的格子裙，黑发自然地散落在肩上，明眸皓齿。

周孟言说：“等你眼睛好了，这些照片可以拿出来看。”

阮烟怔了一下，立即点头。

过了一会儿，她主动问：“你要不要也拍几张？”

“和你拍吗？”

她的心一动：“你要吗？”

她没听到答案，下一刻，周孟言坐到了她的身边，把手搭在她的身后，温柔地道：“抬头，烟儿。”

阮烟抬起头，他和她脸靠着脸，拍了几张照片。

“怎么样，我好看吗？”她好奇地问。

他勾起唇角：“脸有点儿胖。”

"胖了？不行，重新拍！"她拉着他重新拍了几张，问他怎么样。

他道："还是有点儿胖。"

阮烟气鼓鼓地让他删掉，下一刻，周孟言揽住她的腰，两个人倒在垫子上。

他垂眸看着她，含笑开口："骗你的，照片很好看。"

逗完她，他松开了手，站起身。阮烟心跳加速，脸上泛起一层红晕。

他们在这里休息了一会儿。周孟言问她要不要出发，她说可以，于是两人收拾完东西，又带着可可上了房车。

车子继续往前开。

周孟言开着车，阮烟在后面睡了一个小时。醒来后，她给可可喂了点儿零食，突然接到了仲湛静的电话。

仲湛静问她："阮烟，你今天和孟言一起出去玩了？"

她感到疑惑，仲湛静怎么会知道？对方说，看到周孟言发在朋友圈的照片了，是刚才的合照。

一个小时前，周孟言把合照发在朋友圈，引起轩然大波。

这是周孟言第一次对外公布和阮烟的合照。周孟言肯在朋友圈发合照，就说明他对这段感情是认真的。

刚才在办公室，仲湛静看到周孟言竟然发了唯一的一条朋友圈——照片里，周孟言的脸上带着微笑。有一张照片是他在看阮烟，眼里满是宠溺之意。

他竟如此高调。看着朋友圈下滕恒等人激动的评论，仲湛静觉得心里被狠狠地划了一刀。

阮烟回道："嗯，这几天他带我出来散散心。"

"这几天？"

"他也没说具体去哪儿，就开着车走走停停。"她说得很平静，却把男人的浪漫和宠爱道得淋漓尽致。

仲湛静明明猜到了，可还是想来问阮烟，像自虐一样。她收起笑容，淡淡地道："原来周孟言喜欢上一个女孩儿是这样的。"

"嗯？"阮烟没听清。

“没什么，你们好好玩。”仲湛静挂了电话，再次看了看朋友圈的照片，沉下脸来。

阮烟放下手机，摸索着往前走。周孟言转头看到她：“醒了？”

“嗯。”她坐到副驾驶室里，盖上薄毯，“你刚才把我们的照片发到朋友圈了？”

“怎么了？”

她害羞地摇摇头：“没事。”

“以前他们和我说过一些话，我当时不相信，现在信了。”

“什么？”

他看向她：“喜欢一个人，就想让全世界都知道。”

阮烟听完他的话，只能红着脸看向窗外。这人现在怎么越来越会说情话了？

车子继续向前行驶，没有具体的目的地，正是这样他们才能发现一些特别的地方。

傍晚，车子驶到一个码头旁。周孟言停车，带阮烟下来走走，刚好看到有人在抓鱼。

这附近有一个小城镇，住着一些居民。周孟言看着那些人抓的鱼，脑中闪过一个想法。

他让阮烟先回到房车里，然后独自去找那些捕鱼的居民。十几分钟后，他提着两个袋子回来了。

阮烟疑惑地问他去买了什么，周孟言只说：“今晚的食材。”

“你要自己做？”

他抬眼看她：“不相信我？”

阮烟想起那天的那碗红烧排骨面，憋住笑，摇摇头：“我特别相信你。”

周孟言捏捏她的脸，然后继续往前开车。他把车子停在一个没什么人的堤岸边，搬了把躺椅下来，让她坐在外面，自己则在厨房里处理食材。

阮烟坐在外面听着歌，天色渐渐地暗了下来。她回到房车里，男人帮她把桌子收拾好：“马上就好。”

过了一会儿，他端着一个石锅放到桌前。阮烟闻到浓郁的香味：“哇，好香呀，到底是什么？”

“鱼头豆腐汤。”

他从渔民那买了四斤红鲢鱼头，还有豆腐，给阮烟熬了一锅汤，听说吃鱼对她的眼睛有好处。为了避免烹饪失败，周孟言问了当地渔民的做法，然后又打电话给家里的厨师请教了一番。

这次，他应该不会再“翻车”了。

他坐在她对面，给她舀了碗奶白的汤：“尝尝？”

阮烟舀了一勺，送进嘴中，觉得鱼汤很香，味道浓厚，有回甘。

男人仔细地看着她的反应，生怕她又像上次那样皱着眉吐出来。

然而她喝完，眯起眼睛：“超级好喝！”

“真的？”

“嗯，孟言你好棒呀，感觉和上次相比厨艺进步了好多，我都不敢相信这是你做的。”

他感觉没有什么比她喜欢他做的汤更让人开心了：“因为食材好。”

“确实好鲜美。”

阮烟吃着鱼头，胃口大开。周孟言让她慢慢喝，然后走到车外，不知忙什么去了。

阮烟吃完后，周孟言走了进来，问她要不要来外面烤烤火。

他买鱼的时候，刚好看到有个人挑着一担柴路过。他叫住了对方，买了些柴火。

二月的晚上还是比较冷的，他想，坐在外头生火取暖，她应该会喜欢。

他搬着椅子放在火堆前。阮烟坐了下去，摊开手掌，感觉到了火堆的热量。周孟言给她披了一件毛衣：“别感冒了。”

他坐在她旁边，阮烟笑道：“我小时候都没烤过火。”

他握住她的手：“以前，我们家经常这样烤火。”

“那时候……是破产之后吗？”

“嗯，当时我们住在农地里，冬天很冷，只能用这样的方式取暖。”

她温柔地问：“那段时间，是不是特别难熬？”

他沉默了半晌，缓缓地开口："那时，我父母在各处借钱，早出晚归，非常忙碌。因为穷，他们一天只能给我10块钱，这包括了上学的路费。当时我们学校要收20块的书本费，我没和父母说，省下2块的公交车钱，每天走半个小时到学校。早餐我也不吃了，一天只吃两顿，中午吃馒头，晚上吃面，实在饿了，才敢点三块钱的快餐，一荤两素。"

阮烟闻言，觉得好心疼。

周孟言说，那段时间他在学校独来独往，不敢和同学走在一起，因为有些人会笑话他。他的自尊心很强，他不想让别人看到自己吃馒头的样子，因为知道别人一定会取笑自己。正是在那段时间，他变得沉默寡言。

"那后来工厂重新办起来了吗？"

他垂下眸子："办起来了，但是当时……我宁愿没有办起来。"

"为什么？"

"一个周末的晚上，我在家，我妈提前回来了。听她说我爸还在工厂忙，我就去找他，拿着攒的钱买了一块饼，想送给他。后来我一到工厂，就看到我爸和几个男的站在厂子门口。我听到我父亲在求他们借钱，那些人……"周孟言咽了口唾沫，眼神深沉，"那些人嘲笑他，说只要他跪下来给他们磕三个头，他们就同意借钱。"

阮烟怔住了。

"我爸跪了，磕了。"

那一幕就如同一根刺，永远地扎进了周孟言的眼睛里。他想冲上去拉起他父亲，可是他知道，如果他出现了，对父亲来说是更大的伤害。他只能一直把这件事情埋在心底，以前也没有向任何人提及。

阮烟闻言，终于明白周孟言的性格为什么会变成这样。

周孟言经历了那次破产，看到了什么是世态炎凉、众叛亲离，这也是他变得冷淡、用利益衡量包括婚姻在内的一切事情的原因。他明白如果没有钱，生活会变成什么样，只有名与利，才会让他有安全感。因此，他当初想早点儿接手公司，拼命地赚钱。

阮烟侧过身，轻轻地抱住他，靠着他的肩头，安抚道："没事的，就让那些都过去吧。爸爸很伟大，虽然这样做了，但是这不代表他低人一等。现在你这么优秀，那些势利的人只有被你看低的份儿，甚至不配站在你的面前。”

她说过，这些挫折如果没有击垮他们，就会让他们变得更强。

她的举动仿佛在告诉他，她会一直陪在他身边。

他抬起手，无声地揽住她。他觉得自己心里的冷意，被女孩儿的拥抱一点点地化解了。

能治愈伤口的从来就不是时间，而是爱和陪伴。

早晨的阳光照耀着大地，春意盎然，周孟言带着阮烟继续向前驶去。

从中国的东南往西南驶去，他们一路上遇到了各种各样的美景。

有时候周孟言会把车开到城镇，带着她下车去镇里逛逛，吃点儿当地的美食。有时候他们会开到海边，阮烟喜欢踩水，他就陪她一起。

周孟言还带她去了一片花海，她站在花海中，朝他扭头一笑。

他给她买了一束花，阮烟喜欢得不得了。他说，以后每天都会给她送一束花。

从日出到日落，从清晨到夜晚……

她彻底放下了心中的忧愁，感受着大自然的美好，也享受着和周孟言单独相处的时光。

最后一天，他们开到一片山林。

周孟言告诉她下雪了，在南方长大、不常看到雪的阮烟激动坏了：“我想下车！”

他带着她下了车。阮烟感觉到雪轻轻地落在头顶，可惜看不到。

“手给我。”他道。他牵着她的手，高高地举起来。几秒后，她感觉到有一点儿雪花落在掌心，渐渐地化开，冰冰凉凉的。

白雪飘飘，落在两人的身上。

阮烟站在树旁，笑道：“你赶紧拿相机出来拍几张呀。”

周孟言拐回车里拿出相机，刚要拍照，手机突然响起，是医生打来的电话。

阮烟转向他。

周孟言接起电话，医生问：“周先生吗？”

“你好。”

阮烟走到他旁边，听到他淡淡的声音，感到疑惑。等他挂断电话，她随口问：“是谁啊？”

“是医生。”

周孟言看向她，沉声道：“你眼睛的检查报告出来了。”

她连忙问：“报告出来了……那结果是什么？”

他面对着她，没说话。

阮烟想起刚才他打电话的语气，没有丝毫的喜悦之意，就猜到了结果，一颗心渐渐地沉了下去。她扯起嘴角：“没事，你说吧，不管结果怎么样，我都能接受。”

她正觉得苦涩，就感到肩膀被搂住了。下一刻，男人低沉含笑的声音在面前响起：“笨蛋，报告显示眼睛一切正常，病情没有反复。而且医生说只要你好好休养，眼睛很快就会彻底复明。”

阮烟愣了两秒，才反应过来：“所以我不用担心了？！”

“对。”

阮烟心头的石头终于落下了。

她莞尔，被他揽进怀中。他搂着她，闭上眼眸：“这下你可以彻底放心，待在我身边了，对吧？”

她心里的恐慌消失了。

她可以不用考虑别的，去尝试喜欢上他了。阮烟觉得鼻尖泛酸，慢慢地回抱住他。

大雪纷纷扬扬地飘落，两人在树下相拥。

两天后，阮烟和周孟言心满意足地回到了林城。

两人到家后，阮烟眼睛的不适感也彻底消失了。周孟言陪她去医院取回了报告，医生又嘱咐了一些注意事项。

阮烟把出去玩的经历分享给了祝星枝，祝星枝听完不禁感慨：“我觉得周孟言真的好喜欢你，‘轰轰烈烈’不一定代表浪漫，‘细水长流’往往最能体现一个人的心意。你说他平时这么忙，能这样陪着你，能说明很多事情了。”

阮烟点头：“我也担心他耽误了工作，但是他一定要陪我玩到开心。”

“烟烟，我当初说你婚后铁定度日如年，现在看来我想错了，我真没猜到周孟言会爱上你。”

“我也没猜到，而且这次去旅行，我开始慢慢地了解他了。”这一趟旅行让两人之间的距离拉得更近，阮烟也听了许多有关他过去的故事，真正地了解了他这个人。周孟言很照顾她，不时地给她准备“礼物”。她发觉他竟然还懂浪漫。

有些微妙的变化已经种在了阮烟的心底，悄悄地生根发芽。

祝星枝笑：“你就继续慢慢地考验他，反正他肯定会一直追你。”

两人又聊了一会儿，然后挂了电话，阮烟去了琴房。回来后，周孟言因为要处理耽误的公事，比平时更忙。

傍晚周孟言给阮烟打电话，说今晚有迫不得已得去的应酬，要晚点儿回家，阮烟说没关系。

吃完晚餐后，她接到仲湛静的电话，仲湛静说自己有空，想来看看她。

自从周孟言生日宴后，阮烟有一段时间没有见到仲湛静了。

仲湛静来了，提了两袋中草药：“阮烟，这是我买的对眼睛有好处的药草，你可以让家里人煎来喝。”

“谢谢湛静姐。”

两人走到客厅，坐在沙发上，仲湛静看着她道：“这几天玩得怎么样？还开心吧？”

“挺好的。”

仲湛静笑了笑，随口道：“孟言这段时间确实应该多陪陪你，毕竟下个月他要去美国，也没时间陪你了。”

阮烟拿着水杯的手顿住了，她猛地抬起头：“去美国？”

仲湛静看阮烟很惊讶的样子，怔住了：“你不知道吗？他三月份要去美国。”

仲湛静故作震惊地说：“不会吧，孟言还没告诉你吗？我过年前就知道这件事了。梵慕尼今年要进军北美市场，所以周孟言需要去美国的

分公司。之前我问过他，他说还在安排，估计下个月就走。”

阮烟彻底蒙了，周孟言从来没在她面前提起过这件事。

“可能他害怕你难过就没和你说吧。”仲湛静顿了顿，“可是你这样……不就要和他分居吗？”

阮烟的心一颤，她现在的确没有办法离开这里。第一，她还在治眼睛；第二，她还要参演话剧；第三，她还没毕业，只能待在这里。而且父亲还在疗养院，她也不舍得离开林城。

阮烟摇头：“我也不知道……”

“孟言喜欢你，估计也舍不得，只是这个计划很早就订好了。”仲湛静叹气，“只是我也不晓得他要去美国多久。如果一去就是一年半载，你们只能分居，这样挺难受的，也会影响感情……我身边有个朋友，她老公也是因为工作调去了外地。后来她的老公有了外遇，甚至还有了私生子，几年后直接和我朋友离婚了。”

阮烟一时说不出话来。

仲湛静见她这样，拍拍她的肩，温柔地道：“阮烟，我不是说孟言一定会这样，你别误会啊，我只是有点儿担心。”

“嗯，我知道。”

过了一会儿，仲湛静接到朋友的电话，就离开了。

送走仲湛静后，阮烟牵着可可走到楼上，回到卧室里。她靠在沙发上，回想起仲湛静和她说的那些话，心一点点地空了，越来越难受。如果仲湛静说的是真的，那她真的要和他分开？

她想起之前《婚前协议书》里有一条“可接受分居”的内容，那时候他就应该考虑过分居的问题吧。

阮烟这几天的好心情，突然变坏了。她觉得心里酸酸胀胀的，却又找不到宣泄的出口。

惆怅了一会儿，她拿出手机，慢慢地找到祝星枝的微信，给祝星枝发去几条消息：“枝枝，刚才我听说了一件事，周孟言好像要去美国了。我也不知道是不是真的……如果是真的，那我们不就要分开了？唉，我感觉好慌，现在又不可能去美国，他也不可能为了我就留在国内，不顾公司的事啊。他现在在应酬，还没回家，我也不知道等一会儿要不要问问他。我害怕他如果说真有这件事……枝枝，你说我该怎么办，我现在超级慌……”阮烟倒在沙发上，发了一大堆语音消息，然后长叹一声。

她等着祝星枝的回复。三分钟后，手机终于响了。

她飞快地拿起手机，解锁屏幕，点进微信。谁知，从手机里头传出男人低沉的声音。

“我马上到家了。”

她原本以为周孟言在给自己报备应酬的事，突然点到了刚刚发出去的语音消息：“枝枝，我刚刚听说了一件事……”

她把信息发到周孟言那儿了？！她慌得立刻坐起来，发现自己真的是发错消息了！她记得刚才的聊天界面明明是祝星枝啊！完了，彻底完了，她刚才说了那么多她的想法……

阮烟脸红了，既然周孟言说自己“马上到家”，就代表他肯定听完她发的语音了。阮烟欲哭无泪，恨不得把自己埋起来。

五分钟后，周孟言还没有回来，阮烟想去洗个澡冷静一下，于是去衣柜里找衣服，发现睡衣似乎还在外头晒着。

阮烟走出卧室，遇到女佣，女佣说帮她去收。阮烟跟着女佣走去阳台，女佣收完衣服，转身拿给她：“太太，给你。”

阮烟刚接过衣服，就听到身后传来一阵脚步声。

女佣看向走进洗衣间的男人，恭敬地道：“先生。”

阮烟感觉脑中哐当地响了一下。

女佣离开，阮烟听到周孟言的脚步声越来越近。她抱着睡衣，窘迫得不敢转过头，心跳乱了。下一刻，她的身子就被翻了过来。他搂住她，阮烟往后退了一步，背贴上了玻璃门。

她感觉到男人的身躯压了上来：“你……”

周孟言垂眸看着她酡红的脸颊，眼神炽热：“那些语音我听完了。”

她埋着脸，还未开口，周孟言就亲了一下她发红的耳根，含笑问道：“舍不得我？”

他话音刚落，阮烟的整张脸就红成了番茄。呜呜呜，为什么她总是在他的面前“翻车”？

她说不出话来，他见状，俯下身，把她拦腰抱起：“不说话，那我

们回卧室说。”

阮烟说：“喂！”

他走进卧室，把她放到床上。阮烟以为他要做什么，连忙用手掌抵住他的胸膛。见她害羞成这样，他不禁勾起唇角：“现在回不回答我？烟儿舍不得我，对吗？”他追问阮烟，想听她亲口承认。这样，就说明她对他有那么一点儿感觉。

过了半晌，阮烟低着头，轻轻地嗯了一声。

她也不知道从何时起对周孟言有了这种依赖的感觉。

周孟言闻言，觉得自己的心被她填满了。看来他这段时间的付出是有效果的。他单手搂住她，轻轻地抚摸着她的头发：“我原本确实计划去美国，但是前段时间，我把这个安排取消了。”

“取消？”

“其实我之前就在考虑去还是不去，现在公司安排副总裁过去，我留在林城。”就算周孟言不去美国，派其他人员去也没影响，因为大大小小的事还是由周孟言来决定。

阮烟闻言，感觉就跟坐过山车一样。周孟言笑着看着她：“而且老婆还没有追到，我怎么可能去其他地方？”

阮烟听到那句他之前没有说过的“老婆”，心底的慌张和害怕的感觉逐渐被失而复得的欢喜所替代。

“在你眼睛康复、大学毕业之前，我都不会考虑出国。将来就算要去别的地方，我都会以你的意见为准。之所以没告诉你是因为我取消了出国的计划，觉得没有跟你提这件事的必要。你怎么会知道？”

“是湛静姐今晚来家里的时候告诉我的。”

周孟言沉下脸，像是意识到了什么：“她怎么和你说的？”

阮烟把具体情况和他复述了一遍，他闻言眼神逐渐变得深沉。过了半晌，他揉了揉她的头发：“什么事情我都不会瞒着你，不论别人说了什么，你都先来问我，不要胡思乱想，嗯？”

阮烟想想也是，自己刚才在那里纠结了半天，还猜想了很久周孟言不告诉她的原因，其实根本没必要。

她点点头：“我知道了。”

打消她的顾虑后，男人揽着她，靠在她的耳边说："那我走了，晚安烟儿。"

"晚安。"

翌日早晨，周孟言开完早会，走进梵慕尼的总裁办公室，江承跟在后头，端着一杯磨好的美式咖啡放到周孟言的桌上，然后离开了。

坐下后，他处理着手头上的公事。过了一会儿，江承敲门："周总，仲小姐来了，在门口。"

"嗯。"

通报完，江承离开了办公室。片刻后，仲湛静推门进来。

她穿着干练的职业装，拿着包和文件，坐到周孟言的面前，莞尔道："我今天有空，就把这份策划案给你送来了，顺便和你当面聊聊。"这段时间，仲湛静的公司和梵慕尼有一个合作项目。

周孟言端起咖啡，不冷不热地和仲湛静沟通。半个小时后，仲湛静说："到时候我会让公司的艺术总监了解一下，再和你们联系。"

"嗯。"

无公事可聊，仲湛静抬起头，看着他的脸，想起了十几年前自己刚喜欢上他时他的样子。她垂下眸子，压住内心的冲动，随口问："对了，你下个月去美国的事安排得怎么样了？"

周孟言闻言，神情复杂地看着她。仲湛静对上他幽深的视线，心里一动："抱歉，有件事我还没和你说。昨晚我和阮烟聊天的时候，不小心提到了你要出国的事。我以为你早就说了，所以……"她面露歉意，"你应该不舍得让她知道你们要分居才没说的吧？"

"这件事她昨晚和我说了。"他开口道。

仲湛静点点头："我想阮烟应该也会问你。那怎么样？你安抚好她了吗？"

"不需要安抚，我不打算去美国了。"

仲湛静的表情僵住了："不去？为什么？"

"为了阮烟。"

仲湛静被他言简意赅的话猛烈地冲击了一下，没回过神来。她努力地控制着脸上的表情："为了阮烟你竟然取消了去美国的行程？那整个

公司……”

他抬起眼，淡淡地反问：“有问题？”

在仲湛静的世界里，周孟言永远会把梵慕尼的利益放在第一位。他现在竟然为了阮烟打破原则？！

仲湛静握紧手中的包：“没，我就是很惊讶，你竟然为了阮烟放弃了这么多，不再是从前那个毫无人情味的人了。”她扯起嘴角，“你和阮烟现在也算是假戏真做，变成真正的夫妻了？”

“还不是。”

“嗯？”

他淡淡地道：“她还没喜欢上我，我还在追她。”

仲湛静彻底被噎住了。她没想到，暗恋了十几年也没有得到的人——高高在上的周孟言，有一天会对自己说，他在追求一个女孩儿。

她喜欢了这么久的人，阮烟却不喜欢，真的好讽刺。

“那挺好的……也让你尝尝追人是多么辛苦的事。”仲湛静觉得心里发紧，快窒息了，于是站起身，“没什么事，我就先走啦，还要回公司。”她刚要离开，就听到周孟言开口叫她。

男人放下咖啡，看向她，冷冷地说：“我的事我自己会和阮烟说，你不用和她提，免得她乱想。”

仲湛静听出了周孟言的意思：他叫她不要多管闲事。

她攥紧了手，想把心里的话一股脑地说出去，不再伪装，告诉他一切。

几秒后，她忍住怒火，勉强地笑笑：“我知道了。”离开办公室，她去了地下停车场。上车后，她气得直接把包扔到后座，眼眶通红。

“周孟言，我在你眼里到底算什么？！”

为了阮烟，周孟言动用私权把她的闺密从话剧团弄走；为了阮烟，周孟言警告她不要多管闲事，破坏他和阮烟的关系。周孟言张口闭口都是阮烟、阮烟……

仲湛静在阮烟面前就什么都不是，对吧？！仲湛静怎么都想不通，那个瞎子，有什么值得周孟言喜欢的？！他可以喜欢任何人，就是不可以喜欢一个比她差的人！仲湛静第一次被气到快疯了。

进入三月，阮烟开始了在剧团的排练生活。

剧团在反复地排练话剧，力求精益求精。只要哪天有自己的戏份，阮烟就会去剧组。虽然导演对她很客气，但是她不想搞特殊，还是会服从剧组的安排。

三月底，距离首演只剩下一个星期。

早晨，剧团通知要彩排，所有演员早早地到了剧团。

阮烟坐在位子上等待彩排，过了一会儿，晏丹秋来了，坐到她的旁边，满脸笑意："阮烟，你今天怎么来得这么早？"

"今天起早了。"

"我看你的黑眼圈有点儿重，你还是要注意休息。"

自从情人节过后，晏丹秋对她，就跟变了个人似的。阮烟不知道晏丹秋热情的态度是否出于真情实意，两个人相处时，晏丹秋问一句，阮烟答一句，不冷淡也不热情。

"对了阮烟，我们再对对词吧。"

"好。"

过了一会儿，导演过来通知彩排。演员和剧务人员各就各位，时间就这样过去了。

下午五点多，剧团彩排完最后一遍，张晋做了总结。他没叫大家回家，而是说今晚安排了整个剧团的人聚餐。大家最近这么辛苦，剧团应该犒劳一下，也算提前庆祝，希望首演能顺利。

张晋通知每个人都要去，于是大家三两结伴，去往用餐的地点。

阮烟正在收拾，就接到周孟言的电话："你现在在哪儿？"

"今晚剧团有聚餐，我没那么快结束……"

"我就是要说这件事。你在哪儿？我去接你，我们一起过去。"

"啊？"

他反问："还打算藏着我？"

阮烟的脸红了，她想到上次去学校没告诉别人自己和周孟言是夫妻，周孟言可不舒服了，反正在剧团这件事不是秘密："没……"

"你在哪儿？"

“剧团。”

“我先让司机带你来公司。”

阮烟答应了周孟言，婉拒了邀请她一起走的人，说有些其他的事，迟点儿到。

剧团里的人“杀”到今晚吃饭的五星酒店后，看着大厅金碧辉煌的装潢和超大的水晶喷泉，惊叹道：“剧团这次请吃饭也太阔绰了吧，真有钱。”

大家到了包间，只见包间里一共有四张桌子。导演、宣发总监等重要的人员坐在主桌旁，其他演员和工作人员坐在别的位子上。

人陆陆续续地到了，张晋告诉大家：“今晚其实是一个投资人请我们吃饭。”

大家闻言，纷纷猜测：“不会是那个空降的最大投资方吧？”

“就是他。”

投资方请吃饭，他们也太幸福了！

“今晚他会来吧？”

“人家请吃饭肯定会来啊……”

“我好想看看他到底是谁啊。”

大家好奇地谈论着。人来得差不多了，有人开始点名，发现只差阮烟和投资方没到了。

投资方姗姗来迟很正常，只是阮烟还没到，大家都感到疑惑。和阮烟玩得好的庄琪说：“我给她发条信息吧，帮她留个位置。”

投资方没来，大家只能等着。过了一会儿，主桌的张晋接到电话，连忙和身边的几人走出包间。

酒店门口，周孟言带着阮烟走了进来。张晋等人纷纷迎了上来，笑道：“周先生好。”

周孟言淡淡地笑着，和他们握手。

几人往包间走去，周孟言的手机突然响起，他看到是公司打来的，停下步伐，说得接一个电话。

张晋说：“没关系，要不我先带阮烟进去吧？”

阮烟点点头，跟着张晋走到包间外，嘱咐了一下门口的侍者，记得等一会儿去接周孟言。

侍者带着阮烟坐到主桌旁，离开了。

包间里，看到这一幕的人愣住了。有几个好心人走到阮烟面前，道："阮烟，这里不是你的位置，你坐错了……"

"对啊，这里是几个领导坐的，演员坐在另外一桌，我带你过去吧。"

阮烟茫然地被带到最角落的那一桌，不知道自己该坐哪儿，也没说什么，想等周孟言进来再说。

另外一桌有几人看着阮烟，嗑着瓜子，窃窃私语："一进门就直接往主桌那边坐，她真够可以的。虽然是富太太，但是她不知道自己在剧团里就是个小配角吗？"

"刚才主桌都没人，她一个人坐在那儿，等一会儿张导带着投资方进来，看到她……我替人尴尬的毛病又犯了。"

"体谅一下，人家看不见，没眼力见儿。"

周孟言打完电话往包间里走，张晋等人再次笑着迎了上来。

周孟言走到包间门口，侍者拉开了门。众人闻声，纷纷看向门口。

他们第一眼望见的就是被簇拥在中间的男人。周孟言身形高挑，面容清隽，气质清冷，如同烟雨中远方的山峦，让人只敢远观。

大家看到他后，立刻认了出来——这不是就是梵慕尼集团的总裁周孟言吗？！

周孟言是投资方？

张晋走了进来，介绍道："梵慕尼的周先生就是我们这次话剧的投资人。"

大家连忙起身问好。

介绍完毕，张晋对周孟言微微地鞠了个躬，做了个手势："周先生，我们到这边坐。"

然而男人站着没动，环视一圈，最后把目光落到了坐在角落的阮烟身上。张晋随着他的视线看到阮烟，惊讶地问："我刚才不是让人安排阮烟坐在主桌吗？"

下一刻，周孟言往前走去，走到阮烟的面前。大家愣了一下，不明

所以。男人直接牵起阮烟的手，声音温柔如水："烟儿，我们坐这边。"

大家惊呆了。

阮烟被周孟言带着回到主桌。男人还贴心地帮她拉开椅子。

不知情的人全蒙了。有人下意识地说："阮烟，你和周先生，你们……"

周孟言环视一圈，轻轻地搂住阮烟，大方地介绍："阮烟是我太太。"

大家目瞪口呆。周孟言牵着阮烟坐下后，众人才逐渐反应过来——阮烟也太低调了！难怪周孟言要投资话剧，原来是为了他的老婆！

有几个人知道阮烟是富太太，但没想到她竟然是梵慕尼集团的总裁夫人，这下脸都青了。

阮烟坐在位子上，周孟言拿着热毛巾帮她擦手，然后温柔地问她要喝什么。她猜到有很多人看着自己，偏偏周孟言什么都不在意，表现从容。

她红着脸说了几句，他就帮她把一切都安排好了。

菜上来后，张晋看着对面两人的互动，笑了笑："周先生和阮烟真恩爱啊。"

周孟言道："平时工作忙，她又在剧团，我很难照顾到她。"

"阮烟在剧团里表演得特别认真，虽然不是学表演专业的，但很有潜力。"张晋说这话，不是拍马屁，而是确实觉得阮烟是个可造之才。

阮烟淡淡一笑："没有，主要是张导指导有方。"

"不敢当，对了，我们大家先敬周先生一杯……"

聚餐开始后，其他桌的人不时地往主桌看。大家看到周孟言非常宠阮烟，不禁感慨，阮烟嫁了这么一个好老公，命真好。

作为当事人的阮烟……她的心思都在喝酒上。

有剧务人员过来敬酒，她作为"周太太"，要陪着男人一起喝。渐渐地，她自己喝得上头了，主动给自己添酒。周孟言看她的脸红了，怕她喝醉，直接拿走了她手中的酒："喝玉米汁。"

然而阮烟的酒量很差，已经来不及了。她感觉晕乎乎的，各种各样的思维在脑海里蹦来蹦去，眼前的杯子变成了小精灵，两个、三个，它们在跳……她的脑子彻底乱了。

酒过三巡，饭局终于宣告结束。

周孟言牵着阮烟，张晋等人送他俩出门。

劳斯莱斯等在酒店门口，周孟言先把阮烟送上了车。车门关闭后，周孟言转头看向身旁的女孩儿，只见她低着头，脸通红，一双眼睛水灵灵的，坐在座位上一动不动。

他侧身面向她，用指腹轻轻地摩挲她的下巴："烟儿在想什么？"

她闷哼了一声，把身子侧过去，面朝窗外，一副不搭理他的模样。

他不禁笑了："怎么了？"他怎么招惹她了？

"不想和你说话……"她转过头不看他。

周孟言愣了，哄了几句，见她无论如何也不转过来，只好直接把她抱到腿上，掐住她的腰："怎么就生气了？"

阮烟气鼓鼓地问："为什么你不让我喝酒，让我喝玉米汁？"

周孟言无语。

"我不想喝玉米汁，我想喝酒！玉米汁是给小孩儿喝的，我是大人，大人要喝酒。"

周孟言想了两秒，让她抬起头来，挑起眉毛："烟儿，你是不是喝醉了？"

"你才喝醉了。"阮烟打了个酒嗝，"我喝的玉米汁，怎么会醉！"

周孟言确定她百分之百喝醉了。

他刮了刮她的鼻尖："下次带你出来，我绝对不会让你喝这么多了。"他之前不知道她的酒量，没想到她这么容易醉。

他看着她，温柔地问："现在难不难受？"

她嘟囔了一声，把脑袋靠在他的胸膛上，问："我们去哪儿……"

"回家。"

"回家还能继续喝酒吗？"

他笑道："回家还有玉米汁，喝吗？"

她皱起眉，被他气到了，要从他的怀中挣脱出来："我不要理你了……"

女孩儿扭动着身子，男人把她搂得更紧："别动。"

阮烟耷拉着眼皮，样子可怜兮兮的。周孟言见状，含住她的耳垂，哄她："烟儿乖，等一会儿回去给你喝酒。"

就这样，周孟言哄着喝醉了的女孩儿回到家，吩咐用人不用过来照顾。

"酒……"阮烟执着地嘟囔着，周孟言把她放到沙发上，然后去厨房倒了一杯柠檬水。

走回客厅，他看到阮烟摆着手，在认真地唱《数鸭子》。他笑着把柠檬水递给她，她接过来喝了一口，吧唧了几下嘴："这酒怎么是这个味道？"

他俯下身看她："什么味道？"

"柠檬……"

"这是柠檬酒，当然有柠檬的味道。"

"真的吗？"

"你要是不相信，把这酒给我吧。"

他作势要抢，阮烟立刻护食，抬着下巴说："不给你。"

周孟言发觉喝醉的她怎么这么可爱。

她又喝了几口柠檬水，然后咂着嘴慢慢地品尝。周孟言看着她红唇上泛着水光，目光炽热："烟儿，我也想喝。"

阮烟听他低声恳求，心软了，把杯子递了出去："就给你喝一口。"

他抿了一口，然后把杯子放到身后的茶几上，重新看向她："不够甜。"

"什么……"她话音未落，周孟言就吻了上来。

他想吻她，很想很想。

全世界仿佛都安静了下来。

她没有抗拒。阮烟晕乎乎的，不知道自己在做什么。她感觉到有酸酸甜甜的柠檬味在唇齿间散开，整个人轻飘飘的，像团棉花。

吻完后，男人说："现在甜了。"

阮烟眨了眨眼睛："我嘴巴上有糖？"

他嘴角含笑："嗯。"

阮烟认真地舔了舔唇，努力地品尝着味道，听到他在耳边问："喝完酒了，我抱烟儿上楼睡觉好不好？”

她点点头：“睡觉。”

周孟言把手绕到她身后，然后把她托起。阮烟用双手搂住他的脖子，靠在他的身上。她细细的呼吸落在周孟言的脖子上，他觉得像有一根羽毛在挠痒痒。

他把她抱回了主卧，开了一盏小灯，然后锁上门，拉上落地窗的窗帘。

他坐到沙发上，女孩儿就坐在他身上。阮烟轻垂眼眸，睫毛扑闪着。他扣住她的后脑勺，抵着她的额头，低低地问：“再让亲一次，好不好？”

阮烟喝醉了，对他说的话没有概念，点点头：“柠檬……”

周孟言就再度吻了上来。阮烟攀住他的肩，下意识地贴近他的身子。接下来发生的一切，便不受阮烟控制了。

夜深了，阮烟沉沉睡去。

时钟嘀嗒旋转，天边泛起了鱼肚白，清晨的第一缕阳光，慢慢地落在林城的大地上。

天越来越亮，阳光逐渐洒满卧室。

阮烟渐渐地清醒了。听到浴室传来水声，她慢慢地睁开惺忪的睡眼，感觉到眼前有片光。她抬起头，随意地看着天花板，视线开始慢慢地聚焦，最后定格在头顶的北欧吊灯上。

她看得格外清晰。

她恍惚地抬起手，在眼前晃了晃，再次看向北欧吊灯，发现自己竟然能清晰地看到它的每根线条。阮烟怔住了，环视着房间，沙发、窗户、衣柜……每一件家具的线条都格外清晰。她飞快地坐起身，看着从窗外投进来的那抹阳光，视野不再像从前那样模糊。

一种巨大的震惊感涌上心头。

几秒后，阮烟反应过来——自己彻底复明了？！

浴室的水声突然停了，几秒后，门被打开。

一个在腰间裹着浴袍的男人走了出来。

他宽肩窄腰，精瘦高挑，皮肤很白，面容清冷，眉眼深邃，眼角有颗很小的泪痣，笔挺的鼻梁下是薄薄的嘴唇，每一处轮廓都很完美，如同从画中走出来的人。

她顺着他修长的脖颈往下看，看到他的脖子上有一排牙印。

在他袒着的上半身，暧昧的抓痕格外明显。这抓痕暗示着昨晚发生了一些事。

阮烟觉得脑中一片空白。

这是周孟言？

他走出来，看到女孩儿正坐在床头震惊地看向自己。他先是一愣，然后看着她的眼睛："看得见了？"

阮烟听到熟悉的声音，觉得脑中哐当地响了一声。

这人真的是周孟言！

她看着他，发现他比想象中还要帅气，心里卷起了狂风巨浪。

阮烟发现自己什么都没穿，飞快地拿被子遮住身体。她红着脸，心里很乱，舌头像打了结："你……"

男人看她一副对他完全陌生的样子，走近她，俯下身笑着问："怎么傻了？"

她羞得整张脸都涨红了，心跳很快，不敢与周孟言对视。下一刻，周孟言把她拉进怀中，含笑看着她，打趣道："昨晚还叫我老公，今天就不知道我是谁了？"

她叫他老公？阮烟回忆了一下昨晚发生的事。她似乎喝醉了，很主动，缠着他脱衣服。至于后面发生了什么，不用回忆也知道了……

阮烟的脸更红了。

只是现在，这一切都没有比她知道自己复明更让人震撼。

她看着周孟言，这个她最想看到的人，此刻就在眼前。这个人朝夕陪伴她，给了她全部的宠爱和温暖。

这段时间，他对她的爱可以说是细致入微。她无数次地幻想着他的模样，然而无论怎么想象，都没有此刻亲眼看见让她感到震撼。

他比她想象中的样子还英俊，就像当初祝星枝说的那样，他是符合阮烟的审美标准的人。

各种情绪一下子涌了上来，阮烟根本无法用言语诉说。

他仿佛是从她的梦境中走出来的。

阮烟还在消化这个事实。周孟言见她还是不说话，轻挑嘴角，再度出声："需要我再自我介绍一遍吗？"

阮烟回过神，害羞地摇头，将他的名字脱口而出："孟言……"她的心跳也加快了。

他笑了："看来烟儿还知道我是谁。"他轻轻地抚摸着她的眼睛，温柔地问，"现在看到的东西是什么样的？视野模糊吗？"

"不模糊，我好像完全复明了。"

"你看到的和车祸前看到的一样吗？"

"嗯。"

他把她揽得更紧了："太好了。"这件事两人期盼已久。如今阮烟终于复明，周孟言满心欢喜。

周孟言道："等一会儿我们去趟医院，检查一下。"

"你今天不去公司吗？"

"你觉得我现在有心情去忙其他的事吗？"他凑近她，低声道，"我恨不得让你多看看我。"

这人无论在什么情况下，都能毫不害羞地说出这种话。

"你先起来，我帮你拿衣服。"他低声问道，"你的身体会不会不舒服？"

阮烟听出了那个"不舒服"指的是什么。她红着脸轻轻地摇头，听到他道："昨晚……抱歉了。"

本来他答应了她，在她同意之前不会碰她。

周孟言知道她会害羞，就没说出昨晚是她一直缠着自己，把责任都揽了过来。阮烟依稀记得昨晚自己有多开放，赶紧心虚地否认："昨晚发生的事情，我都忘记了……"

男人无声地笑了，摸摸她的头发："我去拿衣服。"

周孟言起身走到衣柜前，阮烟一直看着他的背影。

待他拿好衣服转过身，阮烟飞快地低下头来，不敢让他发现她一直看着他。

他把衣服放在她面前："穿吧。"

她轻轻地应了一声，男人知道她害羞就去了衣帽间。他换好衣服出来，看到阮烟站在镜子前，打量着镜子里的女孩儿。

阮烟听到男人低沉的声音在身后响起："有什么变化吗？"

阮烟捏着自己的脸："好像胖了……"她的脸以前要小一些。现在，她的身材更丰腴了，但也不胖。

"不会。"他走到她身旁，"你现在很好看。"

阮烟从穿衣镜里看了看他的脸，又悄悄地移开视线。周孟言握住她的肩膀，让她转身面对着他。

周孟言俯下脸，对上她的目光："现在你能看得见我了，是不是还没那么快适应？"

她轻声地承认了。这是一种熟悉又带着陌生的感觉，她一时想不到合适的词来形容现在的心情。

他揉了揉她的头，温柔地说："没关系，周太太，你可以重新认识我。"他会给她完全适应的时间。

"你看得见，我就可以更好地追你了。"他笑道。

阮烟心里的一池春水再次被他搅动。

"我带你去洗漱。"周孟言带阮烟来到浴室。阮烟辨认了一下自己的东西，周孟言就去外面等她了。

关上门后，她出了一会儿神，然后抬起手，看到左手无名指上的戒指，在头顶明亮的灯光中闪闪发光。

她摘下戒指，慢慢地摩挲着，找到戒指内侧刻着的三个字母：YAN。

周孟言曾经和她说过，两人对戒内侧刻的字是一样的。

YAN既是周孟言的言，也是阮烟的烟——既是他自己，也是他一生的挚爱。

阮烟洗漱完出来，周孟言已经穿戴整齐，正站在床边柜前戴腕表。

他不笑的时候，看起来肃穆而矜贵。但当他看到走出来的女孩儿时，眉眼都柔和起来，如同冰雪融化："烟儿，过来。"

她朝他慢慢地走过去。

他拿起桌上的一串冰蓝色钻石的项链，帮她戴在脖子上。

待他戴好，阮烟摩挲着项链，问："这是……？"

"这串项链和你手上的戒指是一整套的首饰，之前不给你戴，是怕你的头发被项链缠着，不好打理。"他问，"好看吗？"

阮烟低头看着项链，浅浅地勾起唇角："嗯。"

他揉揉她的头："走吧，我们下楼。"他带她走出卧室，到了门口。

可可听到声音，敏锐地从游戏室里跑了出来，钻到阮烟脚边。阮烟开心地蹲下来，揉揉它的头："可可，我看得见了哦……"

这段失明的日子里，可可给了她很大的帮助，也是她温暖的伙伴。

现在能看到它，阮烟不禁咧开嘴，抱住它。可可似乎能察觉到她的开心，舔着她的手。

过了一会儿，阮烟站起来，两人往楼下走，周孟言低声说："刚才你见到我都没有那么开心。"

阮烟惊呆了，他竟然吃可可的醋？！她转头看着他阴沉的脸色，打量着男人吃醋的模样，勉强压抑住扬起嘴角的冲动，轻声说："其实我最想见到的人是你。"没有什么比见到他，更让人觉得期待了。

周孟言闻言，脸色缓和下来。两人走到楼下，阮烟打量着陌生的家，周孟言见状，道：

"等一会儿从医院回来，我带你在家里走走。"

"好。"

到了楼下，女佣得知阮烟复明了，也替她开心。

阮烟坐在周孟言的对面，喝着粥，不时地抬头瞥向对面剑眉星目的男人，心中冒出粉红色的泡泡。他好帅呀！阮烟承认自己虽然不是个"颜控"，但也被他迷住了。

周孟言发现阮烟在偷瞄自己。见阮烟心虚地低下头，他不禁笑了："烟儿，我是你丈夫，你想看我可以光明正大地看。"

阮烟不知道说什么好。

吃完早餐，阮烟和周孟言向医院出发。周孟言在路上跟江承安排工作，让江承除了大事不要打扰自己。江承知道此刻什么才是周孟言的

“重中之重”，答应下来。

到了医院，医生给阮烟安排了检查。

阮烟坐在长廊上等候。周孟言去旁边处理了一下公事，回来后，看到阮烟正弯着腰揉后脚跟。

阮烟低着头，忽然看到周孟言出现在面前。他半蹲在她的面前，然后轻轻地握住她的脚踝，温柔地问：“怎么了？”

阮烟愣了下，回答道：“鞋子有点儿磨脚。”

他慢慢地脱掉她的鞋，让她把脚搭在自己的腿上，帮她轻轻地揉着。人来人往，阮烟见周孟言丝毫不顾他人异样的目光，心跳不禁乱了。

他看着她的鞋：“这双鞋我没见你穿过。”

“嗯，前段时间买的。”这是她今天翻鞋柜找到的，“我觉得它比较好看。”

这些鞋子当初在店里试过，现在她看得见了，挑的时候自然是先看漂亮不漂亮。

他淡淡一笑：“今天回去看看你的衣服、包包和鞋子，不喜欢的就让他们收起来，以后可以自己去店里挑。”

“对了，孟言，等一会儿你可以带我去看看爸爸吗？”她现在想看看父亲。

“好。”

检查报告出来后，医生说阮烟眼睛的瘀血已经消失了，目前没有问题，但是仍然要注意保养，别让眼睛过度劳累，还需要观察一段时间。

从医院出来，阮烟仰头看着明媚的太阳和湛蓝的天，弯起唇角，开心得毫不掩饰：“能看见太阳，真好。”

人失明后才会发现，原来能看见是一件多么幸福的事情。

笼罩在她心头好几个月的阴霾，终于云消雾散。现在，她的心里一片明朗。

周孟言看着她，勾起唇角：“这段记忆你会保留一辈子。”

阮烟点头，这的确是非常宝贵的记忆。

“走吧，周太太。”他牵着她，踏下楼梯，走到阳光之下。

第九章

怎能不心动

两人去疗养院看望阮云山，阮云山仍然没有苏醒。但是医生说，阮云山的身体状况在不断地好转，他苏醒的可能性很大。

阮烟坐在床边，看着父亲的面容，紧紧地握住父亲的手：“爸爸，我已经复明了，你也要加油，赶快醒过来，好不好……”

她相信，时间一定会带给充满希望的人以奇迹，父亲一定和她一样，正在努力……

从疗养院出来，周孟言带她回了家。

一进门，周孟言就从身后拿出了一束粉玫瑰：“这是今天的花。”

阮烟的心跳得很快：“你要一直送下去吗？”

“嗯，直到老了以后，直到我离开这个世界。”

阮烟忍不住嗔怪道：“你别这么说。”

他笑着捏了捏她的脸。

周孟言带着她走过每一个房间。阮烟看完厨房、餐厅和阳台，最后来到自己的书房。

走进书房，她忽然意识到一件事，眼前一亮：“我复明了，演话剧就更方便了，也能回去上学了！”她刚才太开心了，甚至都忘记了这几

件重要的事。

周孟言带着她在沙发上坐下，问："要不要看看你之前演的《时光与你》？"

"好呀。"

他拿出手机，解锁屏幕。阮烟看到他手机的锁屏图片和桌面壁纸分别是上次出门自由行时，拍下的她的照片和两人的合照。

"对了，你先录个指纹。"他握住她的手，录下指纹。

"我不会看的……"

他笑了笑："没事，以后你可以行使周太太的权利，想检查就检查。"

阮烟接过手机，看着当时的演出录像，感慨道："我演得可真棒，一点儿都看不出来失明了。"

"烟儿这是自恋了？"他含笑反问。

阮烟的脸颊一红："那我本来就演得很棒嘛。"

"嗯，特别棒。"

阮烟想到一事："对了，我想看之前我们出去旅游，你拍的那些照片。"

他拿了相册回来，然后从背后抱着她："一起看。"

阮烟不禁出神了。回过神来后，她问："你把照片洗出来了？"

"嗯。"

她翻着照片："果然好美啊，比我想象的还美。"

"如果你还想去，我们可以再去一次。毕竟看得见和看不见，是两种不一样的感觉。"

她轻轻地点了点头，看着照片，想起当时他的陪伴，心中有暖流涌过。

阮烟莞尔，突然觉得自己很幸运。她想，如果不是那场车祸，她可能这辈子都不会认识周孟言，也遇不到一个这么喜欢她的人。虽然当时她在苦难中体会不到幸运，但熬过那段时间再回头看，她就发现，生活的惊喜之处往往伴随着苦难和意外悄然而至。

一整天，周孟言都陪着阮烟。晚上，他带阮烟出去吃了饭，在江边逛了逛。

她像个好奇的孩子，哪里都想逛，哪里都想看。

回到家，周孟言要去书房处理些事。阮烟让他安心忙公务，自己回到卧室。

她给祝星枝打去了视频电话，为了逗祝星枝，戴上了墨镜，不让祝星枝发现自己的眼睛好了。

祝星枝接起视频电话，看到她，笑道："大晚上你戴什么墨镜呀，还给我打视频电话？你就是想让我看你吧？"

阮烟淡淡一笑，趴在沙发上："枝枝今天在干吗呢？"

"今天我化了超级精致的妆，出去逛街，可累了，下次再也不踩恨天高出门了，逛街还是要舒舒服服的。"祝星枝和她念叨，"回到家，我就累成了'狗'，一点儿都不漂亮了。"

"没有呀，我看你的眼妆亮晶晶的，特别漂亮。"

"眼妆倒是没怎么……"祝星枝忽然愣住了，"等等，你怎么知道？"

阮烟摘下墨镜，看着祝星枝，俏皮一笑："你觉得呢？"

"烟烟，你看得见了？你的眼睛好了？"

阮烟说："嗯，今天早晨起来，我发现自己复明了。"

祝星枝闻言，格外激动："这也太棒了吧？！你的眼睛终于好了。烟烟小宝贝太棒了，我替你开心。哎呀，我之前就说你的眼睛肯定快好了，果然上半年就好了！"

"嗯，你说得对。"

"今早好的，你怎么到现在才给我打电话？！"

"因为今天孟言陪着我，所以我想等有空了再给你打电话。"

"你这个重色轻友的家伙！"祝星枝气鼓鼓地说，"对了，你看到周孟言是什么感觉啊？你对老公的长相满不满意？"

阮烟被祝星枝逗得害羞起来，低声道："比我想象中的帅……"

"哟，这溢出屏幕的幸福感啊。我和你说过，周孟言长得帅，又有钱。当初阮灵死乞白赖地想嫁给他，不知道有多少人想嫁给周孟言却高攀不上。"

阮烟也觉得不可思议，怎么周孟言偏偏娶了她？

"你现在能看到他了，交流起来没有障碍，以后也不会再有人拿你的眼睛说事了，让那些看不起你的人，通通滚到一边去！烟烟可不是那么好欺负的！"

阮烟笑了。对啊，她现在心里的自卑感都消散了，不用再低头了。

和祝星枝聊完，阮烟下楼，拿了一盘厨房烤的饼干。她路过书房，想问周孟言吃不吃，刚准备敲门，就听到里头传来一阵很轻的歌声。

她把耳朵贴在门上，凑近一听，竟然发现周孟言在唱陈奕迅的《无条件》。

她很惊讶，他怎么在唱她最喜欢的歌？她从来没听过他唱歌。她忽然想起，那晚周孟言过生日，滕恒在包间里问过她喜欢什么歌。她当时说的就是这首歌，难不成周孟言竟然记住了？！

过了一会儿，她敲了敲门，声音骤然停下，周孟言让她进来。阮烟推开门，看到他坐在书桌前，面前摆着笔记本电脑，一副若无其事的样子，根本不像在唱歌。

他轻咳两声，保持着平常的语气："怎么了？"

阮烟看着他，猜到他可能在偷偷摸摸地给她准备"惊喜"，没有挑破："没什么，问你要吃饼干吗？"

"你烤的吗？"

"不是。你想吃我做的，等下次吧。"

"过来。"

她走到他的面前，递了块饼干给他。周孟言拉着她，逗了她几句，把她弄得脸颊绯红。

阮烟溜出了书房，回想起周孟言唱的歌，觉得很甜蜜。原来他每天都在想着给她大大小小的礼物。

阮烟复明的这一周，刚好是《静湖》首演的前一周，大家格外忙碌。

阮烟到了剧组之后，大家得知她复明了都很震惊。那些在背地里讽刺阮烟的人，这下彻底说不出话来，甚至心虚得不敢和阮烟对视。

因为太忙，阮烟没时间把复明的事告诉更多的人，每天在剧场里从早到晚地排练着。每天排练结束，大家总能看到周孟言亲自来接她回家，过于宠溺她。

演出前一天，阮烟在剧团接到周孟言的电话："今晚我们一起去看电影？我今天不忙，一整晚都能陪你。"之前他们没有一起看过电影。

周孟言想和她浪漫地约一次会，像许多情侣那样。

听到“看电影”，阮烟的眼睛一亮，随即又黯淡了下来：“今天恐怕不行，我今晚要去剧场排练，不知道排练什么时候结束……”这已经不是阮烟第一次因为话剧的事婉拒他了，周孟言想在阮烟复明后，多带她出去玩玩，只是她现在真的没空。

“没事。”

阮烟听出了一点儿委屈的意思，温柔地道：“等这几场演出结束我就去看电影，怎么样？”

周孟言沉声道：“到时候全部补回来。”

阮烟扬起唇角：“嗯。”

晚上的排练结束，张晋通知明早九点全体人员到剧场集合。

第二天，阮烟起了个大早，正在房间里挑衣服的时候，周孟言敲门进来了。

阮烟转过身。周孟言走到她面前，把她圈在自己怀里，温柔地看着她：“今天演出？”

“嗯。”她轻呼一口气，“感觉有点儿紧张……”

“不用紧张，你肯定没问题。”

“不过我现在看得见了，演出肯定会比之前轻松。”

“这个剧演完，你先好好地休息一段时间，我不许你太累了。”

她乖巧地点点头。

他看着她，开口道：“希望我今晚去剧场吗？”

阮烟愣了一下：“你要去吗？”

他在她的耳边低语：“你想要我去，我就去。”

阮烟没想到这人把问题抛给她，脸颊泛红。

他用灼热的目光看着她，阮烟的心跳得怦怦响。过了半晌，她低下头，轻轻地嗯了一声。

“嗯是什么意思？”他不依不饶地问。

阮烟低下头：“想……”

周孟言笑了，用手揉了下她的头：“我会去的，你不想我去，我也会去。”

周孟言果然是故意的。

周孟言去了公司，阮烟也从家出发，前往剧场。最后一次彩排结束，阮烟觉得有些疲惫，坐在位子上休息。

此时她收到一条消息，是周孟言发来的图片——他买了今晚的票。

阮烟看到上面的座位号，是第一排偏中间的位置。今晚她只要一上台，就能看到台下的他。

她这回终于可以在他的面前表演了。阮烟被欢喜和期待之情淹没，突然觉得有了周孟言，演话剧不再只是自己热爱的事业，变得更加有意义了。

晚上六点多，阮烟在后台化好妆，换好衣服，想看看周孟言有没有给她发信息。然而导演助理通知所有人集合，阮烟只好把包交给叶青保管。

所有演员去了舞台后方，等候上场。阮烟和晏丹秋打算对几句比较重要的台词。突然，她感觉到一阵莫名的心慌，胸口发闷，好在不舒服的感觉转瞬即逝。

“阮烟，你怎么了？”晏丹秋问。

阮烟舒展眉头：“没事，我们继续吧。”

七点，现场的灯光汇聚到舞台上。主持人说完开场白后，幕布被拉开，台下一片掌声。

阮烟跟在晏丹秋身旁，搀扶着晏丹秋走上舞台，用余光瞥向台下，却看到周孟言的座位是空的。她愣了一下，然后飞快地收回了注意力。

她说完台词，面向台下，发现周孟言真的不在位子上，觉得心里不踏实。

直到掌声再次响起，阮烟等人走到台前谢幕，那个位置仍然是空的。

下了舞台，阮烟赶紧往后台走去，遇到了等候的叶青。

“包给我。”阮烟道。

她从包里掏出手机，滑开屏幕，就看到三个未接来电，以及几条周孟言在演出前发来的语音信息。

她把手机放在耳边，听到他低沉的声音：“抱歉，烟儿，我今晚没有办法去看你的演出了，公司在越南的一个箱包工厂出了比较严重的事故，我现在必须飞过去处理一下。估计你演出完我还在飞机上，等我下飞机了给你打电话。”

阮烟赶紧把电话拨了过去，发现周孟言的手机果然关了机。阮烟心一沉，她今晚心神不宁果然不是无缘无故的。发了几秒呆，她赶紧给他回了信息：“没关系，我演出结束了，你忙完后无论多晚都要给我回个电话。”

晚上，阮烟推掉了剧组的聚餐活动，回到了家。

她洗完澡，坐在床上，不时地看向手机，生怕错过周孟言的电话。

窗外夜色浓重，树影摇曳。她的心仿佛被藤蔓一点点地绕紧了，悬在半空中，始终安定不下来。

因为今天太过劳累，她渐渐地有了困意，却不敢睡，眯了一会儿又睁开眼睛。

临近十二点，手机终于响起。她飞快地坐直身子拿起手机，看到是周孟言的电话，立刻接起：“喂，孟言。”

“我刚下飞机，睡着了吗？”周孟言飞快地向前走，眼里的疲倦之意在听到阮烟的声音后逐渐淡去。

“没有。工厂出什么事了？”

周孟言说，梵慕尼在胡志明市的一个箱包工厂因为电线短路突然着火。工厂里都是易燃物，火势严重，有两人遇难，一个是越南人，一个是中国人。还有几个人重伤，事情在当地闹得很大。如果只是工厂烧了，有利益损失，周孟言可以安排其他人过来。但是现在有人员伤亡，他决定亲自过来处理，同时能安定员工的心。

阮烟闻言，也很揪心，安抚他：“这件事一定可以好好解决的，你自己也要注意安全。”

周孟言察觉到她似乎并没有因为他今晚失约而生气，感到愧疚：“烟儿，对不起，这一次我又因为工作的事没能去看你的演出。”

阮烟忙打断他的话：“真的没关系，只是一次演出而已，以后还有好多机会呢。你别担心我，安心处理工厂的事吧。”

周孟言走出机场，看向前方，几秒后开口了，声音温柔如水：“好，等我回来。”

接下来的几天，阮烟待在家里，始终牵挂着周孟言。

他知道她会担心，每天都给她发信息或打电话，告诉她具体的情况。

现在事态有所缓和，律师正在与遇难者家属协商赔偿，周孟言没有选择高高在上地坐在办公室里指挥，而是带着人积极地去解决问题，没有逃避，也没有推卸责任。

阮烟发现他很有责任感。

阮烟刚开始怕打扰他，不敢找他。后来周孟言说，她可以随时给他发信息，说些日常的事也好。他会看消息，只是有时没法及时回复。

于是阮烟有时让人录几段她和可可玩的视频发给他，或是给他看今天自己做的饼干，告诉他发生了什么。她想以这种方式，陪在他的身边。

周孟言去越南的第三天，阮烟刚醒来就给他发了信息："早安。我今天打算出门去超市，昨晚看了一个煲汤的菜谱，今天想试试。"

周孟言在五分钟后回复她："好，我今天要去一个遇难的员工家慰问，可能比较忙，晚上给你打电话。"

阮烟回了个"OK"的表情图，让他安心地处理自己的事，然后放下手机，下床洗漱。

从超市回来，她煲好了汤，尝了一口，拍了张照片给周孟言发去："味道还不错，我成功啦！"

下午睡醒，她发现周孟言没有回复她。

果然他今天特别忙。

晚上睡觉前，周孟言还是没回消息。

他之前和她说过，无论多忙都会在十一点前给她打个电话。阮烟想了下，主动给他打了电话，然而周孟言没接。她以为他还在忙碌，就继续等着，直到睡着。

手机屏幕黑了一夜。

翌日，阮烟醒来，马上就去看手机，却发现他仍然没有回复自己，一反常态。她再次把电话拨了过去。

"对不起，你拨打的电话暂时无人接听……"阮烟皱起眉头。

洗漱完，她考虑了一会儿，打电话给叶青，让叶青试着联系江承。叶青发现江承的电话同样没人接。

“怎么会这样……”阮烟的脑中突然蹿出一个想法：他们不会是出什么事了吧？

阮烟强忍慌乱之意，对叶青道：“你帮我联系一下公司的人，看看有没有周孟言的消息。”挂了电话，阮烟又试着给周孟言打电话，结果还是一样的。

阮烟第一次感觉到压抑不住的心慌。她走到床头，打开抽屉，拿出盒子里的平安扣项链，放在掌心摩挲。

不会有什么事的，周孟言一定不会出事的。

等待了许久，她在卧室里坐不住，起身走出房间，打算去阳台吹风。刚推开门，她握在手上的手机就响起来了——叶青的来电。

她接起电话，那头传来叶青的声音：“太太，我刚才联系到去越南那边的人了，那边的人说，昨天周总和公司的几个人去了一个很偏远的山区，慰问一个遇难的越南员工的家属。但是周总一行人到那儿后就失联了。他们本来昨晚就能回去，但是直到现在还没有消息，大家联系不到他们……”

阮烟手中的平安扣掉在了地上。她呆呆地站在原地，听到叶青的话，脑中一片空白。

“失联？”

“太太，你先别着急，周总去的山区很偏僻，信号差，我们可能一时半会儿联系不上他。越南那边的人也在想尽办法联系他，一有情况就会通知我们。”

阮烟觉得自己的心仿佛被捏紧了，感觉有些窒息。

叶青说了很多安抚她的话。最后阮烟挂了电话，站在空荡荡的卧室前，神思恍惚。最后，她弯下腰捡起地上的平安扣。她握着平安扣，感觉手心出了汗，垂着头，一颗心悬在空中。

她把平安扣贴在心口，一遍遍地暗示自己，周孟言不会有事的，只是暂时失联而已。肯定不会出什么事，说不定他等一会儿就会打电话过来。她肯定是大惊小怪了。

阮烟走去阳台，看着外头暗下来的天色——好像要下雨了。

过了半晌，她合上眼，握住栏杆，紧锁眉头。

整个白天，阮烟都在等待越南那边的消息。周孟言的电话从无人接

听，变成了关机。她和越南那边的工作人员联系上，得知公司已经派人前往山区了解情况，但还不清楚具体是怎么回事。阮烟嘱咐他们，一有消息第一时间告诉她。

阮烟没有胃口，吃不下饭。她等着周孟言的消息，开始胡思乱想，整个人焦躁不安。

傍晚，她坐在游戏室里，可可趴在她的旁边。她精神状态不佳，想小憩一会儿，谁知刚入睡，手机就响了起来。她惊醒了，睁开眼，看到是越南那边的工作人员打来的电话，飞快地接起，可可也爬了起来蹲在她旁边。

“喂，张经理。”

电话那头的人说：“夫人，派过去的那一批人刚刚给我们回了电话，只是那边的信号特别差，通话断断续续的，我们只听清了一些……”

“听到什么了？”

“好像在说什么‘失踪’‘寻找’……”

阮烟的脑子里像有块玻璃被打碎了，悬起的心重重地落在地上：“然后呢？他们还说什么了？”

“其他的我们怎么也听不清了，现在联系不上那边的人。”

“周孟言是不是失踪了……”

“夫人，因为今天我还在忙事故的善后事宜，现在没办法抽身，只能等里面的人传出消息。如果今晚还联系不上周总，明天我会带人去找，一有消息肯定会通知你的。”

挂了电话，阮烟感觉眼睛酸酸的，眼泪模糊了视线。她捏紧手中的抱枕，忍不住落下泪来。她一直告诉自己周孟言不会出事，可是现在她得到的消息似乎都不好。听到“失踪”那两个字，她给自己做的心理建设瞬间就崩塌了。

她现在怎么能往好的方面想？

他昨天早晨还给她发信息，说晚上给她打电话，让她等他回家。她才刚刚复明，还没有看够他……可是他消失了，她怎么都联系不上。

突然，她拿起手机想给叶青打电话，让叶青帮忙订一张去越南的机票，飞过去找周孟言。可是她忽然记起，明天晚上自己还要演第二场话剧，没有办法离开林城。再怎么担心周孟言，她也没办法不顾整个剧组，只考虑自己。

阮烟把脸埋进抱枕里。

在游戏室里坐了许久，她起身回卧室的卫生间洗了把脸，然后往楼下走去。

随便吃了点儿东西，她再次回到卧室。坐在床边，她戴上耳机听着歌，再次拿起之前和周孟言自由行的照片，认真地翻看着。

翻到相册的最后一页，她看着外面漆黑的夜色，手机忽然播放到陈奕迅的《无条件》。

> 事与冀盼有落差
> 请不必惊怕
> 我仍然会冷静聆听
> 仍然紧守于身边
> 与你进退也共鸣
> …………

阮烟想起那天晚上在书房外听到周孟言在唱这首歌，只是他还没来得及唱给她听。她垂下眸子，眼睛红了。

良人可期，她相信，他一定会回来的。

过了一个晚上，阮烟还是没有等到周孟言的消息。第二天她很早就起了，边洗漱，边看第一次演出的录像，查漏补缺。

走出卧室，她打开衣柜，看到自己的衣服的旁边，放着男人各式各样的衬衫和西装。她用手指轻轻地掠过那些衣服，发了一会儿呆，压抑住心中翻滚的情绪，关上了衣柜。

换好衣服，她坐在梳妆镜前，边化妆，边背台词。

在家里做好准备，叶青接上阮烟，两人去了剧场。

到了演出现场，几个演员看到她，问："阮烟，你怎么了，精神状态不太好吗？我看你的黑眼圈有些重。"

其实阮烟昨晚几乎没睡，即使化了妆，也无法遮住黑眼圈。她笑着

摇了摇头："没事，只是没休息好。"

开始彩排后，阮烟努力地集中注意力。因为心情低落，她表演的时候，很自然地就进入了状态，在演哭戏时，很快就掉下眼泪。

早晨的排练很顺利。中午，叶青买好饭带她去休息室。

"还是没有消息吗？"阮烟的声音很轻。

叶青低下头："嗯。"

"你帮我订明天早晨的机票吧，我要去越南。"今晚过后，这周的演出就结束了。如果今天还没有周孟言的消息，她明天就出发。上次隔壁着火，周孟言知道她不舒服就连夜赶回来。这一次，阮烟也做不到无动于衷，要亲自去找他。

叶青说："太太，你先好好演出，别想那么多，我猜今天一定会有消息的。"

这也是阮烟所盼望的。

排练了一整天，到了晚上，剧场里的观众越来越多。因为今天是周末，所以演出比第一场还要热闹。

七点，演出正式开始，阮烟再次走上舞台。

"二姨太，我觉得老爷心里肯定向着您，别生气了……"

阮烟说着台词，跟在晏丹秋的身后下场，看着观众席光线昏暗的后方，感觉周孟言似乎站在那里。还未来得及再看一眼，她们已经走到了幕布后。

第二幕，阮烟再次走上舞台，发现男人的身影已经消失得无影无踪。她觉得心再次空了，没想到自己竟然产生了幻觉。

阮烟认真地演完了这场戏，然后谢幕。等散场后，阮烟跟着几个演员走去后台，滑开手机，发现仍然没有收到任何消息，顿觉苦涩、焦躁。

周孟言已经失联整整三天了。

她垂着头，前面的几个演员转过来看向她："阮烟，我们等一会儿还要去吃夜宵，你不会还不来吧？"

她摇摇头，努力地保持着平静的神情："抱歉，我不去啦。"

他们走过拐角处，阮烟垂着头，正在给叶青发买机票的信息，就听到前头有人起哄道："哦，难怪，你老公来了，要接你回家。"

阮烟愣了一下，抬头看向五米开外的休息室的门口。

穿着一身深蓝色西装的周孟言站在那里，拿着一束满天星。在她看来，灯光如同揉碎的星光，温柔地洒在周孟言的身上，一点点地散开：“烟儿。”

阮烟怀疑自己又出现了幻觉。

周孟言一步步地走到她的面前，抬手一揽，把她紧紧地拥进怀中。

阮烟被他抱着，眼泪抑制不住地流了下来：“孟言。”她靠在他的胸膛上，闻着他身上熟悉的味道，心怦怦地跳动，感觉脑子都充血了。所有难过、恐惧的情绪被他温暖的怀抱瞬间摧毁。

周孟言能感觉到她现在的欢喜之情，更能感觉到她之前联系不到他慌张的心情，心里情绪万千。听到她的抽泣声，他低头亲吻她的头发，然后轻轻地捧起她的脸颊，低声说：“别哭了，我不是回来了？”

阮烟看着他，哽咽着控诉道：“我以为你出了什么意外，想着明天去越南找你，你怎么不早点儿联系我？”

周孟言抬手抹去她的眼泪，心乱如麻：“是我的错，我不该让你这么担心。”

其实他们这次去山区慰问员工，发生了一场谁也没料到的意外：他们抵达目的地，发现员工的老母亲因为儿子去世——家庭失去了顶梁柱——精神失常，失踪了，一直没有回家，村民也担心老人出了意外。于是周孟言只好留了下来，等大家把老人找回来。那里很偏僻，与外界联系不上，周孟言试着给阮烟和公司的人打电话，根本打不通。

直到今天，他们才把所有的事情解决了，回到了胡志明市。周孟言得知阮烟这几天担心坏了，把剩下的工作交给公司的其他人收尾，买了飞机票直接赶回来了。

阮烟听他说完：“我还以为是你失踪了。”

他淡淡地勾起唇角，亲了亲她的额头：“怎么会，我不是说好让你等我回来吗？”

阮烟心头的大石终于落了下来。

几个演员走上前，和周孟言打了招呼，然后看向阮烟，笑着打趣道：“你们继续‘甜’吧，我们先撤啦。”

这些人走后，阮烟慢慢地反应过来自己被周孟言搂着，脸一红，羞

得想松开手。奈何他仍然不放手："现在才害羞？几天没见，你让我多抱一会儿。"

阮烟轻轻地揪着他的衣领，被他无声地搂着，她的情绪慢慢地从激动变成欢喜。她轻声说："你刚才看我演出了吗？"

"看了，只不过我没有坐在前面，怕你看到我后像刚才那样，激动得忘词了。"

"我才不会。"

过了半晌，他松开手，与她对视，忽然开口问："这么担心我？"

阮烟心跳加快，移开目光，心虚地说："你还欠我一场电影……"

他知道她口是心非，笑道："好，我会陪你去看电影。"

周孟言把手里的满天星拿给她，阮烟接过花，就听他道："这几天的花还没送，以后补回来。"

阮烟莞尔，周孟言握住了她的手，力道不大不小，让她的心怦怦直跳："走，我们回家。"

到家之前，周孟言让司机先去了一趟甜品店，在店铺关门前，给阮烟买了一份提拉米苏。

阮烟接过提拉米苏，咧嘴笑了："你以后能不能别专挑晚上给我买蛋糕？"这样吃下去，她真的会胖的。

"哦？"周孟言转头看她，把她手里的蛋糕拿走了，"那别吃了。"

"喂！"

他怎么就真不给了呢！她立马护住蛋糕，周孟言就摸了摸她的头。"下不为例。"这次就算了。

周孟言发现她会主动和他开玩笑了。他顺着她说："好。"

两人回到家，可可迎了上来。阮烟牵着它去了卧室，周孟言要去书房一趟。过了一会儿，他回到卧室，看到阮烟摸着可可的头在出神。

"怎么了？"他坐到她的旁边。

阮烟看向他，淡淡地问："我的眼睛好了，可可是不是就要离开了？"

"如果你想留下它，我去问问导盲犬机构的人。"

阮烟摇摇头："我喜欢可可，也不希望它走，可是它这么聪明，应该去帮助更多的视障人士，才能发挥它最大的价值。"导盲犬毕竟是工作犬，不是家庭宠物，每个城市的导盲犬都不多，阮烟不想自私地把它留在身边。

可可像听懂了她在说什么，趴在她的腿上，安抚她。阮烟心酸地说：“我想对可可来说，它应该也很乐意去为别人服务。”

周孟言轻轻地揽住她：“我家烟儿真善良。”

“那你和导盲犬机构的人联系一下吧？”

“我先让他们寻找一下有没有合适的视障人士，估计还要一段时间，可可还可以在家多待一段时间。”

阮烟点点头。

周孟言把可可带回狗狗的游戏室，阮烟拿起换洗的衣物，去了浴室。

洗完澡，她穿了一件白色的蕾丝收腰短裙，走出卧室，发现周孟言还在。

他坐在沙发上，交叠着双腿，穿着白衬衫，领带被扯到一边。他看着手机，样子慵懒闲适，却有种特别的魅力。

阮烟愣了一下，看着他，问：“你还不回去休息吗？”

“在哪休息？”

“当然是你自己的卧室了。”

他看着她，没接话，眼中含着若有若无的笑意。

阮烟觉得脸颊发烫，绕过沙发，走到梳妆镜台前涂护肤品。

收拾完后，她照例点上丁香花味的香薰，想走回床边。路过沙发时，周孟言突然抓住了她的手腕。

周孟言一拉，阮烟就坐在了他的腿上。他一只手攥着她，一只手放在她的后腰上。阮烟感觉从他的身上传来了源源不断的热度，自己像是贴近了一个大暖炉。

她脸红心跳，嗫嚅着：“你干什么？”

他凑近她，在她的耳边说：“我们就不能同床共枕吗？”

阮烟感到惊愕，脸彻底红了：“不行……”上次她喝醉了是个意外，这次她清醒着呢。

“你想什么呢？我说的是盖被子纯聊天的那种。”他逗她。

“不要。”

“为什么？”

阮烟看着他，几秒后道：“我怕你睡不着。”

他笑，温热的气息若有若无地喷在她的耳郭上：“那你说说，我为什么会睡不着？”

“两人睡一张床，很热。”

“我觉得做其他的事，”他压低声音说，“才会热。”

阮烟听出他话中的暗示之意了，心跳得很快，用手掌轻抵着他的胸膛：“你早点儿回去休息吧，今天很累了。”

周孟言笑了一下，松开手。她站起来，他也站了起来，摸摸她的后颈：“你睡吧。”

阮烟感觉“逃过一劫”，偷偷地笑了，却被他发现了：“别笑，以后我会让你还回来的。”

因为《静湖》演出后反响热烈，剧组又临时加了一场。四场演出结束后，张晋说过段时间去外地巡回演出。接下来的几周，大家可以先好好休息一下。

趁着有空，阮烟又回了一趟苏城，看望了谷媛和陈容予。在苏城小住了两天，她打算回林城，听到陈容予说要和她一起回去。

阮烟问：“你要去林城出差？”

“不是。”

“那你去干什么？”

“住一段时间。”

“嗯？”

“带一个女朋友回来。”

阮烟惊讶地说：“小舅舅，你打算‘脱单’了？！”

“你至于这么意外吗？”

阮烟笑了笑，凑上前：“找到目标了吗？”

陈容予看向她，几秒后，吐出二字：“你猜。”

这人怎么这样！阮烟生气了，过了一会儿又跑到他的面前：“你肯定有目标了吧？那女孩儿是什么类型的呀？”

男人挑起眉："你一定会喜欢的类型。"

"你怎么知道？"

男人看了她几眼，抬手弹了下她的脑门："以后带到你面前给你看。"

她轻哼一声："人家姑娘还不一定喜欢你呢，你就这么自信？"

陈容予扯起嘴角："看不起我？"

阮烟憋住笑："不会的，小舅舅，我期待早一点儿看到我的小舅妈。"

从苏城回来之后，陈容予开始忙自己的事。

阮烟接到了室友的电话，得知阮烟复明后，室友邀请她来学校玩。

"下个学期一开学，我们就毕业了。你再不回来看看我们，就只能见新室友了，哼。"羊霂道。

从电话里传来窦琼和武方雅的声音："对啊，烟烟，最近我们论文写得差不多了，你想来学校玩，就赶紧来。"

阮烟被她们打动了："好，那我回去。"

"快来，我们带你去'嗨皮'！"

晚上，阮烟把要去找室友的事情告诉周孟言。他见她这么欢喜，猜到她挺想念学校的生活，就没有阻拦。

第二天，阮烟去了学校，见到了三个室友。四人去了游乐场，玩到晚上才回宿舍。以前上学的时候，如果周三下午没课，她们也会出去玩。

在宿舍，四人打了几把"吃鸡"游戏，本来阮烟打算九点回家，窦琼却说："你今晚不留下来吗？"

"对啊，二哥，你逛个街就回去了，我们一点儿都不快乐。你留下来，今晚我们欢乐地'四排'！"羊霂激动地抱住她，"我们还可以点小龙虾外卖！"

"可是我没地方睡。"

"你和我睡一张床不就好了！"羊霂看向武方雅，挤眉弄眼，"你和我睡、和窦琼睡都可以，就是不能和大哥睡，太挤。"

武方雅说："去你的！"

最后阮烟实在抵不过游戏加小龙虾的致命诱惑，打算不回去了。

走到阳台关上门，她给周孟言打电话："孟言。"

"几点了，还不回来？"周孟言的声音很温柔。

“那个……今晚我想留在学校。我挺想她们的，想在宿舍睡一晚。”

那头的人沉默了几秒，想到下个学期阮烟还要读书，开始意识到找的老婆还在上学这件事确实会让自己有不好的体验。

见他不说话，阮烟知道他舍不得自己，毕竟她刚从苏城回来没几天。她笑着哄周孟言：“就一晚，明天就回去了。”

“好，你和室友好好玩。”他道。

“嗯。”

又聊了几句，阮烟挂了电话，推开阳台门，三个室友齐刷刷地看向她，羊霂调侃道：“哟哟哟，这到底是结婚的甜蜜还是结婚的烦恼啊？”

阮烟红着脸坐到椅子上。羊霂凑了过来：“阮烟，你结婚是什么感觉啊？”

“感觉……”阮烟看了她一眼，“感觉有人管了。”

“‘狗粮’！羊霂别问了！”

四人笑成一团，羊霂说想看看阮烟老公的照片：“你至于瞒得这么死吗？都不给我们看看照片。我们三个怎么会外传？”

阮烟喝着奶茶：“他长得一般般……”

“多一般啊？一米八有没有？腹肌有没有？‘低音炮’有没有？”

阮烟心虚地摸了摸鼻子：“都没有。”

“这……”羊霂半天才憋出一句，“我还是觉得你这婚结得太低调了。”

武方雅走了过来，把乐事薯片分给她们，对羊霂道：“行了，你要不在宿舍门口拉个‘阮烟结婚’的横幅得了。”

“哈哈哈哈……”

晚上阮烟和室友打了游戏，还点了小龙虾和炸鸡外卖，闹到三点多才睡。

第二天，四人都睡到中午。醒来后，窦琼说想去商场看看夏装。阮烟想和她们逛逛街，晚上再回家也不迟。

四人化了个妆，美美地出了门。

逛完街，吃完晚饭，羊霂突然说想去唱歌：“前段时间，一个男闺密送了我一张抵用券，再不唱就过期了！”

“去、去、去，我们宿舍好久没唱歌了。”

“再去买几瓶鸡尾酒。”

阮烟本来都打算回家了，最后实在抵不过三人的劝说，和她们一起打车去 KTV（一种唱歌娱乐的场所）。

走进 KTV，窦琼看着这里的装饰，觉得挺豪华的：“你真会挑地方啊。”

“那可不。”

四人要了个包间，坐在沙发上。武方雅在开酒，羊霂和窦琼去点歌。

大家唱高兴了，玩高兴了。阮烟喝着鸡尾酒，跟着她们陶醉在快乐的气氛里。

周孟言第一次给她发消息，她说九点就回去了。

周孟言第二次给她发消息，她说马上就回去。

她唱完最后一首，正想走，三人拉着她苦苦地恳求：“二哥，今晚在这里唱歌多开心啊，你明天再回去呗。你走了，我们会想你想得唱不了歌的。”

阮烟哭笑不得：“可是我真得回去啦。”

“重色轻友！”羊霂撇撇嘴。

“烟烟，你想想陪你老公的时间还有多久，陪我们的时间还有多久啊？我们宿舍好久没像现在这样了，呜呜呜……”

最后，在周孟言和室友之间，阮烟选择了室友。别问为什么，问就是男人没有姐妹重要。

现在，她要考虑的是该如何和周孟言说。她总不能告诉他，自己要在 KTV 通宵唱歌吧？而且她还喝了酒。估计他会直接“杀”过来的。

阮烟走出包间，找到了一个安静的地方，给周孟言打电话。几秒后，周孟言接起电话，沉声道：“烟儿。”

“嗯……”

他笑了一下，宠溺地问：“玩够了吗？”

阮烟心虚地看着自己的脚尖：“孟言，我今晚可能回不去了。”

周孟言停住了呼吸：“为什么？”

“我刚才忘记看时间了，宿舍有门禁，这个点下楼要被登记……如果辅导员发现我溜到宿舍，我要受处分。”其实学校对大四学生管得特

别宽松……

阮烟红着脸撒谎。

过了半晌，男人低声道："所以你今晚也不能回来了？"

"嗯，我明天肯定就回去了。"

"好，没关系。"周孟言温柔地嘱咐，"晚上早点儿睡，不要熬夜。"

"好。"挂了电话，她心中窃喜，走回包间，没看到走廊前头有个熟人。

滕恒收起手机，抬起头，看到阮烟小跑着进了一个包间。

他路过阮烟进去的包间时，听到从里头传来激动的声音："每个人都给我高兴起来！让我听到你们尖叫的声音！"

滕恒笑了一下，拿出手机看了时间一眼，想了想，给周孟言打了个电话。

"兄弟，你在哪儿？"

男人冷冷地说："什么事？"

"你先说你在哪儿？"

"在家，没空。"

滕恒惊讶地问："你在家啊？"

"怎么了？"

滕恒笑了，轻咳两声，慢悠悠地道："没什么，大晚上的，你老婆还挺开心的。"

既然不用回家，阮烟和她们唱过瘾了。

十点半，其他三个人累了，有些兴奋的阮烟接过了话筒，站在三人面前："到我了，我给你们唱一首！"

"来、来、来！二哥来一首！来一首！"

阮烟点了一首《粉红色的回忆》。她一唱起来，三人就笑得在沙发上打滚："有那个感觉了！"

包间里一片热闹的景象，四人都没听到服务员敲门的声音。

下一刻，包间的门被推开，阮烟正跟着歌曲摇摆，唱得投入极了："夏天夏天悄悄过去，留下小秘密，压心底压心底，不能告诉你——"阮烟唱着唱着，转头看到跟在服务员身后走进来的男人，突然呆住了，下一句歌词卡在了喉咙里。

穿着黑衬衫的周孟言站在包间的门口，单手插兜，似笑非笑地望向她："什么小秘密？"

包间里的三个室友，看着突然出现在门口的男人，结结实实地愣了两秒，瞪大眼睛，盯着他的脸。

"这人是周孟言？！"那个前段时间还去学校发表演讲的周孟言？！她们是喝醉了还是瞎了？！

三个室友发现周孟言看着阮烟，瞠目结舌。

"周孟言怎么……"

"他是不是走错了……"

周孟言转头看了她们一眼，又回头盯着阮烟，沉声道："不打算介绍一下？"

阮烟发誓，如果时光倒流，一定不会在这个时间点唱这首歌。不，她压根儿就不会跟周孟言撒谎，留在这里。

阮烟慢慢地走到周孟言的身边，腿都软了。她看向震惊的室友，欲哭无泪，还没来得及开口，周孟言就揽住她的腰："我是阮烟的老公。"

三位"吃瓜群众"的眼珠子都快掉到地上了。阮烟的结婚对象竟然是周孟言？三人觉得有原子弹在脑子里炸开了。亏她们之前还在阮烟面前吹捧了周孟言这么久，原来他俩竟然是夫妻！

阮烟还说自己的老公长得一般，没有一米八、没有腹肌、没有低音炮——阮烟就是个骗子！

三个室友反应过来，连忙站起身，用干笑来掩饰震惊之情："你、你好。"

周孟言淡淡地问："这么晚了你们还不回去，宿舍没门禁吗？"

羊霂愣了一下，连忙解释："我们的门禁在十一点，现在回去还来得及！"

周孟言低头看向阮烟。谎言被当场戳穿，阮烟觉得好尴尬。

"那我先带阮烟回家。"周孟言道。

三个室友点头如捣蒜："我们也马上回去了。"

周孟言摸了摸阮烟的头："去拿包吧。"他走出包间，在门口等她。

阮烟被室友一把抓住，拉到沙发上："你竟然瞒了我们这么久！好

你个阮烟！亏我们还带你去看周孟言的演讲，你还装出一副不认识周孟言的样子！”

三个室友使劲地挠阮烟的痒痒肉，阮烟笑着求饶：“这不是怕你们太激动嘛。”

“烟烟你竟然嫁给了周孟言？你们很早就认识？”

阮烟犹豫了一下，跟他们说自己和周孟言是商业联姻，然后做了个“嘘”的手势：“帮我保守秘密啊，学校里就你们三个人知道。”

“放心，知道你是害怕引起轰动才瞒着我们的。”

羊霂嘿嘿地笑：“你完了，今晚被周孟言抓回去，你完蛋了。”

阮烟的脸一红：“还不是得怪你们拉着我？”

阮烟拿过包，对她们说：“那我先走了，改天再约。”

“赶紧去、赶紧去，现在我们可不敢把你留下来了。”

阮烟走出包间，看到正在长廊尽头打电话的男人，走了过去，听到他说“接到了”，然后挂了电话。

阮烟看着他，只见他嘴角含笑：“胆子大了。”

阮烟问：“你怎么知道我在这儿？你不会是……跟踪？”

他捏了下她的脸：“我要是派人跟着你，早就把你抓回去了。”

“哦。”

“滕恒路过这里，看到你，就告诉我了。”

唉，阮烟没想到千算万算，还是算不过意外。

他看着她，道：“你唱得挺好听的，我在门口听得挺清楚。”

阮烟觉得干脆把自己埋进地里算了。

看着她羞窘的表情，他抬手揉了她的头发，然后把手搭在她的肩上：“先到车上，我们再说这件事怎么解决。”

阮烟就像偷溜出去玩被家长抓到的小学生一样，被周孟言带出了KTV，上了车。

司机上车后，周孟言淡淡地道：“把前面的挡板放下来。”

司机立刻会意：“好。”

阮烟的心跳得更快了，她偷偷地往车门挪了下，周孟言转头看到她缩在角落里。阮烟看着窗外的风景，试图缓解紧张的情绪，突然周孟言把她抱到了腿上。

“你不能好好说话吗？”她又气又羞。

听到她的声音，他笑了：“你刚才都缩到角落里不敢看我了，是谁先不好好说话的？”

见她走神，他轻轻地捧起她的脸，让她看着自己：“为什么说谎？”

阮烟愣了一下，老实地承认：“想和室友在一起玩，但是怕你不同意。”

“我什么时候管着你了，嗯？当初你要演话剧的时候，我拦住你了？”

阮烟说不出话了。

他温柔地道：“我今天过来把你带走是因为你在这里喝了酒，我不放心。”

“嗯。”

“你要是和我说实话，我会交代人照看一下你们，或者带你们去一个安全的场所，知道吗？”

阮烟点头。

“而且，”他撩开她额前的碎发，和她靠得很近，声音很低，“我老婆好几天都不在家了，我想她，但是也不能把她关在家里。”

阮烟思绪万千，微垂着头，软绵绵地道：“明天是周末，我会在家的。”

他笑笑，揉了揉她的头：“好，接下来的两天，你的时间都归我。你到处乱跑，我都没有办法好好追你。”

回到家，阮烟洗了澡，走出卧室，去楼下拿了杯酸奶。她正准备上楼，刚好看到穿着家居服的周孟言站在楼梯口正看着她。

“要不要看电影？”他问。

阮烟走到他面前，愣了愣：“看电影？在家里吗？”

“嗯。明天带你去电影院，今天先在家里看。”

阮烟莞尔：“好呀。”

他轻轻地握住她的手腕，带她去了家里的影音厅。阮烟走进去，发现沙发前的茶几上摆了许多她爱吃的零食。

“这些是你什么时候准备的？”

“傍晚回家以后。我本来想等你从学校回来，就和你看电影。”但是她今晚差点儿没回来。

阮烟发觉他真的好在乎自己，心头一暖。

两人坐在沙发上，挑着影片。挑来挑去，阮烟选择了一部泰国恐怖片《连体阴》。

他挑眉道：“确定要看这个？”要是她被吓坏了怎么办？

“看。我一个人不敢看，你不是在旁边吗？”

“行。”他点开投屏播放。

阮烟胆小又好奇，喜欢看恐怖片，却容易被吓到。但是有人陪着看，她就很兴奋。

电影开始后，她拆了一包爆米花，盘腿坐在周孟言的旁边。

这部电影中已婚的女主角是连体婴中的姐姐。女主角和妹妹的关系非常融洽，直到后来，两人喜欢上了同一个男人——男主角就是姐姐现在的丈夫，只喜欢姐姐。妹妹嫉妒她，企图破坏他们的关系。姐姐一气之下决定做分离手术。妹妹在手术中发生事故，去世了。后来女主角会不时地看到妹妹的“影子”，精神逐渐崩溃。

电影的情节不算复杂，但是氛围很恐怖，音乐一响起，原本还在吃爆米花的阮烟渐渐地缩起了身体，用手掌半遮住眼睛。

一脸镇静的周孟言看着她，不禁笑了。她这么害怕，刚才还吵闹着要看恐怖片？

过了一会儿，鬼影突然出现，阮烟吓得尖叫了一声，立刻被身旁的人搂进怀中。他轻拍着她的背：“吓到了？”

阮烟见他比自己还紧张，就从他的怀中钻出来，莞尔道：“没事，看恐怖电影不就是要追求刺激吗？”

“我怕太刺激了你受不了。”

胡说！她才没那么胆小呢。

阮烟第三次被吓到尖叫，周孟言再次看向阮烟。阮烟心虚地摸了摸鼻子，就听到男人温柔地道：“过来。”

她犹豫了一下，乖乖地坐过去，被他重新揽住了。她感觉到他怀抱的温暖，所有心思被他占据，电影都顾不上看了。

有恐怖画面的地方，他就会用手护着阮烟，比她闭上眼睛的速度还快。

阮烟想起以前宿舍的室友说，想找一个会陪自己看恐怖片的男朋友。被男朋友保护在怀里，听他哄自己说“不怕、不怕”，是件多么甜蜜的事情。阮烟觉得自己也尝到甜味了。

电影后半段有一处转折的剧情，原来一直和男主角生活在一起的女人，不是姐姐，而是妹妹。妹妹当初出于嫉妒，掐死了姐姐，然后假扮姐姐，骗得男主角的爱。最后妹妹被姐姐的鬼魂缠住，死在大火中。

电影结束后，阮烟伸了个懒腰，发现已经将近一点了。

周孟言问：“看完了，要不要睡觉？”

“好。”

她刚要把脚放下沙发，就被他打横抱起。周孟言走到卧室，把她放到床上，躺在她的身侧。阮烟茫然地问：“你干吗？”

“睡觉。”

“啊？”

“我怕你害怕，今晚得留下来陪着你。”

阮烟说：“我才不害怕呢。”

房间里只亮了一盏昏暗的灯，周孟言看着她，过了半晌，说：“你不害怕，那我走了。”

阮烟没回答。他作势下床，她忽然开口：“你等等——”

他停下动作。

阮烟红着脸：“要不你留下来吧……我把床分给你一半。”

背对着她的男人扬起唇角，然后应了一声，关掉灯，掀开被子躺了进去。

阮烟平躺着，心跳乱了节拍。

房间里安静了许久，周孟言突然低声说：“想抱你。”

阮烟侧脸看向窗外，面颊发红，轻声道：“那你继续想。”

她的话音刚落，她就被他拉进怀中。

“喂——”

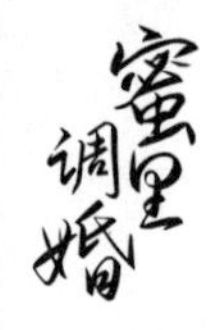

他侧了个身，把她抱住了，靠在她的颈侧，轻叹一声：“给我点儿好处，烟儿。”

阮烟感觉周围渐渐地安静了下来，不敢再动。

“要睡觉了吗？”他的声音闷闷的。

“怎么了？”

“不睡，我就继续陪你聊天。”

阮烟莞尔道：“睡吧，好困。晚安呀。”

他也笑了：“晚安。”

翌日早晨，天亮后，阮烟从梦中醒来。她侧身躺平，慢慢地睁开眼睛，转头看到周孟言正含笑打量着她。

她怔了一下，立刻闭上打哈欠的嘴：“你醒了？”

“嗯，醒了有一会儿了。”

她用手背盖住自己的脸，想自己刚才的睡相会不会特别难看……

过了一会儿，她从手掌的缝中偷偷摸摸地看他，发现他还在盯着自己，脸颊红了：“你干吗一直看我？”

见她害羞又可爱，他笑起来：“在回忆昨晚你唱的那首歌。”

这事他能不能不提了！

她恼羞成怒，翻过身背对着他。几秒后，周孟言把她拉回他的怀中，她的后背贴上他的胸膛。他低沉的声音响起：“我不是在笑烟儿，我是觉得你好可爱。”

如果他早一点儿发现她的可爱之处就好了。刚结婚的时候，他是一个沉默寡言、不喜欢说话的人。阮烟因为家庭的变故，又生活在陌生的环境里，也一直收敛着脾气，不习惯展现出自己活泼的一面。两个内向的人在一起，只求气氛不尴尬就行了。直到后来，他越来越了解她，才知道了她的真实性格。

阮烟揪着被子，听到周孟言夸自己可爱，觉得心里甜甜的。

打趣完她，他起身洗漱，阮烟也爬起来换衣服。

她洗漱完出来，周孟言正站在窗边接电话：“嗯，我们今天找时间过去。”

阮烟走到他的面前，他挂了电话，转头看她，眼神深沉：“导盲犬机构打来了电话，说找到可可的新主人了，今天就要把可可送回机构。”

在去机构的路上，阮烟抱着可可，耷拉着脸，沉默不语。

周孟言坐在旁边，看她始终抱着狗，没和他说一句话，感到无奈又心疼。

他知道她天性善良，又很喜欢小动物。可可陪着她度过了最孤单的时光，而那时他把全部精力都放在了工作上。当时他在阮烟心中的地位，还不如可可。

可可似乎猜出了此行的结果是和阮烟分离，也感觉得到阮烟的难过。一路上，可可都靠在阮烟的怀里舔她，试图安抚她。

到了导盲犬机构，阮烟牵着可可，在周孟言的陪同下进门，工作人员来接待他们。

工作人员看得出来阮烟舍不得可可，就安抚她，说可可要去的家庭很爱狗，一定会好好地照顾可可。如果对方对可可不好，他们会把可可收回来。

和可可告别前，阮烟蹲下身和它说话：“可可，你一定要乖乖的，开开心心的，千万不要忘记我……”

其他人在一旁看着此情此景，能察觉到阮烟对可可的爱。

最后，可可被机构人员带走了。看着它消失在视野中，阮烟红了眼眶，身旁的周孟言把她搂进怀中。她轻揪着他的衣角，眼角湿润。

周孟言摸着她的后脑勺，低声安抚她。

阮烟哽咽着问：“我以后还能见到可可吗？”

“能。以后和机构的人说一声，只要联系好了，我们就可以去看可可。”他垂眸看她，擦去她的泪痕，“又不是再也见不到可可了。”

“它下一个要帮助的盲人说不定和当初的烟儿一样，特别需要陪伴。我们虽然舍不得它离开，但是会有另外一家人因为可可的到来而感到欢喜和感激。”

阮烟点头：“我知道，我就是舍不得。”

“我懂。”他揽紧她，“以后可可不在，我会花更多的时间来陪你。我保证你不会再感觉到孤独了。”

那些欠下的时光，就让他好好地补给她。

可可离开后，阮烟缓了好几天。

她没让用人改变游戏室里的装饰。所有的东西都原封不动，给可可的玩具也没有收起来——就像可可还在一样。

周孟言陪在她的身旁，带她出去吃饭、逛街、看电影，一直温柔耐心地照顾她。

阮烟没任由自己沉浸在坏情绪中，慢慢地调整着心情。他们和可可现在服务的家庭联系上了，偶尔会视频聊天。阮烟看到可可还是很活泼开心，心也安定了下来。

周末，周孟言接到一个朋友的邀请，打算带阮烟去一艘游轮上玩几天。他去谈生意，阮烟跟着他去放松心情。

周六早晨，周孟言带着阮烟上了游轮。这艘游轮会在林城近海开四天三晚，游轮里的设施一应俱全。同去的还有滕恒、白闲逸等，他们在谈公事的同时也能消遣娱乐。

上去之后，阮烟和周孟言先把行李放进了房间。

周孟言订的房间是游轮上的顶级海景房，配备有 65 平方英尺的大阳台，浴室里安着透明的玻璃窗。在浴缸里泡澡，就能看到外面的海景。

阮烟站在落地窗前，看着海景，眼里发光。周孟言走到她的身后，抱住她："喜欢吗？"

她点头："好美。"

"这几天我们在这里好好地玩玩，不过我谈工作的时候就不能陪你了。"

"没关系，反正我现在看得见，你也不用担心我。你忙的时候，我就自己去找乐子。"她笑道。

"好，我们去外面走走。"

两人走出房间，周孟言接到滕恒的电话，让他们到游轮二楼的桌球厅。

到楼下后，周孟言和滕恒聊了几句。有生意场上的人过来找周孟言，阮烟打算去外头的咖啡厅买点儿喝的，听到滕恒叫住她："阮烟，你要不要去找湛静姐？她和朋友就在隔壁的按摩室。"

阮烟惊讶地问："湛静姐也来了吗？"这段时间，仲湛静在外省谈合作，所以阮烟一直没有把复明的事告诉她，想当面和她说。

"对，她昨天刚回林城。"

阮烟应了一声，立刻过去找仲湛静。

在隔壁有一条长廊，长廊两旁是私人的按摩室，有的关着门，有的里头亮堂一片。阮烟穿着高跟鞋踩在地毯上，声音很轻。她慢慢地往前走，路过一个房间，听到里头传出一个熟悉的女声："她心情不好，就没过来。"

阮烟一下子就听出是仲湛静的声音。

房间的门是开的，阮烟刚要走进去，就听到有人回答仲湛静："所以，赵月就这样被周孟言处理了？他给他的老婆走后门啊，真行。"

阮烟突然停住了脚步。

紧接着仲湛静的声音响起："是我的原因，如果当初我拦着月月，让她不要改剧本就好了。我也没想到周孟言刚好发现了，以阮烟的性格，她肯定不会向周孟言告状。"

"赵月想替你出口气，换作是我也肯定要搞她。你到底怎么想的，竟然还会跟她做朋友？你疯了吧？"

"我对阮烟就是表面客气，难不成要表现得很讨厌她吗？上次我在阮烟的面前讲周孟言要出国，周孟言立刻察觉到了，第二天就告诉我不要多管闲事。我要是和阮烟撕破脸皮，你猜周孟言会不会也和我撕破脸皮？"

阮烟怔了几秒，往里走了几步，看到房间里有两个女人在专心致志地挑精油。她看到了仲湛静的脸。

仲湛静的朋友说："我搞不懂周孟言为什么会喜欢一个瞎子？不会是上床上多了，睡出感觉了吧？"

仲湛静冷着脸扯起嘴角："这不也是她的魅力之一吗？"

"得了吧。"朋友看向她，"今天周孟言来了，会带他老婆吗？"

"应该会吧。"

"等一会儿你带我去看看她，我想看看她长什么样。"

"嗯……"

阮烟转过身，悄无声息地走出了按摩室。

她回到桌球室。周孟言刚好走出来，看到她，就牵住她的手："我还想去找你来着。"

阮烟莞尔："你不是要去忙吗？"

"十点有个会议。"

阮烟看向游轮外的海景："我想出去晒晒太阳，都涂好防晒霜了。"

"走。"

周孟言带着她走到外面的甲板上，推开门，就感觉到舒服的海风吹了过来。

这个季节刚刚好，太阳不大，气温也不高。两人走到护栏边，看着一望无际的海。阮烟弯起嘴角："太会享受了！"

"如果喜欢，我去买艘游轮回来，以后你想出去就出去。"

阮烟眨眨眼睛："怎么感觉你像'土豪'呢？"

她说完，他就捏了捏她的脸。

周孟言去忙后，阮烟戴着墨镜躺在躺椅上，旁边的桌上放着一杯果汁。只是安静地看看大海，她都觉得惬意无比。

她眯了一会儿，睁开眼睛，视野中忽然出现了两个人。

阮烟透过墨镜，看到仲湛静和她的朋友走出了按摩室，环视了一圈，最后看向她。两人并没有走上前，而是站在原地看着阮烟。她们以为阮烟看不见，当着她的面开始窃窃私语。

阮烟回忆起刚才听到的那段对话，隔着墨镜，无声地看着她们的一举一动。

仲湛静的朋友指向半躺着的阮烟，问："就是她啊？"

仲湛静说："嗯。"

朋友嗤笑一声："长得也就那样啊。除了白，哪里好看了？而且她是瞎子，能看到海吗？"

仲湛静冷笑道："走吧，还是要上前打个招呼的。"

两人刚准备走过去，却突然看到阮烟从躺椅上坐了起来，转头面向她们。下一刻，阮烟向她们走来。

阮烟穿着一身淡蓝色赫本风法式连衣裙，裙摆随着海风微微卷起，阳光落在她精致的小脸上。她乌发红唇，清纯中带了丝明艳之色。

阮烟走到两人的面前，站定。

然后她摘下墨镜，看着仲湛静，漂亮的眼眸如海面般泛着粼粼波光：“湛静姐，好长一段时间没见了。”

仲湛静顿时愣在原地。她看着阮烟那双有神的眸子，脑中掀起了惊涛骇浪——阮烟竟然复明了？！

仲湛静的表情僵硬，自己都控制不了：“阮烟，你的眼睛好了？你……你什么时候好的啊？”

阮烟把她震惊的表情尽收眼底：“其实几个星期前就好了，只是当时你在外地，我想当面告诉你这个好消息。我的眼睛好了，你这么惊讶吗？”

仲湛静感觉浑身僵硬，脑中一片空白。阮烟已经复明了，仲湛静突然感觉，自己高高在上的姿态再一次被打压了。仲湛静干笑两声：“刚才看你朝我们走来……我都被吓到了。你怎么知道是我？”

“前几天我在朋友圈看过你的照片。刚才你们走到这里，我听到你们似乎在讨论我，就认出来了。”

仲湛静回忆起自己刚才和朋友指指点点的模样，竟然被阮烟看到了。

她们说了多久，阮烟就无声地看了她们多久，像是在看一场见不得光的演出。她觉得在阮烟面前，自己的面具被一点点地扯了下来，受到了莫大的羞辱。偏偏阮烟笑得如此云淡风轻，似乎一点儿都没有放在心上。

仲湛静发觉自己这么多年来被外界夸赞的温婉端庄的样子，在复明的阮烟面前，显得格外虚伪。

阮烟复明后，自卑的心理已经消失，从里到外散发着优雅的气质。

仲湛静保持着脸上的笑，感觉自己手心出汗：“刚才我也看到你了，所以才和朋友说了一声，正想带她过来找你。介绍一下，这个是我的同学左珍。”

左珍看着阮烟，回过神来，心虚地道：“你、你好。”左珍刚才也呆住了。她看到阮烟的全貌，发现对方竟然长得这么漂亮。想起刚才讽刺

的话，她感觉脸颊发烧，全身都难受起来。

阮烟打完招呼，仲湛静沉默了一会儿，试探阮烟的态度："阮烟，你现在眼睛好了，生活就方便多了，我真替你开心。"

"嗯，谢谢你前段时间给我带的草药。"

"没事，帮个小忙而已。"

阮烟收到周孟言的信息。他说提前结束了工作，可以过来找她。阮烟对面前的两人道："孟言要过来找我了，我就先走了。"

"你去吧。"

阮烟看向前方，与仲湛静擦肩而过。直到感觉阮烟走远了，仲湛静才把紧绷的身体松弛下来。

身旁的左珍慌了神："她竟然复明了？那我们刚才的样子是不是都被她看到了？"

仲湛静的额头冒出汗来："她应该没多想吧……"毕竟刚才阮烟似乎没有生气。

阮烟走回室内，想起今天在按摩房门前听到的那些话，笑意渐收。原来赵月改剧本，真的是有意为之，仲湛静早就知道了。

仲湛静一开始就看不起她，却表现出一副和她是好朋友的样子，演了一出好戏，甚至还打算继续在她的面前演下去。阮烟忽然觉得很可笑。

阮烟走到洗手间，拿出包里的口红，在唇瓣上抹上一抹复古的棕红色，抿了抿唇，看向镜子里的自己。既然仲湛静想演，她就陪仲湛静演下去。

她拿起包，走出洗手间，往前走了几步，看到周孟言在等自己。她的心，渐渐地安定下来。

她走了过去，周孟言转头看她，眼神温柔。她走到周孟言面前，他沉声说："感觉两个小时没见，烟儿更漂亮了。"

阮烟红着脸说："哪里呀，你忙完了？"

"嗯。现在饿了吗？"

她点头："好饿。"

他揉揉她的后颈，笑了："带你去吃饭。"

午餐结束后，两人回到套房。

外头的阳光很灿烂，阮烟站在阳台上看海，周孟言牵着她走到椅子旁，让她坐在自己的腿上。

“你干吗……”

她在他的怀抱里红了脸，他拿起叉子，给她喂了块西瓜。

“甜吗？”

阮烟点点头，晃着小腿：“甜。”

两人聊了一会儿天，周孟言看外头的太阳越来越大，就把她带进了房间。

阮烟趴在床上看书，周孟言坐在床边，看着笔记本电脑，气氛安静而闲适。

阮烟翻着书本，想起早晨的事，有点儿出神。过了一会儿，她说：“孟言，有时候我觉得自己好傻……”

他看着她笑了笑，然后把电脑放到床头柜上，坐到她的旁边：“怎么就傻了？”

阮烟垂下眸子：“有时候我分不清楚人家是不是真心待我。”

他闻言，抽走她手中的书，然后把她抱了起来，让她靠在他的怀中，问：“有人欺负你了？”

阮烟摇摇头。她暂时没打算和周孟言说。

“我就是觉得自己没有办法分辨人心。”

周孟言揉揉她的脑袋：“这和你的性格有关。有些人戒备心很重，交朋友不轻易交心；有些人就比较容易付出真心。这两种性格各有各的好处，不过时间会检验很多事情，俗话不是说日久见人心吗？”

阮烟点点头，听到他道：“如果烟儿受了什么委屈，一定要和我说，嗯？”

“嗯。”她扬起唇角。

下午，周孟言陪阮烟在套房里待了一会儿，又去忙工作了。

阮烟窝在床上和室友打了一会儿游戏，不打算出去。傍晚，周孟言回来接她去吃晚餐。

夜幕降临，游轮给黑暗的海面点上一层亮光，阮烟拿着杯哈根达斯，想去甲板上走走，却被周孟言拦住：“我带你去更美的地方。”

“什么？”

“游轮顶端有个观光舱，视野最好，我带你去那里。”

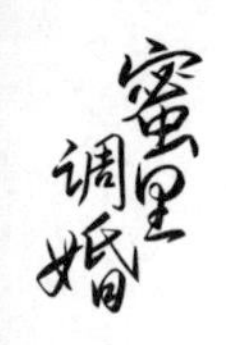

“好呀。”

周孟言牵着她往电梯口走，刚好遇到一个人。

仲湛静低头看着手机，听到阮烟和周孟言说话的声音，飞快地抬起头。她愣了一下，笑道：“嗨。”

“湛静姐。”阮烟开口打招呼。

仲湛静看着周孟言冷冰冰的神色，心里像被刺了一下。

周孟言看向阮烟，拿走她手里的冰激凌：“不能再吃了。”

“嗯……”阮烟皱眉，“我再吃一口。”

他弹了弹她的脑门：“一口都不行，你吃了不舒服怎么办？”

“哦。”

他揉了揉她的头：“等一会儿我带你吃蛋糕。”

“嘿嘿，好呀。”

仲湛静看着他们亲昵的举动，感觉自己站在后面如同空气一般。她忍着尴尬，主动开口：“对了，你们要去哪儿？”

阮烟转头看她：“我们打算去顶层的观光舱看看。湛静姐要一起去吗？”

“我……”仲湛静刚要婉拒，周孟言就揽住阮烟，淡淡地说：“观光舱不大，三个人进去很挤。”

仲湛静沉默了。她怎么会不知道，男人明显是不想让她当电灯泡。仲湛静深吸一口气：“我打算去找朋友，你们去吧。”

电梯门开了，周孟言带着阮烟走了进去。

门关上了，站在外面的仲湛静气得脸色乌青，紧紧地握着拳头。

到了顶层，周孟言牵着阮烟去观光舱。

周孟言已经预约好了，接下来的半个小时，观光舱里只有他们。

阮烟觉得观光舱像个摩天轮舱，游轮就像塔吊，把观光舱吊在高空。观光舱下方就是海面，在观光舱里头，人能看到游轮的宏大轮廓。

工作人员离开后，观光舱只剩下两人。

阮烟打量着观光舱内舒适宽敞的空间，这才发现周孟言和仲湛静讲的话是骗人的，这里待十个人都没问题。

周孟言牵着阮烟，走到透明的玻璃旁边：“烟儿看。”

阮烟被眼前的美景震撼到了：“这里的风景也太漂亮了，比在下面看视野开阔多了。”

“等白天的时候，又是不一样的景色。”

阮烟莞尔：“我们明天再来看一次，怎么样？”

“好。”他答应了。

看完风景，两人坐在圆桌前。周孟言看着明眸皓齿的阮烟，问：“烟儿，想不想听一首歌？”

阮烟的心一动，她猜到了什么，却还是保持惊讶：“什么歌？”

“给你唱一首陈奕迅的《无条件》。”

阮烟不禁扬起唇角：“你会唱粤语歌？”

周孟言轻咳两声：“我学了点儿。”其实他学习了很长一段时间。

虽然已经提前知道了这件令人惊喜的事，但是阮烟还是感觉心中涌起一股暖意。

“那你唱，我听。”

伴奏响起，周孟言很认真地唱起了这首歌。他开口的那一刻，令阮烟惊艳。他似乎花了很多工夫，把这首歌唱得流利好听。他声线低沉，缱绻的旋律飘在她的耳边，她的心怦怦直跳。

当潮流爱新鲜
当旁人爱标签
幸得伴着你我
是寓心的自然
当闲言再尖酸
给他妒忌多点
因世上的至爱
是不计较条件
谁又可清楚看见
…………

阮烟看着他，情绪被他牵引。待男人唱完，她感觉眼眶热热的，莞尔道：“孟言，你竟然这么会唱歌。”

他见她喜欢，勾起唇角："以后你想听什么歌告诉我，我唱给你听。"

"你这么喜欢唱歌呀？"

他扣住她的后脑勺，眼含深情："我喜欢为你做一切事情。"他想明目张胆地给她全部的偏爱，可以很高调，也可以很简单。

"我想让你每天都对我多一点儿心动，这样你就会喜欢上我了。"

豪华游轮之旅结束后，阮烟和周孟言回到了正常的生活轨道上。

周二早晨，黑色的劳斯莱斯停在欧拉公司的地下停车场。江承拉开后车门，身形颀长的周孟言下了车。

周孟言往前走去，江承跟他说着今天的事："周总，刚才接到欧拉总裁办的通知，阮乌程让您去他的办公室一趟，应该是为了昨天股价下跌的事。"上周末，欧拉公布了上个季度的季报。周一刚开盘，欧拉的股票价格就跌了 6.9%，中间虽然有些波动，但下午三点收盘时，仍然跌了 4.8%。

"听说阮乌程……气疯了。"

周孟言慢条斯理地转动着腕表，扯起嘴角："猜到了。"

上个季度，周孟言对欧拉进行了改革，再次动摇了阮乌程的势力，还进行了新一轮的技术和生产线的升级。

江承道："阮乌程生气应该不是因为股价跌了，而是想借此对您发泄愤怒。"

周孟言说："所以他今天叫我来，绝对不是'训话'这么简单。"

电梯上行，到达了董事长办公室所在的楼层。周孟言走进办公室，看到阮乌程坐在办公桌前，身旁站着财务总监甘庐，还有阮乌程的几个心腹。

看来，他们都要向周孟言问责。

周孟言走上前："阮董事长。"

阮乌程冷眼看着他气定神闲的模样，把季报甩到他的面前："周孟言，这就是你作为董事经营欧拉一个季度的情况。你应该看过了吧？"

年后，欧拉持续引进人才和生产线，耗费了大量的现金，加上新产品还在生产中，无法产生利润，因此季报上显示，欧拉经营活动的现金流为负 5 亿，投资活动的现金流也为负数。欧拉原先的产品还没在海外打开市场，利润率下降导致净资产收益率同比下降 10%，净现金流量同比下降 5%，经营活动现金流同比下降 40%。

这些在阮乌程的眼里，都是周孟言改革欧拉导致的。

阮乌程道："你知道这份季报有多难看吗？昨天股价下跌的事，不需要我告诉你了吧？"

周孟言交叉起十指，看向阮乌程："目前欧拉正处于投入阶段，这些数据不是很正常吗？"

甘庐道："周董，当初我们说过您这样的改革欧拉根本没法适应。现在公司运转负荷大，前景可一点儿都不像您想象的那么美好。"

在场的每一个人都提到了目前公司所处的艰难环境，将周孟言推到了风口浪尖。周孟言淡淡一笑："公司现在既然是我在管理，盈亏都在我的考虑范围之内。你们目光短浅，只看现在，也只能让欧拉原地踏步。"

阮乌程看着周孟言。从上次股东大会起到现在，周孟言的势力一步步地渗透进欧拉，威胁着阮乌程。阮乌程手下有好几个得力的人跑去了周孟言那边，现在阮乌程在公司的地位快被架空了。

阮乌程绝对不允许有这样的事情发生。他冷笑一声："数据是最真实的，你别在我面前签空头支票，我现在怀疑你的管理能力。"

"哦？所以阮董事长打算怎么做？"

"看看这份季报，我决定下周召开董事会，讨论是否要暂停你的管理职位。周孟言，如果你的改革方案对欧拉没效果，就请你安心地拿分红，不要插手经营。"

周孟言眼神深沉。过了半晌他站起身，皮笑肉不笑地说："我等你通知开会的时间。"

周孟言离开办公室后，甘庐道："阮总，周孟言嚣张不了多久了，这次的季报拿给各位董事一看，大家自然知道该怎么选择。"

阮乌程拿起桌上的茶杯，打开盖子，慢慢地吹了吹："今天下午，请财务顾问来公司一趟。"

离开欧拉后，江承转头问后座的周孟言："阮乌程难道真的看不出来，现在欧拉正在朝好的方向发展吗？"

周孟言推了推细框眼镜，看着电脑："你觉得他有那么傻吗？"

"那他到现在还打算弄走你……"

“他想削弱我的权力不是一天两天的事了，只是之前一直没有找到合适的理由。现在股价跌了，他当然会把握这次机会。”

“不过以您现在在欧拉的势力，阮乌程想通过董事会弄走您，恐怕是痴人说梦。”

“不一定。”

“什么？”

周孟言冷冷地看着电脑：“他最后的目的，可能不是这个。”

周孟言回到梵慕尼后，给阮烟打了个电话，听到电话那头慵懒迷糊的声音，就知道她刚睡醒。

他和阮烟聊了一会儿。彻底清醒后，她坐起身：“你今天去欧拉了吗？”

“嗯。”

“我听说了公司的一些情况。”阮烟轻声道，“就是股价下跌的事。”

他笑了下：“那烟儿要听我的解释吗？”

“嗯。”

周孟言讲了下改革欧拉的目的和手段。总而言之，欧拉现在还处于上升阶段，需要大量的投入，爬坡速度较缓，所以只看前期的财报，有的人会觉得改革收效甚微。其实事实不是这样的，而且阮乌程想一口吃成胖子，根本不可能，毕竟当初欧拉遭遇了那么大的危机。

他说完，含笑问：“你担心我会再次让欧拉陷入危机？”

阮烟摇头，声音软软的：“不，我相信你。”她不仅相信周孟言的能力和分析，也相信他之前对她说的，会让欧拉好起来。

“我作为商人，肯定会让自己投的钱赚回来。更何况我现在这么喜欢你，肯定不会让你担心。”

阮烟莞尔：“嗯。”

聊完了公司的事，阮烟说过两天剧组要去外地演出话剧，具体的安排已经出来了，周孟言让她给自己发一份时间表。阮烟听到电话那头传来了江承的声音，于是让周孟言去忙，结束了通话。

早晨，阮烟在书房翻手机，看到了宣传人员发在群里的这次巡回演出的精美海报。阮烟顺手转发到朋友圈，也算是做宣传。

阮烟正在看台词，手机响了。她一看，是莘明哲的电话。

她接起电话，莘明哲问阮烟现在忙不忙："我今早刚好没什么事，所以就给你打个电话，不打扰你吧？"

"不会，我没什么事。"

莘明哲问了一下她眼睛最近的情况，确认她已经完全好了。他前段时间就已经知道阮烟复明了，当时祝星枝在朋友圈晒了张她和阮烟的照片。得知阮烟复明，他第一时间就给阮烟打了个电话。

莘明哲道："我过年后被我爸派到R市的分公司磨炼去了，我刚好看到你们那部《静湖》这周末第一场演出就在R市，还挺巧的，到时候我去看你演出。"

"不用，其实我演的就是个小角色……"

"你有台词吧？"

"有。"

"没台词也没关系。"莘明哲笑了笑，心想能看到她就行，"你就当我放松一下心情，陶冶一下情操。"

演出的时间是周六晚上，所以周五早晨，剧组的人就要出发去往R市。

莘明哲给阮烟发信息提出去高铁站接她。阮烟婉拒了，说剧组安排了大巴车。莘明哲又说晚上请阮烟吃饭，但是她今天要彩排、走场，肯定没有时间。莘明哲也没强求，让她先安心准备。

晚上，阮烟忙完回到酒店，刚洗完澡，周孟言就打来了电话。

"开视频？"他问。

"啊？"

"想看看你。"

阮烟害羞，想拒绝，然而周孟言很执着："就看一会儿，嗯？"

最后她温暾地应了一声，飞快地坐直身子，照了照镜子，理了下头发，然后开了摄像头。阮烟看到周孟言似乎在书房，面容清隽。

这是他们第一次开视频通话，阮烟不禁面红心跳。周孟言无声地看

了她几秒，笑了："至于这么害羞吗？"

"没有。"她小声地狡辩。

"今天肚子有没有不舒服？"昨天阮烟来了例假。自从知道了阮烟会痛经，周孟言就开始记她的经期，管着她，不让她吃太多冰的东西。

"不会，我都没喝冰饮。"

两人聊着聊着，阮烟渐渐地没那么紧张了，倒在了床上。

男人看着镜头里的女孩儿，裙子吊带从肩膀微微滑落，露出漂亮白皙的锁骨。偏偏她还一副不自知的模样，专心致志地和他分享着各种事情。

他突然好想此刻就到她身边。

本来周孟言打算简单地聊十来分钟就结束，谁知最后两个人聊了将近一个小时。阮烟面露困意，周孟言温柔地道："去睡觉，早点儿休息。"

"嗯，晚安啦。"

看着她挂了电话，周孟言立马订票。

第二天，全部剧组人员来到剧场，进行彩排。

这次他们演出的地点是 R 市最大的话剧厅。票卖得很好，不用猜大家也知道今晚一定会高朋满座。

晚上，阮烟正在后台准备，收到莘明哲的信息："我到了。"他还配了张现场的图片。

阮烟很惊讶，没想到他真来看演出了。她说快上台了，可能没有时间出去见他。莘明哲让她安心忙，等一会儿演出完再说。

演出开始后，坐在台下的莘明哲看着台上的阮烟，觉得眼睛复明后的她还是一如既往地耀眼，即使扮演个小角色，也不能掩盖她的光芒。

其实阮烟参演的每一场话剧，他都会看，只是他通常会默默地到场，默默地离开。

演出圆满落幕。

阮烟在后台收拾完，和几个演员往外走。到了外头的大厅，阮烟就看到莘明哲站在海报的旁边，捧着一束粉色的洋桔梗。他转头看到她，立即扬起唇角："阮烟。"

阮烟和身边的朋友都愣住了。阮烟和朋友说了声，然后走上前去。莘明哲把花递到她的手中：“恭喜你烟烟，演出成功。”

阮烟淡淡地笑了：“谢谢。”

莘明哲笑看着她：“怎么样，你最近是不是很辛苦？”

“还好，其实我的任务也不是很重。”

“那今晚带你出去吃个夜宵？这几天我约你，你都不给我面子，现在演出完了，可以赴约了吧？我也算是半个东道主了。”

莘明哲看着她，目光温柔。

阮烟面露难色：“我今晚——”

她话音未落，前方传来一道沉着的男声：“她今晚没时间。”阮烟听到熟悉的声音，转头就看到了周孟言。他穿着一身深灰色风衣，拿着一大捧红玫瑰。

莘明哲顿时呆住了。

周孟言走到阮烟的身旁，揽住她的腰。她很惊喜：“孟言，你怎么来了？”

“过来看你演出。”周孟言温柔地说。

周孟言看向对面的莘明哲：“莘先生，这么晚了，就不劳烦你陪我的太太去吃夜宵了，也不合适。”

莘明哲看着周孟言宣示主权的样子，震惊地问：“周孟言，你这是什么意思？”

“让你离烟儿远一点儿的意思。”周孟言扯起嘴角，“我这样说你听懂了吗？”

莘明哲皱起眉：“你们之间不是商业联姻吗？你不是一点儿都不在意阮烟吗？”

上次阮烟崴了脚，莘明哲在医院里给周孟言打电话，周孟言反应冷漠，而且丝毫不关心她的病情，怎么现在……

周孟言闻言，冷冷地吐出几个字：“是或不是，你又打算做什么？”

莘明哲的瞳孔一缩。

周孟言不耐烦地看向他：“莘先生，我和阮烟已经结婚了，现在感情很好。我奉劝你不要再打什么挖墙脚的主意，觊觎一个永远都不可能

属于你的人。”

周孟言揽着阮烟，带她离开。

莘明哲站在原地，眼睛红了。

阮烟被周孟言带着往外走，回想起他刚才的话，和之前他冷淡地说她和其他人交往也无所谓的态度，简直是天差地别。

阮烟仰头看着他紧绷的下颌线以及极度不悦的面色，翘起嘴角：“我们要不要换一换花？”

他垂眸看她，她看向前方，眨了眨眼睛：“我喜欢你手里的红玫瑰。”

周孟言这才反应过来，阮烟现在拿着的是莘明哲送的花。周孟言立刻拿走了她手里的洋桔梗，把红玫瑰递给她，冷冷地道：“当然是我的花好看。”

阮烟发现这人吃起醋来怎么这么可爱？

两人走到门口，阮烟拉住他的袖子：“我想逛逛街，买点儿东西，你陪我走走？”

“嗯。”

于是两人把花放进车里，往前走去。

街道上一片昏黄，人很少。

周孟言握着阮烟的手，她见他的脸色不好看，问他：“你今天想来这给我个‘惊喜’？”

他淡淡地道：“我来迟了一步，老婆差点儿就跟别人走了。”

他刚才也在门口等阮烟，谁知临时接了个电话，再回来就发现莘明哲站在阮烟的面前。

阮烟极力忍住笑：“你怎么知道我要跟别人走？”

他垂眸看她：“我不来，你会跟他走吗？”

“我刚才正想婉拒他。”

“他为了你追到了R市？”

“怎么可能，他只是刚好在这儿而已。”只有周孟言会为她而来。

阮烟见他还是不说话，忽然拉着他停下，笑着看他：“孟言，你吃醋了？”

“你觉得呢？”他觉得不开心，“又是送花，又是带你吃夜宵，他到现在还喜欢你。”

他话音刚落，阮烟就踮起脚，揪着他的衣服，在他的唇上轻轻地一吻。

她注视着他：“可是……我只喜欢你呀。”

阮烟说完，周孟言的眼中闪过一道震惊之色：“烟儿……”

阮烟主动亲了他，还说喜欢他。此刻阮烟回过神来，整张脸红得像桃花，害羞地转过身，想假装什么都没发生。突然，周孟言搂住她，把她拉进怀中。他看向她，目光灼灼，嗓音沙哑：“你终于承认喜欢我了，嗯？”

阮烟看着他眼里掩盖不住的欢喜之色，思绪如潮：“嗯，喜欢。”

阮烟也不知道到底是在哪个时刻喜欢上了他。在朝夕相处间，那些陪伴、承诺，像是一场润物细无声的春雨，等到她反应过来，才发现原来自己的每一次怦然心动，都是因为他。

周孟言听到她肯定的答案，觉得心被填满了。活了将近三十年，他第一次感觉到满怀喜悦到底是什么样的感觉。

他扣住她的后脑勺，笑着看着她：“既然喜欢，那只亲一下够吗？”

阮烟面颊绯红，害羞极了，还没回应，唇就被他的吻封住了。他温热的唇瓣，打乱了阮烟的呼吸节奏。阮烟被他紧紧地拥着，浑身发软，忍不住踮起脚，勾住他的脖子。

两个人唇舌交缠，热烈地接吻。

四周一片静谧，无人路过，橘黄的灯光从头顶倾泻而下，像是一串金色的流珠。

阮烟感觉到浓浓的爱意，如同巨浪将两人淹没。

这是两人真心相爱后的第一个吻——无关欲念，只属于爱情。

两个人吻完，前额相抵。阮烟的眼睛里浮起了水汽，红唇娇艳欲滴，她羞涩地揪着他的衣服，看到他扬起唇角说：“追到了。”他终于追到她了。

看他还想亲她，阮烟偏过头，脸颊上出现两个梨涡：“在街上呢……”

下一刻，周孟言在她的唇上蜻蜓点水般地吻了一下，然后拉住她的手："没关系，今晚时间还有很多。"

阮烟红了脸，被他牵着继续往前走。

前面的街市渐渐地热闹起来，他问："你想往这儿走，是不是要吃点儿什么？"

"没。"她嗫嚅着，"刚才我就是想找个没人的地方……和你告白。"

他用手指在她的掌心挠了一下："那往回走了？"

阮烟看前面热闹的摊点，都在卖吃的。她有点儿馋，假装平静地说："来都来了，还是买点儿吃的吧。"

"没必要这么勉强。"

"才不勉强……"她气鼓鼓地说。

周孟言揉了揉她的头发，笑着说："买，你饿了怎么能不买？"

两人逛了一圈，买了四果汤和一份手抓饼。他知道她喜欢甜的，又带她去了奶茶店。

阮烟挑了一下："我要芋圆啵啵奶茶，中杯。"

服务员问："几分糖？"

"微糖。"

"热度呢？"

她差点儿说要冰的，想到周孟言在，立刻改口道："常温吧……"她怀疑这人就是故意来这里监督她的。

从奶茶店出来，两人走到路口上了车。

他们回到酒店，进入房间，周孟言把阮烟抱到腿上。她插上吸管，吸了一口奶茶："你要不要喝？"

"嗯。"他捏着她的下巴，又吻了她。

吻完后，阮烟笑着主动问他："甜吗？"

他沉声道："和你有关的都很甜。"

阮烟一边吃夜宵，一边和他说今天演出的事。吃完后，阮烟接到剧组人员的电话，说了一些事，周孟言去浴室洗澡。

他洗完澡出来，阮烟正靠在床头玩手机，看到他穿着浴袍，身材精瘦健壮。阮烟与他对视，然后飞快地移开目光："你别忘了，我的'大姨妈’来了……”

周孟言笑了一下，紧紧地搂着阮烟，吻上她的唇。阮烟听到他的心脏强有力地跳动着，靠在他的身上，感觉自己像跌落在柔软的棉花上。她一时忘记了自己身处何方，只知道自己被他抱在怀中——是那个最令她欢喜的男人。

两人努力地调匀呼吸。周孟言吻了一下她的额头，嗓音沙哑：“等你例假结束。”他没有说出下半句，阮烟却听懂了。

“接下来的一周，你是不是都在外地？”

“对，明天晚上在这里还有一场演出，下周一要去另外一个市，不过下周六就回去了。”

“好。”

过了一会儿，阮烟也去了浴室，想起这段时间周孟言的陪伴，心里很暖。

她突然发现，遇到他是件多么幸运的事。原先，他说给她婚姻，现在，他说要给她一个家。他满足了她对于婚姻和爱情所有美好的幻想。

美梦终于成真。

周孟言陪阮烟在 R 市待了一天，然后回到了林城。

周一下午，周孟言在梵慕尼集团的总裁办公室翻看着文件。江承敲门进来，身后跟着一个一身西装革履的男人。

“周总，林顾问来了。”

周孟言应了一声，然后江承关上门，带林学走了进去，在办公桌前站定：“周总。”

林学是欧拉公司的财务顾问，曾经跟在阮云山的身边，现在是阮乌程的心腹之一，只不过是周孟言安排的。

周孟言合上合同：“坐吧。”

林学坐下后，压低声音说道：“周总，上周有件意外的事，我觉得蹊跷，想和您汇报一下。”

“什么事？”

林学道：“上周阮董事长来找我，说了季报的问题。我安抚他，说

了些公司好的情况，可是他似乎没有放在心上，而是突然问我——有没有比较好的银行可以推荐给他，他要办理股权质押。”

周孟言抬眼看他：“股权质押？”

股东可以把拥有的股权当作抵押物，向银行申请贷款，获得资金。但是股权质押是有风险的。如果公司的股票价格下跌，股东无法偿还贷款，银行会卖出这部分股权，对股东来说，这跟失去这部分股权区别不大。

阮乌程那天下午突然和林学提到这件事，说明他有股权质押的想法。林学疑惑地说：“欧拉目前没有资金短缺的情况，加上现在股价下跌，未来股票涨价空间不大，他明明应该很担心，不可能去进行高风险的股权质押。阮董事长这是什么意思？”

周孟言闻言，忽然一笑。

阮乌程的最终目的可能不单单是赶走周孟言，他应该还有别的考虑。

“阮乌程既然想去办理股权质押，肯定看好公司未来的股价，信心十足。”周孟言道。

林学点点头：“可是他也应该知道公司的近况，难道他有别的筹码？”

周孟言沉默了片刻，问：“你是如何回复他的？”

“我还没有给他答复，想先来问问您。”

周孟言沉思片刻，含着笑淡淡地开口了：“他想布局，那我们就好好地配合他一次。”

欧拉公司的董事会在周三上午如期举行。

今天投票表决的议案是，是否要暂时罢免周孟言的董事一职，收回管理权。冯庄也来到了现场。她和阮乌程之间有利益捆绑，站在阮乌程那边。

在甘庐的主持下，会议开始。大家先分析了季报，然后提出了周孟言在管理上存在的问题。

阮乌程坐在位子上，看着对面周孟言平静如水的表情，想象着等一会儿周孟言惊慌的模样，在心中冷笑了一声。

问题说完了，周孟言解释了一番。阮乌程发表了意见，对周孟言的解释进行了驳斥：“周先生，你的改革策略并不适合现在的欧拉。”

有其他董事提问，对周孟言的质疑声渐起。周孟言没再说话，阮乌程给甘庐做了个手势，甘庐说可以开始投票了。

过了一会儿，会务组进行票数统计工作。

今日在场的共有 10 位董事，最后的投票结果是：同意暂时收回周孟言管理权的有 7 位；反对的有 3 位。

阮乌程看着周孟言沉下的脸，心中狂喜，微微勾起唇角：“周先生，这段时间，你只能先交出管理权了。”

走出会议室后，阮乌程走到周孟言的面前。周孟言冷冷地看着阮乌程：“你赢了。”

阮乌程眼底的笑意更盛，他压低声音：“周孟言，你本来就斗不过我，我始终是欧拉的董事长。”

阮乌程往前走去，周孟言站在原地，看着阮乌程的背影，渐渐地勾起唇角。

这几天，《静湖》剧组又去了另外两个市演出，反响都很热烈。

最后一场演出顺利结束后，阮烟回到酒店。

睡前，周孟言打来电话问她今天的表演情况。阮烟说完后，提到一事：“我可能要周日晚上才回家。”

“怎么了？”

“剧团的人想在这里逛逛，我也挺想去的。”阮烟莞尔，“孟言，我迟一天回家好不好？”

听到她向他撒娇，他虽然巴不得让她现在就回来，但也只能顺着她的意思：“好，你玩吧。”

阮烟笑了。

第二天下午，阮烟上了回林城的高铁。

她昨晚是故意骗周孟言的，想今天回家，给他一个“惊喜”。毕竟每次都是他来找她，给她制造“惊喜”。这回她也要主动一次。分开将

近一个星期，她能体会到周孟言对自己的想念之情，因为她也很想周孟言。

到林城后已经是傍晚了，阮烟自己打车回家。

她想象着等一会儿周孟言看到她会有多意外，谁知到家后，用人说：“先生今晚出去了，不在家。”

阮烟佯装在外地，给周孟言打电话，汇报了一下自己的行程。她问他现在在干吗，对方说今晚在公司加班。

周孟言本来以为阮烟要回来，既然她没回来，自己要独自待在家里办公，还不如去办公室。

阮烟想了一下，忍住没告诉他，笑道：“好，那你忙。”

吃完晚餐，阮烟收拾完行李，然后去泡澡。

半个小时后，阮烟起身裹上浴巾，走出浴室，换上一件前段时间买的还没穿过的睡裙。

阮烟把头发吹干，任由黑发散落在肩头。她走到镜子前，回想起昨天祝星枝发给她的图片，又看到镜子里的自己，不禁面红耳赤。

阮烟裹上和睡裙成套的真丝睡袍，走出卧室，对用人道：“帮我拿一瓶红酒上来。”

“好的太太。”

阮烟走进二楼的影音厅，过了一会儿，用人把红酒送了进来，帮她关上了门。

阮烟挑了一部喜欢的电影，点了两支香薰蜡烛，然后关上灯，坐在沙发前，倒上一杯红酒。

房间里，柑橘和麝香木的淡淡香味慢慢地弥漫开来。阮烟喝了点儿红酒，虽然没醉，但是开始兴奋了，胆怯和羞涩之情一点点地消失了。

过了一会儿，楼下玄关处的门被打开了。

周孟言上了楼，听到影音厅里有声音。他愣了一下，转身往影音厅走去。他推开门，看到半躺在沙发上的阮烟。

她把手肘撑在抱枕上，侧躺着看电影。她身材姣好，凹凸有致，两条腿细长而白皙。她随意地搭着腿，慵懒而闲适，如同一幅古时候的美人图，隐隐地透出一股浑然天成的妩媚之感。

以为阮烟还在外地的周孟言怔住了。

阮烟转头看到他，先是一愣，然后弯起红唇："孟言，你回来啦。"她从沙发上站起身，朝周孟言走去，直勾勾地盯着他，眼光流转。

待她走到自己的面前，周孟言一把将她拉进怀中。阮烟用手掌轻抵着他的胸膛，抬眸看他。男人低沉好听的声音响起："提前回来怎么也不早点儿和我说？"

阮烟盈盈一笑："是不是感觉到了惊喜？"

"嗯。"

她踮起脚，勾住周孟言的脖子，主动送上红唇。他扣住她的后脑勺，吻她。

房间里，阮烟仿佛被男人带进了一个虚幻的世界。她感觉全身血液都在加速流动，烛光微微晃眼。她第一次感觉到，原来和喜欢的人在一起，会有种前所未有的满足感。

她的眼里、心里，只有周孟言。

她和他在爱意中完完全全地融合在一起。房间里，暗香涌动。烛光照着的墙壁上，人影摇曳。

他用手摸着她的头发："烟儿，看着我。"

从前她失明，现在她看得见了，他渴望被她注视。

阮烟看着他，感受到他的眼底有满满的爱意，不禁眼眶发热，心跳加速。

天光大亮。

两人几乎在同一时间起来。温存了几分钟后，阮烟掀开被子下床。过了一会儿，她站在盥洗池前刷牙，在镜子里看到周孟言走到她的身后。

她正在漱口，他就从背后抱住了她。他俯下身，让视线和她的视线平齐。阮烟漱完口转过脸看着他，忽然亲了下他的脸颊。他的脸上沾上了一点儿她嘴角的泡沫。

阮烟狡黠地笑了。

洗漱完毕，她转过身，周孟言捏住她的下巴，吻住了她的嘴。这个吻缠绵而又温柔。

吻完后，阮烟与他十指相扣，脸上满是欢喜之意。

现在的她是他真正的太太了。从此，她的朝朝暮暮，都要与他一起度过。

两人用完早餐，周孟言说有件事要告诉阮烟，带她去了阳台。

她坐在秋千椅上，问："什么事啊？"

他看向前方："我在欧拉的职位被撤了。"

阮烟一怔，皱起眉头："什么意思？职位被撤？！这是什么时候的事情？"

"就在上周。"

"我大伯做的？"

"董事会上大家投票决定的。"

周孟言和她说完事情经过，阮烟眉头紧锁："我能帮点儿什么忙？我好歹也有 8% 的股份。"

他不禁笑了："烟儿，你这样叫胳膊肘往外拐。"

"我说真的。"

他揉了揉她的头发："没事，我是故意顺着你大伯的意思，被撤职的。"

"故意的？"

"嗯。"

阮烟听完了他说的计划，心里掀起了惊涛骇浪："他的目的竟然是这个？"

"这也只是我的初步猜测而已，就要看他接下去愿不愿意上钩。"如果他的猜测是真的，那他一定会为阮乌程设下天罗地网。

周孟言转头看她，道："烟儿，我帮你夺回欧拉怎么样？"

第十章

与你白头偕老

那天周孟言说的话，在阮烟心头投下巨石。周孟言注资欧拉，原本是为了自己的利益，但是现在他做这些事是为了阮烟。

公司的问题没法很快解决，只能继续交给周孟言处理。她说，无论如何都相信他。

几天后，《静湖》剧组要举办庆功宴。傍晚，阮烟从天利云茨商场购完物出来，上了周孟言的车。

今晚周孟言也有一场应酬。两个人参加宴会的地点相距不远，他就去接她。他看着她提着的几个袋子："今天怎么只买了一点儿东西？"

"为了……省钱啊。"

"省钱？"周孟言挑起眉，"打算勤俭持家？"

阮烟笑："贤妻良母嘛。"

他伸手揉了揉她的头，淡淡地道："没必要，你和我结婚后，不需要省钱。"

阮烟莞尔："逗你的，只是我今天本来约了枝枝，但是她临时放我'鸽子'。我一个人逛没什么意思，就随便买了点儿。"

"你以后可以叫我。"

“叫你干什么？陪我逛街啊？”

他看着她：“怎么，你嫌弃？”

阮烟立刻摇摇头：“怕你忙。”逛街当然要和姐妹一起才开心！

他笑了笑没说话。到了酒店，他嘱咐她结束之后给他打电话，阮烟答应了。

然后，劳斯莱斯开往水天一方会所。

到了会所，周孟言下了车，走进包间。早到的几个人立刻起身笑脸相迎：“周总来了。”

今天和周孟言吃饭的是林城另一个箱包公司的总裁邵弘新。邵弘新五十岁了，留着“地中海”发型，挺着啤酒肚。邵弘新指了指旁边的几个人，向周孟言介绍。他指向其中最年轻的一位：“这是我们公司新上任的创意部总监赵瑾，非常年轻，才 26 岁。”

女人穿着一身休闲的黑色条纹长裙，身材姣好，妆容精致。她看向周孟言，发现周孟言长得比网络上照片里的样子更俊朗，不禁满怀爱慕地向周孟言开口问好：“周总好。”

周孟言仍然把手放在裤兜里，没有和她握手的打算。

几人落座，赵瑾坐在周孟言的斜对面，不时地看向周孟言。邵弘新看着赵瑾，忽然说：“我记得小赵是 F 大毕业的吧？”

“对。”她看向周孟言，“我是金融系毕业的。前段时间周总去我的母校演讲了，那天我刚好回院里，还见到周总了呢。”

邵弘新说：“哟，这么巧啊。”

周孟言放下茶杯，问：“赵女士是金融系的？”

赵瑾见他主动问，连忙答：“对，我是金融系的，还修了一门工商管理……”

其实，周孟言只是因为赵瑾学的专业和阮烟一样，所以多问了一句。赵瑾接下去说的话，他没仔细听，也没搭话，还是邵弘新接的话。

赵瑾见男人态度冷淡，也不觉得奇怪。毕竟周孟言身处高位，若是没有点儿架子，反而奇怪。今天自己能在这里，和周孟言同桌吃一顿饭，说出去就是极有面子的一件事。

菜上齐后，邵弘新举起酒杯，带着几个人敬周孟言。过了一会儿，赵瑾站起身，走到周孟言身边，扭着腰，妩媚地笑道：“周总，我敬你呀。”

夜幕四合，庆功宴酒过三巡，大家都喝得很尽兴。

宴会结束后，一群人往外走。有人起哄说要去唱歌，大家的兴致很高。阮烟在一旁给周孟言发信息，有人过来邀请她，她婉拒：“不了，我还有点儿事，就先走啦。”

和众人道别后，她走到酒店门口，收到周孟言的信息：“我这边快结束了，要不你过来找我？我也可以让司机先送你回家。”

阮烟回：“我去找你吧，你在哪儿？”

他发了地址：“到了和我说。”

阮烟找得到会所，就走路过去了，刚好消消食。

到了水天一方会所后，阮烟一边往里走，一边给周孟言发信息，突然听到一道女声：“阮烟？”

阮烟转过头，只见赵瑾向她走来。阮烟没想到会在会所遇到这位学姐。她锁上手机屏幕，淡淡地勾起唇角：“赵学姐。”

赵瑾扫视了一番阮烟，有点儿诧异：“原来真是你啊，好久没见了。我记得前段时间听有个同学说，你休学了？”

“嗯。”

赵瑾故作惊讶地说：“对了，你不是失明了吗？”

“现在好了。”

赵瑾愣了一下，笑着说：“那就好，我还以为你是永久性失明呢。”

阮烟听出了赵瑾话中的嘲讽之意。当年她和赵瑾都在学院学生会里，赵瑾比她高两届，是副部长。赵瑾一直不待见阮烟，实习期的时候，阮烟的任务是最重的。她做得好，不会被表扬；做得差，就会受到来自赵瑾的数落和讥讽。

阮烟刚开始还纳闷，为什么赵瑾对她的敌意这么大？她想摊开来讲，但是赵瑾永远都摆出一副“你在说什么，我好无辜”的表情。后来阮烟知道了，原来部长喜欢自己，而赵瑾喜欢部长。

阮烟有些郁闷，为什么这些烂俗剧情要发生在她的生活中。

后来阮烟拒绝了部长的追求，赵瑾对她才不再那么过分。但是赵瑾还是很不喜欢阮烟，因为阮烟太优秀了——无论是成绩、外貌，还是人缘。

是嫉妒让赵瑾变成这样子的。

阮烟闻言，看着她："倒也不至于，赵学姐不必这么遗憾。"

赵瑾的表情僵了。

阮烟说："开个玩笑。"

赵瑾扯起嘴角："我是没想到在你身上发生了这么严重的事故，替你感到可惜。推迟一年毕业，挺影响找工作和考研的。我前两周看到你发的朋友圈，你去演话剧了啊？"

"嗯。"

"没想到你还对这个有兴趣，可我怎么没在主演人员里看到你的名字？"

"我只是一个小配角。"

"小配角？"阮烟被迫休学一年，现在竟然去跑龙套，赵瑾假装心疼地问，"你这么缺钱吗？"

阮烟笑了笑："没办法，为了生活嘛。"

赵瑾见阮烟过得不好，就放心地笑了："我今天还在这里应酬呢。"

"这样啊……"

"我现在在杨斯集团当创意部总监，今天过来谈合作。"

"创意部总监，这么厉害？"

"我毕业后直接被杨斯集团招走了，干了一段时间就升职了。"赵瑾撩撩长发，微仰起下巴，"梵慕尼你知道吗？我们公司最近和他们有个合作项目。"

阮烟刚给周孟言发完信息，闻言愣了一下，抬起头来："梵慕尼？"

"对啊，这次合作案很重要，他们总裁亲自过来了。而且他们总裁之前去F大演讲过，我还见过他。"

阮烟眨了眨眼睛："学姐竟然和他有交情啊？"

"之前我们聊过两句，梵慕尼总裁说挺欣赏我的，还开玩笑说要把我挖到他们公司呢。"

赵瑾想阮烟也不可能知道真实情况，就毫无心理负担地吹牛。

阮烟向往地道："学姐也太厉害了，希望我毕业以后也可以这么厉害。"

"你想进梵慕尼是不可能的。"赵瑾笑了笑，"梵慕尼招聘的员工学历都很高，硕士都很难进去。"

阮烟面露惋惜之意："那太可惜了。"

"你还是先读完大学吧。对了，我忘记问你，你怎么会在这儿？"

阮烟淡淡一笑："我在等我的老公。"

"你的老公？"赵瑾呆住了，"你结婚了？"

"嗯。"阮烟看向长廊前头走过来的人，"他来了。"

赵瑾一回头，就看到周孟言朝她们走来。

赵瑾疑惑，听到阮烟道："孟言——"

周孟言应了一声，然后走到阮烟的身边搂住她，温柔地问："要不进去陪我坐一会儿？"

赵瑾大为震惊。

周孟言牵着阮烟走进包间。里头的人看到他们俩，连忙起身："这位就是周太太吧？"

周孟言带着阮烟走上前："嗯。"

邵弘新连忙向阮烟问好："我第一次看到周太太，周太太好年轻、好有气质……"

阮烟也向他们问好。

跟在身后的赵瑾，整张脸又青又黑，笑容就跟被502粘住一样僵硬。回想起刚才自己对阮烟的态度，赵瑾被吓得说不出话来。

她讥讽阮烟，以为阮烟过得很惨，谁知道人家在休学期间嫁进豪门，演话剧根本不是因为没钱。她还跟阮烟吹牛，说自己和周孟言的关系好，没想到竟然把牛吹到了人家老公头上……她以为她演得一手好戏，没想到阮烟明知真相，却还有来有回地配合着她。

她竟然跳进了阮烟的陷阱，被阮烟教训了。

邵弘新看向后面的赵瑾，顺口介绍："这位是我们公司的创意部总监，小赵。你们刚才怎么是一起进来的？"

阮烟看向赵瑾，莞尔："我和赵学姐是同一个学校的，刚才在门口遇到了，还说了几句话。"

周孟言说："认识？"

阮烟点点头："之前我们都在学生会，赵学姐经常帮助我。她在我们学校特别优秀，我刚才听她说你也特别欣赏她。"

周孟言愣了一下，看向赵瑾。赵瑾心中发慌，干笑两声："阮烟，你说笑了，我的成绩一般……"

周孟言看着阮烟脸上狡黠的表情，又看看赵瑾紧张的神色，猜到了大概，勉强忍住笑，揉了揉阮烟的头："之前没见过赵女士，原来和我太太这么有缘分。"

这话有安抚之意，更在无形之中解释了一些误会。

赵瑾发现牛皮吹破了，喉咙像被卡住了一般，彻底说不出话来。

"来吧，周太太，先坐下，让服务员添一副碗筷，点几个菜。"

阮烟婉拒，坐在周孟言旁边："没事，我吃过了。"

周孟言侧首在她耳畔道："我这边马上就结束，嗯？"

阮烟说："你忙，我玩手机呀。"

周孟言和邵弘新继续聊着公事，阮烟拿出手机，点开微信，找到赵瑾，把赵瑾拉入了黑名单——阮烟感觉很爽。之前她就应该把这个人删掉！赵瑾天天看自己的生活状态，还老讽刺自己，真恶心。

她气鼓鼓地喝了口果汁，抬头看向对面的赵瑾，赵瑾不敢与她对视。

赵瑾怎么这么软弱？

阮烟生完气，没把这件事放在心上，低头玩着手机。忽然，周孟言在桌面下拉住了她的手，不时地挠挠她的手心，和她比比手掌的大小，偏偏脸上没有多余的表情。

她脸颊微红。这人怎么谈个公事也不忘"调戏"她？

她试图把手抽回来，他含笑低声道："让我解解闷。"

晚上的应酬正式结束后，一行人走出包间。

阮烟和周孟言上了车，车子在夜色中往家驶去。周孟言看向她："过来。"

阮烟挪到他的旁边，被他搂住，顺势靠在他的身上。

“那个赵学姐今晚是不是和你闹了点儿矛盾？”

阮烟惊讶地问：“你看出来了？”

“不然呢？我出去找你的时候，你和她站在一起。”阮烟回到包间后，他能感觉到她和赵瑾说话时带着刺，像只小刺猬，可爱极了。

阮烟听完他说的，又羞又恼：“你才是小刺猬呢。”

他想到了什么，连忙解释：“我真没说过欣赏她。我和她在今晚之前都没聊过天。”刚才听阮烟那么说，他还以为她吃醋了。

阮烟仰头看他：“那你欣赏我吗？”

“不只欣赏，还喜欢。”

阮烟的脸上浮现出两个酒窝：“其实我没有误会啦，我知道她是故意在我面前吹牛的，她以前在学校的时候就这样。”

“和我说说？”

阮烟就和他说起以前赵瑾在学校想方设法地针对自己的事：“反正我后来就没怎么理她了。她学习成绩挺好的，挺招老师喜欢，但是很多同学都不喜欢她。她离开学生会之后，会里和谐多了。”

周孟言沉默了几秒，然后说：“如果我能年轻个五六岁就好了。”

“嗯？”

“我们可以一起上大学，在大学里谈恋爱，就没人能欺负你了。”

阮烟笑：“得了吧，以你这样的性格，我在大学里可能和你说不上话。”

阮烟回想起校园生活，感慨道：“你这么一说，我突然好憧憬校园恋爱哦。我还没读完大学就已经成为已婚‘少女’了……”

阮烟话音未落，周孟言就轻轻地捏住她的下巴，吻了上去。

她刚刚吃的柠檬糖在唇舌间化开，滋味清甜。阮烟觉得头昏脑涨，被他吻得四肢发软。

过了一会儿，他停下来，靠着阮烟的额头，冷冷地问：“你喜欢校园恋爱？后悔和我结婚了？”

阮烟看着他吃醋的模样，觉得心里暖暖的。她揪着他的衣领，啄了一下他的唇：“永远都不会后悔。”

和周孟言白头偕老是她一生所愿。

第二天早晨，阮烟一个人去疗养院看望父亲。

眼睛好了之后，阮烟就经常去疗养院。如果闲来无事，她就在院里待一下午，陪着父亲。

到了病房，她把买来的百合插在花瓶中，然后拿温毛巾帮阮云山擦手。忙完后，她坐在他的旁边，看了一会儿书，然后和他讲起童年的事，就像阮云山还听得到那样，和他聊天："爸爸，你现在不需要担心我，我有了孟言。他对我很好，就像从前你对我一样。"阮烟握住他的手，"你以前总说，将来和我结婚的那个男孩儿必须让你满意，你赶快醒来，醒来之后我就可以把孟言带到你的面前。我相信你一定会喜欢他的。

"爸爸，我前段时间又演了一部话剧，虽然只演了个小配角，但是特别开心。等你醒来，我就拿录像给你看……快要到夏天了，我记得爸爸说过，最喜欢夏天。你想不想吃西瓜？"

阮烟把脸颊贴在他的手上，和他说着话。这时他的手指忽然动了一下。

阮烟立刻坐直身子，脑海中掀起了惊喜的波浪。她探望过父亲很多次，从来没有发现他能对外界做出反应。父亲是不是能听到她在说话？

阮烟去找医生，医生说最近阮云山恢复得不错，身体正在慢慢地好转。

说不定他在哪一天就醒来了。

阮烟从疗养院出来，把好消息告诉了周孟言。周孟言道："下次陪你一起去看爸爸。"

"好呀。"

"烟儿现在打算去哪儿？"

"我挺无聊的，没什么事干，就直接回家吧。"

"要不要来公司待着？"

"公司？"

"嗯，我今天刚好不太忙。"他笑着说，"你既然无聊，不如来监督老公工作。"

阮烟笑着答应了。

半个小时后，阮烟到了梵慕尼集团，一走进大楼，就有专门的工作人员上来迎接："太太，周总让我带你上去。"

阮烟颔首。

她推开总裁办公室的门。周孟言看着她，吩咐助理："给太太倒一杯柠檬水。"

助理离开后，阮烟走到他的面前。周孟言握住她的手腕，她便顺势坐在他身上。周孟言看着她："今天这件衣服很漂亮。"

阮烟笑着握住他的手："会不会打扰你？"

"我很乐意被周太太打扰。"

"我这样会让你分神的……"

两人正说着话，助理敲门进来。阮烟红着脸想从他身上起来，他却按住她，不让她跑。

等到助理走后，阮烟嗔怪他："工作期间，不能谈情说爱。"

周孟言笑了笑，把柠檬水递给她。阮烟喝着水，突然想起一件事："对了孟言，你帮我挑挑话剧剧本，我想找一个去试镜。"

"好。"

阮烟把剧本拿给他看。两个剧本都是校园话剧，一个是青春爱情故事，和《时光与你》差不多，讲述青涩甜蜜的爱情；另一个讲的是大学生对未来的抉择和梦想。

"第一个剧本，我想去试镜女一号。第二个剧本，我觉得纪怀那个角色挺适合我的。"

周孟言翻了翻剧本，抬头看她："第一个剧本，你和男一号有牵手和拥抱的动作？"

阮烟憋住笑："演戏嘛，又不是真的。"

他沉下脸，想到阮烟和别人在舞台上有亲密接触，心里就不舒服。过了半晌，他道："我觉得第二个不错。"

阮烟勾住他的脖子："可是我好喜欢第一个剧本，我觉得我肯定能把女一号演好。"

“真想演？”

“嗯。”

周孟言最后妥协了，摸了摸她的头：“你喜欢什么就演什么。”

阮烟不禁笑了：“不吃醋呀？”

他抬眸看她：“除了吃醋，我还有其他办法吗？”她喜欢，他还有什么办法？

阮烟在他的下巴上亲了一下，笑得眉眼弯弯：“可是我更喜欢第二个剧本。”

男人舒展眉头，抬手扣住她的后脑勺，沉声问她：“故意逗我？”

“这不是想看看你吃醋的样子嘛。周孟言，我发现你就是个醋坛子。”

她话音刚落，就被周孟言搂进怀中，两人接了一个漫长的吻。

周孟言看着她泛着水光的红唇，低声说：“如果在家里，你现在就会被我丢到床上去。”

阮烟红了脸，立刻老实起来。

敲门声再次响起。江承走了进来，表情微妙：“周总……许鸿文先生又来了，问可不可以见您。他说就耽误您十分钟的时间。”

周孟言闻言，冷冷地说：“不见。”

“好的。”

江承走后，阮烟随口问：“这人是谁啊？”

周孟言淡淡地说：“没谁。”

阮烟察觉到他的情绪起了变化，想了想，没再多问，让他好好忙，她去旁边坐着陪他。

中午，阮烟和周孟言一起下楼吃了饭。他没让她回家，把她带回了办公室。

阮烟感觉有些困，去了休息室。

周孟言在外面安静地办公，直到手机铃声响起——屏幕上是一串陌生的号码。他接起电话，听到恳求的声音：“孟言，能不能让我见一下你？我还在你的公司楼下。”

周孟言表情冰冷。

“我求求你，就让我见你一面。我只说几句话就行，你让我彻底死心也好。孟言，看在小时候我们经常一起玩的分上……”

周孟言直接挂断了电话。回忆涌现在周孟言的脑海中，这些年来的梦魇，像是一张密网将他的心再次勒紧。

江承再次进来，送上咖啡。周孟言问：“许鸿文是不是还在？”

“啊……是的，许先生五分钟前还打来了电话。”

“让他上来。”周孟言道。

江承点头出去。

三分钟之后，办公室的门被打开，一个穿着黑色短袖、面色憔悴的男人走了进来。

“孟言——”许鸿文走上前，看着周孟言，神情复杂。

周孟言起身走到落地窗前，看向外头金融区的风景，冷冷地说：“说完就走。”

许鸿文的喉结上下滑动：“孟言，我实在没有办法了才来找你，这也是我爸的意思。我家的公司现在的情况很不好，今年生意又难做……”

“和我有关系吗？”周孟言截断他的话。

许鸿文垂下头，动了动唇：“你能……借表哥一笔钱吗？如果拿不到钱，公司就开不下去了。我爸年纪大了，现在待在家里，腿脚也不方便。”许鸿文想到了儿子，“嘉嘉前段时间生病了，每天都待在医院里。现在我一个人扛着这个家、这个公司。我知道没有理由来麻烦你，可我实在走投无路了。”

周孟言转头看向他：“你不觉得这一幕似曾相识吗？”

许鸿文怔住了，过了一会儿再度开口：“我打欠条，一定在五年之内还给你。你就帮帮我吧……”

“我凭什么借钱给你们？”周孟言的语气很冷，如冬夜里的水。

许鸿文一时语塞。过了半晌，许鸿文说：“孟言，我知道你还在怨恨当年我爸没有帮你们家渡过难关，对不起，我爸让我来和你道歉……”

周孟言反问道：“我们家破产后，是你们家生意最好的时候。怎么，

你们当时没有多赚一点儿钱？现在你的情况，可比我们当时好多了。”

“孟言，那时候我们年纪还小。不管当初我们两家之间有什么矛盾，都是上一辈的事，和我们无关。”

“哦？”周孟言扯起嘴角，“那你记得你是怎么对我的吗？”

许鸿文垂下头：“孟言，过去的事可以让它过去吗？我知道我们家伤害了你，可是现在，我家也算得到了报应。你就看在我们还是亲戚的分上……”

周孟言拿起桌上的打火机，点了根烟，抬眸看他：“你这话特别像我爸妈当时求你们时说的。”

许鸿文沉默了。

周孟言吐了口烟：“我不会借给你们一分钱。你现在死心了吗？”

许鸿文握紧拳头：“你要我怎么求你？”

周孟言眼神深沉，过了半晌，笑着说：“你怎么求都没有用。”

“你就一定要这么冷血？”许鸿文问。

“这不是当初你们教我的吗？”

“孟言……”

“十分钟到了。”

许鸿文红着眼睛：“我想借的钱对你来说根本不算什么，就这么困难吗？我和你道歉还不行吗？”

周孟言吩咐助理：“带许先生出去。”

许鸿文彻底失去了力气，点点头：“我自己出去。”许鸿文往门口走去。

周孟言看着他的背影。几秒后，休息室的门开了，阮烟走了出来。

周孟言看着女孩儿，思绪万千。

阮烟走到他面前。几秒后，他沉声问：“听到了？”

她轻轻地握住他的手，温柔地说：“嗯。”

几秒后，周孟言揉了揉她的头发，淡淡地说：“你先进去，我把烟抽完。”

阮烟只好点头。走到休息室门口，她转过头，看到他站在落地窗前，背影看起来很孤单。

她知道他此刻需要安静，没敢打扰他。

过了许久，休息室的门终于被推开，周孟言走了进来。

她从床上起身，走到他面前：“孟言？”

周孟言牵着她走到沙发旁坐下，让她坐在自己腿上。

他没说话，阮烟能感觉得到他情绪低落，顿觉苦涩，抱住他：“孟言，你有不开心的事，就和我说好不好？我是你的妻子，可以替你分担。”她靠在他的肩头，“就像以前我不开心，你也愿意倾听一样。”

半晌，他抱着她，用沙哑的声音讲起从前的事。

“我从前很喜欢我表舅一家。”

当年周孟言家的箱包公司生意还很好，许多亲戚都很羡慕。周孟言的表舅许鹏运看到这个行业能赚钱，于是也开了一家箱包工厂。周斯礼没有因为许鹏运是同行而心生芥蒂，反而告诉了许鹏运许多经验，带着许鹏运一起赚钱。

虽然两人是合作关系，但是许鹏运其实一直嫉妒着周家。许鹏运把自己的生意做顺之后，找了个借口不再和周斯礼合作，还把周斯礼的公司当成了竞争者。

两家虽然还有来往，但是周斯礼也渐渐地感觉到许鹏运对他们的态度变得不冷不热的。周斯礼也能理解，毕竟他们有了利益冲突。

周斯礼没有把自己和许鹏运在生意上的矛盾告诉儿子，所以周孟言和许鸿文依然经常在一起玩。许鹏运也没有把大人的矛盾迁怒到小孩儿身上。周孟言到许家拜访，许鹏运有时候会带他和许鸿文一起出去玩。周孟言特别喜欢表舅。

在周家破产前，两家人表面上还保持着良好的关系。然而周家破产后，一切都变了。

周斯礼找许鹏运借过钱，许鹏运表面上说过几天就把钱借给周斯礼，实则不停地推托。许鹏运甚至抢走了周斯礼原来的生意，狠狠地赚了一笔。

这些事，周孟言还小，根本不知道。当时他看父母到处借钱很辛苦，准备帮点儿忙，想到表舅一直对自己很好，就跑去找表舅，帮爸爸妈妈借点儿钱。

他觉得表舅对他那么好，一定会帮助他的。他一个人跑去了许家。表哥看到他，把他带进了家门。两人在院子里一边玩耍，一边等着许鹏运回来。

许鹏运回到家，看到周孟言，问他："来这里干吗？"

周孟言站在许鹏运的面前，仰头问："表舅，你可以借我们家一点儿钱吗？"

许鹏运拍拍周孟言的头："这是大人之间的事，让大人来解决。你好好读书，我会和你的爸爸妈妈商量沟通的。你先回家。"

周孟言走出了许家大门，正要离开，就听到从门里传来舅妈的声音："你跟这个小孩儿啰唆什么？这家人到底有完没完？周斯礼还派一个小孩儿过来要钱，我们不是说了一分钱都不会给他们吗？！文文，以后不许再和表弟玩，听到没有？你不许再放他进来！他进了我家，会弄脏我家的地板！"

那天晚上，周孟言一路抹着眼泪回了家。他不知道原来表舅和表舅妈这么讨厌自己，那些表面上的好，原来都是装出来的。

后来，许鹏运过生日，要举办生日宴。周斯礼收到了邀请函，就带周孟言一起去。

因为很久都没有看到许鸿文了，所以周孟言花了一周的零花钱，买了一幅拼图拼好，想送给表哥——他们平时经常在一起拼拼图。

周孟言跟着父母去了生日宴。他见到许鸿文，开心地跑上去："表哥——"

许鸿文转头看了他一眼，面无表情地说："你找我有什么事？"

"我送你一幅拼图。这个拼图有四种，我只买了一种，放寒假后我们可以一起拼吗？"

"我没空，要写作业。"

"那我可以去你家和你一起写作业吗？"

"我爸爸不让你来我家。"

周孟言垂下头，把拼图递了出去："表哥，那给你……"

许鸿文犹豫了一下，接过拼图，转身离开。他没走两步，就被周孟言的表舅妈拦住，拼图也被拿走了："这是什么乱七八糟的东西，竟敢往家里拿？！赶快给我扔了！”

周孟言看到舅妈走到垃圾桶旁边，把拼图扔了进去。

周孟言呆住了，赶快跑上前去，把垃圾桶里的拼图捡起来，发现上面的拼图全碎了，还粘着一些脏脏的汤汁剩饭。

他小心翼翼地把脏东西抹掉。几个小孩儿跑了过来，看到他：“这个人是破产的周家的小孩儿！”

“你家破产啦，你住在下水道！你是臭老鼠！”

小孩儿们抢走他的拼图，扔在地上，学着大人的话嘲笑他。许鸿文就在不远处站着，一言不发。

周孟言红着眼睛盯着他们：“我不是臭老鼠。”

“你就是、你就是！”

一群打闹的孩子被家长带走后，周孟言站在原地，秦锡过来找他：“怎么了？我们吃饭去。”

周孟言垂着头，把拼图收进了口袋里，被秦锡牵走了。

他们一家三口坐在最角落的那一桌，当时周孟言已经吃了很多天的馒头和粥。桌上放满了鸡鸭鱼肉，秦锡把菜夹在他的碗里，他却没有心情吃。

同桌的几个亲戚看他不吃，拐弯抹角地嘲讽道：“小朋友，你赶紧多吃一点儿饭。你们家都多少天没吃上好东西啦，你还不赶快多吃一点儿肉？”

周孟言低着头，一句话也不说。

后来许鹏运一家人来这桌敬酒时，周斯礼和秦锡站起身，笑着递出红包，给许鹏运祝寿。然而许鹏运接过红包，摸了一下红包的厚度，歪着头把红包扔回桌上，笑着说：“你们家现在这么困难，这钱还是留着吧，今天就当我请你们一家三口来吃顿饱饭。”

表舅妈走了过来：“对呀，还是让你儿子多吃一些饭吧。你看看，周孟言都瘦成什么样了。”

许多人看向这边，周斯礼和秦锡脸上的笑容僵硬了。周斯礼再次拿起红包递出去：“哪有这个道理，你收着……”

许鹏运笑了一下：“你自己留着吧，别到处找人借钱了，整天像只

癞皮狗，跟在别人的屁股后面追着、求着，还不如拿这钱给孟言买件新衣服，对吧？”

周斯礼沉下脸来：“许鹏运，你一定要羞辱我吗？”

“难道不是这样吗？你到处找亲戚借钱，今天打算给我个红包，就让我把钱借给你吗？”许鹏运看向周围的其他人：“你们谁愿意给周家借点儿钱啊？周家不容易呀，你们哪个好心人帮帮忙？”

“许鹏运，你别太过分了！”

那一天，是周孟言第一次看到父亲生气，他们一家三口的尊严被人狠狠地践踏在地。

当时，没有一个人为他们说话，在场的都是看热闹的。最后他们被许鹏运赶出了生日宴，周孟言看着父母的狼狈之态，觉得亲戚们投过来的那些异样的目光，就像一根根针扎在心里。

那一天，冷漠和羞辱，让他的世界观崩塌了。尝过世态炎凉，他再也不会对人情味有所期待。他恨那些冷嘲热讽的人，也恨那些冷眼旁观的人。

直到今天，他仍然厌恶他们。

谁能想到，当时讥讽羞辱他们的人，现在会反过来求着他们。多么可笑。

周孟言红着眼睛看向阮烟：“当初我们需要他们的时候，他们在哪里？现在要我来帮他们，凭什么？”

阮烟闻言，感受到周孟言难过愤怒的情绪，心疼地拥紧他，将全身的暖意都传了过去：“我知道，你所有的感受我都知道。”那些不为人知、埋藏在心里的隐痛，那些童年带给他的无法磨灭的创伤，他所在意的事物，割舍不下、难以释怀的事情，她都知道。

阮烟轻轻地摸着他的头，声音温柔：“事情已经过去了，不要再因为那些人而生气，反正他已经被你赶走了，对不对？”

周孟言揽紧她，把脑袋埋在她的颈窝里。阮烟轻声细语，像哄小孩儿一样地哄他。

这些童年的创伤，周孟言都没有和父母提过，憋在心里多年。所以她知道他此刻最需要陪伴和关怀。

过了很久，他缓和了情绪，在她的眉间吻了一下：“烟儿。”

女孩儿握住他的手，笑笑：“讲出来后，感觉好多了吗？”

周孟言看着她，眼神渐渐地沉静下来：“嗯。”

“孟言，我最想要的就是你开心。”阮烟和他对视，“可能别人考虑问题会把其他的事放在第一位，但是在我心里，最重要的事就是你开心。你要知道，在这个世界上我永远最在乎你。”

几秒后，周孟言扣住阮烟的后脑勺，吻上了她的唇。他在阮烟的唇上落下温柔、绵长的一吻，像是对待易碎的珍贵物品。

阮烟闭上眼，将全部的爱意无声地传递过去。

良久，周孟言慢慢地松开阮烟，轻抵着她的额头。他的声音沙哑：“我爱你。”

阮烟弯起一双杏眸，眼里像装满了星星：“我也爱你呀。”

周孟言问：“是不是还没午睡？”

阮烟点点头，他就牵着她走到床边：“躺着。”

阮烟躺下了：“那你去忙吧？”

下一刻，男人上了床，把她揽进怀中：“想陪着你躺一会儿。”

阮烟笑：“你不是要忙工作吗？”

“那些都没有你重要。”

“你这样说，我会感觉自己影响了你的工作。”

他刮了下她的鼻尖：“暂时不忙，可以了吗？”

阮烟笑：“行。”

阮烟靠在他的胸膛上，睡着了。周孟言这才出去。

下午，阮烟醒来，听到周孟言似乎在和人聊公司的事。她坐了起来，给叶青打电话。

“叶青姐，我想让你帮我查一件事。”

“太太，你说。”

“孟言有个表舅，姓许。我想让你帮我查查那一家人的近况。听说他们家有个小孩儿生病了，我想知道具体是什么情况。你能帮我查到吗？”

“好的，我尽可能帮你查一下。”

阮烟挂了电话，然后走到休息室门口，轻轻地推开门。

周孟言和公司的财务总监正在聊天，从角落里传来声音。两人转头，看到休息室里探出一个脑袋。

阮烟精准地对上了两人的目光。办公室瞬间安静下来。

财务总监突然停止了发言，几秒后，道：“周太太好！”

“你、你好，你们继续……”阮烟飞快地缩回脑袋，脸红了。

过了一会儿，外头的声音停下了，阮烟看到财务总监推开办公室的门，离开了。

阮烟走出休息室，发现坐在沙发上的周孟言交叠着腿，镇定自若地看着她。

周孟言看她一动不动，挑起眼角：“我这里还有第二个人吗？”

阮烟沉默了一下，小跑过去，撞进他的怀里，羞涩地说：“我没见过那个人，他怎么知道我是周太太？”

“你觉得能从我休息室里出来的女人，不是我的太太是谁？”

“比如……哪里来的漂亮小姐姐？”

阮烟傻乎乎地问：“孟言，你还没喜欢上我的时候，没有想找过其他的女人吗？”

周孟言眯着眼睛，捏着她的下巴：“嗯？你在乱说什么呢？”

阮烟察觉到危险的气息，把下巴往回缩，小声地嘀咕：“我听说有钱的男人，比如像你这样的富豪，‘家里红旗飘飘，外面彩旗不倒’是很正常的……”

他被她气笑了，轻轻地咬住她的耳垂，沉声问：“我有没有‘彩旗’，你不是很清楚吗？”

“为什么？”她突然问。

“什么为什么？”

“就是为什么……你不去找外面的女孩儿。”

周孟言挑眉道：“妻子竟然问丈夫为什么不在外面包人？我这是第一次听到。”

“嗯……”

他弹了下她的脑门：“我有洁癖，不喜欢搞混乱的男女关系。”

“而且……”他吻了下她的下巴，“有了你，我的确看不上其他女人了。”

阮烟嘿嘿一笑：“行吧，我就当你夸我又漂亮、身材又好了。”

“自恋了？”

“干吗？不行？”

他笑：“今晚回去我检查看看。”

这人就是个流氓！

几天后，叶青给阮烟发来消息，说终于调查到了许鸿文一家的情况，然后把许鸿文家的联系方式发给了阮烟。

阮烟拨通了电话。

“喂，你是哪位？”

“你好，我是阮烟，周孟言的太太，我们可以见个面吗？”

那头答应了，把见面地点告诉了阮烟。

午后，阳光落在路边的樟树上，穿过树叶，在地上投下一片片斑驳的光影。

私家车停在市第三人民医院的门口。阮烟下了车，看着站在自己面前的一个穿着深蓝色翻领短袖衫的男人。

她提着果篮走过去，许鸿文看到她，愣了一下：“你好，你就是弟妹吧？”

“嗯。”

许鸿文用手掌在裤边蹭了下，蹭掉手心里的汗：“我带你上去吧。”

两人往里走。等电梯的时候，许鸿文问：“是……孟言叫你来的吗？”

“他不知道这件事，我自己想来看看孩子。”

“嗯……”

出了电梯后，两个人往病房走去，最后推开一扇门。阮烟看到里面的病床上，躺着一个小男孩儿，身上插着管子，身材瘦弱，面色略带苍白。

病床旁边的两个女人站了起来和阮烟打招呼。一个是许鸿文的妻

子，一个是许鸿文的大女儿。

“嘉嘉刚刚睡着。”

阮烟走上前，看着小男孩儿，轻声问：“他得的是什么病？”

“ALL（急性淋巴细胞白血病的代号），也就是儿童急性淋巴细胞白血病。”

“那可以治疗吗？”

“前几天刚刚找到合适的骨髓配型了，只是……”许鸿文动了动唇，按下心中的苦涩之意，“没事，可以治好。”

阮烟坐在病床前，看了小男孩儿一会儿，然后站起身：“要不我们去外面聊吧？别吵到嘉嘉休息。”

“嗯。”

许鸿文陪阮烟走到病房外，坐在走廊上的椅子上。许鸿文问阮烟：“弟妹，你是什么时候和孟言结婚的？”

“去年八月份。”

“这样啊……对了，你是怎么知道我家里的事？”

“那天你去孟言的办公室找他，其实我在隔壁的休息室都听到了。”

许鸿文垂下眸子。

阮烟问：“现在嘉嘉是缺手术费吗？”

许鸿文垂下头，过了半晌，承认道：“是。”

“你们家不是也开了公司？”

“公司这些年发展得越来越差。”这几年，许家的箱包公司产品单一，跟不上潮流，生意越来越差。许鹏运因为年纪大了，让许鸿文接管了公司。去年年末，因为公司出了点儿事，他们一家把所有的存款拿了出来，去解决公司的危机。谁知屋漏偏逢连夜雨，嘉嘉患上了白血病。

现在家里欠着债，还要给孩子治病。

许鸿文眼眶微红：“我知道什么叫报应，但是我宁愿遭到报应的是我。我的儿子和过去的事没关系，为什么就这样……”

阮烟闻言，抿了抿唇：“当初孟言也是个无辜的孩子。”

许鸿文一怔，只听阮烟淡淡地道：“你的童年应该挺幸福的，你应该没有尝到过被羞辱的滋味吧？家里破产后，被人追债、居无定所的日子，你体验过吗？吃不饱饭，还想着省钱给表哥买拼图，转眼拼图就被扔进垃圾桶，这种感觉你体验过吗？”

“对不起……”

“因为家里破产，他就要被所有的小孩儿孤立，受到排挤、嘲笑……他又做错了什么？”阮烟扯起嘴角，“有谁会考虑他过得快不快乐？”

许鸿文垂下头，把手掌盖在脸上。

“当初我年纪小，父母不让我跟他玩，所以我也没有想到会给他这么严重的伤害……”

“如果你们家当初不那么过分，给周家留一点儿情面，孟言也不至于对你们这么绝情。当初在你父亲的寿宴上，你们一点儿情面都没有给他留。”

周孟言的纯真、活泼、对别人抱有的善意，都在他十岁那年被全部摧毁。

许鸿文一遍遍地说对不起。只是他也知道，现在的道歉有多么无力。

过了许久，许鸿文站起身：“我去洗把脸……”

他离开后，病房里的女孩儿走了出来，递来一杯菊花茶，看着阮烟：“表婶……你要喝菊花茶吗？”

女孩儿看着阮烟，眼中带着怕她拒绝的怯意。阮烟接过菊花茶，朝她扬起唇角：“谢谢，你叫什么名字？”

女孩儿在阮烟的旁边坐下：“表婶叫我悦悦就好。”

“你今年几岁了？”

“我十四岁了。”

“你经常在这里陪嘉嘉吗？”

“嗯，我爸要去上班，就我和妈妈陪着弟弟。”女孩儿低着头，“嘉嘉生病以后瘦了很多，每天都很难受。我就经常来陪他玩，逗他开心，让他不要那么难受。”

阮烟摸摸她的头：“悦悦很乖。”

两人聊了一会儿，许鸿文走了回来。阮烟临走时，嘉嘉醒来了。于是，阮烟进病房看他。

许鸿文摸了摸嘉嘉的头："表婶今天来看你了，叫表婶。"

嘉嘉动了动唇，朝她笑笑，声音很轻："表婶好。"

阮烟看着他苍白的脸，觉得一阵心疼。

走出病房，许鸿文和妻子前来相送："弟妹，刚才我爸妈给我打电话，说想过来和你见个面，道个歉，要不你再待一会儿？"

"和我道歉就不必了，如果真要道歉……应该是给孟言和他的父母道歉。"

阮烟看着夫妇俩，又淡淡地问了一句："这么多年过去了，他们现在才明白吗？"现在他们需要帮助了，才知道要向周家道歉吗？

离开医院后，阮烟上了车，叶青在车里等候："太太，怎么样了？"

阮烟看向窗外飞逝而过的风景，低声道："生病的孩子……的确是无辜的。"

阮烟没有把去医院的这件事告诉周孟言，不想让他因为这件事分神。

傍晚，周孟言回到家，问用人："太太吃饭了吗？"

"太太现在在厨房。"

他走进厨房，看到阮烟背对着他站在料理台前，正在捏面团。

他轻轻地关上封闭式厨房的门，走了进去。

阮烟揉着面，忽然感觉到一个坚实的胸膛贴上了自己的后背，腰被紧紧地揽住了，一股男性气息席卷而来。

阮烟转头看到周孟言，笑："你怎么进来都没发出声音？"

"是你太认真了。"周孟言吻上她的红唇。

阮烟转过身，和周孟言拥吻。

阮烟的手上沾了面粉，她不敢推开他，任由他亲吻。他的吻从强势变得温柔，她生怕有人会推门进来，心跳得很快。

一个吻结束，他轻笑："你的脸怎么这么红？"

"你别逗我，我要好好地做曲奇。"

阮烟转过身，周孟言依然抱着她："这个地方我们还没试过。"

阮烟反应过来，气得转过头瞪着他。他含住她的耳垂，喷出温热的气息："以后在这里来一次，好不好？"

阮烟想象着那幅令人面红耳赤的画面："你想得美。"

周孟言总是爱胡思乱想，真的在这里亲热，她以后要怎么在厨房专心做曲奇？

周孟言问她在做什么。

"刚才不是说了吗？曲奇。"

"你之前教我的那个？"

"对，让你尝尝什么叫正宗的曲奇。"

他笑："好，那我可得在这里跟你好好学习。"

烤箱发出了叮的一声，阮烟道："第一盘烤好了，你先尝尝呀。"

她拿起手套要过去开烤箱，周孟言道："我来。"周孟言把烤盘拿了出来。

"怎么样，卖相不错吧？"

"嗯，很棒。"

周孟言尝了一口，说很好吃。

阮烟被夸得乐不可支。两人吃着饼干，阮烟想起一件事："对了，明天下午我要去学校一趟，室友拍毕业照，让我过去。"

"好。"

第二天早晨，阮烟醒来，周孟言已经离开了。

拿起桌上的手机，阮烟看到祝星枝发来的消息："六一儿童节快乐！"祝星枝还附上了一个微信红包。

阮烟看了时间一眼，才发现今天是六月一日。

她领了红包，里面有六块一，不禁笑了："同乐，哈哈哈。"

祝星枝打了个电话过来："怎么样，烟烟小朋友，有没有感觉到我的爱？六一儿童节都给你发了红包。"

"虽然年纪老大不小，但是这个节我过得还是挺心安理得的。"

"其实我本来也忘了，还是别人给我发了儿童节红包，才想起来。"

"谁啊，这么幼稚？"

"男的。"

"男的？"

祝星枝犹豫了一下，道："烟烟，有件事我一直没和你说，就是……那位'陈先生'，我前段时间又见到他了。"

阮烟震惊地问："就是你高中毕业时认识的那个？！"

"嗯。"

"那你们……"

祝星枝笑了："他更帅了，我好想勾搭他。"

阮烟说："祝星枝，你说话能不能矜持点儿？"

"逗你的，我还不至于这么色欲熏心。当初人家离我而去，现在我才看不上他呢。"

"鬼才信你。"

阮烟太了解闺密了，祝星枝喜欢长得好看的男孩儿，而且男孩儿的喉结还必须长得性感。

祝星枝被她调侃得红了脸："好了，不说了！我挂了啊！"

阮烟无奈地笑了。

吃早饭时，阮烟把祝星枝给她发红包的截图发给周孟言："你看，枝枝都记得今天是什么日子。"

周孟言看到信息，愣了一下，嘴角泛起了笑意："你是小朋友？"

阮烟撒娇："不可以吗？有童心就是小孩儿。"这人一点儿也不懂生活情趣。

周孟言："嗯，挺幼稚。"

阮烟气鼓鼓地说："你才幼稚。算了，快三十的老男人是不会懂的。"

周孟言感觉自己受到了冒犯。

下午三点，阮烟接到室友的信息，出发去了 F 大。

今天，阮烟原本所在的班级和隔壁班的班委相约一起拍毕业照。她一下车，就看到许多人站在食堂前面的平地上等待着。

阮烟朝他们走去。三个室友看到她，跑上去："二哥你来啦！"

班里的同学看到阮烟的眼睛，惊喜地问："阮烟，你的眼睛好了？！"

"哇，阮烟，你复明了？"

阮烟点头："前段时间就好了。"

"眼睛虽然好了，但是你不能和我们一起毕业了。"羊霂惋惜地说，"明年我就应该叫你学妹了。"

有几个男同学走上前，为首的就是上次阮烟来学校食堂吃饭时坐在她旁边的发带男。发带男朝她温柔一笑："阮烟，你今天来陪室友拍照吗？"

"对。"

"等一会儿，我们宿舍和你们宿舍也拍几张合照？"

羊霂在旁边点头："OK 啊。"

不远处的树荫下，几个撑着太阳伞的女生看着阮烟，窃窃私语："阮烟的眼睛竟然好了啊，我还以为好得没那么快呢。"

"你看她果然还是这么受男生喜欢。瞧那几个男的贴上去的姿态跟狗一样。"

宗慧笑了笑："大学四年，这些人不都是这样的吗？"

发带男问阮烟："我去买瓶水，你要喝什么？"

阮烟摆手："不用。"

"客气什么，要不喝奶茶？"

"阮烟都结婚了，你们还献殷勤，不应该避嫌吗？"几个女生走了过来，阮烟转过头，对上了为首的宗慧的目光。

发带男愣住了："结婚？！"

"你们难道不知道吗？没看到阮烟手上的戒指吗？"

还没听过这个消息的人全愣住了。宗慧的声音很大，很多人看了过来。

武方雅开口道："阮烟结婚的事情不需要你在这边做宣传吧？"

宗慧扯起嘴角："我只是随口一说，又不是什么令人羡慕的事情。毕业前就结婚——阮烟很着急嫁人吗？"

羊霂想反驳，被阮烟拉住了。阮烟朝宗慧淡淡一笑："和你有关系？"

对方假装无辜地说："阮烟的脾气怎么这么大？我就是提醒一些人，不要再对你抱有幻想而已。"

发带男冷眼看向宗慧：“你闭嘴，没人当你是哑巴。”

宗慧一时语塞。

发带男走到了旁边，宗慧嗤笑了一声，和几个小姐妹离开了。宗慧一边走，一边说：“我说错了吗？阮烟都嫁给一个老男人了，那群男的还眼巴巴地把她当女神呢。”

“阮烟连她的丈夫是谁都不敢提，还一副高傲的样子。”朋友附和道。

阮烟站在原地，羊霖正在安抚她：“没事，你别生气啊，宗慧就是个傻子，我恨不得给她两巴掌。”

阮烟被逗笑了：“没生气。”她懒得跟宗慧生气。

两个班的人到齐之后，大家往学校的南门走去，准备先去校门口拍两张各自班级的合照。

拍完集体照，大家又去了校园里几个比较美的地方拍照。

阮烟陪着室友拍照，中途周孟言给她打了个电话。阮烟说自己还在拍照，周孟言也没说什么。

傍晚，夕阳的余晖倾泻下来，把半边天空染成了粉蓝色。

大家走进了枫叶公园。阮烟等人拍完照，从桥上下来，刚好其他人也来到了这里。班长说这里的风景挺美，提议所有人拍张合照。

大家站在空旷的路上，后面是一大片树林，在夕阳下泛着金光。阮烟原本站在旁边，羊霖朝她招手：“你也过来呀！”

“不了吧……”

班长看着阮烟，说：“没事，你也来吧。”

阮烟走过去，被室友开心地拉住，站在了第一排。第二排的宗慧翻了个白眼。

“来来来，大家看镜头！”

大家往前看去，阮烟看到一辆黑色的劳斯莱斯驶来了。

“一二三，大家喊茄子！”

劳斯莱斯朝他们驶得越来越近。

“一二三，茄子！”

劳斯莱斯停在了不远处的一个露天停车位里。

阮烟看到熟悉的车牌号，怔住了。

下一刻，周孟言从车里走了下来。他站直身子，穿着平整的西裤，两条腿又长又直。他戴着一块精致的深蓝色腕表，倚在车边，看向正在拍照的学生们，精致的面部轮廓被夕阳染上一层金光，灿烂的霞光落进了他那双漆黑的眸子。

众人顿时被这个气场强大的男人吸引住了，齐刷刷地看了过去。

“周孟言？！”众人一片哗然，“这人是周孟言吗？！我的天……”

宗慧也愣住了：“没错，就是周孟言，他怎么来我们学校了……”

阮烟被室友推搡了一下：“阮烟，你看！”她一脸蒙，看向周孟言。他看着她，眼角带着若有若无的笑意。

他怎么来了！阮烟顿时红了脸。

班委组织大家赶紧拍完几张合照：“好了，大家可以散了。”

大家往旁边走去。班里的同学忽然看到周孟言朝着他们的方向闲庭信步似的走来。被室友牵着的阮烟对上周孟言的目光，感觉心跳加速，一时间不知道要不要去找他，愣在原地。他走到阮烟面前，停下脚步，周围的同学情不自禁地停止了议论。

周孟言垂眸打量着阮烟，没说话。羊霂看着他，打破沉默：“周先生？”

“你们忙完了吗？”他淡淡地问。

“都结束了！”

“嗯。”

“周先生，你是来找阮烟的吗？”

周孟言看着阮烟酡红的脸，心知她准备假装不认识自己。于是，他牵住她的手，朝其他人笑了笑：“嗯，我带我家小朋友去过节。”

同学们看到周孟言牵着阮烟的手，听到他说的那句话，瞠目结舌地愣在原地。

这是什么情况？宗慧和几个女生感觉脑子有点儿转不过弯。

阮烟感觉到周围的人震惊地看着自己，脸颊发热。她听到周孟言温柔地问自己：“烟儿还要拍吗？”

阮烟摇头：“差不多啦。”

周孟言揽住阮烟，看向三个室友："那我带烟儿先走。"

"好、好！你们赶快去吧。"

阮烟朝她们挥了挥手："那我先走啦。"

"拜拜。"

周孟言揽着阮烟走到劳斯莱斯旁，然后给她开了门，护着她的脑袋，让她坐了进去。

车子扬长而去，有人连忙上前问羊霂："周孟言和阮烟是什么关系啊？"

"刚才周孟言说什么阮烟是家里的小朋友啊？难不成阮烟是……周孟言的女儿？！"

噗……羊霂忍不住把刚喝的水吐了出来，哭笑不得地说："你有毛病吧？他俩的年纪差不多，周孟言就是阮烟的老公啊，这都看不出来？"

"老公？！"

宗慧直接冲上来："这怎么可能！周孟言和阮烟是这种关系？"怎么可能这么离谱！

"姐姐，怎么就不可能了？刚才你没看到吗？我们早就知道了。之前不是还有人说他们的戒指看起来像一对吗？其实就是一对。"

"我的天啊，阮烟和周孟言是这种关系……"

宗慧听在耳里，彻底愣住了。他们还嘲笑阮烟嫁给了一个老男人，其实那个"老男人"是梵慕尼集团的总裁周孟言。阮烟的命真好……

车里，阮烟被周孟言揽着，看着他脸上满足的表情，羞赧地捏了下他的手臂："你是故意的，对吧？"

之前她不想让同学发现她和周孟言的关系，现在他直接出现在她的面前，高调地把她带走。

"什么？"他反问。

她嘟囔："你就是故意想在那么多人面前秀恩爱。"

他悠悠地说："当然要抓紧时间，他们毕业后就不在学校了。我要让他们知道你的老公是我，尽快打消一些不该有的念头，否则他们毕业后还记挂着你，怎么办？”

阮烟无奈地笑了，抬眸看他：“你这人怎么这样啊？”

“我怎么了？”

她抬头在他的下巴上吻了下，盈盈一笑：“怎么这么让我喜欢。”

周孟言捧住她的脸，轻轻地咬着她的红唇，浪漫的气氛弥漫在车内。

两人无声地接吻。

阮烟也不知道司机有没有看到。两人吻完，阮烟面色发红，听到他轻笑了一声：“下次说喜欢，最好要主动地来点儿实际的表示。”

这人就是得寸进尺。她想起上车前男人说的话：“对了，你说带我过什么节？不会是儿童节吧？”

“不行吗？”

阮烟惊讶地问：“你不是说我幼稚吗？给我过节就不幼稚了？”

“能让你开心，幼稚也没什么。”

“那你要带我去哪儿？”

“到了就知道了。”

半个小时后，车子停在了林城的南湿地生态公园。下了车，阮烟看着这个再熟悉不过的地方，问：“你怎么带我来这里？”

周孟言牵着她往里走：“你童年时不是最喜欢这里吗？”

南湿地公园是阮烟童年时印象最深的地方。阮云山每次带她来这里，她都特别开心。父女俩有时候在这里散步，有时候在这里划船。公园里头还有个很大的喷泉，阮烟每次都要去那里玩水。

“你怎么知道？”

“我问了你的闺密，她说你高中的时候和她说过。”上周末，阮烟和祝星枝出去玩，手机没电了，就拿祝星枝的手机给周孟言打了电话。今天周孟言想给阮烟一个“惊喜”，想了想，就联系了祝星枝。

和几年前相比，现在的南湿地公园有很大的改变，许多地方翻修过，面积也比以前更大，给阮烟一种熟悉又陌生的感觉。

两人坐在一块空旷的草坪上，阮烟指着旁边的一个小亭台：“以前那里有一个专门卖老上海馄饨的摊子，馄饨的味道特别好。每次我爸都

会买两碗，我们就坐在这里吃。可惜现在公园里不允许卖这些，我就没吃过了。”

“还记得叫什么吗？”

“叫八老爷上海馄饨，卖馄饨的是个老爷爷，特别喜欢和小孩儿开玩笑。”

周孟言拿出手机发了几条信息，然后收起手机，看向前面的河：“这里的风景很好。”

阮烟和他聊起童年的事。过了一会儿，两人准备从草坪上站起来，江承提着两份东西走来了：“周总，这是您让我买的八老爷馄饨。”

阮烟说：“八老爷？！你在哪里买的？”

“刚才周总给我发信息，问我能不能找到这家店，我就去查了查。摊主在两个月前租了店面，新店就开在南湿地公园旁边的三中后巷。不过我也不确定这家馄饨店是不是太太说的那一家。”

周孟言解开袋子，给她喂了一口馄饨：“尝尝看。”

阮烟尝了一口，童年的感觉扑面而来。她扬起唇角：“对，就是这家！味道一模一样。”

周孟言勾起唇角：“那就多吃点儿。”

一碗馄饨就能让她这么开心。

从公园出来，阮烟挽着他，忽然道：“谢谢你，孟言。”

他笑：“儿童节过得开心吗？”

“嗯。”她确实很开心。周孟言总会在这些细节上给她温暖，让她感动，陪她做一些简单的事。

她仰头看他，眼里仿佛有璀璨的星光：“更开心的是节日是和你一起过的。”

晚上回到家，阮烟先去洗澡，周孟言去了书房。

洗完澡，她回到卧室，觉得无聊，摩挲着手上的戒指，突然想到了她和周孟言的那场婚礼。

她还没有看过婚礼录像！这件事很重要，她怎么忘记了！

她飞快地站起身，敲了敲书房的门：“孟言，你忙完了吗？”

他合上笔记本电脑，走到她的面前，用胳膊圈住她，含笑道：“洗完澡了？可以睡觉了？”

阮烟听出他的言外之意，连忙打断他：“不是！我突然想看看我们婚礼的录像。”

他一愣：“想看这个了？”

“有吗？”

“有，你先去影音厅，我拿着U盘过去。”

阮烟到了影音厅。过了一会儿，男人拿着U盘过来，插进电脑，然后坐到她的旁边。阮烟钻到他的怀里：“你要和我一起看呀？”

“嗯，怎么可能只留你一个人在这里看？”他看向投影屏，含笑道，“不过，我更想看电影。”

阮烟想起那天晚上在影音厅的场景，脸发烫。

屏幕上开始播放他们婚礼的录像。在傍晚粉红色的霞光中，海边沙滩美不胜收。两人挽着对方，从地毯朝最前面的玻璃平台走去，一切浪漫得像梦中的场景一场。

阮烟最先注意到了她的婚纱，也太漂亮了吧！难怪当初祝星枝说，阮烟看到了一定会喜欢的。

视频里的男人格外地帅。周孟言看着看着，道：“我们俩果然很般配。”

阮烟说：“当初你怎么不这么说？”

“当初我没有意识到。”

阮烟轻轻地哼了一声。

视频中，二人念誓词，交换戒指。

阮烟看着看着，忽然觉得心里空落落的。

因为当时他俩不相爱，所以他们的表情很微妙。阮烟的脸上还有一点儿娇羞的笑，然而周孟言却是一副公事公办的样子，不知道底细的，还以为他要去签合同。

她忽然觉得，这场婚礼虽然美，但是像个空壳，没有任何意义。

她一生中最期盼的就是婚礼，还有婚礼上的那句“我愿意”。可是当时的她，对于爱情没有任何的奢望。现在回过头看，她莫名其妙地觉得感伤。

她沉默了一会儿，忽然道："孟言，我想看看我们的婚纱照。"

"好。"

他把婚纱照拿了过来，阮烟接过一看："怎么只有薄薄的一册……"

她说完，想起那天下午，周孟言不冷不热地问她要不要多拍几组照片。阮烟听到他的手机一直在响，怕周孟言有事要忙，就说算了。他去公司也去得很干脆。

当时她在换礼服，意外地听到了工作人员在窃窃私语："那男的怎么这么敷衍啊，把他的老婆丢在这里，一点儿都不像结婚的样子……"

后来这组照片用在了婚宴上。她看不见，周孟言更不可能翻开相册，所以就一直收在箱子里，沾上了灰尘。

阮烟看着照片里的自己，没说话。周孟言察觉到她的情绪起了变化，就揽住她，温柔地问："怎么了？"

阮烟觉得鼻尖酸了，摇头道："没有，我就是觉得我好丑哦。"她没说实话。因为她觉得她没有理由怪周孟言，毕竟当时他们俩是商业联姻。他对她态度冷漠，是很正常的。

她只是遗憾，他们没有早点儿相爱。

周孟言看着她出神的模样，猜到了她心中的遗憾。他抱紧她，轻轻地吻着她的额头："笨蛋，怎么会丑……"

过了一会儿，她把相册合上还给他，然后关掉了投屏，站起身，舒缓了一下情绪："不看啦。"看他们不相爱的时候是什么样子，真的没必要。

她拉住他的手："我们回卧室好不好？"

他看向她："嗯。"他牵着她往卧室走去。

走进卧室，他关上门，把她紧紧地揽进怀中。他俯下身，把脸埋在她的颈窝里。

阮烟愣住了。过了许久，房间里响起了他低沉的声音："烟儿想要的，我一定都会补回来。"那些遗留在过去的遗憾，他都会记在心里，以后给她补偿。

阮烟抬手回抱住他，眼眶温热："嗯。"

阮烟的情绪来得快去得也快。周孟言哄了她一会儿，那些不好的心情就烟消云散了。

翌日早晨，阮烟去书房重新看了一遍《人生浪潮》的剧本，背了下台词，为下午的试镜做准备。

《人生浪潮》就是前几天阮烟和周孟言说过的那部话剧，是由话剧界著名的创作团队设计的。这部话剧的导演是业界著名的鬼才导演洪开盛。他曾经担任过几部话剧的导演，这些话剧不仅都得了奖，还捧红了许多话剧演员。

如果阮烟能参演，对她而言就是一次巨大的突破。她一定要争取一下。

这部剧讲述的是几个年纪相仿的少男少女从大一到大四，再到走向社会的各种抉择，爱情、友情、亲情在故事里交织在一起。这是阮烟最近最喜欢的原创剧本。

她想试镜的是女二号——纪怀这个角色。

纪怀是剧中女一号的室友。不同于女一号的开朗活泼，纪怀是个容易焦虑、对未来摇摆不定，但是率真可爱的女生。这种性格的人物，阮烟没有挑战过，所以想试一试。

下午，阮烟到了试镜场地。

她在门口等了许久，工作人员终于念到她的名字："35号阮烟，在吗？"

"在。"阮烟起身，跟着工作人员进去。

此时，欧拉公司的董事长办公室里飘着龙井茶香，水汽在茶杯上方蒸腾着。阮乌程拿起茶杯，放到对面的人面前："冯庄，今天叫你来，是想让你一起听听股权质押的事。"

冯庄早上接到了阮乌程的电话，说公司里有事，需要她过来一趟。

"股权质押？"

"林学，你和她说说。"

坐在两人旁边的财务顾问林学和冯庄讲了股权质押的好处。

阮乌程道："我打算拿全部股票办理股权质押，到时候股价上涨，能赚很大一笔钱。"他得为未来谋划，毕竟年纪大了，不知道还能在公

司干几年，得为自己铺好后路。他接管公司以来，没捞到多少好处，周孟言还试图打乱他的计划。现在周孟言走了，他得抓住机会。

“我今天告诉你，是想让你把股票也拿出来，我们一起赚钱。”阮乌程道。

冯庄对此感到疑惑：“如果股价不上涨，那我们不就亏本了吗？”

“周孟言离开公司以后，公司运转良好，下个月新产品投入市场，一定会激起水花，而且……”阮乌程眼底一暗，“股价一定会上涨的。”

林学在旁边安抚道：“阮总说的股权质押方案是没有什么风险的，公司未来走势良好。我推荐的这家国外银行，是专门做股权质押的。我调查过这家银行，也给阮总看过调查报告。”

林学给冯庄介绍了这家国外银行，冯庄其实不了解公司的事。看大哥和专业人士说得这么肯定，她觉得这是一次不错的投资机会。

“大哥，我和你一起办质押。”冯庄道。

阮乌程看向林学：“那你尽快去安排，银行那边就由你负责沟通。”

“好的阮总。”

林学从办公室出来，走进电梯，拿出手机，编辑了一条信息，发送给周孟言：“已经上钩。”

阮烟试镜很顺利。

眼睛好了，她对自己更有信心。她演过很多话剧，虽然不是专业出身，但胜在资历丰富。

从面试地点出来，阮烟没看到家里的车，就打电话给司机范卓，问他在哪里。范卓接到电话后，愧疚地道：“太太，我的女儿刚刚发烧了。我把她带去了医院，现在我马上赶回去。”

“不用，你就在医院陪着她吧，我自己打车回家就行。”

“这……”

“没事啦，给你放一天假，先陪女儿。”

那头的人连连道谢。

阮烟拦了一辆出租车。在回家的路上，她想自己是不是也可以买辆车——出门更方便，不需要专人接送。

她大三考完驾照，就把驾照扔在家里落灰，一年里的开车次数用一只手都数得过来。考取驾照时付出的几个月的辛苦，就这样白费了。

晚上睡觉前，阮烟和周孟言提起买车的打算。男人把她揽进怀里："打算自己开？"

"嗯，这样挺方便的。"

"可是你太久没碰车了，我有点儿不放心。"

阮烟靠在他的胸膛上，努努嘴："正是因为这样，我得练习一下，大的车我开不了，像 MINI 那种车型，我可以试试。"

"家里没有适合你开的车，这几天有空，我带你去 4S 店挑。"

"好呀。"阮烟突然想到一件事，"孟言，如果你这周末有空，带我练练车怎么样？我们也可以当成散心。"

"好。"

周六，周孟言有一整天的空闲时间。他打算开车带阮烟出去玩。

早上，两人出门时，家门口停着辆黑色的奔驰 G63。家里的车大部分是商务车，车身较长，不适合阮烟驾驶，只有这辆 SUV 能让她试试。

周孟言坐进驾驶座，阮烟坐在副驾上。

"我先开出市区，等到了郊外你再试试吧？"

阮烟点头。

车子起步，阮烟打开车窗，吹着风，心情舒畅："感觉又回到上次你开房车带我出去玩的时候了。"

他勾起唇角："这么怀念？"

"嗯。"

"我安排一下，找个时间再带烟儿出去一次。"这段时间公司的事情较多。阮烟康复后，他还没有带她出去好好玩过。

阮烟笑着剥了颗荔枝送到他的口中："好呀。"

两人从市区驶到市郊，到了车流较少的地方，他问："要不要换个位置？"

阮烟的眼中燃起了兴奋的火焰："要。"

他停下车，和她互换位置。

阮烟坐到驾驶座上，紧张得浑身紧绷，手心都出了汗。她系好安全带，调了下座椅位置，把手搭在方向盘上。周孟言和她讲了一遍步骤：“你先踩下制动踏板，按下这个启动按钮……”

阮烟听完，酝酿着动作。周孟言在一旁看着她，不禁笑了：“这么紧张，要不要换回来？”

“不要，我得试试……你别小瞧我。”

他笑着说：“嗯，你试试。”

阮烟深呼吸了几下，然后启动汽车。车子顺利起步，阮烟笑了：“怎么样，可以吧？”

“嗯，很棒。”

周孟言让她开慢些，所以前几分钟，这辆奔驰 G63 在道路上行驶得很慢，就跟爬行的乌龟一样。不过还好他们在郊外，不会影响交通。阮烟按照周孟言指示的路线行驶着，慢慢地加速。虽然车速依然不快，但好歹车子不像乌龟了。

周孟言问：“要不要吃荔枝？”

“不吃。”

过了一会儿，周孟言又问：“要不要喝点儿水？”

阮烟摇头：“我专心开车，你先别和我搭话。”

他看着女孩儿专心致志的模样，无奈地笑笑。

车子驶到一座山脚下，阮烟愣了一下，听到男人道：“靠边，我来开。”

“嗯……”

阮烟坐到副驾驶座上。车子开上山，她看着外头的风景，忽然轻声道：“孟言，其实我害怕开山路。”因为她出过车祸。虽然没有那么严重的心理阴影，但是她还是会感觉害怕。

他温柔地开口道：“我知道，所以叫你换回来。”

“那你也开慢点儿……”

周孟言揉揉她的头发，温柔地说：“好，开慢点儿。”

周孟言和阮烟在山上的农家乐吃了一顿饭，休息了一会儿。气温稍微降了一点儿，周孟言问：“接下来，你想去哪儿？”

“要不我们去江边逛逛？”

男人答应了，开车下山。到了山脚，阮烟重新坐到驾驶座上。

天上的云渐渐地变得厚重，白白的一团，像是棉花，阳光不再那么炽热。

半个小时后，两人到了江边。放眼望去，江面一片波光粼粼，周围无人。

周孟言指了指前面的T字形堤坝：“可以去那。”

阮烟点点头，转动着方向盘。车子往堤坝开去。

阮烟停下车，看着前方广阔的江面，以及远处的堤岸。湛蓝色的天和深蓝色的江水相接处，像是一条细线，放眼望去，一片辽阔。

“孟言，我们下车去江边走走，怎么样？”

“想踩水了？”

阮烟笑：“你怎么这么了解我？”

周孟言牵着阮烟走下左侧的堤坝，前面就是一片沙滩。她走到浪花拍打的地方，开心地脱了鞋，踩在水中，感觉冰冰凉凉的：“好舒服呀……”

她穿着酒红色裙子，披了件白色的薄纱披风。风吹过，卷起她的裙摆和黑色的长发。她朝男人回眸一笑：“孟言，我们拍张照吧。”

她拿出相机，给他们俩拍了几张照片，嘿嘿直笑：“之前你的手机屏保都是我们的照片，现在我也有手机屏保了。”

周孟言站在阮烟的面前，忽然俯下身吻住她。她踮起脚，勾住他的脖子，眼睛像是月牙。

天蓝如水，微风徐徐，气氛如此惬意。

新的一周到了。

周三早晨，阮烟去疗养院看完阮云山，出来后，接到一个陌生人的电话。

“你好，是阮烟吗？”说话的是个中年男人。

“对，你是……？”

“我是《人生浪潮》这部话剧的导演，姓洪，你应该记得。上周你

来试过镜。”

洪导，全名叫洪开盛。

“我知道的，洪导你好，请问有什么事吗？”

导演问阮烟今天下午是否有空，想找她聊聊角色的事。于是阮烟和导演约好，在话剧工作室见面。

下午，阮烟来到工作室，发现剧组里的几个创作人员都在。坐下聊天时，阮烟得知了一个重大消息——导演组希望她出演女一号。

“那天你来试完镜，考虑到你的气质，我们觉得你更适合演女一号，幸语诗。”幸语诗是个活泼、张扬、勇敢、灵动的女生。对于未来，她的态度从迷茫转为坚定，整个人在不断地蜕变。

阮烟闻言，不太自信地说：“洪导，我觉得我可能……”

“阮烟，我们听说你曾经双目失明？”

“对。”

“我听张晋导演说过你。你之前在《静湖》里演了一个小角色，虽然戏份不重，但是演技特别好，而且那时候你还没复明。你出演过的那些话剧，我们都看了，觉得你有这个实力。”洪开盛看着她，笑了笑，“怎么样，要不要试一试在我的剧里演女一号？”

阮烟知道这是可遇不可求的机会，点了点头。

洪开盛让她先去熟悉剧本，下周开始排练。

晚上，阮烟把出演女一号的事告诉了周孟言。

“孟言，这件事不会和你有关吧？”阮烟道出疑虑。

男人闻言，挑眉道：“烟儿对自己这么没自信？”

“我是觉得有点儿奇怪。”

他笑：“你见自己突然要演女一号，有点儿不适应？”

“嗯。”

他温柔地道：“我确实打算投资这部剧，但是这件事和我没关系，你本身就很优秀。”

“真的？”

“我会骗你吗？”

阮烟笑开了花，倒在床上。周孟言笑着看她：“终于开心了，嗯？”

阮烟点头如捣蒜："我一定要好好地演，不会让他们对我失望。"

第二天，阮烟约祝星枝一起逛街。两人坐在奶茶店里休息，阮烟喝着奶茶，看到几个小男孩儿在门口跑来跑去，打闹嬉戏。

阮烟看着他们，莫名地想起了许鸿文的儿子——嘉嘉。

阮烟放不下嘉嘉，又私底下去探望了一次。她从许鸿文那里了解到，他们现在还在凑钱，如果这周钱凑不齐，嘉嘉就错过了这次骨髓配对的机会。这些年，许鸿文一家，做生意只顾自己的利益，自私小气，人缘很差。这次许家出事，没有几个人伸出援手，甚至还有冷嘲热讽的。

和当初许鹏运做生意时，只想着自己赚钱，没在周家破产时拉周家一把一样，许鹏运一步步地断了公司的后路。

只是现在，一切都没有挽回的余地了。

今天嘉嘉醒着，阮烟坐在病床前，陪嘉嘉聊天。

男孩儿看着她，突然说："我好希望我没有生病。"嘉嘉垂下头，看着手里的玩具，"我如果没有生病，爸爸妈妈和姐姐就不会这么辛苦了。"

阮烟闻言，感到苦涩。

在回家的路上，阮烟想了很多事。

晚上，周孟言回家了，她看着周孟言，感觉自己无法对嘉嘉无动于衷。

周孟言走到她的面前，笑着把她揽住："怎么了，在这里等我？"

阮烟勾起唇角，回抱住他："孟言，明天周六，你有空吗？我带你去一个地方吧。"

早晨，劳斯莱斯停在市第三人民医院的门口。

下了车，周孟言愣住了："为什么来这里？"

阮烟走到他的面前，牵住他的手："对不起，孟言，之前我有件事一直瞒着你，其实……我私底下去见过你的表哥。"

周孟言沉下脸。

"你表哥的儿子嘉嘉，今年九岁，前段时间查出有白血病，现在在这家医院里治疗。"

周孟言垂下眸子，思绪万千："是他叫你带我过来的？"

“不是的，是我自己。”阮烟看向他，轻声道，“我觉得，你可以来看看这个孩子。”

周孟言蹙眉，看向前面的街道，陷入沉默。

阮烟感觉到他的情绪起伏不定，安抚他道：“如果你不愿意，我们就回去。”她不会勉强他。

良久后，他淡淡地说：“走吧。”

“嗯？”

“不是要进去吗？”

阮烟莞尔：“好。”

阮烟给许鸿文发了信息，说周孟言来了医院。许鸿文说，现在嘉嘉在医院后面的花园里散步。阮烟就提出，去花园找他们。

两人到了花园，沿着长廊往前走。阮烟忽然停下脚步，指向不远处：“喏，那个就是嘉嘉。”

周孟言看了过去。

只见一个穿着病号服的男孩儿独自坐在一张圆石桌前。他身形瘦弱，阳光照在他的身上，显得皮肤更加苍白。他拿着画笔，似乎在专心地画些什么。

周孟言看着男孩儿，忽然想起了自己童年时的模样。

过了一会儿，许鸿文和妻子走到嘉嘉的面前。许鸿文半蹲下来，给他喂苹果。嘉嘉似乎在和父亲分享自己的画，唇角带着笑。

这是周孟言第一次见到许鸿文的孩子。他无声地看着。

阮烟轻声说：“孟言，我给你讲一个故事吧。梁国有一位叫宋就的大夫，曾经是一个边境县的县令，这个县和楚国相邻。国境线两边的士兵都在种瓜，梁国的人勤劳努力，经常浇灌瓜田，所以瓜长得很好；而楚国士兵因为懒惰，很少去浇灌瓜田，所以瓜长得不好。楚国士兵嫉恨梁国士兵，于是在夜里偷偷地去破坏梁国的瓜田。梁国士兵发现了这件事，告诉了县令，表示想前去报复，破坏楚国的瓜田。宋就得知这件事后，没有选择报复，而是偷偷地给楚国的瓜田浇水。楚国士兵发现瓜越长越好，后来才知道是梁国士兵干的。楚王得知此事后，羞愧至极，拿出丰厚的礼物，与梁国建交。”

周孟言闻言，看着阮烟温柔的眼睛。

“孟言——”许鸿文和妻子牵着嘉嘉走了过来。

嘉嘉看到阮烟，眼睛一亮：“表婶。”

嘉嘉小跑着过去，阮烟蹲下身，笑着握住他的手：“嘉嘉早上好呀。”

“表婶早上好。”

嘉嘉抬头看向周孟言，眼里充满了疑惑。阮烟介绍：“这个就是你的表叔。”

嘉嘉乖巧地道：“表叔好。”

周孟言看着他闪亮的眸子，淡淡地开口：“嗯。”

周孟言抬起头，对上许鸿文的视线。

许鸿文垂下眸子，满脸羞愧，慢慢地走上前：“孟言，谢谢你能来……”

“只是刚好路过而已。”

许鸿文的妻子也向周家夫妇问好。大家简单地聊了几句，许鸿文问嘉嘉：“想不想喝绿豆汤？”

“想。”

“那爸爸妈妈去给你买。”他看向阮烟，“你们陪嘉嘉待一会儿，可以吗？”

“没问题。”

许鸿文和妻子离开后，周孟言、阮烟和嘉嘉找了张石桌，在石桌边坐下。嘉嘉坐在阮烟和周孟言中间，阮烟问嘉嘉：“刚才在画什么？”

“我在画爸爸、妈妈、姐姐和我。这是树，还有只猫……”

嘉嘉说完，阮烟问：“有猫，怎么没有小狗呢？”

“我还不会画小狗，表婶你会吗？”

“我呀，我画得不好……”她笑，“要不你问问表叔？表叔说不定会哦。”

嘉嘉看向周孟言，眼中带着微微的怯意和期待：“表叔，你能教我画小狗吗？”

阮烟满怀期待地看着周孟言。

几秒后，周孟言接过画笔，面无表情地说："小狗？"

"嗯。"

他在画纸上勾勒了几笔。嘉嘉看到后，疑惑地说："这个是小狗吗？"

阮烟看到周孟言画的，不禁想：这是什么奇怪的生物？

周孟言移开目光："随便画的。"

嘉嘉说："表叔画的比我画的好看。"

嘉嘉拿出口袋里的两颗糖，一颗给了阮烟，一颗给了周孟言。嘉嘉抬头看着周孟言："表叔，给你糖。"

周孟言接过糖。

嘉嘉说想去厕所，阮烟环视了一圈，周孟言起身："我带他去吧。"

阮烟愣了一下，连忙点头："嘉嘉，你跟表叔走。"

嘉嘉跟着周孟言离开了。周围人来人往，周孟言侧首看看努力跟上自己的嘉嘉，稍微放缓了步伐。

从厕所出来，嘉嘉洗了手，拿纸擦干，跟着周孟言原路返回。突然，嘉嘉不小心撞到了一个过路人，往后跌去，周孟言抬手揽住他。

嘉嘉站稳后，周孟言向他伸出了手。嘉嘉自然而然地牵上了周孟言的手。

两人往回走去，周孟言听到他问："表叔，我听爸爸说，你读书很厉害，每次都考班级第一，是真的吗？"

"嗯。"

"表叔，我要向你学习，努力考第一。你以后能教教我怎么考第一吗？"

周孟言牵着嘉嘉回来时，许鸿文已经在阮烟的旁边等候了，看到这幕，愣了一下，有些惊讶。

嘉嘉走到爸爸的身边，开心地道："爸爸，刚才表叔说了，以后会教我如何考到班级第一。"

许鸿文看了周孟言一眼，摸摸嘉嘉的头："你听话些，表叔就会教你的。"

“好。”

嘉嘉喝着绿豆汤，许鸿文对周孟言道：“孟言，谢谢你来，也谢谢弟妹，嘉嘉今早本来心情不好，你们来了，他开心多了。”

周孟言淡淡地说：“他比你小时候讨人喜欢。”

许鸿文摸了摸头：“是。”

聊了一会儿，周孟言和阮烟准备离开。他俩临走前，许鸿文道：“嘉嘉，和你表叔、表婶说再见。”

“表叔、表婶再见。”嘉嘉抿了抿唇，再次看向周孟言，“以后你们能再来医院陪我玩吗？我的朋友都不来看我了，只有你们会来……”

周孟言闻言，感觉心被刺了一下。

离开医院，两个人回到车上。

周孟言坐在位子上，神色凝重地开口：“嘉嘉现在情况如何？”

“他家缺钱做手术。”

周孟言转眼看向她：“你难道不劝我什么吗？”

阮烟坐了过来，被他揽入怀中。

她靠着他的肩膀：“我没有体会过你童年时的感受，也不知道这家人到底给你造成了多大的伤害，所以我不会干涉你，也不打算劝你什么。”阮烟看向窗外，“就像我之前说的那样，我希望你开心，也希望你彻底放下童年的重担，完全释怀。所以，不论最后你选择用哪种方式去消除内心的愤怒，我都会尊重你。”

她自己也可以出钱帮助嘉嘉，之所以带周孟言来，是希望周孟言不要再受童年阴影的束缚。她希望周孟言真正地快乐。

周孟言捧起阮烟的脸，淡淡地笑了下：“我想我知道为什么会爱上你了。”

阮烟像水一般柔软，包裹住他坚硬的内心。她身上有他一直以来缺少的东西。

阮烟愣了一下：“你怎么突然夸起我了？”

他亲了下她的脸颊：“没什么。”

阮烟环抱住他，闭上眼睛，轻声说：“孟言，我永远都爱你。”

从医院回来，阮烟没有再提这件事。她要给周孟言一些思考的时间。

周一，阮烟去《人生浪潮》的剧组开会，确定了接下来的行程。话剧在七月底首演，时间很赶。

话剧团里，有人认出了阮烟，有人则觉得这是张不熟悉的新面孔。当知道她竟然是金融专业的学生时，这些人更觉震惊。

女二号温莹莹在话剧圈很有名气。她原本面试的是女一号，最后只当选了女二号，看阮烟竟然是个没有名气的演员，顿时火上心头。

开完会，阮烟去了趟洗手间。温莹莹进来，刚好看到她，轻轻地笑了一声："这不是我们的女一号吗？"

阮烟礼貌地颔首，走到水池前。温莹莹讽刺道："现在演戏真是容易啊，有的人长得漂亮，多给导演一些好处，就可以轻轻松松地走后门。这世界可太不公平了。"

阮烟手上的动作一顿。她转头看向温莹莹："什么意思？"

温莹莹看向她："除了你，其他的演员都有一定的知名度，为什么你能当女一号？不止我一个人有这样的疑惑。"

阮烟关掉水龙头，收起脸上的笑容，朝温莹莹走去。

温莹莹往后退了一步："你……你干吗？想打人啊？"

阮烟站在温莹莹的面前："你觉得我有后台？"

温莹莹舔了舔唇，没说话。

"如果我有后台，你想过刚才对我说那些话，会产生什么后果吗？"

温莹莹顿时泄了气："你威胁我？"

阮烟笑："你要真觉得我走后门，可以去问问导演。如果你不好意思，我可以带着你去问。"

温莹莹一时说不出话来。

"借过。"阮烟再度开口。

几秒后，温莹莹默默地侧过身，阮烟走出了洗手间。

今早的会议结束之后，阮烟离开剧团，到了停车场。

前几天，周孟言给她买了车。她今早是自己开车来的。她系好安全带，手机里弹出来一条备忘录消息：“给小舅舅买生日礼物。”

明天是陈容予的生日，她差点儿忘了。

阮烟开车去商场。到了商场，她不知道该给陈容予买什么，最后打电话给祝星枝征求意见。

“小舅舅明天生日，我想送个礼物，你给我点儿意见吧？”

“明天？这么巧。”祝星枝盘腿坐在沙发上，咬了口苹果，“我认识一个人，也是明天过生日。”

“谁啊？”

“就是那个……我和你说过的，‘陈先生’。”

阮烟说：“这么巧？等等，我小舅舅也姓陈。”

祝星枝笑：“你不会觉得他俩是同一个人吧？你小舅舅不是在国外吗？”

“前段时间他回国了。”

“哦，难怪。”

“你别转移话题啊，祝星枝。你到底什么时候让我见见你的那位陈先生？”

祝星枝心虚地说：“什么叫我的那位？”

阮烟哼了一声：“你最近张口闭口都是他，还说你们之间什么都没发生？”

“我想把他勾到手，再甩了他。”祝星枝嚼着苹果。

“你在说什么呢？”

“没什么。”祝星枝做了个吞咽的动作，“有机会再带你见他，主要是我和他之间的关系我有点儿说不清楚。”

阮烟无奈地说：“你别引火烧身，祝星枝。”

祝星枝乖乖地说：“我知道。”

最后，祝星枝建议阮烟，可以给小舅舅送男士香水或者钱包、打火机：“送你小舅舅那个年纪的人生日礼物，买个实用的就好了。买点儿保健品也不错啊，脑白金、黄金搭档之类的。”

“喂，我小舅舅还没三十呢！”

“可以喝了。提早喝，提早保健。”

走到电梯口，见门快关上了，阮烟冲了进去，对祝星枝道："行吧，不和你说了，挂了。"

电梯门关上了，从精品店里走出两个人。有个女生看向电梯，疑惑地对身旁的人说："阮灵，我刚才好像看到阮烟了。"

阮灵抬起头："阮烟？在哪儿呢？"

"没看清，那个人刚才跑进电梯了。"

阮灵说："怎么可能是她？她瞎了，不可能跑进电梯。"

"哦，对。不过我确实觉得那个背影很像阮烟。"朋友说，"你最近没和她联系？她和周孟言结婚之后过得怎么样？"

阮灵想到这件事就生气，说："没，我联系她干吗？我恨不得这两人离我越远越好。"

阮烟买到礼物，给陈容予打了电话。

"明晚给我过生日？"陈容予问。

"嗯，你看我多有心！要不要礼物？"

陈容予笑了一下，温柔地道："谢谢烟烟，但是明晚我有约了。"

"有约？"阮烟反应过来，"不会是未来的小舅妈吧？"

那头的人默认了。阮烟佯装生气："好啊，现在你有了小舅妈，外甥女就不算什么了。"

陈容予笑道："我们过几天再约吧？"

"逗你的，没事，如果你有空，我就和孟言陪你吃饭。"

"好。"

晚上，阮烟想了想，打算做份饼干，明早和礼物一起给陈容予送去，当面对他说声生日快乐，也算是给他一个"惊喜"。之前有一次她过生日，陈容予就特地从国外回来陪她了。

第二天，阮烟起了个早，做了一盒饼干，抓紧时间出门了。她十点还要去剧团。

到了思丽天城，她按之前陈容予给她发的门牌号，找到了陈容予的家门。她按下门铃，没反应。再按，还是无人应。

她刚要抬手，门忽然开了。

陈容予站在门后，穿着灰色衬衣，黑色领带系到一半。他看到阮烟，愣住了："烟烟？"

"小舅舅，生日快乐！"阮烟开心地晃了晃手中的袋子，蹦了进来。

陈容予侧身让她进门："这么早？"

"我今早有空嘛，顺便来看看你，给你带了礼物和饼干。"阮烟换着鞋，突然瞟到了一样东西，"高跟鞋？"

她震惊地看向陈容予，几秒后，反应过来："未来的小舅妈……在里面？！"

陈容予移开目光，轻咳一声："嗯。"

"哇，你们……"

阮烟激动地走进玄关，到了客厅，刚想转头问陈容予会不会觉得被打扰，就看到右侧的走廊尽头，卧室门被打开了。

"是不是我的早餐送到了……"

从卧室里走出一个女人，只穿着一件宽松的男士衬衫，两条长腿白皙晃眼，妩媚动人。

祝星枝眯着眼，打了个哈欠。两秒后，她睁开眼，发现阮烟正震惊地看着自己。

阮烟脑中一片空白，目瞪口呆："枝枝……"

当祝星枝和阮烟对视的那一刻，空气仿佛忽然凝固了。

站在阮烟身后的陈容予，眉头狠狠地跳了一下。

下一刻，两个女孩儿瞪大眼睛，异口同声："你怎么在这儿？！"

祝星枝震惊地皱起眉头："你和陈容予认识？"

"他是我的小舅舅啊。"

祝星枝："小舅舅？"祝星枝觉得脑子里哐当响了一声，天崩地裂。

阮烟一时也蒙了："你说的陈先生，不会就是、就是……我小舅舅吧？"

"嗯。"

阮烟的世界也崩塌了。

客厅里异常地安静。

阮烟和祝星枝并排坐在 L 形沙发的一侧。斜对面坐着的是已经系好

了领带的陈容予。

众人陷入了尴尬的沉默。

祝星枝真没有想到，她高考毕业那年遇到的男人竟然是闺密的小舅舅。

世界上真的有这种巧合！这简直像电视剧里才有的情节。最关键的是，如果以后真的和阮烟撞到也就罢了，为什么偏偏要在今天早晨？她穿着陈容予的衬衫从他的卧室走出来……她死在这里算了。

祝星枝轻咳一声，用手掌遮住红红的脸颊，过了半天，抬起头，憋出一句话："那个，我现在是不是也要跟着喊陈先生一声小舅舅？"

陈容予和阮烟都没吭声。

祝星枝说："当我没说。"

阮烟转头看向红了耳根的祝星枝，动了动唇："枝枝，所以……昨晚你住在这里？"

陈容予坐直身子，交叠十指，淡淡地开口："你有点儿误会，昨晚她在这里借宿。"

祝星枝表示鄙视——这人真会装。

阮烟正欲开口，就听到门铃声再次响起。祝星枝说："我的外卖到了。"

她刚要起身，陈容予就站了起来："我去拿。"

待陈容予走后，祝星枝一把揪住阮烟的手："天啊，你怎么不早点儿跟我说啊？我当了你这么多年的闺密，竟然不知道……"

"我怎么知道你说了这么久的陈先生竟然是我的小舅舅……"

"我没在朋友圈里看过你小舅舅的照片。"

"你也没给我看过陈先生的照片啊。"

陈容予把早餐拿了进来，祝星枝说："烟烟要吃吗？我买了两人份的。"

"不了，你和小舅舅吃就好。"

陈容予看向祝星枝，温柔地道："你跟我来餐厅。"

"哦。"

祝星枝看了阮烟一眼，阮烟挥挥手："你去吃吧。"

阮烟和祝星枝都觉得需要缓一下。

祝星枝跟着陈容予去了餐厅。她背靠餐桌，看着他把早餐慢条斯理地拿出来，气得嘟囔："都怪你。"

陈容予挑眉："怪我？"

"昨晚要不是……"

他笑了一下，去拿她旁边的杯子，明知故问："昨晚怎么了？"

陈容予的动作像要抱祝星枝。她心一跳，轻轻地推开他，拉开椅子坐下："昨晚我睡猪窝里了。"

"豆浆冷了，我拿去热一下。"

"不用。"

他转身走到微波炉前。

祝星枝叹了口气，用单手撑住脸。三十秒后，陈容予把豆浆拿了回来，轻轻地放到她的面前，还给她拿了油条和小菜。

祝星枝拿起杯子，就听到他说："我出去和烟烟聊一下。"

她怔住了："你要说什么？"

他用手撑着桌子，俯下脸看她，眼中含笑："她的闺密一大早出现在我的家里，我不得解释一下吗？"

祝星枝："你去吧。"

阮烟坐在沙发上，给周孟言发信息——发了一堆感叹号。

三秒后，周孟言回复了一个问号。

阮烟："我刚才发现了一个惊天大秘密，被吓得快裂开了。"

周孟言："怎么了？"

阮烟："我今早来给小舅舅送礼物，没提前告诉他，想给他'惊喜'。现在，变成他给我'惊喜'了。"

阮烟还在敲字，周孟言就回消息了："你在他家看到女的了？"

阮烟："你怎么知道？"

周孟言："通常都是这样啊，难不成你在他家看到了别的男的？"

阮烟："是女的。关键是那女的竟然是祝星枝，我的闺密！"

周孟言也愣了一下，问阮烟："他们俩什么时候认识的？"

阮烟说：“这件事说来比较复杂，等我回去当面和你讲。”

打完最后一个字，阮烟抬起头，和陈容予四目相对。

两人走到阳台。关上门，阮烟压低声音：“小舅舅，你是不是早就知道我和枝枝是闺密，所以刚才一点儿都不惊讶？”

“嗯。”他承认了，“之前一直没和你说，是我觉得时机还不够成熟。”

“你怎么会喜欢年纪比你小这么多的……”

陈容予笑了笑：“要不你回去问问你老公为什么喜欢你？”

“我们不一样。”阮烟想起之前祝星枝讲过的那些与陈先生有关、让人脸红心跳的事情，再看看眼前斯文温和的陈容予。阮烟觉得好乱。

“那现在，你们……”

“你担心我对你的闺密图谋不轨？”他顿了下顿，道，“我之前和你说的都是认真的。”

“嗯？”

“我想找个女朋友。”

阮烟想：其实我更担心祝星枝对你图谋不轨。

阮烟摸摸头：“我只是没料到，小舅舅竟然喜欢枝枝这种女生。以前我以为你喜欢乖乖女，没想到……你和她之前是怎么认识的？”

陈容予轻咳两声，拍了拍她的头：“大人之间的事，小孩儿别问。”

“哦。”反正祝星枝已经绘声绘色地和她描述过了。

他像是猜到了她的想法一样，转头看她：“星枝之前有和你说过什么吗？”

阮烟犹豫了一下：“没。”

两人没再聊什么，走回客厅。阮烟去了餐厅，在祝星枝的旁边坐下。祝星枝转头看了陈容予一眼，悄声问：“他刚才和你说什么了？”

“说他是认真的。”

“认真的什么？”

阮烟刚要回答，手机就响了。剧组打来了电话，让她提前半个小时过去。挂了电话，阮烟说：“我可能得走了。”

“这么着急？”

“今天要排练一部新话剧。”

"好吧。对了，"祝星枝压低声音，"我和你说的事情，你没告诉陈容予吧？"

"比如？"

比如那些勾搭到陈容予就甩了他之类的话……

阮烟捏了捏祝星枝的脸，祝星枝心虚地道："你就当我之前没说过啊。"

"你有时间再找我，好好地说说你和他之间的事吧。"阮烟想了一下，笑道，"其实你要当我未来的小舅妈，我也挺乐意的。"

祝星枝脸红了："什么小舅妈，别乱说……"

阮烟其实知道祝星枝懂自己的言外之意，站起身："我要走了。"

"我和你一起走。"

"你的东西还落在我的卧室里。"门口传来男人的声音。

祝星枝说："我马上去收拾。"

"浴室也被你弄乱了。"

阮烟憋住笑："枝枝，你还是留在这里，先处理你们俩的事吧。"

陈容予问阮烟："我送你？"

"不用，我自己开车过来的。"

"会开车了？能行吗……"

陈容予送走阮烟，关上门。祝星枝站在玄关，双臂环在身前，看着他："你明摆着要把我留在这儿，是吧？"

"昨晚是谁赖着不走的？"他走到祝星枝的面前，勾起唇角，"要不要去浴室看看你弄的残局？"

祝星枝对上他的目光："是我一个人弄的吗？"

他没说话。

"我去收拾，收拾完就走，行了吧？"

祝星枝转过头，陈容予握住了她的手腕，沉声说："昨晚说好了你要陪我过生日的。"

傍晚，阮烟排练完，和剧组的人走出剧团。只见劳斯莱斯停在门口，周孟言倚在车边，拿着一捧薰衣草。她与周孟言四目相对。

身旁传来议论声："哇，这人是谁啊？"

"好帅啊，不会是在等我们的团员吧？"

阮烟转头看向她们，淡淡一笑："我先走了。"

"啊？"

众人看到阮烟往莱斯莱斯小跑而去，车旁的人把阮烟搂进怀中，顿时震惊了。

"这位就是阮烟的老公啊？"

"开劳斯莱斯的，真有钱……"

阮烟仰头笑看着周孟言："你怎么来了？不是说要开会吗？"

"我提前忙完了。"

他在她的脸上亲了一下，阮烟感觉有人在看着自己，脸红了："我们走吧……"她抱过漂亮的薰衣草花束，上了车。

在回家的路上，阮烟把今天在陈容予家里发生的一切告诉了周孟言。

周孟言听完轻笑一声。陈容予还说周孟言拐走自己的外甥女。陈容予拐走外甥女的闺密，也没好到哪里去。

"感情的事烟儿就别管了，交给小舅舅去处理。"

"好。"其实她也没打算管，只是希望不要闹出什么不好的事。

两人聊着天，快到家了。周孟言看着窗外，忽然叫她："烟儿——"

"嗯？"

"嘉嘉的事……"

"你去处理吧。"

他的声音消散在风中。

阮烟震惊地问："你的意思是……？"

周孟言垂下眸子，淡淡地道："把病看好了再说。"

阮烟看着男人在路灯下半明半暗的侧脸，心跳很快。她弯起唇角："孟言，你还是愿意救这个小孩儿。"

周孟言没有说话。这几天，只要他想起嘉嘉，就会不时地想到那个住在田里、能吃一份有荤有素的快餐就很开心的自己。如果那个时候，有一个好心人愿意给他一点儿温暖，他也不至于对这个世界失去耐心。

他握住阮烟的手："嘉嘉一定会很开心的。"

周孟言资助了嘉嘉的手术费。医院很快就给嘉嘉安排了手术。周孟言没有出面，把这件事交给阮烟办。阮烟告诉许鸿文，这些钱是周孟言提供的。

几天后，阮烟和周孟言在二楼的书房练台词。阮烟演完一遍，问他："怎么样？"

"比刚才更好了。"

阮烟笑："那就行，我再练练。"

他在一旁看着她投入的模样，发现她真的很热爱话剧。那种热爱是从骨子里散发出的。她天生就应该光芒四射地活在话剧的舞台上。

练完后，她坐到他的旁边。周孟言揽住她："休息一下。"

"好。"

门口传来敲门声。用人进来："先生、太太，来客人了。"

阮烟："嗯？是谁啊？"

"对方说姓许。"

阮烟一怔，看了周孟言一眼，然后道："先让他们进来吧。"

走到楼下，阮烟看到了许鸿文夫妇。在许鸿文夫妇的身旁，还站着一对头发花白、面容苍老的夫妻。

许鸿文看到阮烟："弟妹。"

"这是……？"

许鸿文抿了抿唇："这就是我的爸妈，他们想亲自来道谢。"

周孟言的表舅和表舅妈来了。

阮烟没想到会在这里见到周孟言的表舅和表舅妈。她开口问好，许鹏运看着她，面带感激之意："谢谢你，谢谢你和孟言愿意给嘉嘉出钱治病……"

许鹏运的妻子——李梅，搀扶着许鹏运，动容地说："谢谢，真的太谢谢了……"

阮烟和他们聊了几句，许鸿文试探着问："孟言不在家吗？"

"他……他在楼上，还在忙。"其实，刚才周孟言说，她一个人下来

接待许家人就好。

“可以请他下来一趟吗？我们想……”许鹏运满怀期待地看向阮烟，“我想亲自向他道谢，拜托了。”

阮烟只好答应下来。

三分钟后，周孟言的身影出现在楼梯上。周孟言站在原地，看着客厅里站着的四个人，眼中情绪万千。

许鹏运和李梅怔怔地看着周孟言，脸上写满了内疚。

周孟言垂下眸子，牵着阮烟下楼。

许鹏运立刻往前走。李梅搀着许鹏运，走到周孟言的面前。许鹏运眼眶一红：“孟言，对不起……”他作势要跪，身子颤颤巍巍。周孟言沉下脸，将许鹏运扶住。

许鹏运激动地说：“孟言，我对不起你们家，对不起你的爸妈，也对不起你。当初的事都是我的错，你现在竟然能宽宏大量地帮助嘉嘉……”

李梅哽咽着说：“孟言，都是舅妈的错，是我们太自私了。当初的事，我知道伤害了你，都怪我……”

两个老人一时激动得几乎说不出话来。

两个老人跟周家人已经十几年没见面了。许鹏运和李梅逐渐老去，回想起当初的事，越来越愧疚。只是碍于面子，他们没有办法低下头来。现在公司出事、家里出事，他们求助无门。这个时候，竟然是当初他们看不起的周孟言，伸出了援手。相较于周孟言的大度，他们羞愧得恨不得钻进地下。

两个老人不禁流下泪来。过了半晌，周孟言移开目光，淡淡地开口：“坐下再说吧。”

两家人坐下，许鸿文的眼眶也红了：“孟言，我们家真的有太多对不起你们的地方了。我都没想到你会帮忙，谢谢。”

“不要谢我，要谢就谢我的妻子。”若没有阮烟，他根本不可能管许家的事。

“弟妹，太感谢你了……”

阮烟莞尔，握住周孟言的手：“其实我们都希望孩子好好的，毕竟当初的事和孩子无关，也不能让恩怨一直延续下去。”

许鹏运点点头：“是，当初孟言也是个孩子，是我们太……”

周孟言忽然开了口：“过去的事我不想再提了。”

大家都沉默了，过了一会儿，许鸿文说：“钱我们一定会尽快还上，等嘉嘉出了院，就带嘉嘉来这里向你道谢……”

聊了许久，许家人起身离开。许鹏运对周孟言道：“等你的父母回国，我们还会来向他们道歉。”

阮烟把他们送出门，房间里再次恢复了安静。

阮烟坐到周孟言的身边，握住他的手：“不管你接受不接受他们的道歉，这都是他们欠你的。”

周孟言抱住她。

阮烟的鼻子一酸，她说：“孟言，我希望你童年受到的伤害，会被慢慢地抚平。”虽然可能无法让你忘记，但是我想用我的爱来弥补你所失去的东西。

周孟言扣住她的后脑勺，闭上眼睛。

那些灰色的拼图，终有一天会被抹上亮色，重新拼成他的世界。

时间飞速向前奔跑。

阮烟全身心投入《人生浪潮》的排练。

刚开始，剧组里的人还对阮烟的演技有所怀疑，觉得她无法胜任角色。但是后来，女孩儿的实力大家有目共睹。尤其是温莹莹，再也不敢在背后嘀咕阮烟不行了。

剧组里的每一个人都很认真。

洪开盛导演老练又惜才，格外欣赏阮烟的灵气，给了她许多指导。阮烟感觉自己不仅是在排练话剧，更是在学习。在厉害的老师手下学习，自身的潜力也会得到最大的发挥。

七月底，《人生浪潮》首演，在业内掀起巨浪，好评如潮。好导演、好剧本、好演员齐聚一堂，让这部话剧大获成功。

虽然关注话剧的人比较少，但是对话剧感兴趣的人都听说了《人生浪潮》。前面五场演出场场观众爆满，还得到了许多媒体的报道和评论。

最闪耀夺目的就是出演女一号的阮烟。她就像一直被埋在沙子里的金子，终于被人挖掘了出来，闪闪发光。

对阮烟来说，前面的所有努力都是为了这部话剧。

阮烟得到了业内的大力夸赞，被誉为话剧界的新星。阮烟过去的故事渐渐地被挖了出来，有人知道她失明过，一度从主演变成了小配角，但是仍然没有放弃自己热爱的事业。

《人生浪潮》在林城的五场演出结束后，剧组临时召开了一场媒体答谢会。

在答谢会上，媒体会给演员、导演做访谈，并为接下来的巡演做宣传。

答谢会的地点定在林城的国贸五星酒店，一个可容纳一千人的大型会议厅里。今天来这里的有许多剧迷，还有新闻媒体记者。

答谢会在晚上八点举行。临近七点，阮烟和周孟言一起到了现场。周孟言作为投资方之一，今晚只会低调地出席。他来这里，主要目的是陪伴阮烟。

两人走进现场，刚好碰到了洪开盛，洪开盛和周孟言握手："周总好。"

周孟言说："谢谢洪导这段时间对我太太的关照。"

"倒也没有，我本身就很欣赏阮烟。"洪开盛看向阮烟，"我记得你认识倪妆老师？"

"对，之前我在她手下演过话剧。"

洪开盛笑笑："倪妆是我的师妹，前几天听她提起你，我才知道你们俩认识。这次，她看到你的进步这么大，开玩笑说没白白地把你交给我。"

阮烟感到惊讶，没想到洪开盛和倪妆还有关系："没有，主要是洪导指导得好。"

"以后多合作。"

"好。"

洪开盛说有事，就先离开了。阮烟问周孟言："我要去后台和主持人对一下脚本，你呢？"

“陪你一起去，等一会儿我再过来。”

“好。”

两人去了后台。

七点半，会场里的人越来越多。几个戴着记者工作牌的男女走进会场。

阮灵拿着拍摄器材包，扫了会场一眼，走到位置上，架起了相机：“学长，这样弄没错吧？”阮灵是新闻系的，今天跟学院的人过来拍摄，算作实习。

“差不多。”

阮灵忙完，走到位子上，坐在室友的旁边，皱起眉头：“我今天就是来充个数的，让我提那么重的东西，把我当苦力啊？”

“行了，你就别抱怨了，别被听到了。”

“我前两天刚做了手部保养，身上穿的衣服是LV的新款，刚才也蹭了点儿灰，脏死了。”

室友抿抿嘴，低头看着手机，没搭理她。

阮灵见室友不说话，闷哼一声，把手当成扇子往脸上扇风。过了一会儿，室友问：“阮灵，你看没看过《人生浪潮》这部话剧啊？”

“没看过，我对话剧不感兴趣。”她接到这次采访任务之前，听都没听过《人生浪潮》，也懒得去了解，反正今天就是来“打酱油”的。以前，父亲会带她和阮烟去看话剧。每次阮烟都表现得很激动，阮灵则觉得无聊，经常犯困。

“这部话剧，我有个同学看过，说特别好看。”室友看着手机里的照片，“这个女主角好漂亮啊，听说还是大学生……”

阮灵随意地瞟了一眼，啧了一声：“等一会儿不就能看到真人了吗？哎，我好热，你坐过去一点儿。”

室友暗地里翻了个白眼，没再说话。阮灵见她态度不佳，也没放在心上，拿出手机玩消消乐，打发时间。

八点，答谢会正式开始。

观众席的灯光暗了下来。聚光灯下，主持人走上舞台：“现在让我们欢迎《人生浪潮》的导演、编剧、主演们上台！”

台下立刻爆发出热烈的掌声，阮烟走进人们的视野。

她穿着香槟色的抹胸赫本风长裙，两根细细的肩带搭在白皙的香肩上，收腰的设计衬托出她窈窕的身材曲线。阮烟化着成熟的复古妆，面容姣好，纯洁的气质中带着妩媚，一下子就成为众人关注的焦点。

耳边的尖叫和欢呼声不断，阮灵随意地抬起头看向台上，瞟了一眼，又低下头，忽然意识到了什么，又猛然抬头，看到了阮烟的那张脸。

“阮烟？！”

阮灵顿时从座位上弹了起来，以为自己看错了。她仔细地打量着台上，只见阮烟朝台下的观众盈盈一笑。

这是什么情况？！阮烟怎么可能出现在台上！

“你怎么了，这么激动？”室友感到疑惑。

“阮烟……阮烟怎么会在……”

“你知道这个女一号的名字啊？”

“女一号？！”

“对啊，坐在台上右首第一个位子的女孩儿，就是我刚才和你说的特别漂亮的女主演。她叫阮烟。”

阮灵仿佛被雷劈中了，震惊得浑身发抖。她看着台上的女孩儿，自言自语道：“阮烟不是失明了吗？”她不是已经瞎了吗？什么时候复明的？

室友说：“你知道她失明过？我刚刚看了一篇报道，报道说阮烟前段时间失明了，现在应该已经康复了。”

“大家好，我是《人生浪潮》中幸语诗的扮演者，阮烟。”从台上传来了阮烟温柔的声音。

观众席上掌声雷动。

阮灵如同石化一般，僵在原地。真的是阮烟，她没有看错。那个曾经被她践踏在脚下、赶出家门，双目失明的姐姐，此刻如同破茧的蝴蝶，出现在舞台上。站在摄像机旁边的阮灵，需要微微仰头才能看清阮烟的脸——那张洋溢着笑容和自信的脸；那张从小到大让阮灵嫉妒、自卑的脸；那张阮灵恨不得永远消失在这个世界上的脸。

那个雨夜，阮烟被赶出家门。她在门口送走阮烟，以为阮烟自此永远也抬不起头来。可是现在，阮烟竟成为全场的焦点。阮灵紧紧地握拳，身体微微颤抖，感觉血液快沸腾了。

台上的阮烟正在回答主持人的问题。最后，主持人问她："为什么会走上演话剧这条路？"

阮烟道："我很喜欢在舞台上演绎其他人的生活，自己就像过了一遍不一样的人生。其实我是个很平凡的女孩儿，想通过话剧让自己被更多人记住。"

答谢会顺利结束。

阮烟走下台和几个认识的人打完招呼，回到位子上。有几个热情的志愿者跑过来找她要签名，阮烟笑着接过签名本。

媒体过道上，一个女孩儿急匆匆地往前走来。

"不用谢。"阮烟把本子还给他们，刚想去找周孟言，忽然看到了阮灵。

阮烟有点儿惊讶，然后直视着阮灵。阮灵走到阮烟面前，看向她，扯起嘴角："姐姐，看到我就这么惊讶吗？"

阮烟弯起唇角，脸上露出两个酒窝："抱歉，几个月没见，我差点儿忘记你是谁了。"

阮灵冷笑一声，瞪着她："没想到会在这里看到你。几个月不见，你当女一号了啊？你眼睛什么时候好的？"

阮灵话音刚落，就有一个高瘦笔挺的男人走到阮烟的身侧，揽住了阮烟。

阮灵抬起头，看到了周孟言那张冷漠的脸。

周孟言问："你想干什么？"

阮灵看着突然出现、护在阮烟身边、态度亲昵的周孟言，下巴都被惊掉了："你、你们……"

看着阮灵惊愕的表情，周孟言蹙起眉头，不耐烦地说："你想说什么？"

阮灵刚想开口，身侧走来一个男人："周总，今天太巧了，我能在这里见到你……"

周孟言摸了摸阮烟的头，淡淡地笑着说："今天我陪太太来参加答谢会。"

"周太太，你好。"

阮烟莞尔，和对方握手。

阮灵看着周孟言，想说话，却找不到插嘴的机会。她站在他们面前，如同一座雕塑。

"对了，周总，我有点儿事想问问你，可以耽误你三分钟的时间吗？"

周孟言看向阮烟，阮烟笑着挠了一下他的手心："你去吧，我去收拾一下。"

周孟言冷冷地看了阮灵一眼，温柔地嘱咐阮烟："不要走远。"

阮烟点点头，走到一旁。阮灵追了上来："你和周孟言之间到底是怎么回事？"

周孟言和阮烟之间，不是商业联姻吗？周孟言不是不喜欢阮烟吗？！为什么几个月不见，他们俩像真正的夫妻一样？

阮烟抬眸看她，不咸不淡地说："我和我老公的事需要和你交代吗？"

"你老公？"

"怎么？"阮烟笑了一下，"难道是你的？"

阮灵怒火中烧："你别告诉我，你和周孟言……真心相爱了？"

"你察觉不到吗？"

阮烟再也没有了怯意，如同换了个人一般。阮灵见状，呆住了。

阮烟看着阮灵难以置信的表情，回想起当初阮灵是怎么嘲讽自己的，淡淡一笑："当初你用各种手段想和周孟言结婚，现在周孟言喜欢的人却是你最看不上的我……生气吗？"

"周孟言怎么可能会喜欢上你，不可能……"那个高高在上、不近女色的周孟言，竟然会对阮烟动心！

阮烟看着被气得眼眶通红的阮烟，笑了笑："相不相信随你。"反正自己说的都是事实。现在的她，再也不会像当初那样，被阮家人踩在脚下。

阮灵攥紧拳头，咬着唇，怒目圆瞪：“你复明了又怎么样？周孟言喜欢上你了又怎么样？你还不是被我赶出阮家了？我依然看不起你，你各方面都比不上我，有什么可骄傲的？”

“说够了吗？”周孟言的声音从旁边传来。

阮灵的心一跳。只见周孟言走回阮烟身边，握住阮烟的手，看向阮灵：“从各方面来看，你都比不上我太太的万分之一。你有什么可骄傲的？”

周孟言把原话还给阮灵，阮灵沉下脸，咬着的嘴唇上绽开了点点“红花”。

“如果你觉得最近的生活过得太顺遂了，可以再在我太太面前多说几句，我会帮你添点儿乐趣。”

阮灵被周孟言警告，瞬间哑口无言。

“收拾好了？”周孟言问阮烟。

阮烟点头，然后周孟言牵着她离开了。

两人往前走，穿过通往电梯的长廊。阮烟抬头看向周孟言紧绷的下颌线，勾起唇角：“别生气啦，我都不想和她计较。”

男人开口道：“我想到以前她对你做的一些事，很生气。”

当时他讨厌阮灵，是因为阮灵让他感觉很烦，伤害到了他的利益。现在，阮灵攻击他喜欢的人，他更不能容忍。

“但是，你当初还是帮我解决了，对吧？”阮烟晃了晃他的手臂，“还好当初你娶的人是我，对不对？如果你当初选择的是阮灵，那现在……”

周孟言停下脚步，转头看向她：“我的择偶标准不至于这么‘没底线’。”

阮烟咧开嘴，周孟言俯下身，捧住她的脸，吻了下去。阮烟情不自禁地抬手揽住他的脖子。

一个吻结束，阮烟感觉心里像有蜜一样甜。

周孟言的嘴唇贴着她的耳郭：“不存在那么多假设，你命中注定要当我的太太。”

阮烟嗯了一声。周孟言牵着她继续往前走，消失在拐角处。

阮灵慢慢地走了出来。回想起刚刚看到的两人接吻的画面，阮灵仿佛丧失了全身力气，目视前方，眼眶通红。

《人生浪潮》剧组很快开始了第一轮巡演。周一，阮烟一早就坐班机飞去了外地。周孟言送完她，直接去了梵慕尼。

一大早，江承送来一个消息——欧拉第二季度的财报发布了。

周孟言看到季报，发现竟然和他猜测的一样，数据格外地好看。和第一季度的财报相比，第二季度的财报在各个方面的数据都有了提高。新产品进入市场，反应极好，公司开始盈利，股东又看到了希望，有种柳暗花明的感觉。

这一份季报直接带来的影响是今早股市一开盘，欧拉的股价立刻上涨了 4.2%，现在还在继续上涨。

周孟言看向江承："有什么觉得不对劲的？"

江承疑惑地说："周总，这份季报太漂亮了，我总觉得……不太真实。"

周孟言冷笑一声："这种数据，我根本不指望在欧拉今年的四个季报上看到。"

"周总，难道是阮乌程在背后动了手脚？"

周孟言打开笔记本电脑，几秒后开口道："把消息透露给做空机构。"周孟言打算借他们的手，调查一下。

"如果这份季报没问题，那只能说明我真的没有能力管理欧拉。"周孟言的脸上泛起笑容。

江承离开后，周孟言想起前两天，自己在私下里安排的事——他打算为阮烟量身打造一个属于她的剧本。他担任唯一投资人，让她当女一号。既然她这么喜欢话剧，他就想为她多做点儿事，让她在舞台上发光发热。

周孟言安排手下的人联系优秀的导演，又花重金招募编剧。许多编剧听说了这件事，送来了好的剧本，先给导演过目。

周孟言请到的导演是田滨海，曾连续获得两届锦华奖的最佳导演奖，这个奖在话剧界的含金量最高。今年田滨海五十岁，是阮烟最喜欢的导演之一，也是林城戏剧学院的客座教授。这两年，田滨海很少推出新作品。

田滨海答应周孟言，其实是出于私人原因。

去年，周孟言曾经去北城参加一场酒会。当时田滨海在酒会上遇到了一些麻烦，后来周孟言出手解围。两人在那晚聊了许多，成了朋友。田滨海算欠周孟言一个人情。

这次周孟言找到田滨海说了这件事。田滨海回去看了看阮烟演的话剧，觉得她很有天赋，加之自己一直在等待一个好剧本，于是答应了周孟言。

目前最重要的问题是缺一个好剧本。

两天后，田滨海出差，顺路来到林城，和周孟言当面聊了话剧的事，他说他这边收到了几份不错的剧本，让他也看看。周孟言翻了几下，看到其中一本的编剧是赵月，眉头一皱。

周孟言询问了田滨海，确认这个赵月就是仲湛静的朋友。他脸一沉，没有翻开剧本，把它扔到桌上："其他的待定，但是这个剧本不可以选。"

《静湖》话剧结束之后，赵月无事可做，一直在家打磨新的剧本。她没有收入，就像无业游民，前段时间心情不好，出去旅游又花了很多钱，现在刚付完下个月的租金，正为生活费发愁。前几天她听说周孟言在花重金求好剧本，没有放在心上。因为上次的事，她对周孟言怀恨在心，现在怎么可能再和他扯上关系？

后来，她反复地考虑要不要给周孟言投稿。一笔巨大的报酬摆在面前，如诱饵一般，一直吊着她的胃口，让她想放下又放不下。最后，她觉得面子还是没有钱重要。

这个剧本她打磨了整整半年，绝对会脱颖而出。到时候她拿到钱，参不参与后期的编剧工作就不重要了。

赵月把剧本投给工作筹备组，那边说反响不错。她顿时满怀希望。

一个星期之后，她收到了通知，剧本被拒了。她不甘心，问工作筹备组是什么原因，那边一直没有给她明确的答复。赵月抓耳挠腮了好几

天，最后得知剧本是周孟言亲自否决的。

赵月一下子就明白了。难道周孟言还在为当初她改剧本的事生气？

赵月又气又恼，后悔当初为了仲湛静做出自断前程的行为。现在她受了影响，生活变得一团糟。

赵月打电话向仲湛静哭诉："湛静，我现在到底应该怎么办？我真的特别缺这笔钱，可是周孟言竟然还在计较当初改剧本的事。"

仲湛静闻言，安抚道："月月，你先别着急……"

"我怎么能不着急？你没有缺钱的时候，可我有！如果我是因为剧本写得不好被拒绝，也就算了。为什么我被拒绝的原因是当初那件和我无关的事？"

仲湛静听出她话中带刺，一时也不知道该如何开口。

赵月放下啤酒罐子，撩开蓬松的头发，闭上眼："湛静，你帮我问问周孟言，能不能不要这样毙掉我的剧本？我保证，这次绝对不会让上次那样的事情发生了。"

"我可能……"

"你什么？你难道就看着我这样，坐视不理？"

仲湛静回想起周孟言对自己的态度，顿觉心烦气躁："我劝他可能没什么用……"

赵月哭了起来，仲湛静无奈地说："行，我帮你去问问他。"

在外地的第一轮巡演结束之后，阮烟回到了林城，一大早，周孟言就去机场接她。

回到家，阮烟洗了个澡，在卧室收拾行李，周孟言缠了上来。两人接着吻，就滚到了床上。

"大白天呢……"房间里被日光照得一片通明，周孟言起身把窗帘拉上，房间的光线骤然暗下来。

她感觉自己像是被轻轻地抛起又被放下。

她是风筝，而他手中握着线……

从浴室出来，阮烟拉开窗帘，把空调的温度调高了些，然后倒在床上。周孟言把她揽进怀中。

“饿不饿？”他温柔地问。

“不太饿，你呢？”

他笑道：“已经饱了。”

阮烟红着脸轻嗔他，过了一会儿想到一事，轻声道：“上一周我去巡演，‘大姨妈’来了……”前段时间，他们在车上亲密接触，周孟言没有做防护措施，她会有怀孕的风险，不过好在无事发生。

“对不起，以后我会注意。”他想想有些后怕，万一她怀孕了，他们该怎么办？她还在上学，而且年纪也小，他还想把她当成小孩儿宠着，不舍得让她这么早就那么辛苦。

阮烟莞尔，抱住他：“没事，都过去啦……”

两人回到家，正在聊天，用人就来敲门，说家里来了客人，要找周孟言。

“是谁啊？”

“仲小姐。”

阮烟一愣，仲湛静？

“你下楼看看？我去收拾行李。”阮烟刚要起身，就被周孟言揽在怀中。阮烟笑着让他别闹，最后还是被他压着狠狠地亲了一顿。他在她的脖子上种了一颗“草莓”，看起来很明显。阮烟又气又羞：“你干吗？等一会儿被人看到了……”

周孟言说：“看到又怎么了？”

“你下楼去，湛静姐找你。”

“你去。”

阮烟下楼的时候，仲湛静已经等了十几分钟。仲湛静坐在客厅里，心情焦急，不知道周孟言是不是故意冷着自己的。直到她看到阮烟的身影出现在楼梯上。

阮烟穿着一条清凉的睡裙，走到仲湛静的面前，朝仲湛静淡淡一笑：“湛静姐。”

“你……巡演结束了？”

仲湛静以为阮烟不在家，才找过来的。

“嗯，今早刚回来。”

仲湛静平时喜欢看话剧，也听说了《人生浪潮》大获成功。阮烟作为主演，名声大噪。仲湛静之前一直看不起阮烟，没想到阮烟在话剧上这么有天赋。

仲湛静扯起唇角："这几天，你辛苦了。"

"你找孟言吗？"

"嗯。"

"他有点儿事，应该很快就下来了。你找他有什么事？"

仲湛静忽然看到阮烟脖子上的红痕，觉得刺眼："没，就是一些公事。"

"好吧，你这几天过得怎么样？"

两人正在聊天，周孟言走下了楼。仲湛静和他对视了一眼。

周孟言坐到阮烟的身边，自然而然地搂住她，温柔地问："要去吃饭吗？"

"还是不太饿。"她温柔地回答。

"那就少吃一点儿。你想吃什么？"

"想吃你做的，什么都可以。"

"好，我去给你弄。"

阮烟笑着在他的脸上亲了一口，仲湛静的表情都僵了。

"对了湛静姐，你是不是也没吃午餐？一起吃吧。"

"我都可以。"

周孟言起身去厨房，阮烟对仲湛静笑："你在这儿坐一会儿，我去阳台收件衣服。"

阮烟走后，仲湛静犹豫了一下，走进厨房，看到周孟言在处理食材。这是她第一次看到十指不沾阳春水的周孟言为一个女孩儿下厨。阮烟果然可以打破他的一切原则。

仲湛静垂下眸子，走上前："孟言。"

"什么事？"

"你现在对我这么冷漠，是不是还在生我的气？"仲湛静哽咽着问。

然而他只是转过头淡淡地看了她一眼："我在选食谱，没其他心思。"换句话说，他根本就不在乎仲湛静。

“孟言，我今天来是想求求你，能不能不要毙掉我朋友的剧本？”

“嗯？”

“赵月和我说，你看到她的名字，就直接毙掉了她写的剧本。你能不能宽宏大量一点儿，不要再计较这些事了？算我求求你了，行吗？”

“不好意思。”他靠在料理台上，看向她，“和阮烟有关的事，我向来都是斤斤计较。”

仲湛静怔住了。过了一会儿，她说：“可是人都有犯错的时候，你就看在我们认识这么久的分儿上，帮帮赵月。我保证她这回肯定不会做什么出格的事了。”

他转身去拿东西：“剧本已经定下来了。”

仲湛静还想再说点儿什么，阮烟走了过来，满怀期待地问周孟言：“你在做什么呢？”

“培根意大利面。吃吗？”

“好呀，我帮你切培根。”

阮烟站在料理台前，周孟言说：“小心，别切到手了。”

“我才没那么笨呢……”阮烟仰着脸看他，“要不我们再加点儿西红柿吧？”

“都可以，你看看咱们中午吃什么。”

“那我给你打下手，嘿嘿。”

阮烟看向仲湛静，这才注意到厨房里还有第三个人，眨眨眼，问：“对了，湛静姐，你吃吗？”

仲湛静干笑两声，低头看向手机：“不了，朋友刚给我打电话，让我过去一趟。我就先走了。”

“那就不送啦。”阮烟笑。

看着仲湛静离开，阮烟垂下眸子，撕开培根的包装。阮烟想，还是找个时间把事情摊开讲吧。她不想配合仲湛静做这种无聊的表演了。仲湛静喜欢装，可是阮烟不想和仲湛静一样。

“怎么了？不开心？”周孟言低头看她。

阮烟摇头，勾起唇角：“没有，有点儿饿了。”

他揉揉她的头：“我弄快点儿。”

仲湛静回到车上，飞快地开了空调，看着外头灼热的日光，把手搭在方向盘上，整个人愤怒又无力。

她把头埋在方向盘上，包里的手机恰好响起，拿出来一看——赵月。

她犹豫了一下，接起电话。

赵月说："湛静，怎么样？周孟言怎么说？"

"他说剧本已经定了。"

"定了？"赵月安静了几秒，"所以你帮我求情了吗？"

"我求了，但是……"

"是不是他毙掉我的剧本，真的是因为当初改剧本的事？"

仲湛静没说话。

赵月快疯了："果然，就是因为那件事……湛静，你能不能帮我多求求他？"

"我真的没办法了，我话都说尽了。"

"你跟他不是这么多年的好朋友吗？为什么你这点儿忙都帮不了我？"

"你现在反而怪我？"

"不然呢？当初我是为你出的头！你别以为我不知道。我改剧本你很开心，但我因为你把前程都断送了。你现在给我一句'求情了，没有用'，我怎么办？"赵月哭着把所有的怒气都发泄在了仲湛静的身上。

仲湛静刚才就很生气，现在听到赵月指责的话，瞬间爆发了："我为了你去找周孟言，一次次地碰壁，一次次地看着他和阮烟秀恩爱。因为你，他现在越来越讨厌我。你以为我乐意吗？更何况当初是我逼着你改剧本的吗？你拿自己的前途开玩笑，怪谁？"

"难道我不是为了你吗？！"

仲湛静觉得荒唐可笑："而且你怎么这么自信，认为没有周孟言，你的剧本就能入选？你说不定没有那个实力。剧本落选了，你就怪我？"

赵月闻言，几秒后笑了："没想到这话是从你的嘴里说出来的，我不想再和你说什么了。"

“好啊，那你别再因为这个来找我。我不会再管这件事情了。”仲湛静烦躁地挂断电话，把手机扔到一旁。

赵月颤抖着握着手机，眼泪掉了下来，怒火中烧。她忽然想到了什么，笑了笑。既然她要“死”，那大家就一起死好了。

周一早上，梵慕尼总裁办公室。

周孟言开完会回来，江承跟在身后：“周总，有个叫赵月的女士，说想见您一面。”

“赵月？”周孟言想起剧本的事，闭上眼，“不见。”

“好的。”

江承正准备往外走，被周孟言叫住了：“和她说，她等多久，我都不见。”

五分钟后，江承进来通报：“周总，赵女士说有很重要的事……”

男人皱起眉头：“到底是什么事？”

江承补充道：“主要是，她说这件事和太太有关，您一定想知道。”

几秒后，周孟言吐出几个字：“让她进来。”

江承把赵月带进光线明亮的办公室。赵月环顾一周，把视线落在坐在办公桌后的男人身上。

她咽了咽口水，慢慢地走到他的身前：“周先生——”

周孟言掀起眼皮，冷冷地说：“我只给你三分钟的时间。”他会给赵月这个机会，只是因为赵月说这件事和阮烟有关。

赵月直勾勾地看着他：“周先生，当初我改了剧本，你不愿意原谅我，所以拒绝了我的新剧本，对吗？”

“你有完没完？”

“周总，我只是想知道，你拒绝我的剧本是不是因为当初的……那个误会？”

“我不想让我的太太演你编的话剧，有问题吗？”他反问。

赵月垂下头，再次请求：“周先生，我求你再给我一个机会好吗？我打磨了好久，保证这个剧本一定会让你满意。排练期间我绝不出现，可以吗？我知道你宽宏大量，大人不计小人过。我愿意亲自向阮烟道

歉，这样可以吗？”

周孟言放下笔，冷冷地说：“这就是你要说的，和我太太有关的事？”

赵月觉得鼻尖发酸，握紧拳头：“当初那件事和我无关，为什么要让我受到影响？凭什么？”

“什么？”

赵月想到仲湛静对自己说的那句话，扯起嘴角。仲湛静对她的态度这么差，既然这样，那她也没什么好顾忌的。

她笑了笑，再度开口：“周先生，你不是怀疑我故意针对阮烟吗？你知道背后的原因吗？”

周孟言看向她。

“我承认，那时改剧本确实想针对阮烟，但是我和阮烟之间其实没有什么直接的冲突。我不是为了自己改剧本的，而是为了……仲湛静。”赵月对上他的目光，“改剧本的事情是仲湛静和我合谋的，因为她暗恋你十年了。你不会还不知道——她有多嫉妒、厌恶你的老婆吧？”

赵月在初中就认识仲湛静了。刚开始，赵月觉得仲湛静是一个特别懂事的女孩儿，性子很温和，与每个人都相处得很好。但是慢慢地，赵月发现仲湛静的温和是装出来的。就算面对不喜欢的人，仲湛静也可以永远以笑脸相迎，做个谁都不会讨厌的和事佬。一旦有人侵犯她的利益，她想的永远只有自己，还要确保自己可以完美地全身而退。

仲湛静骨子里是自私的。

赵月很热心，为仲湛静两肋插刀，但仲湛静想借刀杀人。仲湛静让自己站在道德高地上，一旦有什么问题，就立刻和他人撇清关系，保全自己。仲湛静还说，自己完全不知情，都是赵月做的。

仲湛静的眼里只有周孟言。

“赵月，对不起，如果让周孟言知道这件事和我有关，他肯定会生我的气，我和他连朋友都做不成了。你别告诉他，好吗……”这是仲湛静说过的话。

赵月看清了她的冷漠和自私。

更让赵月感到恶心的是，自己为仲湛静出头之后，仲湛静竟然还虚情假意地选择和阮烟继续当好朋友。不管仲湛静是为了保护自己温柔的假面具，还是为了不让周孟言对她产生反感，这一切都让赵月觉得心寒。

昨天在电话里，仲湛静把自己的想法和盘托出。

赵月终于明白，仲湛静太虚伪了，搞不好哪天就会伤害到自己。和这样的人相处，赵月受够了。

赵月对周孟言道："你应该不知道她喜欢你这么久了吧？从高中到现在，她装得挺好的，你和你的朋友都没察觉到。那次你们去苏城出差，她是故意跟着你一起去的。本来她以为你买了蛋糕，要给她过生日，谁知道你把蛋糕送给了你太太。你对阮烟的维护，让仲湛静嫉妒，但是她偏偏故作友好，接近你太太。估计你太太现在还被仲湛静蒙在鼓里呢。"

她说着说着，周孟言的眼神逐渐变得深沉。他直直地看着她，唇角往下，周围的气氛瞬间冷了下来。

赵月继续说："那次你过生日，她为你策划了生日宴会，给你挑了礼物和餐厅，你却转头把阮烟带来了。她知道你们相爱了，哭得很难过。后来阮烟来到剧团，我当时心疼仲湛静，想为她出气，所以提出要改剧本，仲湛静没反对。"

当时的对话是这样的——

赵月："我把她的剧本改得凄惨点儿，加一些她被打的戏，让她演得不痛快。"

仲湛静："这样不会被发现吗？"

赵月："怎么可能？她就是个小配角，谁会关注她？"

仲湛静："嗯……"

"后来她以为你要去美国，还挺开心的，觉得你们肯定要分居。她故意在阮烟的面前提起这件事，希望阮烟对你们的感情产生动摇。"

那天晚上，仲湛静找阮烟谈话前，和赵月吃了顿饭，提到了这件事。

"仲湛静根本就看不起你太太。她说，如果你娶一个各方面都很优秀的女生也就算了，可是为什么偏偏要娶阮烟那个各方面都不如她的瞎

子？她回国那晚，第一次见到了你太太。后来，她给我打了电话，说见到阮烟了，觉得阮烟不配站在你的身边。”

赵月说完这件事的前因后果。

周孟言背对着光，沉着脸。他轻敲了两下桌面，然后抬头看她：“说完了？”

赵月：“我说的都是真的，你要是不信，可以去问仲湛静。”

“你打算把所有责任推到仲湛静的身上？你觉得自己很清白？”

赵月一怔。她本想说出仲湛静的秘密，从而转移周孟言对自己的愤怒。

下一刻，周孟言含笑说：“不好意思，你们两个我都要算账。”

赵月离开办公室，临近正午，太阳很大。

周孟言走到落地窗前，单手插兜，看着下面的风景，通知江承进来。

“周总，您找我？”江承站在办公桌前。

“听说仲氏公司最近在和思雅集团谈一个很重要的合作？”

一束阳光从周孟言的脸上晃过。

“去查查他们的洽谈进度。”

繁星缀在夜幕中。星光荡漾，空气中带着微微的燥热。

阮烟坐在阮云山的病床前，给书本夹上书签：“爸爸，我今天就先给你读这么多，下次再继续读。”

阮烟把书放到床头，用手肘撑在病床的床沿上，笑着看向阮云山：“感觉爸爸最近有精神了。”虽然阮云山没有醒来，但是她知道父亲在一点点地好起来。

“说不定哪一天，我就能听到你醒来的消息了。到时候……”阮烟想到阮家的事，突然害怕父亲受不了那样的打击。但是无论如何，只有在阮云山醒来后，一切才有希望。不管怎样，她永远都会陪在父亲的身边。

周孟言推开病房的门。阮烟站起身，弯起唇角：“孟言，你来啦。”

周孟言走到女孩儿面前，揽住她：“爸今天怎么样？”

“挺好的……”

周孟言陪她坐了一会儿，准备去找医生问问阮云山最近的情况。

“我们一起去吧，也待得差不多了。”

阮烟拿起包，周孟言牵着她的手。

两人离开后，病房里一片宁静。过了半晌，床上闭着眼睛的人再次动了动手指。

从疗养院回到家，阮烟觉得口渴，想吃西瓜，周孟言就让用人去切。

“我不要切的，想要完整的半个，可以用勺子舀。”她嘿嘿地笑。夏天这样吃西瓜最舒服了。

周孟言拿来半个西瓜，牵着她上了楼。

周孟言问：“要不要再看部电影？”

她一愣：“正经的？”

他扯起嘴角，问：“你说的是正经地看电影，还是看正经的电影？”

两人走进影音厅，阮烟突然想到了什么，红着脸，嗫嚅着说：“还有不正经的电影？”

他看着她，思绪万千。阮烟抬起头，眨了眨眼睛，问他：“不正经的电影是什么？”

阮烟装傻。

他俯下身子，沉声反问：“烟儿是不知道，还是没看过？”

“嗯……”阮烟心虚地移开目光，“我没看过。”

他笑了一下：“那就是知道了？”

阮烟没想到中了他的圈套，仰着脖子，保持镇静。她看着他，声音很轻：“那你看过吗？”

见他没说话，阮烟哦了一声：“你肯定看过。”

“嗯？”

“我听说你们男的都看过，或多或少。那个……好看吗？”

他笑了下：“感兴趣？”

阮烟刚要矢口否认，他就揽住她，含住她的耳垂，用沙哑的声音说：“想看的话，以后可以带你一起看。”

阮烟的表情变得微妙起来。

他见状，笑了一下，刮了刮她小巧的鼻尖："逗你的。我怎么可能会让你看其他的男的？"

她抿抿唇，有点儿好奇："那些人长得帅吗？"

他看着她。

阮烟轻咳一声："帅哥美女，养眼嘛。"

他侧过身子，抱住她："喜欢养眼的？"

"是谁每次都说要关灯，觉得不好意思看我的？"

"你老公这么养眼，你都不看？"

这人怎么这么自恋呢？

她忍不住扬起唇角。只听周孟言道："别笑，今晚你别想关灯了。"

"你太帅了，我不好意思看你。"

笑容在他的嘴角荡漾开来："多看看就习惯了。"

阮烟轻轻地推了他一把："看电影。"不正经的事，等一会儿再说。

两人随便挑了一部喜剧片。

阮烟被电影逗得笑了起来，然而周孟言的注意力不在电影上。

他舀了一口西瓜，送进她嘴里，然后捏住她的下巴，吻住她的唇。阮烟如一颗被剥开包装的糖果，融化在他的唇和手上。

她最后发现，无论是不是看正经的电影，这人都会想尽办法欺负她……

第一轮巡演结束后，阮烟在家里休息，得知了欧拉公司股阶上涨的消息。这和之前周孟言预测的一样。只是，这并不是一个好的预兆，反而像暴风雨来临前的平静。

周孟言把自己接下来的安排，告诉了阮烟。他摸着她的头发，温柔地道："接下来欧拉可能会有一些巨大的变动，你不要担心，安心地交给我。"

"好。"

此时，欧拉的董事长办公室里，阮乌程看着这几日的公司股价，脸上带笑。

其实这份财务报表，不比上个季度的好多少。

前几天拿到财报的时候，阮乌程意识到，如果这份季报发出去，很有可能会再次使股价下跌，他质押在银行的股票，就亏了本。所以他和甘庐、冯庄联合起来，对公司的财务负责人施压，让财务负责人偷偷地篡改了季报里的数据。

事实证明，现在没有人关注这份报表，一切平静如水。

阮乌程安慰自己，可以高枕无忧了，一切都在他完美的计划之内。

时间到了八月初。

仲湛静已经一个星期没有和赵月联系了。

她们从前也不是没有冷战过，赵月的性子很冲，行事冲动，平时都是仲湛静包容、忍让她。但是这一回，仲湛静也不想忍让赵月了。反正过不了几天，赵月又会回来找她和好。

改剧本的事，其实她的确对赵月有愧。

她讨厌阮烟，但是一直没有机会发泄自己的怒气，只能假装友好。原本她觉得阮烟不过是一个联姻的工具，周孟言不会动心，直到周孟言的生日那天，她看到两个人接吻后，对阮烟的嫉妒又上升了一层。

直至赵月告诉她，阮烟竟然在赵月主编的话剧里饰演了一个小小的角色。仲湛静感到好奇，拿走了剧本，看了一遍。仲湛静暗示赵月："你在排练过程中，能改剧本吗？"

"可以啊，如果有需要修缮的地方，我可以和导演说。"

仲湛静把话题引到了改剧本上面。果然，赵月提出要修改阮烟的剧本。仲湛静表面上担心赵月，其实希望赵月把剧本改掉。她的确利用了赵月对自己的同情心。

即使被周孟言发现，仲湛静装傻，周孟言又能奈她何？何况根本不会有人提起这件事，阮烟性格好，也不会对改剧本说不。只是所有人都没想到，那天周孟言竟然在现场，打乱了她们的计划。

从那以后，她觉得周孟言对自己越发冷淡，甚至会用审视的目光看着她。所以她不敢在他的面前做什么过分的事。

反正现在她不想再掺和这件事了。

周孟言爱喜欢谁就喜欢谁吧。她突然累了，不想再关注他和阮烟了。她想把精力放在工作上。

走出电梯，仲湛静一路和人打招呼，最后走进了副总办公室。

她出神地泡着咖啡，直到助理风风火火地冲了进来："湛静姐——"

"怎么了？"她端起咖啡，走了过来。

"思雅集团那边今早发来通知，说合作取消。我们谈了大半个月，他们竟然说不打算和我们合作了！"

仲湛静的手一颤，咖啡洒到地上："取消合作？！"这是一笔价值5亿的交易，对方竟然临时变卦？！仲湛静放下杯子，手忙脚乱地拿起手机，拨通了思雅集团的电话。

对方道歉说，对仲湛静的公司不太满意。他们考虑了一番，还是取消了这次合作，而且已经找到了新的合作方。

仲湛静愣了片刻："你们之前不是说挺满意的吗？"仲湛静带着团队，跨省出差一次，跨国出差一次，想尽各种办法拿下这次合作。谁知道在签合同的前三天，对方临时变卦了。她准备找人去和对方协商，然而思雅集团表示没有任何合作的可能性，态度非常坚决。

仲湛静坐在办公桌前，把手掌盖在脸上，整个人如虚脱一般。

半个小时后，助理进来敲门，告诉她一个更为震惊的消息。

"现在正在和思雅集团洽谈的是……梵慕尼。梵慕尼那边主动拿出了更丰厚的条件。"

"梵慕尼？！"

鞋业目前不是梵慕尼主要的进军领域，周孟言竟然临时截和她的商业合作？！这怎么可能呢？

外头的阳光非常刺眼，她心慌意乱地打电话给周孟言——无人接听。

仲湛静不断地安慰自己，可能他对自己有什么误会。周孟言从来不会这样对她，即使他有私人情绪，也不会带到生意场上。

她第三次给周孟言打电话，被他直接挂断了。

仲湛静紧紧地握着手机，指尖发白。

下午，阮烟闲来无事，做了份甜品，带去了梵慕尼集团。

“我顺便来这里视察一下，看看某些人有没有认真工作。”办公室里，阮烟坐在周孟言的腿上。

他闻言，不禁勾起唇角：“那夫人视察后，觉得如何？”

阮烟微晃着小腿，用脚尖轻点着地面，环视着他的办公室：“你这个办公室好单调严肃，颜色都是黑白灰，不好看。”

“那烟儿喜欢什么样的？”

“我想让办公室的配色活泼一点儿，弄成暖色调，最好还有个单独的隔间用来放书……”

周孟言听完她的描述，笑着问：“我要是按照你说的装修一下，你是不是打算经常来我的办公室坐坐？”

“那不行，像现在这样，你的心思都不在工作上。”

阮烟要起来，被他搂住不放：“这样就走了？”

“不然呢？”她笑起来，脸上出现两个酒窝，然后在他的唇上吻了一下，“这样可以了吗？”

他抱住她，吻了上来。这个吻，不同于她的浅尝辄止，而是唇舌交缠。

吻完后，她羞赧地轻推开他，不让他搭在自己身上的手造次：“周孟言你老实点儿……”

他笑了一下，松开她。

“我去旁边坐着，你忙。”

阮烟去沙发上坐下，看了一会儿书，觉得有点儿口渴，想喝奶茶。她问周孟言附近有没有奶茶店。叶青说了几家开在附近的店，阮烟就要下楼买。

“让他们买上来就好。”周孟言道。

“没关系，我也想下去逛逛，叶青姐陪我一起去就好了。”

阮烟离开了办公室，五分钟后，江承进来通报：“周总，仲湛静女士来了，说想见您一面。”

他桌面上的手机振动了一下。

“我要见你，你不能不给我一个解释！”这条消息是仲湛静发的。

周孟言把手机扔回桌上，看向电脑：“三分钟后。”

仲湛静在门口等了一会儿。江承把她领到了周孟言的办公室前，敲了一下门。

仲湛静一走进去，就对上他冷淡至极的目光。

周孟言交叠着双腿，把十指搭在腿上，眼神凌厉，冷冷地看着她，整个人像座冰山。

仲湛静快步走上前，开门见山地说：“孟言，你为什么要这样做？这个合作案我和思雅谈了半个月了，我觉得……这当中是不是有什么误会？”

他勾起唇角，语气低沉：“不是什么误会。”

“什么？”

“我是故意抢走这单生意的。”

仲湛静一怔：“故意的？你这是什么意思？！”

周孟言掀起眼皮，冷冷地看她：“你不清楚我这么做的理由，那你应该清楚，你在背后是如何对待阮烟的。”

她如何在背后对待阮烟……仲湛静惊出了一身冷汗，握紧拳头，面色保持不变：“我听不懂你在说什么，最近都没怎么和阮烟联系。而且上次我去你们家，阮烟不还对我挺好的吗？”

周孟言站起身，冷笑着说：“她对你很好，不正说明你装得很成功吗？”

“什么装……”

“赵月来找过我了。”

“她来找你？她找你说什么？”

“她说了一下那次剧本改编背后的原因，和你当初告诉我的‘我完全不知情’，有点儿出入。所以你说，哪一个原因是真的？”

震惊和恐惧之感从脚底蔓延上来，凉意直达仲湛静的头顶。

赵月竟然背叛了她，把一切都告诉了周孟言？！

他吐出几个字：“上次你在阮烟面前说我要去美国，你觉得我就一点儿没察觉到吗？”

她怔怔地看着他，面色铁青：“赵月……赵月全告诉你了？”

“你觉得呢？”他沉下脸，“欺骗我太太这么久，觉得很好玩是吗？”

仲湛静脸上虚伪的面具被周孟言不留情面地撕下了。

她语塞了。

看着他那双已经知晓一切的眼睛，她忽然觉得一切的掩饰都没用了。

她看着他，仿佛已经不认识他了。

她喜欢周孟言，十年如一日，但他已经不再如往日那样。

她指尖轻颤，声音发抖："那她也应该告诉了你，我喜欢了你这么多年吧？"

她终于将深埋心底十年的心事亲口道出。

仲湛静生活在家教非常严格的家庭，父母传统保守。他们教育她什么该做，什么不该做：要努力读书，以后接管公司；女孩儿要端庄、矜持……

仲湛静的性格是被父母严格塑造出来的，她不允许有任何差错。

她扯起嘴角："我第一次看到你，是在学校的新生典礼上。我当时读高二，加入了学生会，在后台布置时，看到了要演讲的你。你穿着白色衬衫、黑色校裤，站在人群里。你是最高的，仿佛生来就引人注目。"

她从没有见过他，后来才知道，他是高一的新生。

她如同那些小女生一样，被他的聪明优秀、光芒万丈所吸引。

渐渐地，她喜欢上了他。

但是这种主动的喜欢和她从小受到的教育格格不入，她难以启齿，只能放在心中。她想等高三毕业，就去表白。

"可是我知道……你从来都不喜欢我。所以我害怕，不敢说。我假装自己对你，和对待滕恒、闲逸是一样的。我怕我说了，你会刻意地疏远我。到那时候，我连和你讲话、做题、聊天的机会都没了……"

仲湛静把暗恋种在心里，日复一日，年复一年。她崩溃过，很想说出来，可是每次都被理智拉住了。

"我不论去哪，带的礼物都是三份，因为有一份能名正言顺地送给你。我记得你们每个人的生日，这样我就能光明正大地给你过生日。我只能这样偷偷地喜欢你……"她哽咽了，"我努力读书、留学、接管公司，就是为了能离你近一些。我想让你看到我的优秀，让我有机会被你

喜欢上，你都看不出来吗？”

每当仲湛静回想起这么多年的往事，都会觉得自己卑微而艰难。

她小心翼翼地捧着一束花，却一直等不到那个收花的人。

仲湛静抹了下眼泪，话中含着愤怒：“我嫉妒阮烟，因为她只花了几个月的时间就实现了我一辈子的梦想。她那么轻易就让你喜欢上了，凭什么？”

“这和你有关系吗？我要和谁结婚，我喜不喜欢阮烟，轮得到你议论和干涉吗？”男人道。

仲湛静闻言，落下泪来，心里的怒火被周孟言挑起了：“可是我喜欢了你十年，阮烟才认识你多久？她有我一半喜欢你吗？我本来打算这次回国就和你告白，可是阮烟却捷足先登，如果没有她，我们之间，怎么会一点儿可能性都没有？”

仲湛静哭喊着说完，就听到身后门被打开的声音。

她回过头，看到阮烟站在门口，静静地看着她。

仲湛静没有想到，阮烟会出现在办公室的门口。

她呆若木鸡。

忽然之间，她感觉浑身无力。刚才歇斯底里的告白，彻底地剥开了她的心。

她握紧手中的包，下意识想往外走，就听到阮烟沉静的声音：“湛静姐，我们谈谈吧。”

仲湛静看着阮烟走进了办公室，有些惊慌。

阮烟淡淡地道：“刚才在门口，我也听到了一些你说的话。既然你把话说到这份儿上了，我们就把一些事开诚布公地摊开来讲吧，讲完你再走也不迟。”

仲湛静紧抿嘴唇，眼眶通红，与阮烟对视。

阮烟淡淡一笑：“其实我早就知道你对我的真实想法了。”

仲湛静愕然。

早就知道……

“那次在游轮上，你和你的朋友在聊天，我刚好去找你，听到了你们的对话。那时候我因为车祸，的确瞎了，但是我的心没瞎。很多事情我知道，但是没有挑明，你想过是为什么吗？如果你真的那么瞧不起我，为什么当初还要假惺惺地和我做朋友？你在我面前，说的、做的那些事情，需要我点破你的心思吗？”

阮烟没主动撕破脸，是为了给仲湛静留点儿面子，也不想让周孟言为难。

阮烟垂下眸子：“我和孟言刚开始的确是商业联姻，没有感情，但是现在我们相爱了。你喜欢了他十年——可是今天就算我给你机会，你也得不到他。”她一字一句地道，“你的告白可以感动所有人，唯独感动不了他。”

仲湛静闻言，咬着唇，觉得眼眶刺痛：“你说够了吗？”

她看着阮烟自信的模样，攥紧了手，狠狠地瞪着阮烟：“阮烟，我真不明白你凭什么能抢走周孟言？你是从哪里冒出来的，非要在我们中间横插一脚？”

阮烟觉得很荒唐：“横插一脚？”

仲湛静咬牙切齿地说：“论长相、学历、家庭，你哪一点比我强？为什么上天这么不公平？你根本就配不上周孟言！”

她话音刚落，周孟言沉声道：“仲湛静，我认识你这么多年，你就是这副嘴脸？”

仲湛静震惊地看向他。

男人冷冷地逼视着她：“你能清醒一点儿吗？你根本没有资格和我太太做比较。”

他吐字清晰，每个字都用力地敲在她的心底。

仲湛静没有想到，会听到这样的回答。

“即使没有阮烟，我也不会喜欢你，你清楚了吗？”男人抬手指向门口，冷冷地看着仲湛静，“现在请你立刻从我的办公室出去，以后就当我们从来没认识过。”

仲湛静闻言，不由自主地落下泪来。

她没想到自己会输得这么彻底。

她怔了许久，红着眼，忍着哭声，飞快地往门口走去，摔门而出。

办公室里终于又恢复了安静。

过了半晌，阮烟走到男人面前。周孟言抬手把她揽紧，揉了揉她的头发：“听到那些话，你有没有不舒服？”

阮烟把脸埋在他的胸膛上，摇摇头：“没有啦。”

“上次在游轮上你就知道仲湛静对你不怀好意，怎么不告诉我？”他轻轻地捧起她的脸颊，“难怪那天，你说自己分辨不清别人是不是真心待你的。”

阮烟揪着他的衣角，闻着他身上淡淡的雪松木香：“我不想让你为难，而且她也没做什么过分的事。你刚才为我说的话，我都听到了。”

阮烟仰头看他，轻轻地咬了下红唇，盈盈一笑。

下一刻，周孟言立刻吻了上去。

阮烟踮起脚，淡淡的薄荷味和她口中的奶茶味纠缠在一起。

他们的世界里只有对方。

吻完后，他慢慢地松开他，认真地看着她：“以后你不要这么懂事。有这种事，你要第一时间告诉我，不要受一点儿委屈。”

阮烟点点头，想到了什么：“你刚才对仲湛静说的话语气那么重，她会不会……”

“我没打算再和她保持朋友关系了。”

他已经有了阮烟，不想再和仲湛静有什么牵扯。

更何况，刚才仲湛静说了那么多硌硬阮烟的话，周孟言仅存的一点儿耐心都被仲湛静耗尽了。他没有办法和一个讨厌阮烟的人友好相处。

借着这一次争吵，他可以和仲湛静划清界限。从今以后，他和仲湛静之间将彻底没有交集。

阮烟抿了抿唇：“她今天怎么特地过来和你说这件事？”

“我截和了她的一个合作案。”

“嗯？”

“她之前那样对你，你不计较，但是我要计较。”

阮烟感慨地说：“其实想想，她也挺可怜的。换作是我，也没有办法对你的妻子有好感。”

喜欢一个人没错，仲湛静的心理错了。

阮烟垂眸，忽然道：“孟言，我想再优秀一点儿。”

这样，她站在他的身边，别人就不会有那么多闲言碎语了。

他吻了下她的鼻尖，沉声道："烟儿在我的心里，已经特别优秀了。"

她的善良，她的努力，她的坚持，她的温柔……每一点都深深地吸引着他。

或许现在在外人眼里，阮烟还不够夺目。

但是在他的心里，任何人都比不上阮烟。

周孟言和仲湛静之间的事，滕恒和白闲逸随后都知道了。

滕恒来找周孟言，问他为什么要截和湛静的合作案。周孟言虽然没有挑明，但是通过暗示，让滕恒猜到了大概。

大家都没有想到，原来仲湛静喜欢了周孟言这么久，背后又发生了这么多事。

滕恒和白闲逸知道周孟言最在乎的就是阮烟，而且这件事本来就是仲湛静做得不对，就没有为仲湛静求情。

阮烟也不想再计较了，反正周孟言已经给出了他的态度，她和仲湛静也终于把话说开了，双方还因此撕破了脸皮。

不管仲湛静这十年的暗恋有没有结束，阮烟拥有周孟言的现在和未来。

接下来一段时间发生的事，也让她无暇顾及仲湛静。

几天后，欧拉公司里。阮乌程正在办公室里开视频会议，门口就传来急切的敲门声。

"进来。"

阮乌程对着视频里喊了句暂停，然后摘下眼镜。

秘书推开门，步履匆匆地进来："阮董事长，出事了！"

阮乌程眉头一皱："出什么事了？"

"刚刚 TVN 机构在网络上发布了一个……对于我们公司财务造假的调查报告。"

阮乌程的心一沉，像灌满了铅。

“调查报告？！”阮乌程慌忙打开电脑，点到 TVN 的网站。三分钟之前，TVN 在社交网站上发布了这份不具名的报告，指责欧拉公司涉嫌篡改财务报告。

TVN 是国际上令人闻风丧胆的做空机构，许多大企业被它做空了。被 TVN 盯上的企业，基本上都跑不了。

原本以为一切安稳的阮乌程顿时如临大敌，没想到他们竟然会查到这件事！

阮乌程看着报告，脑中一片空白。

他想到了质押在银行里的股份。

那几乎是他全部的家当。

没过一分钟，财务总监和公司的几个高管来到了办公室。阮乌程命令他们发布否认的公告，指责这份调查的内容都是莫须有的。

然而这件事已经开始疯狂地发酵。

TVN 爆出消息之后，欧拉的股价疯狂下跌，第一天直接跌停，网络上骂声一片。

第二天早晨，阮乌程刚来到公司，证监会的人就找上门来，要把他带走调查。

在阮家，冯庄还在阮灵的陪伴下悠闲地修剪花草。用人走上前来：“太太，有人找你。”

“谁啊？”

“不太清楚。”

冯庄放下水壶，阮灵陪着冯庄一起往玄关走去，只见两个西装革履的男人站在门口。

“请问你是冯庄女士吗？”

“是的，怎么了？”

“我们是证监会的，怀疑你参与了欧拉公司财务造假一事，现在要对你进行调查，请你跟我们走一趟。”

阮灵震惊地问：“什么财务造假？！”

冯庄闻言，差点儿没站稳，踉跄着后退了几步。

阮灵看着母亲：“妈，到底出什么事了？什么叫财务造假？你们不可以就这样带走我妈！”

“请你配合调查。”

冯庄红着眼睛被带走了，阮灵追出去，眼睁睁地看着母亲被带上了车。

车子绝尘离开，阮灵彻底呆了。

欧拉的事闹得很大。

阮乌程被带走后，公司的事暂时由董事会管理。

晚上周孟言回来，把具体情况告知了阮烟。阮烟感到很震惊：“我的后妈和大伯都被抓去调查了？”

男人说，目前看来，阮乌程应该是主谋。阮乌程连同冯庄等高管对财务人员施压，要求财务人员篡改季报里的数据。

这原本是周孟言的猜测。他把这个消息送到了TVN机构那边，没想到调查结果出来，阮乌程确实做了手脚。

阮乌程确实没有管理公司的头脑。他野心大，但是没有能力，喜欢用一些不干净的手段。周孟言刚来欧拉的时候就发现了。

为了彻底铲除阮乌程，他选择先退出欧拉，让阮乌程在放松警惕的情况下，露出马脚。

“那证监会调查后，如果情况属实，会怎么样？”阮烟问。

“如果是真的，所有参与这件事的人都免不了被罚款。阮乌程承担的责任更重，他有可能遭遇牢狱之灾。”

至于冯庄，完全不懂公司的事，盲目投靠了阮乌程，应该是被利用了。

总之，谁都逃不了。

阮烟靠在周孟言的肩头：“我听说公司这几日股价大跌。”

他揽住她：“现在公司陷入这种风波，股价难免会跌。不过，公司的情况不会像去年这个时候那么严重，我们还是先等证监会最后的调查结果吧。”

证监会开始调查的两天后，阮烟在家中给祝星枝打电话。

“我听陈容予说，你家公司出事了，现在是什么情况？”

阮烟简单地讲了一下，祝星枝问："你不会受影响吧？"

"不会，这件事没波及我。"

"那就好，你的那个大伯和后妈作恶多端，我就说他们迟早会翻车。这不，报应来了。他们自作孽不可活。"

阮烟感慨地说："我现在只希望这件事赶快解决。"

"会的，你也别太担心。"

"对了，你最近和我的小舅舅相处得怎么样？"

两人聊完天，阮烟挂了电话，准备吃午餐。

她往楼下走去，手机振动起来。

她拿起手机一看，是疗养院打来的电话。

她接起电话。

"你好，是周太太吗？"

"我是。"

那头的人说了几句话。阮烟闻言，睁大了眼睛。

周孟言接到阮烟的消息，先回家接上了她，然后去了疗养院。

到了疗养院，工作人员把他们带进病房。

病房门被推开，阮烟看到半躺在床上的阮云山，感觉好像回到了出事之前。

从小到大，父亲都会用这样满含爱意的目光看着她。

阮烟鼻尖一酸："爸爸——"

阮云山看着她，眼带泪光。他朝她抬起手，声音虚弱："烟烟……"

阮烟走到病床前，被阮云山轻轻地揽住了。

阮烟抱住阮云山，靠在他的臂弯里，闭上眼睛，哽咽着说："爸，你总算醒过来了……"

她无数次地幻想过父亲苏醒过来的场景。

她终于等到了这一天，愿望没有落空。

这个世界上最爱她的人，没有离开她。

"我还以为你会这样睡下去，不要我了……"她抽噎着说。

阮云山一遍遍地抚摸着女儿柔软的长发，红了眼睛，落下泪来："怎么会呢，爸爸怎么可能不要烟烟呢？我能隐隐约约地听到你在对我说话，烟烟。”阮云山拍着她的背，“我知道你在等我。”

她一声声的呼唤，能传到他的心里。

她在叫他回家。

“好了，不哭了……”阮云山淡淡地笑着，“你怎么还和小时候一样，爱哭鼻子？”

阮烟松开阮云山，阮云山抬起手，轻轻地帮她擦着眼泪。

“爸爸醒了，就不要掉眼泪了。”

病房里的护士和医生看着这一幕，不禁动容。

“刚刚我们看到阮老先生醒来，也激动坏了。”护士笑着用手背揩了揩鼻子。

“是啊，阮老先生醒来后，我们第一时间就给你打了电话。”

“我到底睡了多久？”

阮烟握住他的手：“从车祸到现在，已经一年了。”

“一年了……”

阮云山感觉如同做了一场梦。

下一刻，阮云山看到了站在右后方的陌生男人。他想起刚才阮烟牵着这个男人，疑惑地问：“这位是……？”

阮烟转头看向周孟言，走到他面前。几秒后，阮烟拉住周孟言的手，把他带到阮云山面前。

“爸爸，我要向你介绍一下他。”阮烟抬眸看向男人，勾起唇角，“他叫周孟言，是我的……丈夫。”

阮云山愣住了：“丈夫？”他震惊地看着周孟言的面容，“这……你……”

“爸爸，你先别激动。在你睡着的这段时间里，发生了太多事，我慢慢地和你说。我们出车祸后，其实……我也失明了。当时，公司遭遇了很大的危机，濒临破产，而我……”阮烟垂下眸子，“也被妈妈赶出家门。”

阮云山心头一震。

阮烟欲言又止。阮云山看着她，面带怒色：“你继续说，她到底做了什么事？”

于是，阮烟把那段时间发生的事告诉了父亲。

阮乌程当上董事长，冯庄投靠了阮乌程，露出了真面目，把阮烟赶出家门。

阮云山听完，心沉了下来。

“后来，公司出事，孟言作为梵慕尼公司的总裁，是我的联姻对象。当时公司面临着巨大的危机，我没有任何人可以投靠，只能选择联姻，把公司救活。我和孟言结婚之后，他注资控股，让欧拉重新运作起来。在我失明的这段时间里，都是他在照顾我。现在我和孟言，是真心相爱的。”

一旁的周孟言看向阮云山，开口了：“爸，很抱歉，我和烟儿结婚很仓促。当时我们走到一起是出于客观原因，但是现在，我真的很爱烟儿，也想和她过一辈子。”

阮烟转头笑着看着周孟言，握住周孟言的手：“爸爸，孟言真的对我很好，如果没有他，我不知道能不能走到现在。”

阮云山听完阮烟的话，看着周孟言，震惊之余又流露出感动：“谢谢你，谢谢你照顾我的女儿……”

“爸，我们都是一家人，你醒了对烟儿来说，就是最大的快乐。”

阮云山摇摇头，感叹道：“我也没想到这场车祸会带来这样大的改变……”

所有人的生活轨道都被改变了，大家都在往未知的方向前行。

阮烟莞尔：“爸爸，只要你醒来，一切都会好起来。”

阮烟留在疗养院里，陪着父亲。

她详细地讲了最近发生的事。

尤其是这几天公司被爆出财务造假的事。

阮云山没想到这场意外，让这么多虚伪的人原形毕露。深得自己信任的妻子和小女儿在自己出车祸后，竟然对阮烟做出这样的事，而自己的大哥，还想和自己争夺利益。

想到阮烟的母亲很早就离世了，他感到更加愧疚：“是爸爸没有早点儿发现这些问题。”

他原本还天真地以为，冯庄会真心接受这个大女儿，现在想来，阮烟必定受了不少委屈。

“爸爸，只要你醒来，这些对我来说一点儿都不重要。”阮烟道。

那些不重要的人爱不爱她，她一点儿都不在乎。

阮烟陪阮云山待了一个下午。等到傍晚，她推着轮椅，带阮云山去外头走走。

两人慢慢地走到了后花园，阮烟看着满天的晚霞，弯起唇角：“好久没有和爸爸一起看夕阳了。”

“你小的时候，我们会一人捧着半个西瓜，坐在后院里。”

阮云山轻轻地拍着她的手。

阮烟蹲在他身边，笑道：“爸爸，你睡了这一年，以后得好好地补偿我，当个好外公，帮我带小外孙。”

“好，没想到我这一睡，丫头都出嫁了。”

两人往前走，阮烟看到周孟言来了。

阮烟招招手，周孟言朝他们走近。

“带爸来这里逛？”

“对，我们刚刚下来，你公司的事情忙完了？”

“嗯。”他走到阮烟身边，“我来推吧。”

阮烟勾起唇角，看向父亲。

三人往前走，阮云山突然说：“烟儿，我觉得有点儿口渴。”

“啊？我去帮你拿水。”

阮烟看了周孟言一眼，周孟言温柔地开口了：“去吧，我在这里陪着爸。”

阮烟离开后，阮云山淡淡地笑道：“孟言，我想和你单独聊聊。”

周孟言已经猜到了阮云山是故意支走阮烟的，应了一声。

“我们继续往前走吧。”

“好。”

“这段时间，阮烟受了许多委屈。还好你在她身旁，让她有个依靠。烟烟太善良了，容易受欺负。我以前就觉得，一定要帮她找个好人家。”

“爸，你放心，阮烟现在是我的妻子，我一定不会让她再受委屈。”

"我知道，你看起来比烟烟成熟稳重许多。她既然心甘情愿地喜欢你，那么你一定也会让我满意。"阮云山感慨道，"烟烟这孩子善良可爱，但也有一些小缺点……"

周孟言说："我会包容她的。烟儿比我小了六岁，我想把她当成孩子来宠。"

阮云山笑着点点头。

"以后我和你讲一些她小时候的事。"

"好。"

过了一会儿，阮烟拿着水回来了。

阮烟挽着周孟言，推着父亲。夕阳下，三人向前走着，影子被拉得很长很长。

阮云山刚苏醒过来，还需要留在疗养院继续观察。等接受完检查，疗养院确认他的身体没有问题后，阮云山才能回去。

在阮云山的指示下，他苏醒的事，只有阮烟和周孟言知道。

两天后的周末，检查报告显示，阮云山一切正常。于是阮烟和周孟言把阮云山接回家中休养。

这几天，阮烟已经吩咐下人给阮云山布置好了房间。

回到家，安顿好阮云山，阮烟看父亲睡着了，才慢慢地走出了房间。

周孟言带阮烟进了卧室。

阮烟洗完澡，去阳台吹风，过了一会儿，周孟言从后面抱住了她。

男人紧紧地贴着她的身子。

阮烟闻到熟悉的雪松木味，弯起唇角，握住他的手，轻声唤他："孟言——"

"我爱你。"

她没想到他突然说这个："嗯？"

"感觉我越来越爱你了。"他的声音温柔缱绻。

阮烟转过身，被他压在栏杆上。她踮起脚吻他，断断续续地说："我也爱你……"

他把她搂紧。

阮烟攥着他的衣领，弯起唇角："我现在有你，爸爸也醒了，再也没有其他奢望了。"

她最爱的两个人，现在都在她的身边。

她开口道："孟言，你一定不要离开我。"

男人俯下身，轻轻地亲吻她的眸子。

"我永远都不会离开你。"

冯庄和阮乌程接受完调查，回到家。由于调查结果还没出来，这几天冯庄必须待在家里，被限制了人身自由。

晚上，冯庄坐在餐桌前，闷闷不乐，整个人没精打采。

阮灵坐到她身边："妈，你吃一点儿饭吧，不吃饭怎么行？"

冯庄愁眉不展："你觉得我还有心情吃饭吗？"

阮灵轻声问："妈，如果真的要罚款该怎么办？"

"能怎么办？卖车卖房子……"

冯庄辛辛苦苦积攒了这么多年的钱，可能马上就全没了。

"你不是还有公司的股票吗？公司的股票能卖吗？"

冯庄想，自己的股票全部质押给银行了，现在也不知道能不能拿回来……

"都怪你大伯，当初非要拉我做这种事！"她怒火中烧，快崩溃了，"当初我就不该听信你大伯说的那些话。灵灵，如果我要坐牢，该怎么办？"

"妈，你先别着急。"

母女俩坐在餐桌前，冯庄形如枯槁。

忽然间，有人按响了门铃。

用人走去开门。阮灵问："是谁啊？"

用人惊讶地说："夫人，二小姐……来的人竟然是大小姐！"

两人皆是一愣："阮烟？！"她怎么来了？！

冯庄和阮灵起身往外走去，看到阮烟走进玄关，环视着别墅内部。最后，阮烟把视线落在她俩身上，淡淡一笑："好久不见。"

前段时间阮灵和冯庄讲过，阮烟复明了。冯庄看着阮烟，压住内心的震惊，皱起眉头，眼底透着厌恶：“阮烟，你来这里干吗？”

阮烟笑笑：“我听说公司出事了，过来看看你们。”

阮灵皱眉道：“阮烟，你别假惺惺的！你是过来幸灾乐祸的吧？！”

冯庄走上前，指着门口：“这里是阮家，你是阮家的人吗？给我滚出去。”

她刚说完，就看到周孟言推着一辆轮椅走进家门。

轮椅上，坐着一个男人。

“怎么，我是不是也不是阮家的人？”

冯庄和阮灵看到坐在轮椅上的阮云山，吓得瞪大眼睛，如同看到鬼一般。

几秒后，冯庄反应过来，激动地走上前，半蹲着拉住阮云山的手，喜极而泣：“老公，你是什么时候醒的？你终于醒过来了……”

阮灵也跑上前，蹲在父亲的另一边：“爸爸，你终于醒了，怎么没第一时间给我打电话？”

“老公，我本来以为以后要独自生活了。没了你，家里就没了顶梁柱。现在我们一家总算团聚了。”冯庄看着他的脸庞，从眼角挤出两滴激动的泪水。

“对啊爸爸，我好想你。”

阮云山冷眼看着她们，抽出了手，问道：“演够了吗？”

冯庄和阮灵惊愕地抬起头，阮云山愤怒地看着她们：“你们俩是不是盼着我一直躺着，永远不要醒来？”

“老公……”

“爸，你在说什么？”

“在我没醒来的这段时间里，你们做了什么，自己清楚。”

阮云山的话吓得母女俩身子一颤，冒出虚汗来，不敢抬头看他的眼睛。

冯庄：“老公，你这话是什么意思？”

“你们对我的女儿做了什么？”他沉声问，“去年我们出了车祸之后，烟烟的眼睛瞎了，你们对她做了什么？！”

冯庄的心里咯噔一下。当时，她听到丈夫成为植物人，阮烟失明后，没有难过、担忧，第一时间想到的，是终于可以把阮烟赶出家门了。

阮烟还在医院的时候，她和阮灵一次都没有去看过阮烟。

她只请了个护工，随便照顾一下阮烟。

后来阮烟回到家，冯庄对阮烟说："阮烟，你收拾一下，准备搬出去吧。"

阮烟茫然地问："妈妈，你这是什么意思？"

"别叫我妈，我们不是真正的母女。你的亲妈死了，你在我们家寄住了二十多年，我好吃好喝地供着你，只是碍于你爸爸的面子。现在他躺在床上，你也没有在这里待下去的必要了，难不成让我养你吗？"

冯庄回忆着往事，心虚地低下头，听到阮云山说："我一变成植物人，你就把我的女儿赶出家门了，动作倒是挺快的。"

冯庄颤声否认："老公，你误会了，当时阮烟要和周家联姻，所以我们才让她住到周家……"

"你还在和我说谎！你当我不知道吗？原本你们想让孟言娶灵灵！"

"当时阮烟看不见，你们就把她赶出去。我今天醒来，如果发现阮烟有个三长两短，你们考虑过后果吗？我看你们巴不得气死我！"

阮云山气得胸膛起伏，阮烟连忙帮他拍背："爸，你先别激动……"

阮云山："冯庄，你不喜欢烟烟，我知道。但是这孩子从小到大，哪里对不起你了？你的心肠怎么这么歹毒？你辛辛苦苦地'养'了她二十几年？你嫁到我家里后，工作过吗？到底是谁在养着谁？！"

冯庄动了动唇，说不出话来。

阮灵愣住了："爸，你怎么能凶妈妈呢？"

"你觉得我不知道你对你姐姐做的事吗？"

阮灵呆住了。

"你到底有多讨厌你的姐姐？从小到大，我亏待你了吗？你姐姐有的东西，哪个你没有？你们俩都是我的女儿，阮烟温柔善良，你就恶意满怀！"

"爸……"阮灵被他骂得掉下泪来。

“还有公司的事。”阮云山看向冯庄，“我一成为植物人，你就投靠我哥，让阮乌程当上董事长。公司被你们搞成这样，现在还闹出了财务造假的事。”

冯庄哭诉道：“云山，我当时没办法，只能投靠大哥……这次是我糊涂了，我这么做都是大哥怂恿的。我完全不知道是怎么一回事。”

阮云山道：“所以我说你，又蠢又坏。”

冯庄怔住了。

阮云山扫视着这个家：“你们母女俩没我也过得挺好的。我不在，你们倒是逍遥自在。既然如此，你们就继续这样过吧。我已经让律师去拟《离婚协议书》了，过几天，《离婚协议书》送来后，你就签字，然后带着你的女儿，离开这个家。该给你们母女的，我一分也不会少给。”

冯庄瞠目结舌：“云山，你要跟我离婚？！我们结婚二十多年了，我陪了你这么多年，你这个时候提出要离婚？云山，你别这么冲动……”

“这件事我考虑几天了。我忍受不了继续和你一起生活。这些年我没亏待过你，你们既然容不下烟烟，那我只好请你们出去。”

阮灵号啕大哭：“爸，你怎么可以赶我走？！”

阮云山没说话。

冯庄心慌意乱地抬起头，看向轮椅后的阮烟，眼眶通红：“烟烟，妈妈对不起你，当初都是我的错，你别和妈妈计较，我们重新来过，好不好？”

阮灵也跑上去拉住阮烟的手，苦苦哀求：“姐姐，我向你道歉，我向你道歉，对不起……当初我不应该用那种态度对你。姐姐，你那么善良，肯定不会生气的，对不对？你帮我向爸爸求求情……”

阮烟看着她们，开口道：“可是我现在没有办法相信你们。出车祸之前，我以为我是这个家庭的一员。你们当初把我赶出家的时候，听我的恳求了吗？”

冯庄道：“烟烟，从今以后，我们一家四口好好地生活，好不好？你既往不咎，让一切都过去吧。”

站在阮烟身旁的周孟言笑了一声：“好一句既往不咎，当初的事就可以翻篇了吗？”

“这套别墅，我打算留给烟烟。签完协议书，你们搬出去，我会给你留一笔钱，财务罚款也含在里面。”

冯庄震惊地问：“财务造假的罚款？”

“我给你留的那些钱，应该足以缴纳这次罚款。我对你们母女俩也算是仁至义尽了。”

“我是不会签的！”

“不签，那就法院见。”

“你不能这么绝情，这么多年的感情你都不顾了吗……”

“我看你现在在乎的是我的钱。”阮云山侧首看向阮烟：“走，我们回去。”

阮烟答应了一声，推着阮云山往外走。

“云山——”

“爸——”

冯庄痛哭流涕，想追出去，被周孟言拉住了。他的脸上浮起笑意：“当初你们想过会有今天吗？”

冯庄瞪着他：“周孟言，你想干吗？！”

周孟言笑了一声，压低声音：“冯女士，你不妨先考虑一下，怎么把罚款的钱拿出来吧。”

三人离开后，阮灵哭喊道：“妈，我们要被爸爸赶走了，该怎么办？”

冯庄呆呆地看着门口，像雕塑般一动不动。

“没了，什么都没了……”

三人回了家，阮烟把阮云山推进房间。阮云山握着阮烟的手，迟迟未说话。周孟言见状，温柔地道：“我去给爸倒杯水。”

“嗯。”

男人走后，阮烟半蹲在父亲的面前：“爸，别生气了，要是气坏了身子怎么办？”

阮云山抬起手摸着她的头：“爸爸对不起你。”

“怎么会……”

“当初你后妈一直在闹，觉得我对你偏心，最后我只好答应她，让你毕业之后搬出家。我当初就不能纵容她们。”

阮烟摇摇头：“没事的，爸，都过去了。”她知道父亲夹在中间，的确很为难。因为阮灵也是他的亲生女儿，他也很爱阮灵。

“从今以后，烟烟不用再受委屈了。”

阮烟莞尔：“爸，你开心比什么都重要，我也不想你为了我这么生气。”

周孟言进来后，阮云山问他：“现在公司的事怎么处理？”

“接下来的事我会处理，你放心。”

阮云山点点头。

几天之后，证监会的调查结果出来了，所有参与此次财务造假事件的人，全部被移送司法机关。

阮乌程给自己请了一个律师，想打赢这场官司。然而，他还是被判了刑，并被判处了一定金额的罚款。冯庄是从犯，也被判处一定金额的罚款。

阮乌程提出上诉，却被驳回了。被判刑后，阮乌程一夜之间苍老了许多。他在监狱里，见到了前来探监的周孟言。

周孟言给阮乌程递上文件，这是一份股权出售协议书。阮乌程为了凑齐罚款，把手中仅有的股份以高于市场价 30% 的价格卖给了周孟言。

阮乌程签完字，把协议书递了出去，看着手里的笔，开口了：“这件事是不是和你有关？”

周孟言交叠着双腿，看着他：“你觉得如果没有我的默许，你有可能把我赶出管理层吗？”

“林学告诉我，你在了解股权质押的事。”

阮乌程感到震惊：“林学？！”阮乌程信任的心腹，竟然是周孟言埋在他身边的一颗定时炸弹！

“给你办理股权质押的 FMK 银行，已经把你和冯庄手中的股权抛售出去了。”这段时间，欧拉股价大跌，低于当时阮乌程卖给银行的价格。

所以银行有权将其抛售，挽回损失。周孟言勾起唇角，“你应该还不知道，FMK 集团有我的股份。你们的股票，我已经全部买走了。”

阮乌程这才知道，从林学把这家银行推荐给他开始，他就已经进入周孟言的天罗地网了。他玩火自焚，根本就斗不过野心和智慧俱备的周孟言。

他也终于知道了阮云山苏醒的消息。

现在，阮乌程图谋的一切都落空了。

周孟言站起身，看着瘫坐在椅子上的阮乌程，淡淡地道：“阮先生，你就在监狱里，好好地颐养天年吧。”

周孟言拿到股票之后，合计持有欧拉 32% 的股份。他打算把股份全部转让给阮云山，但是阮云山拒绝了，说想好好休息，暂时不去管公司的事。

阮云山很信任周孟言的能力，把欧拉交给周孟言，他也放心。

财务造假的事件彻底解决后，周孟言再次进入欧拉的管理层，正式接管欧拉。他决定将欧拉与梵慕尼名下的钟表公司斯密纳进行合并，为欧拉补充血液，扩大规模。

股权合并之后，周孟言成为公司绝对控股的股东。

他询问阮烟：“烟儿，你以后想管理公司吗？”

“啊？为什么这么问？”

“因为你是学金融的，如果将来想接管欧拉，我可以安排。只是我不太了解你喜不喜欢从商？”一直以来，她对什么感兴趣，就做什么，周孟言完全尊重她的意见。本来周孟言拿回欧拉的管理权就是为了阮烟。如果她要欧拉的股权，他甘愿把所有的股权双手奉上。

阮烟思考了一会儿：“如果我接手了，我们是不是都会变得很忙？”

“应该会。”

“那以后我们经常出差，见面的机会不是就减少了？”

他摸摸她的头：“的确存在这种可能性。”

阮烟叹了口气：“其实我现在还年轻，没有什么经验。如果你真的让我去公司上班，也不是不可以。”

他嘴角含笑："嗯，那下一句呢？"

阮烟发现周孟言太了解她了。她靠在他的胸膛上，轻声道："可是我现在最喜欢演话剧。我可以过几年，再去管理公司吗？"

他不禁勾起唇角，在她的唇上啄了一下："为什么不可以？你想演话剧，我也支持你。"

"那公司就交给你，反正不管怎么样，你都是我的。"

尽管如此，周孟言还是安排律师起草了一份协议，把一些重要的财产都转到阮烟的名下。如果将来离婚，周孟言将会净身出户。

两人签完协议，律师走了。阮烟又翻了一下协议，替他难受："你将来要是真的没钱了怎么办？"这人好不容易才赚了那么多钱。

他冷冷地看着阮烟："你考虑离婚的事了？"

阮烟捂着嘴笑："不怕一万，就怕万一，你都没给自己留退路。"

他坐到办公桌前，冷冷地看向她："过来。"

"干吗？"

阮烟心虚地走了过去："我开玩笑……"

她话音未落，周孟言就揽住她，拨开办公桌上的物品，把她压在桌子上。他用炽热的吻封住了她的嘴。

"孟言……"阮烟的心剧烈地跳动着，她羞得用手掌抵着他的胸膛，感觉理智快溃不成军了。

他停下动作。阮烟看出他动情了，羞红了脸，忙阻止道："这里是办公室……"

他摸摸她的头发，看着她绯红的面色，沙哑地问："在办公室怎么了？"

她愣住了："你、你……"这人就是明知故问的。

他笑了："你以为我要做什么？"

看到他的表情，她立刻猜到了他的潜台词——你不会想歪了吧？

阮烟的脸更红了："在办公室里，就不能这样……亲。"

她听到周孟言说："半个小时后我有一场会，是这场会救了你。"

这人刚才还和她装无辜……

冯庄收到了《离婚协议书》，闹了好几场。阮家的事传开了，大家发现冯庄原来做了这样的事，对她心生厌恶。

冯庄知道事情再也没有挽回的余地，只能签了字。冯庄变卖了财产，交完罚款，和阮灵搬出了别墅。冯庄怎么也没有想到，过去的这一年所做的事，断送了她未来的富贵生活。阮灵也没有办法在朋友中抬起头来。

风水轮流转。

当年阮烟被赶出家门时，那些人怎么看不起阮烟，现在也怎么看不起阮灵。

阮家的事总算是尘埃落定了。

阮烟也不去想冯庄和阮灵的事。她觉得无论是原谅还是不原谅，都没有意义了。反正阮烟会把她们从记忆中抹去，大家各自过新的生活。痛苦或幸福都是大家各自的命。

阮云山不打算和阮烟、周孟言一起住，执意搬回了老宅。阮烟无奈，只好给阮云山请了保姆和护工。隔个三五天，阮烟就和周孟言一起回家吃饭。

“你们别担心我，赶紧让我抱个外孙，我就开心了。”饭桌上，阮云山慈祥一笑。

阮烟的脸一红：“爸……”

“对了，你还要上学，现在上学要紧。”

周孟言握住阮烟的手，转头看她，含笑道：“烟儿先好好读书。”

饭后，阮烟切着西瓜，悄悄地对周孟言说：“你才不想让我安心读书呢。”

“那是什么？”

“你就是想过二人世界，哼。”

“你不想吗？”

阮烟没说话。

他从背后搂住她，把温热的气息洒在她的耳边：“不想再和我多玩两年吗？”

“玩……玩什么？”

他轻笑："你说呢？"

她推了一下他，端起盘子："我去吃西瓜！"

晚上，周孟言带阮烟回了家。

两人洗完澡，他就把阮烟叫去了书房。

"什么事呀？"她疑惑地问。

"我要给你一个礼物。"

"礼物？"

他把抽屉里的一份文件拿出来，递给阮烟："你看看。"

阮烟翻开文件，发现它竟然是一个剧本！

"烟儿，这部话剧将由你出演女主角。"

阮烟愣住了，周孟言道："这是一个为你量身定做的剧本，所有的主创人员我都已经找好了，你只需要负责表演。"

阮烟翻了翻剧本，还没从震惊之中缓过来："孟言，你为什么……"

他把她圈在怀中："我知道烟儿将来可以出演很多话剧，但是我想用我自己的方式来支持你实现梦想。"

不管未来如何，她可以当他生命里一辈子的女主角。

从原来的"你把事情想象得太简单了""演话剧不是嘴皮子一碰的事情，我不建议你去尝试"，到现在的"你在我的心里特别优秀""我支持你"……阮烟抱住他，鼻子酸了："谢谢你，孟言。"

她谢谢他让她没有后顾之忧，全身心去追逐想要实现的梦；谢谢他让她不再自卑，可以在舞台上闪闪发光。

他的爱，给了她全部的安全感。

周末，周孟言接到了滕恒的电话。阮烟走进卧室，坐在周孟言的旁边，叉了块苹果送进他的嘴中。

滕恒说："我听说湛静姐明天就去美国了。她打算回美国那边工作，我们今晚会和她一起吃饭。"

周孟言没回应，滕恒也没再说什么。

阮烟隐隐约约地听到了一些，问周孟言："湛静姐怎么了？"

"她明天去国外了。"

阮烟点点头。那件事发生后，仲湛静待在林城只会觉得尴尬。其实阮烟也希望仲湛静能够彻底放下周孟言，开始新的生活，遇到新的人。

周孟言把手机放到一旁，握住她的手："烟烟，把戒指给我。"

"怎么了？"

"这几天，我把我们的对戒送去清洗保养。"

"好。"

阮烟把戒指摘下来放到首饰盒里，拿给他，他收了起来。

周孟言坐回沙发。阮烟靠在他的身上，翻着日历："再过一个多星期就开学了。"

这段时间，阮烟忙着各种事情，日子过得格外充实。大四开学之后，阮烟大概要忙得天昏地暗了。

他摸摸她的头："过几天带你出去旅游，嗯？"

阮烟眼睛一亮："你有时间吗？"

"有。"

阮烟喜笑颜开："好呀。"

周孟言把公司的事安排好后，在阮烟开学前一个星期，带她去了杨市。

杨市有一座全国闻名的厝安山，厝安山的山顶是世界十大最美日出观赏地之一，还是天然的避暑胜地，阮烟之前一直想去。

两人下了飞机，有专车来接。他们先在市区里玩了一天，第二天傍晚，乘坐缆车上了山。

这部缆车从市区直达厝安山山顶，总耗时四十分钟。

红色的缆车此刻运行到一半，他们身后是繁华的城市景色，脚下是将近千米的高度，眼前是错落青翠的山峦，身侧是向上盘旋的山路。湛蓝的天上飘着几朵云，傍晚的夕阳，在他们的脸上打下一片金光。

阮烟看着美景，不禁笑了起来："孟言，我们拍几张照片怎么样？"

"好。"

她想坐到他的身边，又意识到车厢会失去平衡，只好把手机举起，转过身背对着他："孟言看这儿。"

她按下快门键，拍完照。她翻看着照片，脸上出现两个梨涡。

他坐在对面，问她："怎么了？笑成这样。"

"你好帅呀，真配我。"

他扬起嘴角："这是在夸你自己？"

阮烟挑了几张，悄悄地发了一条朋友圈。

二十分钟后，缆车把他们送到了临近山顶的一个游客平台。周孟言已经派人安排好了一切，有专门的招待人员前来迎接。

阮烟去了趟洗手间，周孟言坐在休息区的椅子上等她。

她小跑过去，看到他手中的雪糕，开心地接过来，坐在他的旁边，被他搂住了。

阮烟吃了口奶油味的雪糕，开心地眯起眼睛，周孟言吻住了她的嘴。

一个吻结束，她问："好吃吗？"

他也笑了："嗯，更甜了。"

阮烟吃完了雪糕。招待人员说了餐厅和酒店的位置，拿过他们的行李，先走了。

两人看了一下地图，沿着去餐厅的路慢慢地走着。

夕阳下，两人沿着山路下到了半山腰。一路上，有鸟在叽叽喳喳地叫着。两人时走时停，周孟言不时地向她索吻。

阮烟和周孟言结婚这么久，现在的感觉竟然有点儿像在热恋中的情侣。

"热恋""情侣"，这两个词真美好。

吃完饭，两人去观景台看了一会儿杨市的夜景，然后乘坐观光车去了酒店。

本来周孟言打算住半山腰的小别墅，但是从别墅出发去景区不太便利，而且如果要看日出，也比较耗时，所以最后挑到了这里。

到了酒店后，阮烟收拾了一下东西，拿着衣服去浴室。

在浴缸里放上水，撒上花瓣，再点上一根香薰蜡烛，她悠然地躺了进去，眯着眼享受着，过了一会儿就听到开门的声音。

她愣了下，掀开白色的帘子，看到周孟言赤着胸膛，走了进来。

阮烟心一跳，下一刻，他掀开了帘子，跨进了浴缸。阮烟脸红了：“你、你干吗呀……”

浴缸里的水溢了出去，她被他抱了个满怀。她仰头对上他漆黑的眸子，感受到从他的手上传来的源源不断的热度，低下头。周孟言捏着她的下巴，吻了上来。

茉莉花的香味随着水汽弥漫在房间里。

他停下动作，抵着阮烟的额头，阮烟听到他沙哑地说：“我看到你发的朋友圈了。”

那条朋友圈的配文是“此生的挚爱”。

“嗯，看到了？”

他笑了：“你平时不是不敢承认，要把我藏着掖着的吗？”

阮烟努了一下嘴：“以前是这样，但是我今天想了一下，老公这么帅，不让大家过目，万一大家真的以为我嫁了个老男人怎么办？”她亲了下他的下巴，“而且我喜欢你，现在的确不想把你藏起来了。”

他星星点点的吻逐渐落在阮烟的脸上。

浴缸里的水仿佛都升了温。

她在他的耳边道：“孟言，我想让你帮我洗澡。”

阮烟明知周孟言走进浴室的目的绝不单纯，但是甘愿把自己送到他的手上……

之后，周孟言把阮烟抱出了浴室，放到床上。

他开了一盏昏暗的廊灯。

他为她臣服，甘愿献上所有。

从窗外吹进来阵阵凉风，却吹不散房间里的暖意。

深夜了，房间里终于恢复了平静。

两人拥吻在一起。他停下动作。阮烟看着他，觉得心被填满了。

“口渴……”她嘟囔着。

“我去给你倒水。”

一分钟后，他倒了杯温水回来。她喝完水，又被他拥入怀中。

阮烟靠在他的胸膛上，只听周孟言问：“困不困？”

“不困，我想再和你聊聊天。”

他揉了揉她的头发，温柔地问："烟儿想聊什么？"

"孟言，明早我们去看日出吧？我看了天气预报一眼，明天是晴天，后天会下雨。"她怕错过明天，就没机会在这里看到日出了。

"好。"他查了下日出的时间，然后定好闹钟，"明早叫你。"

阮烟闭上眸子："晚安……老公。"

"晚安什么？"

她把脸埋在他的胸膛上，笑了："喂，你明明都听到了。"

"我没听到。"

"哦。"她仰头看他，"老公——这样听到了吗？"

他眼底满是笑意："嗯。以后多叫我老公。"

翌日，阮烟从被窝中挣扎着爬了起来。

她被周孟言抱去洗漱，最后坐在盥洗池旁，揉了揉眼睛："夏天的太阳怎么这么早就出来了，以后我要在冬天看日出……"

他拿毛巾给她轻轻地擦着脸，笑了笑："冬天你更起不来了。"

"都怪你昨晚弄得那么迟。"

"嗯，怪我。"

洗漱完，阮烟睁开眼睛，走到落地窗前，开了窗户。外头清新的空气扑面而来，让她整个人清醒过来！

她换了件齐腰的淡绿色格子短袖，下面配一条牛仔裤，看起来简单干净。

"孟言，我好啦！"

她从浴室走出来，看到他穿着一身白衣黑裤，站在床头柜前。她走过去问："你在干吗？"

"没干吗。"他转头看了她一眼，"好了？"

"嗯。"

他牵住她："我们走。"

两人走出酒店。早上没有观光车，他们就沿着山路慢慢地向山顶走去。

山里有雾，体感微冷，阮烟披了件白色的披风，穿行在白雾间，感受到一种格外幽静的美。

两人沿着山崖旁的石路走到了山顶，找了个无人且视野好的地方。

几米开外的护栏下，就是几千米的悬崖。对面是连绵的山崖，岩壁上长了许多墨绿的树。

两人坐在椅子上，看着天边，等待着太阳升起。

山的后方出现一抹金色。阳光逐渐倾泻而下，给山峦染上一层亮色。那金灿灿的圆盘终于从山后钻了出来。

“太阳升起了！”

两人走到护栏边，看着升起的朝阳。

阮烟不禁弯起嘴角：“即使看过无数次日出，可还是觉得日出好美。”

毕竟她曾经看不见光。现在她觉得，能看到日出日落，何尝不是一种幸福。

“烟儿，我帮你拍照。”

“好。”

周孟言走到她的身后，拿出相机。镜头里的女孩儿背着光，微风吹拂着她的长发。

“好了。”

阮烟笑着转过头，继续看日出，听到他温柔的声音在背后响起：“烟儿。”

“嗯？”

她转过头，发现他站在原地，看着她，目光盛满温柔。

她微愣：“怎么了？”

周孟言垂下眸子，把口袋里的东西拿了出来，放在手中摩挲，勾起唇角道：“日出这么美，我总想做点儿什么，让你永远记住这一天。”

阮烟看到他手中的小小首饰盒：“你……”

他抬眸看她，温柔地开口：“还差三天，我们就结婚一周年了。去年的这个时候，我只给你了一份《婚前协议书》和一周的考虑时间，你同意之后，我就带你去领了证，然后……”他顿了顿，“就什么也没有了。

“我知道你对爱情和婚姻一定抱着美好的幻想，可是刚开始，我什么都没有给你。我甚至觉得，你可能后悔和我结婚了。有时候我在想，

如果我们重新相遇，重新相爱一次就好了。这样我就可以弥补你很多的遗憾。”

可是他们没有办法回头。有些事情，终究是错过了。

周孟言走向阮烟，打开首饰盒，用灼热的目光看着她：“我还欠烟儿一次求婚。对不起，到现在才给你。”

阮烟动容地看着他从首饰盒里拿出钻戒，握住她的手，单膝跪在她的面前。

他抬头看她，笑着说：“我似乎不应该问你愿不愿意嫁给我。我想问的是，周太太——你要不要考虑和我白头偕老？”

当初，他把她用一纸婚约圈在身边。现在，他希望这个婚约永远没有截止的一天，让她做他永远的周太太。

阮烟的眼底闪烁着莹莹泪光，她没想到一直期盼的场景，此刻就在眼前发生了。

她弯起唇角，用力地点头：“我愿意。”她一直都愿意和周孟言白头偕老。

他笑着把戒指戴在她的无名指上，然后在她的手上印下一个吻。他站起身，捧起阮烟的脸颊，温柔地吻了下来。

日光洒在他们身上。

周孟言停下动作。阮烟看着他，眼角不禁滑下一道泪来：“我从来没有……”

“嗯？”

“我从来没有后悔嫁给你。”她的声音很轻，却很坚定。

她自始至终都没有后悔遇见他。

就像那晚，在滂沱的大雨中，她撑着把破旧的雨伞，站在路边。当时她被阮家抛弃，没了家，也没了可依靠的港湾。

周孟言风尘仆仆地走进她的世界，为她撑起了伞，挡住风雨。

从此，山高水远，一切都抵不上他给她的烟火人间。

番外一

学业与事业

大四开学前一天晚上，阮烟盘腿坐在地上收拾行李，过了一会儿，卧室的门被推开了。

阮烟用余光看到周孟言的身影，并没停下手头的活计，谁知几秒后，周孟言一下把她抱进怀里。阮烟没想到，自己这么大个人，在周孟言的手中轻得像个玩偶。

她惊讶地眨了眨眸子：“你不是在开会吗？”

他坐在床沿上，从背后揽住她：“休息十分钟。”

阮烟嗯了一声，拉上收纳袋的拉链。他低头看着收纳袋：“这里面是什么？”

“就是洗面奶、洗面巾和磨砂膏之类的东西。”

周孟言亲了下她：“怎么你收拾了这么久？”

“女孩儿的东西多嘛，而且这些我平时要用。”

周孟言看看她的行李箱，的确像个百货商场。

阮烟拍了拍他的手：“你松开，我还没整理完呢。”

“你休息一下。”

他把呼吸喷洒在她的后颈上，让她觉得很痒。她笑着躲开：“我拖

到今晚才收拾，来不及了。”

周孟言沉默了几秒，只好松开了手。

阮烟坐回地毯上，周孟言走到她的旁边，拿起一个绿色的盒子：“这个是什么？”

“这个是清洁面膜。”

每周六，她都会把这个淡绿色的东西涂在脸上，周孟言沉思了几秒：“这个周末涂就行了，你干吗带去学校？”

“以防万一呀，我周末如果不回家怎么办？”

“不回家？”他蹙眉。

“开学以后，事情肯定很多，我要是太忙，就没有办法回来了。”

周孟言沉下脸。他突然想，不知道要多久以后才能再见到老婆。

阮烟伸出手：“把面膜给我。”

周孟言把面膜放到桌子上，淡淡地道：“放在家里，你周末回来敷，这个……太重了。”

这人的目的也太明显了！

“好，就放家里吧。”

他的神色缓和下来：“嗯。”

“我可以再买一罐，放在学校用。”

阮烟狡黠地一笑，朝他招手：“孟言，过来一下。”

他走到她的面前，半蹲下身体，她把几个较重的日用品放到他的手里：“你提醒我了，这些东西我带去学校干吗呀，都放家里，重新买一份就是了。”

她抬起下巴，就差把“你管不住我留在学校”这几个大字写在脸上了。

周孟言见状，把东西都扔在旁边的地毯上，捏住她的下巴，狠狠地吻住她的唇。

阮烟想往后躲，被他一把揪住，压在地毯上。

阮烟被他吻得意乱情迷，最后苦苦求饶，他停下动作，用手肘撑在她脑袋旁的地毯上，沉声道：“要不我干脆在学校给你备个老公？”

她笑着轻吻了他一下：“那不行，老公只有一个。”她抬手摸摸他的头发，“至于这么舍不得我吗？”

“你说呢？”上次她去学校找室友住了几天，他就不乐意了。

“我也舍不得你……”她温柔地说，“但是我还要再上一年学呢，你抓紧时间习惯吧。”

周孟言低声问：“你确定不考虑走读？”

“可是走读不方便，需要经常早起。”最关键的是她太想念学校的烧烤、麻辣小龙虾、火锅、狼人杀、密室逃脱了。她还想再过一年“堕落的女大学生”的生活。

见他沉默了，阮烟勾住他的脖子：“真的不开心了？逗你的，我肯定会经常回来。”

周孟言抬起手揉了一下她的头发，无奈地扬起唇角：“你有没有感觉你像一只被放回山林里的鸟，自由自在？”

阮烟莞尔：“但是我最后还是会飞回你身边的。”

晚上，周孟言只和她亲热了一次，就放过了她。

阮烟感到纳闷，这完全不像是他的风格。如果换作从前，两人第二天要分开，前一天晚上周孟言肯定会把她折腾得骨头散架，怎么可能会这么贴心？

阮烟窝在他的怀中，就听到周孟言低沉的声音：“让你多欠我一点儿，这样你就会经常回家了。”

第二天，周孟言亲自送她去了学校。阮烟把行李放到新宿舍里，又带着周孟言在学校里逛了逛，最后吃了饭，两人才分开。

阮烟往宿舍走去，给祝星枝打了电话。

阮烟和祝星枝聊了些今天的事，祝星枝笑着说：“我一点儿都看不出来，他那种冷冰冰的人竟然这么离不开你？！”

“你也没想到吧？”

“这说明人家喜欢你啊。你在学校，老公每天晚上‘独守空房’多难受。但是，你就是要这样狠狠地‘虐’他，才能让他知道你有多宝贵。”

电话那头传来陈容予的声音：“你又在乱教烟烟什么？”

“我哪里乱教了？”

“什么叫就是这样狠狠地‘虐’……”

过了一会儿，手机那头安静下来。

祝星枝走出卧室，对阮烟笑道：“我刚才和陈容予解释了一下，是让你好好地‘虐’你的老公，然后他说了句‘哦，那没事了，你让烟烟一个学期别回家吧’。他不愧是你的小舅舅。”

开学第一周，阮烟要参加各种会议。她作为留级生，还有很多手续要办。

周五，阮烟和周孟言说，这个周末可能没办法回家。他没多说什么，来学校找她，陪她吃了顿晚饭。晚上，阮烟说得去上课，他只好离开学校。

回家途中，周孟言接到滕恒的电话：“兄弟，今晚在干吗呢？”

“有事就说。”

“你要没事就来江南会所陪我唱歌喝酒呗。闲逸也在，就我们三个人。”

周孟言沉默了一会儿，说：“知道了。”

挂了电话，滕恒惊异地说：“这人今天怎么答应得这么干脆？以前老婆在家，他肯定不可能出来。”

白闲逸笑着说：“我记得嫂子还要上学吧？”

“对！”滕恒突然乐了，“呵，叫他老牛吃嫩草，找了个还在上学的老婆！”

半个小时后，包间的门被推开，周孟言走了进来。

“呦，来了啊。”滕恒笑。

周孟言坐到沙发上。滕恒给他倒了杯伏特加，看着周孟言阴沉的表情，唏嘘一声：“今天周总好雅兴，来这里喝酒。”

周孟言转头冷冷地睨了滕恒一眼，滕恒摸了摸下巴，疑惑地问：“今晚你老婆真不在家？”

周孟言淡淡地应了一声。

“可是这都周末了。”

“她在学校有事。”

滕恒笑着说："不对、不对，我怎么感觉这一幕似曾相识啊？上次你老婆骗你在学校，其实在外面唱歌呢。说不定你老婆就是不愿意回家。"

周孟言冷冷地看向滕恒："你这么了解她？"

"谁不喜欢过单身生活呢，对吧？"滕恒语重心长地说，"不过没事儿，不就老婆不在家吗，这算什么？老婆不在，你才能逍遥快活呢，也别太难过了。"

"你这个没老婆的好意思安慰我？"

滕恒无语。

白闲逸在一旁笑得差点儿呛到。

滕恒用力地拍了拍周孟言的肩膀："我就当你见不到老婆，朝我撒气了。白闲逸，把话筒给我，我要给周总专门点一首歌。歌名就是《爱上一个不回家的女人》。"

周孟言："滚。"

开学的头半个月，阮烟的确忙上了天。她只抽了一天的时间回家，其余时间都是周孟言来学校找她。

九月中旬，阮烟在忙学院的金融课程开课培训，有好几天没见到周孟言了。

晚上九点多，她回到宿舍洗了澡，去阳台给周孟言打视频电话："喂，老公——"

周孟言见她的眉毛耷拉了下来，温柔地问："怎么了，心情不好？"

"今天好累哦，晚上没来得及吃饭，现在又饿又累，还特别想你。"

他微微皱眉："怎么连晚饭都没吃？"

"事情太多了。没事，我等一会儿泡点儿燕麦就行。"

"以后不管怎样，都要吃点儿东西。"

"嗯。"

打完视频电话后，阮烟回到宿舍里，泡了点儿麦片，看了一会儿书，二十分钟后，再次接到周孟言的电话。

"烟儿，下来。"

“啊？”

“我在你宿舍楼下，带你去吃夜宵。”

五分钟后，阮烟小跑到楼下，看到那个穿着白衬衫、黑西裤的高瘦男人站在大楼门口。她开心地跑了过去，周孟言把她拥抱在怀中。阮烟仰起头看着他，眼睛闪闪发亮：“你怎么来了？”

“我刚结束加班。”他在她耳边道，“你不是说想我吗？让你见见我。”

阮烟笑得眉眼弯弯，感觉一整天的疲劳感都在此刻散去了。

“现在周太太可以被我拐走一会儿了？”

“嗯。”

他牵住她的手，往前走：“想吃什么？”

“我们去学校的西门吧？那边好吃的可多了。”

“好。”

两人去了西门，此刻还未到门禁时间，是最热闹的时候。阮烟和周孟言这对长相好看的夫妻走在一起，格外吸引路人的目光。

阮烟长得清纯可爱，一看就是在校学生，而周孟言穿着一身西装，气宇非凡，浑身透着成熟男性的魅力。

阮烟挑挑拣拣，选了一家卖烧仙草的店。

“确定只吃这个？”他挑眉问。

“你再帮我去隔壁买个玉米饼吧？”

周孟言没想到她吃得这么简单：“嗯。”

他走出店门，口袋里的手机振动起来。他拿起一看，是滕恒打来的电话。

“周孟言，出来坐坐啊。”滕恒最近三番五次约他出来。

周孟言看了眼腕表，冷冷地反问：“你知道现在几点了吗？”

“这不是怕你一个人在家无聊吗？我好心好意，你还不领情。”

“不需要。”他走到隔壁的店里，“阮烟现在在我的身边。”

“说好的兄弟一起‘寂寞’呢？”

周孟言扯起嘴角：“我们一样吗？”

“哦。”

“我来她学校了，现在陪她吃夜宵。”

“停，你们幸福就好，细节就不必对我交代了。”

“挂了。”

滕恒含着泪掐断了电话。

周孟言买完饼去找阮烟，看着她鼓鼓的腮帮子，不禁淡淡地笑了。阮烟看到他嘴角的弧度，脸红了：“你干吗看着我笑？”

“没什么，我觉得我的太太很可爱。”

阮烟心里乐开了花。

吃完夜宵，阮烟心满意足，和周孟言一起走回学校。

两人慢慢地走着，阮烟和他聊着这几天发生的事。从学校的西门到宿舍楼下明明只需要十分钟的步行时间，两个人硬是磨磨蹭蹭地花了快二十分钟。

临近十一点，两人到了宿舍楼下，站在树下。他亲完她，抵着她的额头，用沙哑的声音哄她：“烟儿，今晚跟我回家吧，我明天送你来学校。”

“不行，前几天有人晚归差点儿出了事，我们最近管得严，没回宿舍要受处分的。”

阮烟：“周末我一定回去，好不好？”

“嗯。”

和周孟言道别后，阮烟刚走了两步，手腕就被握住了。周孟言把她拉回怀中。

周孟言舍不得她，又吻了她。最后她被他亲得面红耳赤，快喘不过气了，用手掌抵着他的胸膛。

“我真的要走了……”

周孟言看着怀中的女孩儿，刚要开口，就听到旁边传来大妈的喊声：“干吗呢、干吗呢，手给我松开！”

阮烟转头看到宿管阿姨朝他们走来，吓得立刻从周孟言的怀中挣脱出来。

穿着花色上衣、一头鬈发的中年妇女，把垃圾袋扔到路旁的垃圾桶里，然后走到他们面前，看了阮烟一眼，又用锐利的眼神看着周孟言：“我在大门口就看到你在这里对人家小姑娘拉拉扯扯的，没完没了。这

么晚了，你想干吗啊？”

周孟言无语。

宿管阿姨上下打量着周孟言，想起最近校内女学生被性骚扰的事，心中警铃大作，露出了警觉的眼神：“你是我们学校的吗？”

“阿姨，他不是……”

“果然，我一看就不像！”

阮烟想开口解释，宿管阿姨看她一脸慌张，一把将她拉到身后：“别怕啊，阿姨在这呢，宿舍门口，谁还敢明目张胆地做些违法的事！”

阮烟、周孟言都沉默了。

过了一会儿，周孟言无奈地开口：“阿姨，我是她的老公。”

宿管阿姨扇着蒲扇，看着周孟言，嗤笑了一声：“呵，我看你像她爸。”

宿舍楼里，阮烟和周孟言坐在椅子上。

宿管阿姨拿着两杯水，走过来，给他们一人一杯，脸上带笑：“来来来，喝点儿水。”

阮烟：“谢谢阿姨。”

“刚才是阿姨误会了，还以为你被骚扰了呢。原来你俩是打情骂俏，我白担心了……”

阮烟刚才给宿管阿姨看了一下自己朋友圈的照片，阿姨才知道事情的真相。

宿管阿姨看着周孟言，笑眯眯的：“小伙子长得可真俊，你俩很般配。”

刚才阿姨说周孟言像阮烟的爸爸。才过一会儿阿姨就夸小伙子真帅。阿姨这是在表演川剧变脸吧？阮烟偷偷地瞄了周孟言一眼，赶快低头喝水，努力地憋笑。

周孟言淡淡地应了一声，阮烟问阿姨：“可以在这里坐一会儿吗？等一会儿，我就让他离开。”

宿管阿姨连连点头：“阿姨去里屋看电视啊，你们俩继续。”

阿姨走后，阮烟不禁笑弯了腰。下一刻，周孟言看了过来，她立马收敛，装模作样地轻轻地吹着水杯里的水。

“这是凉茶。”他开口道。

她轻咳两声：“我吹热点儿。”

她话音刚落，就感到周孟言搂住了她的腰，忍不住笑出了声：“你、你别激动……”

他眯着眼睛，把灼热的气息喷洒在她的耳郭上：“这么开心，嗯？”

“没有！谁叫你不放我走的。”要不是他和她拉拉扯扯，宿管阿姨怎么可能会误会！

阮烟转头看他，抿了抿嘴：“不过，别人为什么会把你认成我爸啊？”

他冷冷地看着她。

“你放心，宿管阿姨肯定不是说你长得老。”

“哦？”他眉梢一挑，“那你说，她为什么这么说？”

“她……她肯定觉得你看起来特别威严，肯定是这样……”

他看着她，笑了笑：“我当你爸，你好像特别开心？”

“才没有。”她心虚地否认。

他捏了捏她的脸，沙哑地说：“周末回家，这个账我们再仔细算。”

阮烟心一跳，察觉到不对劲了：“我周末有事，不回去。”

“就算这周末不回来，你还能以后都不回来吗？”

呜呜呜，这人威胁她。

周孟言笑了：“自己看着办。”

阮烟发现，自己不该招惹这人。她的体力与他的精力完全不对等。

周五晚上，她提前回家，打算给他做点儿甜品，哄哄他，和他商量一下，让他……手下留情。谁知道，她主动把自己送入虎口了。

晚上洗完澡，她去厨房做饼干，过了一会儿，周孟言从公司回来，走进玄关，看到厨房的灯还亮着。

他想去拿瓶水，看到女孩儿穿着白色睡裙，背对着他，站在大理石的料理台前，搅拌着面粉，轻哼着歌。头顶的灯光洒在她的身上，看起来暖洋洋的。

周孟言愣了一下，朝她走去，从背后搂住她，说：“不是说明天早

晨回来吗？”

阮烟转头看到他，笑笑：“你回来啦。我这不是故意逗你的吗？想提前回来给你做个饼干，当作‘惊喜’。”

“嗯，贤妻良母。”

“那肯定的呀。”

女孩儿身上散发着好闻的玫瑰香，他抱着她，感觉到燥热。他的吻密密麻麻落地在她的后颈上、耳垂上、肩膀上。

两个人都没说话，厨房的温度却上升了。

阮烟原本在专心做饼干，可周孟言在她的身后不断地撩拨着她，她腿软，手也变得无力，轻易地落进他设的罗网。

“孟言……”她想转过身挂在他的身上，听到他沉声说：“你专心弄饼干。”

阮烟握紧搅拌器，矜持地忍住了。

他把手搭在阮烟的身上，动作时轻时重。阮烟打蛋打到一半，忽然感觉到他贴上了她的身子。阮烟咬住唇，感觉大脑空白。

周孟言勾起唇角：“怎么又停下来了？蛋还没打完。”

阮烟猜到了他在故意逗她，发了脾气。

“烟儿。”他唤她。

她不说话了……

夜渐渐深了。

国庆假期，阮烟终于可以在家好好地休息七天了。

晚上，秦锡从国外打来了电话，和阮烟聊了一会儿，然后问周孟言在哪儿。

周孟言洗完澡，从浴室出来。阮烟坐在沙发上，把电话递给他：“孟言，妈妈找你。”

他接过电话：“妈。”

“孟言啊，我跟你说件事。明天你堂弟要去林城玩，你把他接到家里住几天可以吗？我刚才和你的婶婶打过电话。”

“来家里？”周孟言眉头一皱。

“对，他估计会待两三天。”

周斯礼和周孟言的堂弟一家的关系还算不错，因为周家破产的时候，他们给周家提供了帮助。堂弟这家人以前给周孟言一家提供过住处。

“他没订酒店？”

“不是，你的叔叔婶婶怕他在外面玩疯了，你在他身边，他好歹还知道收敛一点儿。”

周孟言简单地询问了一下阮烟的意见。阮烟说没问题，周孟言就同意了。

挂了电话，周孟言收到一条信息。

“哥，谢谢你收留我啊，明天请你喝酒。”——周嘉泽。

阮烟凑过来，看着信息，笑了：“你这个堂弟竟然约你喝酒？”

周孟言回复：“想多待一天就老实点儿。”

阮烟：“怎么以前你从来没提过这个弟弟？”

“没什么提的必要。”周孟言关上手机，淡淡地道，“他很叛逆，被赶出家门过，现在只能算半个周家人。”

阮烟满腹疑惑。

周嘉泽今年读高一，干啥啥不行，打游戏、睡觉、打架倒是第一名，和家里人的关系水火不容。唯独对周孟言，周嘉泽还算有点儿敬畏之意。

周嘉泽：“哥，你明天能安排专车来机场接我吗？我要加长版林肯。”

周孟言：“想太多了。出门左拐，有机场大巴。”

第二天早晨，公司有个临时会议，周孟言必须去趟梵慕尼。

十点多，周嘉泽发来消息：“哥，我降落了。”

周孟言：“嗯。”

周嘉泽：“真没专车？”

周孟言：“要不我给你包一辆大巴？”

周嘉泽：“那多不好意思，麻烦你了。”

周孟言没理他。

过了一会儿，周嘉泽又发来消息："那我直接先去你家放行李。我爸最近在家，我一天都待不下去，今天是来避难的。哥，你家有什么娱乐设施吗，比如 KTV？这样，我可以在你家先待一天。"

周孟言："我老婆在家。"

周嘉泽："啊？"

周孟言："别发出噪音。"

周嘉泽："哥，你什么时候变成这样的人了？你有了嫂子，眼里竟然就没有我了？我可是千里迢迢来投奔你的！"

周孟言："你对她说话客气一点儿，否则明天就搬出去。"

周嘉泽无语。行，等着。

阮烟在后花园看书，收到周孟言的信息。周孟言说，周嘉泽上午就会到家。阮烟说："我们中午要不要带他出去吃个饭？"

周孟言说不用，顺便嘱咐阮烟："如果他找你的麻烦，或者对你不礼貌，你就和我说。"

阮烟："没事，你放心吧。"

上午十一点，用人来后花园找她，说有客人。阮烟连忙把书放下，走进室内，看到玄关处站着一个男生。

男生个子一米八，身材偏瘦。虽然到了秋季，他却穿着一件黑色的短袖，戴着鸭舌帽，右耳上还打了个耳洞。

"你好，你是嘉泽吗？"阮烟笑着问。

周嘉泽看向白白净净的女孩儿，怔了怔，把口中的棒棒糖拿出来："你是……我堂哥的老婆？"

"嗯。"

周嘉泽看着她，忽然沉默了。天啊，他哥怎么找了个看起来还没成年的老婆？之前堂哥结婚的时候，他因为读书，没有去参加婚礼，所以这是他第一次看到阮烟。他还以为嫂子是个女强人，没想到是这样的！

阮烟见他很惊讶，疑惑地眨了眨眸子："你快进来吧。"

他嗯了一声，走了进去，打量着里头的装饰。阮烟让他随便坐，然后嘱咐用人把行李拿到楼上的客房，再去倒杯水。

周嘉泽坐在沙发上，跷着腿。阮烟看到他一副吊儿郎当的样子，手臂上还有刺青，就想起周孟言之前说过，这个堂弟很叛逆。阮烟从小到大都是个乖乖女，最怕的就是这种男孩儿。以前，她在班上不敢和这样的男生靠得太近。

不过她比对方大五六岁，有什么好怕的……

用人送上水，阮烟坐在他的对面，莞尔："嘉泽，你喝点儿水。"

周嘉泽应了一声，把棒棒糖的棍子扔到垃圾桶里，突然叫她："嫂子——"

"嗯？"

"你……几岁啊？"

"我二十三岁。"

"你还在读书？"

"对，我大四。"

周嘉泽惊奇地说："你像个高中生……"他憋了半天，"你简直让我太意外了。"

"嘉泽在读高一吗？"

阮烟随便地问候了几句，坐在一旁，出于礼貌，不敢先走，但是一时又不知道说什么，有点儿尴尬。

周嘉泽从口袋里摸出手机，道："嫂子去忙吧，不用管我。"

"没关系。"

周嘉泽打开《和平精英》游戏，摸出耳机，准备和朋友一起玩一局，但是差个队友。

"那我们找个陌生人一起玩？"耳机里传来朋友的声音。

周嘉泽刚想说随便，抬头看到阮烟，随口问："嫂子，你玩《和平精英》吗？"

周孟言从公司忙完，立刻返回家中。他有点儿担心周嘉泽在家里搞破坏，对阮烟说些不该说的话。他怕女孩儿会感觉到不舒服，就早点儿回家看看。

回到家，走进玄关，他听到从客厅里传来周嘉泽的声音："天啊，你打他啊！不要害怕！那个人实力很差的！"

周孟言的心一沉。周嘉泽果然闹腾。周孟言看到阮烟和周嘉泽并排坐着，皱起眉头，下一刻听到周嘉泽温柔地说：“嫂子你别怕，我马上扶你。”

阮烟：“没事，你们先打……”

周孟言顿了顿脚步，走上前，看到两人在玩游戏。

阮烟抬头看到周孟言：“孟言，你回来了？”

“堂哥——”

周孟言看向周嘉泽，冷冷地问：“你在干什么？”

“我带嫂子打游戏呢。”周嘉泽认真地操作着游戏，“嫂子，你先打药。”

“嗯。”

周嘉泽：“走走走，我们先进圈，别被毒死了。嫂子你跟着我，熊哥你走前面。”

阮烟：“好。”

周孟言看阮烟非常专注，完全没把自己当回事，便坐到她旁边：“打什么游戏？”

“嗯……《和平精英》。”

“什么？”

“就是一款游戏。”

“嗯？”

周嘉泽补充道：“是一款枪战游戏，堂哥你肯定不懂，我们不是一个年代的人。”

周孟言看了阮烟的手机屏幕一眼：“你喜欢这种游戏？”

阮烟笑：“嗯，但是我不经常玩。”

“没事，反正我带你打。我们已经赢了两局了。”周嘉泽说。

周孟言冷冷地看着堂弟：“你就是过来玩游戏的？”

“哥，你别讲话，我们进决赛圈了。”

周孟言起身看向阮烟：“烟儿，你要不要吃……”

阮烟：“我看到前面有人了！”

周嘉泽：“在哪儿呢？”

“我标点了，在那棵树下。”

“好的……”

“你们小心点儿，他们要扔雷了。”

周孟言沉下脸，走向餐厅。

三分钟后，周孟言走出来，听到周嘉泽激动地道：“怎么样嫂子，我这次的反杀操作酷不酷？”

阮烟的眉眼像小月牙，她夸奖周嘉泽：“你太厉害了，我差点儿以为这局游戏要输了呢。”

周孟言坐在阮烟的身旁。阮烟看到他拿着自己最喜欢的绿豆糕：“哇，我也要吃。”

周孟言淡淡地道：“自己去拿。”

“哦。”

周嘉泽凑到阮烟身边：“嫂子，我们再来一局，我朋友说太喜欢和你玩游戏了……”

周孟言语气冷冰冰地打断周嘉泽：“还玩不够？”

阮烟关掉手机，站起身，朝周嘉泽笑：“没事，我不玩啦，休息一下。”

她小跑去厨房拿绿豆糕，周嘉泽咧开嘴角感慨道：“堂哥，嫂子也太可爱了吧！你这样的人，怎么能找到一个这么可爱的老婆……”他没听到周孟言回答，只觉身旁的空气变凉了。他转过头，发现周孟言靠在沙发上，眼神冰凉。

周嘉泽尴尬地摸摸头，疯狂地组织语言：“哥，我不是那意思啊，我的意思是你娶了嫂子……好福气！”

周孟言看着他，冷冷地警告道：“别再拉着我老婆打游戏。”

“为什么啊？你不会是因为和我们有代沟，不开心了吧？”周嘉泽坐到他的旁边，“这样吧，我教你打这个游戏怎么样？我能保证让你成为‘大神’，每天带着嫂子制霸战场！”

周孟言站起身：“你收拾一下，今天下午我就送你去机场。”

“有话好好说，我的好大哥！”

周孟言没理他，走去厨房，看到阮烟拿了一小盘绿豆糕往外走。他

上前，拉住她的胳膊："去干吗？"

"感觉绿豆糕还挺好吃的，我拿一点儿给嘉泽尝尝。"

"不用。"

"啊？"

"他那么胖，不用吃。"

阮烟惊讶地说："他哪里胖了？"

他冷着一张脸，抱着她："反正就是不用给他吃。"

阮烟仰头看着他，发现他面色不悦，疑惑地问："你是不是不开心了？"

他没说话。

阮烟反应过来，把绿豆糕放到身后的桌面上，抱住他，盈盈一笑："我刚才和嘉泽打游戏没搭理你，你不开心了？"这人怎么这么可爱呢？她只是和周嘉泽一起玩游戏呀。

阮烟踮起脚亲了下他的下巴："我不和他玩了，陪着你好不好？"她又亲了下周孟言。

周孟言的脸色渐渐地缓和下来，他抬手把她拥在怀中，低下头咬住她的唇。阮烟生怕后面走来什么人，面颊发红。

一个吻结束，周孟言看着阮烟的红唇，低声说："我想把你藏起来。"

有的时候，他就是这么自私，想让她只属于他一个人，只有他可以看她。

从厨房出来，周孟言牵着阮烟坐到沙发上。阮烟把绿豆糕放到周嘉泽的面前："嘉泽，你尝尝。"

"谢谢嫂子。"周嘉泽和周孟言对视一眼，似乎在说"你看嫂子对我多好"。

阮烟剥了个橘子，吃了一口："好甜。"她剥了一瓣送到周孟言的嘴里，"好吃吗？"

他咀嚼了几下，表情微妙。阮烟不禁笑了，周孟言睨了她一眼："很甜你就继续吃。"

"我不管，我就要给你吃。"

她举起橘子，周孟言沉默了一下，张开口，帮她吃完了酸橘子。

周嘉泽旁观着这一切，心里发酸——秀恩爱是可耻的。

大四的上半学期，阮烟除了学习，还参与了话剧的排练。那部话剧就是之前周孟言和她说过的《失真》。

这部话剧的编剧是导演田滨海合作过的话剧界的金牌编剧。《失真》这部悬疑剧，编剧历时一年才创作而成。话剧在网络上宣传，许多人一开始不认识阮烟。他们没想到这么强的主创团队，竟然请了一个没有什么知名度的年轻演员做主演。

过年期间，《失真》正式走入了观众的视野。阮烟因为一段视频，毫无征兆地火了起来。

这部话剧在话剧界引起了不错的反响，无论是剧情还是主演，都称得上是一部高质量之作。《失真》一开始只是在话剧界火，直到某天，有人在短视频平台上发了阮烟在《失真》中的造型图片。

在其中一张照片里，阮烟坐在窗台前喝茶。她穿着一件淡紫色的旗袍，上头绣着花，头发绾起。这件旗袍把女孩儿的身材凸显得格外姣好，她眼角微挑，慵懒婀娜，风情万种。阮烟的长相比很多明星都好看，让众人惊艳。当天，这张图片被各大平台转发。随即，有人放出阮烟在这部话剧中出演的一个经典桥段。

阮烟和凶手对峙，眉眼带着傲意，浑身上下都透着炫酷劲。

许多人对阮烟的长相大加赞赏："这个小姐姐也太美了！宝藏女孩儿！我的心化了，呜呜呜。"

"这个姐姐的身材好好，我好羡慕。"

"姐姐的眼神好赞！"

"我一个女孩儿居然在这里看着另外一个女孩儿流口水？！"

有人吹捧阮烟，也有人指责阮烟，说图片是处理过的，太假了，还讽刺阮烟靠几组照片就打算进娱乐圈。

第二天，《失真》剧组在网络上发布了几段幕后花絮。有一个视频是晚上拍摄的，阮烟正在和剧组里的人一起吃烤地瓜。视频内容没有修饰，让大家看见了阮烟的真实长相。

她穿着一件鹅黄色的毛衣，拿着地瓜，看着其他演员，似乎在说着什么，笑得格外地甜。

没有用滤镜，阮烟还这么美？！而且阮烟完全不像话剧里那副气势十足的样子……反而特别可爱？！

众人再次惊呆了。

“小姐姐气场全开的时候我喜欢，可爱的时候我更喜欢！”

“为啥别人不化妆都像个洋娃娃？太好看了。”

“吃个地瓜还这么可爱，阿伟出来排队吧。”

“小姐姐叫阮烟，看这张照片，她果然很‘软’呢。”

“那些说图片太假的，承认自己比别人丑，就这么困难吗？”

阮烟的微博粉丝数量噌噌地上涨，有好奇的人挖掘了一下阮烟的背景，得知她竟然还是国内某个高校金融系的大四学生，惊呆了。

有阮烟的校友爆料：“阮烟是我们学校的，听说她出了车祸，前段时间眼睛失明，休学了一年。”很多人表示了安慰和心疼，当然也有人说了些讽刺的话，怀疑阮烟在故意炒作。后来，有人发了阮烟在学校的照片，还有她失明时演其他话剧的照片，证明确有此事。

阮烟没想到自己会突然引起关注，一时间手足无措。她看到一些好的评论，倍感温暖。

最后，她发了一条微博，作为回应：“大家的评论和私信我都看到了，谢谢你们的关心和鼓励，我现在已经复明啦，也希望大家多多支持《失真》这部话剧。”

晚上，阮烟发完微博，周孟言洗完澡，从浴室出来。

他上了床，看到女孩儿捧着手机在笑，于是问道：“在笑什么？”

阮烟钻到他的怀中：“我刚才发了条微博，在看他们的评论呢。”

“我看看。”

“嗯。”

周孟言接过手机，看到她发的微博底下的几条热评。

“终于蹲到小姐姐本人出现了！小姐姐的眼睛里有星辰大海，超美的！”

“前几天去现场看了《失真》，妹妹的演技很好，大家都去看吧！”

“老婆来了！你多发点儿自拍好吗！”

周孟言看到最后一条，沉下脸：“老婆？”

阮烟不禁笑了：“周孟言，你怎么那么落伍呀？这个‘老婆’是现在的网络用语，可以用来叫自己喜欢的女孩儿。你看，这个人的头像，她是个女的。”

“哦。”

阮烟轻哼一声，这人果然是个醋坛子。她靠在他的肩头感慨道：“突然好多人都认识我了，我有些受宠若惊。”

“受宠若惊？”周孟言揉了揉她的头，“烟儿值得被这么多人喜欢。”

“是不是有什么不好的评价？”他问。

“有一点儿，不过挺正常的。”她怎么可能得到所有人的喜欢。

“这些不要放在心上。”他不希望这部话剧让她被恶语中伤。

阮烟点头：“你放心，我的心理素质很好。”

阮烟没想到，因为《失真》，自己踏上了成名之路。演完这部话剧，她竟然收到了几部电影和电视剧的邀请。制作人看到了阮烟的实力，希望阮烟能参演自己的节目。

她经过百般考虑，推掉了——一是没有遇到喜欢的剧本，二是因为她想先把话剧演好，以后再考虑其他的。

网络上很多人说她就是想红，想踏进娱乐圈。但说实话，她一点儿都不在乎这个。她不会被娱乐圈里的名利或是金钱所吸引，因为她不缺钱，也不需要讨好谁。演话剧，只是因为热爱。

四月，话剧界的盛事——锦华奖的评选拉开帷幕。

《失真》剧本的主创人员收到了参加此次颁奖典礼的邀请。

颁奖前一天晚上，阮烟和几个朋友聚完餐，出来就看到了周孟言。阮烟激动地跑到他的面前，被他搂进怀中。

两人上了车，周孟言送上一个炽热的吻。阮烟把手搭在他的肩上，逐渐迷失了自己。

明明他们只分开了几天，思念却汹涌地蔓延了上来。

周孟言说自己这几天有空，会陪她一起参加颁奖典礼，阮烟喜出望外。

“这么高兴？”

“嗯。”本来她以为会独自参加呢。

他吻了下她的耳垂：“那今晚回去表现得好一点儿。”

阮烟听出他的话中之意，脸颊发红：“你去开车。”

“嗯。”

周孟言下了车，拉开驾驶座的车门。

迈巴赫驶出停车场，一辆黑色轿车缓缓地跟了上去。

第二天傍晚，颁奖典礼正式举行。由于阮烟和周孟言受邀身份不同，所以阮烟将一个人走红毯，进场后才会和周孟言坐在一块儿。

周孟言到达现场，从车上下来，西装革履，格外地惹人注目。

闪光灯下，周孟言徐徐走近。能在这个场合看到梵慕尼的总裁，媒体记者蜂拥上前采访他。

周孟言简单地回答了几句，身旁的助理就谢绝了所有采访。

“周孟言出现在锦华奖现场”这个消息很快传遍网络，网友们看到周孟言的照片，疯狂了。

“梵慕尼的 CEO 周孟言！我早就知道他了，之前还在杂志上看过他的采访，他长得太帅了。”

“第一次看到这么好看的男人，这张脸是真实的吗？他帅得让我心脏骤停。”

“看了那么多男明星，没想到最让我激动的是他！我不要脸地宣布，这就是我未来老公的长相。”

“就我一个人注意到了他脖子上的东西吗？我竟然感觉像……牙印？！”

“天啊，我看到了什么？是牙印吗？”

“有点儿像牙印，之前我咬我的男朋友，他脖子上也会有这样的痕迹。”

“你们的眼睛是显微镜吗？！”

一时间，“周孟言牙印”这一话题突然飙升到微博热搜榜上。

其实如果不仔细看，人们根本不会注意到这个领口处的牙印，但是福尔摩斯般的网友还是注意到了。

大家都震惊了，纷纷猜测，直到媒体放出了一则新闻：“《失真》主演阮烟和周孟言深夜共进酒店。”图片中，周孟言牵着阮烟下了车，然后走进一家酒店，举止亲密。

原本大家已经够疯狂了，看到这则消息，彻底炸了。

“阮烟和周孟言？我的天！”

“这两个人竟然认识？！他们俩是情侣？！”

“我蒙了，牙印难道是阮烟的？！”

“阮烟？牙印？天啊，这是什么复杂的联系？他们俩感觉不像是一个世界的人啊？”

“你们不知道周孟言是已婚的人吗？阮烟和周孟言是情侣，这个说法不太好吧。”

“天啊？小三？出轨？！”

网友的评论掀起了惊涛骇浪。

阮烟是和《失真》的主创团队一起走红毯的。直播到她的时候，热度立刻飙升，既有很多粉丝送上祝福，也有许多人发表恶意的评论。

“阮烟靠男人上位？当小三恶不恶心……”

“难怪一个新人有这么好的资源，用什么换的啊？”

“阮烟，能不能出来解释一下照片的事？以前挺喜欢你的，没想到你私底下是这样的？”

“还说她可爱清纯呢，呵呵。”

走完红毯，阮烟进入颁奖典礼现场，身边有人将网络上的传言告诉了阮烟。

阮烟看着那些不友善的评论，眉头一皱。

朋友试探着问她：“阮烟，这照片是假的吧？”

阮烟淡淡地道：“不是假的。”

“啊？”

“我和我老公在一起，不是挺正常的吗？”

阮烟被工作人员领着，看到了周孟言。她在他的旁边坐下，刚要说话，周孟言就握住她的手，温柔地安抚道：“网络上的新闻我已经让人

去处理了。"

阮烟侧首看了他的脖子一眼，果然是她昨晚的杰作……她恨不得把自己埋进地里。

回想起那些不好的言论，阮烟又气又笑："他们还说我是小三呢。"

阮烟和周孟言比较低调，他们结婚的事网络上没有多少人知道。

他把她揽进怀中，温柔地哄她："我现在就去澄清，嗯？"

"你怎么澄清？"

他说完，阮烟轻哼一声："不行，我也要出声。"

五分钟后，网友看到阮烟突然发了条微博，只有三个字："咬轻了。"

人们顿时炸窝了。

"咬轻了？你是指牙印吗？！这是直接承认了？"

"这么明目张胆吗？你和周孟言是什么关系，可以解释一下吗？周孟言不是结婚了吗？"

"阮烟瞒不下去了，要自我爆料？"

大家还未从震惊中回过神来，一分钟后，周孟言转发了阮烟这条微博："我太太想怎么咬都行。"

阮烟和周孟言发完微博，网友惊呆了。

"夫妻关系？！这转折也太让人猝不及防了。没想到两个世界的人竟然是一对……世界太小了……"

"是烟烟咬的牙印吗？也太可爱了吧！"

"人家是夫妻，瞧你们着急的。"

"原来阮烟就是正宫夫人，那些张口就说她是小三的，现在还敢再说一句吗？"

"呜呜呜，我感觉他们好甜，今天又是羡慕别人爱情的一天。"

"烟烟这么年轻就结婚了，我的男朋友还没有影子。"

典礼直播前，有镜头拍到阮烟和周孟言坐在一起。只见周孟言始终牵着阮烟的手，两人似乎在聊天。阮烟笑的时候，周孟言看着她，也勾起唇角。

无意之中，两个人又秀恩爱了。

颁奖典礼开始了，台上的主持人逐一宣布各个奖项。重量级的锦华奖最佳表演奖将由段星景和另外一位话剧前辈共同揭晓。

阮烟因为《失真》这部话剧被提名了。对她来说，能被提名已经是极高的荣誉。她不奢求获奖。

段星景宣布，最后的获奖者是阮烟。

仿佛从天上掉下了一块馅饼，刚好砸中了幸运的阮烟。她在掌声中走上舞台，接过奖杯，成为全场瞩目的焦点。

她鞠躬，发表感言："我从来没想到，做一件喜欢的事，可以得到这么大的鼓励和肯定……我特别感谢一路陪着我走过来的先生。"她和周孟言对视一眼，会心一笑，"我很骄傲，能成为你眼中更加优秀的人。"

就像当初她期盼的那样，再优秀一点儿，站在他的身边。

颁奖典礼结束，阮烟和周孟言接受采访。有人问周孟言："听说这部《失真》是为你妻子阮烟投资的，你是如何看待阮烟拿到最佳表演奖的呢？"

周孟言道："我只是想让我的太太在舞台上闪闪发光。但是我知道，即使没有我，她也会发光。"在他眼里，她本身就是耀眼的，无论是失明前，还是复明后。

采访结束，两人打算离开现场。阮烟看到了正在和人交谈的段星景，犹豫着要不要上前打招呼。

周孟言猜到了她的心思，淡淡地说："不去和你的偶像说几句？"

阮烟愣了一下，鼓起勇气去找段星景。

段星景回想起上一次见阮烟，还是一年以前，没想到阮烟这么年轻就收获了大奖，不禁夸赞道："我就说，你在这方面是很有天赋的。"

两人交谈着，阮烟拿余光瞟向周孟言，发现周孟言会不时地看向自己。

阮烟笑着和段星景告别，回去找周孟言。

周孟言低头看着手机。阮烟走到他的身边，他才抬起头："和你的偶像聊完了？"

"嗯。"阮烟挽住他，笑意盈盈，"老公，我们走吧。"

两人上车之后，阮烟钻到他的怀里："孟言，我突然发现一件事。"

“什么？”

“我发现某些人……好像早就开始吃醋了。”

她摸了下他的头，表情狡黠。周孟言抱着她，平静地说：“我吃什么醋了？”

这人还不承认。阮烟直接戳破他：“当初欧拉的新品发布会，段星景来了。你知道他是我的偶像，难道没吃醋？你明明那个时候就开始在乎我了，还不承认。”难怪当时她一直在他的面前提段星景，他很快就变了脸色。

周孟言看着她脸上的笑，用指腹摩挲着她的下巴：“因为当时你说你特别喜欢他。”那是他从她口中第一次听到的、明目张胆的爱慕之意。因为那时候她还没喜欢上他。听到她说喜欢别人，他就忍不住吃醋。

阮烟闻言，莞尔：“你不知道我对他只有对偶像的崇拜之情吗？我对你，是既崇拜，又爱。”

她的一句话，让他心中的不舒服烟消云散。

回到酒店，两人走进房间。阮烟走到落地窗旁，看着外头的夜景，摩挲着手中的奖杯，唇角带笑。

周孟言无声地走到她的身边。璀璨的星河下，阮烟拥抱着他。

“孟言，你是我唯一的梦想。”

尽管将来她可能会参演更多的话剧，拿更多的奖，但是大千世界里，她唯一想抓住、厮守到永恒的，只有周孟言。

他吻上她的唇。

“你也是我的梦想。”

番外二

爱的结晶

阮烟大四毕业后，周孟言送了一场新的婚礼给她，算是给她的毕业礼物。

之前那场婚礼，阮烟失明，阮云山也躺在床上。这一次，他们的婚礼在林城举办，办得格外高调。周孟言要让阮烟风风光光地嫁入周家。

两人重新拍了婚纱照，挑了婚纱和礼服。周孟言耐心温柔地陪着她，想把她曾经的遗憾都补回来。

婚礼结束后，阮烟和周孟言的生活也到了一个新的阶段。

两人聊起什么时候要孩子的事。阮烟喜欢小孩儿，但是她现在刚毕业，事业刚步入正轨，如果太早要孩子，会打乱她的计划，也会让她有压力。

她把心中的顾虑告诉周孟言，他安抚她：“没关系，烟儿想什么时候要就什么时候要，谁逼着你现在就要当妈妈？”

“你不着急吗？”

他笑了：“这不是迟早的事吗？有什么好着急的。”

“你今年三十岁了，我以为……”她话音未落，就被他压在床上。

他幽怨地看着她：“觉得我年纪大了？”

阮烟弯起唇角："没有，我只是在想，你会不会想尽快当爸爸？"

他揉了揉她的头："没办法，我太太年纪还小，我舍不得她辛苦。"

最后，周孟言妥协了。

阮烟也想奋斗两年，再考虑怀孕的事。

毕业后，阮烟接到许多话剧的邀约，还演过两部电影，口碑都很好。她拿了几个话剧界和电影节的奖，事业稳步发展，知名度大大地提高，收获了许多粉丝。

阮烟没有蹚娱乐圈的浑水，不拍亲密戏，也没有去搞那些复杂的人际关系。周孟言是她最大的靠山，她可以活得很自由。

再次拿到锦华奖的最佳表演奖后，阮烟打算让自己的生活节奏慢下来，把怀孕的事提上日程。就在她有这个念头之后，她突然意识到自己月经不调——已经有两三个月了。她在叶青的陪同下去医院检查，以为有小毛病，开点儿药调理一下就好。她没想到自己竟然患了多囊卵巢综合征。

这个病是内分泌失调引起的，因为阮烟工作压力大，进剧组拍电影经常熬夜，导致身体功能紊乱。患上病后，她怀孕困难。

拿到报告之后，阮烟没和周孟言说，直接回了家。

晚上，他从公司回来，没在卧室看到她。他推开书房的门，看到没开灯的房间里，阮烟抱着腿坐在沙发上。

他愣了一下："烟儿？"

阮烟闻言，转身看着他，没有说话。

他开了灯，走进去，坐到她旁边："怎么了，不开灯，还一个人坐着？"

阮烟垂下头。

他察觉到了她不对劲，把她抱到腿上，低头啄了下她的唇："烟儿不开心了？因为我今晚回来得太晚了？"

"不是……"

他摸摸她的头："那怎么了，受欺负了？说给我听听。"

阮烟垂下头，靠在他的肩膀上，抿了抿唇："我上个月不是和你说，最近例假时间不太准吗？"

“嗯，你不是去看了吗？”

“我那天本来想去看，但是因为要工作，就耽误了。我今天才去检查。”

他听着她委屈的声音，不禁笑了：“所以你觉得自己犯错误了，我会生气？”

阮烟犹豫了一会儿，把身后藏着的报告拿出来给他，鼻子一酸：“对不起，我应该早点儿去检查的……”

周孟言看着检查报告：“多囊卵巢综合征？”

阮烟和他解释了一下，声音很低：“就是我可能……很难怀孕。”

周孟言听到她哽咽的声音，立刻把检查报告放到一旁，捧起她的脸，看到她脸上的泪痕。

他蹙起眉峰，抹掉她的眼泪：“烟儿……”

“我本来想着我们可以要个宝宝了，对不起，都怪我……我没有照顾好自己。如果前两年我答应备孕，就不会出现这样的事……对不起……”她无比愧疚。她让他等了两年，等到现在，她的身体却出了问题。

“没事，这都没关系，不要再说对不起了，嗯？”

周孟言的心乱了，他温柔地吻着阮烟。

“别哭了。”他紧紧地揽住她，轻叹一声，“如果要说对不起，该说对不起的是我，我没有照顾好烟儿。”

她不重视身体，但是他也有疏忽的地方。有时候她忙，他也没有好好地监督她，让她养成良好的作息和生活习惯。

“这是我们两个人的事，你不需要把所有的责任揽到自己头上，我怎么会因为这个而怪你？”

“我知道你不会怪我……”

“你也不要觉得愧疚，你生病了，我心疼还来不及。我不许你感到愧疚，知道吗？”

阮烟点点头。

周孟言啄了下她的鼻尖：“你刚才说什么？打算要个宝宝了？”

“嗯。”

他笑了："想要了？"

"对……"

"明天我带你再去做个详细的检查，然后我们问问医生该如何备孕。你也说了你很难怀孕，不是不能怀孕，对吗？"

结果未定，他们没有理由悲观。只要他们还相爱，就永远有解决问题的方式。

晚上在床上，他安抚着阮烟，阮烟也知道自己太紧张了。

"还好你把这件事告诉我了。"他轻拍着她的背，"我生怕你瞒着我，要一个人难过。"

"你说过，无论什么事，都要讲的。"阮烟轻声说。

"很乖，你不讲我才会生气。"

阮烟抱着他，渐渐入睡。失去意识前，她听到他在她的耳边说："别怕，我会陪在你身边。"

第二天，周孟言陪阮烟去医院又做了检查。

医生说，这个病治愈的概率不大，但是可以通过药物治疗和自身调节去改善情况。许多得了多囊卵巢综合征的女性，最后通过自身的调节怀上了宝宝。他们不需要太紧张，这不是什么不孕不育的绝症。

医生提供了备孕的方案，阮烟也开始积极地接受治疗。备孕之后，她推掉了全部的工作，周孟言也花了更多时间陪她。

适当运动和改善饮食是调整内分泌的最好方式。阮烟保持着健康的饮食习惯，并且和周孟言一起制订了每周的运动计划。

在备孕的这段时间里，阮烟感觉到周孟言非常关心自己，他的举动一点点地抚平了她内心的恐惧感和焦虑感，让那些不安全感渐渐地消散了。她知道，无论自己患了什么病，也不会影响他们的感情。

秦锡和周斯礼知道这件事，心态反而比他们还轻松。秦锡从国外飞回来，陪了阮烟一段时间。

渐渐地，阮烟又变得积极乐观，每天都过得快乐轻松。她相信，时候到了，孩子自然会来到她和周孟言的生命中。

他俩从年中开始备孕，到了春节，半年的时间过去了。

春节过后几天，就是周孟言的生日了。

阮烟原本打算在林城给周孟言过生日，但是过完春节的第二天，周孟言要去法国参加一个重要的金融峰会，出差一周。

阮烟考虑要不要去国外找他，周孟言猜到了她的计划，先发制人："你待在家里，等我回来给我过生日，好吗？"

阮烟前几天得了感冒刚好，他怕她到处乱跑，感冒复发。

"好吧。"

阮烟犹豫许久，最后还是准备亲自飞去法国。

生日当天晚上，周孟言应酬完，回到酒店房间，打开门，竟然看到房间被布置了一番。

阮烟穿着可爱的酒红色毛衣，巧笑倩兮。

"孟言，生日快乐！"她跑上前，被他紧紧地拥进怀中。

他关上门，狠狠地吻她。阮烟踮起脚，两人意乱情迷。

他突然停下动作，抵着她的额头，眼里满是爱意："怎么还是来了？"

阮烟莞尔："想给你送生日礼物呀，所以来了。"

"嗯，最好的生日礼物是你。"

阮烟觉得他的话很甜，牵起他的手："孟言，我带你去吹蜡烛。"

"好。"

她把他牵到沙发旁坐下，面前的茶几上摆了蛋糕。阮烟点上蜡烛，然后关上了灯。

阮烟笑了笑："我给你唱生日歌。"

她唱着歌，周孟言看着她，两个人都笑得很开心。

他的确没想到，她还是来了。就像她从前答应他的那样，她会给他过每一个生日。他内心深处的那些柔软之处，只有她知道。

"许愿，孟言。"她看向他。

周孟言闭上眼睛，几秒后睁开眼睛，吹灭蜡烛。阮烟笑了："你这就许完了？"

"你在我的身边，我还需要许什么愿？"

"哦。"她含笑起身，打开灯，回来时拿着个小小的礼盒。

"礼物？"

他抬手想拿，她却卖关子，没给：“想知道是什么吗？”

“想。”他不在乎过生日，但是格外在乎阮烟送给他的每个礼物。

阮烟垂眸一笑，摩挲着手里的盒子：“孟言，我突然想到一件事。”

“你说。”

“不管我有没有怀孕，你都会一如既往地爱我吗？”她之前在想，如果无法怀孕，他会不会接受自己。他们可能一辈子都不会有自己的孩子。

周孟言闻言，沉默了两秒，与她对视，出声道：“永远都会。”

阮烟觉得心里很暖。下一刻，她打开盒子，递了上去：“你看！”

男人接过，就看到盒子里放着个验孕棒——两条杠。

阮烟咧开唇角：“现在，我找到了一个你更爱我的理由了。”

周孟言看着验孕棒，怔怔地说：“这代表……”

阮烟笑笑，在他耳边温柔地道：“两条杠就代表怀孕了呀。”

周孟言拿起验孕棒，眼神深沉。几秒后，他抬手把她紧紧地拥在怀中，低头吻着她的头发，眼睛通红：“烟儿……”

阮烟听到他颤抖的声音，不禁红了眼眶，回抱住他：“孟言，我们有宝宝了，我们等到了。”

阮烟也没想到肚子里竟然真的有了小生命。本来她和周孟言准备再等个一年半载，没想到让人惊喜的事这么快就降临到他们的身上。

周孟言出差第一天，阮烟在家有点儿想吐，还以为是吃了什么不好的东西，和祝星枝顺嘴提了一句，祝星枝就问她是不是怀孕了。

阮烟的第一反应是不可能。因为她害怕失望，所以没有抱希望，也没敢和周孟言说。祝星枝买了验孕棒给阮烟送到家里，阮烟测了下，发现竟然真的是两条杠。

阮烟整个人都蒙了。当天下午，祝星枝和陈容予陪着她去了医院，检查结果显示，阮烟确实怀孕了。

虽然阮烟有多囊卵巢综合征，但是在长期的治疗和调节之下，她恢复得很好，怀孕自然不是难事。

阮烟拿着检查报告，觉得不真实，如同踩在云端。她和周孟言盼望了许久的孩子终于来了，这是给周孟言最好的生日礼物。

听完她说的，周孟言把她抱到腿上，温柔地抚摸着她的肚子：“你应第一时间和我说。”

阮烟努了下嘴：“这样你肯定不会让我来找你了。”

他勾起唇角：“你也知道？要是出什么事怎么办？”

“我想当面看你惊喜的反应，可是又等不及你回去，只好跑来了。”

周孟言把她拥紧。

阮烟握住他的手，轻声说：“孟言，我保证一定会照顾好宝宝的。”这是来之不易的礼物，她一定会倾尽全力去照顾。

“你要保护好你自己。”他轻柔地吻上她的唇，“你比一切都重要。”

过了一会儿，他停了下来，揉了揉她的腰：“累不累？要不要躺着？”

“有点儿……”

他把她打横抱起，放在宽大的床上，躺在她的身侧。阮烟和他对视着，揪住他的衣领，主动送上红唇。只用了一秒时间，他就反客为主。他不敢压着她，只能极力地克制着自己。

橘子和橙花的香味，在温暖的房间里浓郁起来。

周孟言松开她。

阮烟和他四目相对，只听他沙哑地说：“这样亲你，我很难受。”

本来周孟言想直接把她抱到床上，折腾她。但是现在，计划赶不上变化。

阮烟闻言，红了脸：“那个医生说了，前几个月……”

“我知道。”他道。

阮烟抿唇一笑，轻挠着他的掌心：“那你要难受好几个月了。”

他握住她的手，咬了下她的耳垂，沉声道：“那就别再勾引我了，嗯？”

“我哪有勾引你？”

他打趣道：“你躺在床上就是在勾引我。”

阮烟笑着啄了下他的下颌，轻嗔道：“是你自己图谋不轨，心术不正……”

阮烟把脸埋在他的胸膛上：“你就不腻吗？听说很多人结婚久了，

就失去感觉了……”

他笑了一下，在她的耳边吹了口气：“我让你没感觉了？”

这不是同一个感觉好不好！

他揉揉她的头，温柔地说：“我对烟儿的爱永远都消耗不完，所以不会觉得索然无味。”

她对他来说，每天都有新鲜感。而且现在，他们又有了新的期盼。

周孟言用手摸摸她的肚子：“接下来的几个月，烟儿会很辛苦。”

阮烟莞尔：“没关系，这就是甜蜜的负担嘛。”

第二天早晨，阮烟又开始孕吐，这也是周孟言第一次看到女人怀孕的反应原来这么严重。看着她难受又无力的模样，他心疼地把她抱回卧室，搂在怀中：“好点儿没有？”

“嗯……”

男人看着她，眉头紧蹙，为自己没有办法帮她分担而难受。虽然怀孕是一个家庭的事，但是最难受的还是女性。

“突然后悔了。”他低声道。

阮烟抬头看他，不禁被他逗得笑出来：“怎么，还能不生呀？”

周孟言亲吻着她的额头，阮烟扬起唇角：“我没事，还没到受不了的地步，吐一段时间就好了。”

“我等一会儿去查查有没有缓解的办法。”

“你今早不是要忙吗？”

“没事，我迟一点儿再过去。”

回国之后，两人把怀孕的事告诉了三位长辈。听到阮烟终于有了身孕，两家人高兴坏了。秦锡不放心周孟言，执意从国外回来照顾阮烟一段时间。

“你和孟言都是新人，没什么经验，我怕他照顾不好你。”秦锡拍拍阮烟的手。

她笑着看向男人，周孟言无奈地笑了：“那还请妈多传授经验。”

刚开始阮烟的确有点儿害怕，经常手足无措。她和周孟言买了许多书，但心里还是没有底。秦锡回来后，耐心地教导她，让她感到温暖和踏实。虽然她没有体会过来自亲生母亲的爱，但感觉秦锡就像自己的妈妈。

周孟言也请了一个很有经验的保姆，精心地照顾阮烟。

阮烟怀孕三个月后，逐渐显怀，肚子里的宝宝非常健康。

四月份的某天，阮烟收到了高中班长的结婚请帖。祝星枝也收到了请帖，就约了阮烟一起过去。

傍晚，从医院出来后，周孟言开车送她去酒店。

到了门口，阮烟握了下他的手："那我走啦？"

"今晚结束了告诉我，来接你。"

"没事，让司机来接我就行。"

他揉了下她的头："你不想吃芋圆火锅了？"

阮烟眼睛一亮，立刻改口："要去，那今晚你来接我。"

下了车后，阮烟朝周孟言挥了挥手，然后往里走，刚进酒店，就听到旁边传来一个声音："阮烟。"

她转头一看，那人是莘明哲。

莘明哲走了过来，阮烟勾起唇角："你也是刚来的？"

"对，今天下午我去了趟公司，忙完就赶过来了。"

两人走到旁边的大厅等着祝星枝，莘明哲注意到她鼓起的肚子："怎么样，怀孕几个月了？"

"快四个月了。"

莘明哲淡淡地笑道："挺好的。"得知阮烟和周孟言相爱后，莘明哲也慢慢地放下了对阮烟的感情，开始了自己的生活。

"你最近怎么样？听说你要出国？"

"还在考虑。"莘明哲摸摸头，"主要我不想被父母唠叨，他们老催我结婚。"

过了一会儿，祝星枝来了，三人到了二楼，看到了今晚的新郎和新娘。

大家寒暄一番往里走，找到位置坐下。在座的都是高中同学。

同学见面，分外热闹。大家把注意力放在阮烟的身上。现在她算是有名的演员了，大家看到她，就如同看到明星一样。

“阮烟，你怀孕了啊？”有同学问。

“嗯。”

“真好啊，爱情事业双丰收，也太幸福了。”

“莘明哲，你也抓紧时间啊，我们班带娃的带娃，结婚的结婚，你再单身，对不起你的条件啊。”

大家笑着起哄，其乐融融。坐在祝星枝旁边的女人仰头灌下一杯酒，放下酒杯，淡淡地说：“结婚有什么好的？”

嬉闹声小了些，有几个人看着她，收敛笑意，没接话。

阮烟看着她，想起她叫红芸，是班里的宣传委员。红芸和他们同龄，看起来却像比他们大了好几岁，无精打采，疲态尽显。

过了一会儿，红芸离开座位，阮烟听到几个同学在问：“她是怎么回事啊？不是去年刚生了孩子吗？老公也挺有钱的。”

“你不知道吗，她离婚好长一段时间了。听说老公出轨，不要她和孩子了，还娶了小三。”

“这么惨！”

“离婚之后，她一直这样郁郁寡欢的，我感觉她的精神不太正常。”

“之前同学聚会，她还一直吹嘘她和老公的关系挺好的，还在国外买房了。”

“别说了……”

阮烟和祝星枝对视了一眼，没提这事。祝星枝握住阮烟的手：“你最近怎么样？今天去医院检查，情况如何？”

“挺好的，一切正常。”

红芸回来，就听到祝星枝和阮烟在聊天。

祝星枝：“你老公出差，什么时候回来？”

“今天早上他就回来了。”

红芸插话道：“阮烟，我记得你老公是开公司的吧？平时他肯定很忙。你怀孕了，他还出差？”

阮烟愣了一下，朝她笑笑：“还好，他偶尔会出差。”

红芸苦涩地扯起嘴角：“像你老公那样的人，有权有势，身边一定有很多花枝招展的女人，你可得看住你老公。”

阮烟一时间不知道该如何接话，就没回应。

酒席开始后，大家愉快地聊着天，每当到了气氛正佳的时候，红芸就会突然说一句丧气话，像祥林嫂一样，十分让人扫兴。

刚开始大家看她受了那么大的打击，就忍了下来。直到她暗示有个女同学的老公不正常，那位女同学直接反驳道："你别代入你自己好吗？"

顿时，气氛陷入冰点。

红芸垂下头，没说什么，安静地喝酒。

饭局接近尾声，阮烟给周孟言发了信息，周孟言说十五分钟后就到。

大家陆陆续续地散了，有人还留在这里闹新郎和新娘。

"烟烟，你怎么回去？"

祝星枝和阮烟走到一楼大厅。

"孟言应该快到了。"

"那行，我先走，你一个人没问题吗？"

"没事，你去吧。"

祝星枝离开，阮烟看时间差不多了，往大门走去，听到身后传来熟悉的女声："阮烟。"

阮烟回头，看到红芸。对方摇摇晃晃地走到她的面前，像喝醉了。阮烟扶住她的手臂："你是不是喝醉了？我帮你叫辆车吧？"

红芸摆摆手："我等一会儿坐公交车回去。刚才人多，我想找你单独聊聊天。"

阮烟愣住了。

"阮烟，我看你这样，羡慕又难过，你知道为什么吗？"

"啊？"

"你像极了以前的我。我和我老公是大学认识的，结婚之后感情很好，但是他赚得越来越多，心里就没有我了。男人都是这样的，一有钱，就放纵自己。"红芸看着阮烟，醉眼蒙眬。

阮烟垂眸，有点儿心疼她："既然离婚了，你要早点儿放下，开始新的生活。"

红芸摇头：“你知道我的老公是什么时候出轨的吗？就是在我怀孕的时候。我当时怀了孕，他说出差，其实是去外面找女人。你一定要小心你的老公，说不定他在骗你……”

阮烟皱着眉，压住心中的不适感，没有接话。

“我现在最后悔的就是没把孩子打掉，现在一个人带着孩子太不容易了。阮烟，你像我这样，生完孩子才发现老公出轨了，后悔也来不及了。”

阮烟转头看向她，冷冷地说：“谢谢你的提醒，我和我老公现在很好。”

“我当初也是这么认为的，可是那个女人耀武扬威地找到我，逼着我们离婚，说他们也有了孩子。”红芸红着眼，用力地抓住她的手，“阮烟，你的孩子几个月了？现在还可以打掉的话，赶紧打掉，可千万别生下来拖累你……”

阮烟被她这副样子吓到了，用力地挣脱她的手：“你放开我！”

下一刻，有人揽住了她的肩膀，熟悉的雪松木香扑面而来。周孟言揽住阮烟，扯开红芸的手，把红芸甩到一旁。

他看着红芸，愤怒地说：“你以为所有的男人都像你前夫那样？”

红芸被甩开，听到周孟言的话，整个人愣在原地。几秒后，她坐在地上开始痛哭：“他不要我了，跟恶心的女人跑了……”

路过的陌生人见到她这副模样，纷纷看了过来。

酒店人员跑到红芸的面前：“女士，你怎么了？”

红芸哭个不停，工作人员面露难色。阮烟走了过去，解释道：“你好，这是我的同学，她喝醉了，麻烦你把她扶到旁边去吧。”

“好的。”

几个人把红芸扶到旁边的沙发上。刚好有几个女同学路过，看到这一幕，上前询问，阮烟就解释了一番。

“阮烟，你没事吧？她有没有推你？”

“我没什么事，只是红芸……”

“你别生气啊，她应该是喝醉了，头脑有点儿不清醒。”

阮烟：“没事。”其实她没有生红芸的气，只是被吓到了。

“班长请她来喝喜酒，不是耍酒疯。”

“我看能不能问出她的家在哪儿，送她回去吧。”

阮烟点点头：“麻烦你们了。”

“没事，你和你老公走吧。”

阮烟和周孟言走出酒店，他拉开车门，护着她的头，让她坐了进去。

周孟言上车后，把她揽进怀中：“是不是吓坏了？现在有没有不舒服？”

阮烟揪着他的衣角：“刚才我很害怕摔倒，还好你来了……”如果没怀孕，她也不至于这么紧张。只是刚才红芸发酒疯，阮烟生怕孩子有什么闪失。

周孟言到了酒店，没在门口看到阮烟，就打算进去找她，结果看到红芸对阮烟拉拉扯扯，就立刻冲了上去。

还好她和肚子里的宝宝没事。

“没关系，我来了。”他低头吻着她的额头。

阮烟感慨道：“其实那个同学也挺可怜的。”婚姻的变故对红芸造成了不小的打击。看红芸的模样，没结婚的人估计都要恐婚了。

他闻言，心像被揪了一下，把她搂得更紧了：“别想那么多，乖。”

缓了一会儿，他问：“带你去吃芋圆火锅？还想吃吗？”

她立刻笑了起来：“想。”

阮烟吃完了芋圆火锅，周孟言把她带回了家。

走进家里，他把她牵到沙发上坐下，俯下脸温柔地问：“要不要吃点儿什么？我给你削点儿水果？”

阮烟摇头：“我饱了。”

“要不要喝点儿什么？我拿杯牛奶上去，睡前给你热一下？”

“可是我怕喝不下去。”

“没事，喝不下去就不用喝了。”

阮烟点点头，和他上了楼，回到卧室。

周孟言在浴缸里放好水，走到阮烟的面前，啄了下她的脸：“你去洗澡？”

阮烟点点头，支使他去拿换洗的衣物，然后走进浴室。一分钟后，他也走了进来，两人一起躺进浴缸。阮烟靠在他的身上，他帮她擦好沐浴露。洗完澡，他把她抱出浴缸，给她裹上浴巾擦拭着，最后再把她带出浴室，放到床上。他转身走进浴室，把浴巾扔到盥洗台上，站到淋浴喷头下，就听到她叫他："孟言——"

他停下动作："怎么了？"

"你帮我倒杯水。"

他换上睡衣，推开浴室的门，去给她倒水。回来后，他坐到床边："喝吧。"

阮烟起身接过水，听到他温柔地问："还要不要喝牛奶？昨晚你想吃话梅，我叫人买了。"

"不用。"

喝完之后，阮烟拉住他的手："你躺上来。"

"好。"

他上了床，把她揽进怀中，不敢太用力，怕压到她的肚子。阮烟仰头问他："感觉你今晚有点儿奇怪。"

"怎么奇怪了。"

"你好像在……刻意讨好我？"

他扯起嘴角，垂眸看她："什么叫特意讨好？"

"你是不是有什么心事？不和我说吗？"

他揉揉她的头："笨蛋。我想再对你好一些，让你不要胡思乱想。"

"啊？"她胡思乱想？

"今天你同学说的话，我不知道你听完是什么感觉，会不会害怕我也那样。"他生怕她听完之后忧心忡忡，本来孕妇就比较敏感。

阮烟没想到竟然是这个原因，不禁笑了："你都没有问问我，怎么知道我会多想？我今天确实被吓到了，但是我不觉得你会那样。"对于周孟言，她是百分之百放心的。

"你觉得我不会离开你，就像我觉得你不会离开我那样。"阮烟看向他。

他闻言，用指腹摩挲着她的脸，勾起唇角："没多想就好，就算多想，也不要把事情放在心里，想什么就说什么，知道吗？”

“那你呢？”

“嗯？”

阮烟用手勾住周孟言的脖子，翻了个身，趴在他的身上：“你想要什么，也没直接说啊，还忍着。”

周孟言一愣，眼神深沉：“烟儿不是不愿意……”

阮烟憋着笑，轻轻地啃了一下他的喉结：“那你也没问我呀。”

他搂住她，捏起她的下巴：“等一会儿你难受了怎么办？”

当房间里终于恢复了安静，周孟言笑着起身，把她抱去了浴室。他轻轻掂了一下：“以后肚子越来越大，我抱不动你了怎么办？”

阮烟撇嘴：“不要你抱，我自己下来走……”

他笑道：“逗你的，再胖我都抱得动。”

阮烟躺在床上，靠在他的胸膛上，轻声说：“孟言，明早你要陪我去散步。”

“好。”

“还要吃早餐，我想吃广式茶点……”她闭着眼睛，声音越来越小。

周孟言笑着捏了捏她的脸：“你要什么都满足你。”

怀孕五个月，阮烟的肚子已经很鼓了。周孟言很担心她。她出门的时候，只要周孟言有空就会陪着。有时她想和祝星枝去逛街，就让周孟言待在家里。

“你老公现在把你当犯人看管了吧？出个门都要请示报备。”祝星枝挽着阮烟走进商场，笑着调侃她。

“你别笑我，将来我小舅舅对你也是这样，哼。”

“他才不敢呢，我和他之间肯定是我做主啊。”察觉到阮烟正看着自己，祝星枝心虚地摸摸鼻子，“不过他年纪大，我偶尔让他一下。”

“你们什么时候也生一个？赶紧的。”

“最近他也一直在念叨这件事……”

“你不愿意吗？”

“没……”祝星枝拉她走进女装店，“我想到生孩子，有点儿怕疼。”

阮烟知道祝星枝向来受不了疼。生孩子这种事，祝星枝的确害怕。

祝星枝说陈容予虽然想要孩子，但是自己没松口，他也不会乱来。不过现在她也渐渐地动摇了。

“呜呜呜，烟烟你赶紧生，生完告诉我是什么感觉，我考虑一下。”

阮烟笑了：“行，我先替你体验一下。”

“我本来还想以后当你宝宝的干妈，但是现在我成你小舅妈了，辈分好乱，我应该叫什么来着……”

两人逛了一圈商场，祝星枝又陪阮烟去买了点儿小孩儿的日用品和玩具。看着阮烟玩着小摇铃，唇边带笑的模样，祝星枝感慨道：“烟烟，你真的好喜欢小孩儿哦。你之前和周孟言签订结婚协议，我还骂你太草率。你和周孟言的姻缘其实是冥冥中注定的。”

阮烟莞尔：“谁也不知道爱情什么时候会到。你和我小舅舅当初不也是意外认识的？”

祝星枝点点头：“缘分这东西，真说不准。”

“枝枝，我想吃豆花了。”阮烟指了指前面的芋圆豆花店。

“走走走，听孕妇的。”

两人走进店里，点完餐，找到靠窗的位置坐下。祝星枝看着墙壁上的菜单：“这个蓝莓可可饼好像还挺好吃的。”

“那我去点一份。”阮烟站起身。

她走到收银台前，正在付款，就感觉到肩膀被拍了下，身后传来一个熟悉的女声：“你好，可以给我的手机开个热点吗？我的手机欠费了，没办法付款……”

阮烟回头，和阮灵四目相对。阮灵看到许久未见的阮烟，僵住了。

空气仿佛凝固了。

几秒后，阮灵转身要走，就听到阮烟淡淡地说：“你自己看密码吧。”

阮烟把手机递了过来，阮灵连忙输入密码，轻声道：“谢谢。”

阮烟没说什么，转身要走。阮灵看到阮烟的肚子，愣了一下。

阮烟走回位置，祝星枝皱起眉：“那不是阮灵吗？”

“嗯。”

"她没和你说什么吧？"

"没，就借个热点。我们挺久没见了，刚才差点儿没认出来。"

"我记得你妹妹以前可是浑身名牌啊，现在倒是朴素了起来。"

阮烟知道，冯庄和父亲离婚之后，就带着阮灵搬到外面去住了。交完罚款，两人的积蓄也不多了，阮灵没有办法再大手大脚地花钱了。冯庄和阮云山离婚后就没有见过了，但阮云山逢年过节还会见见阮灵，不过双方之间有了隔阂，不再像以前那样亲密。

祝星枝感慨道："这是她自作自受，可怜之人必有可恨之处。"

傍晚，周孟言在滕恒的办公室里，确认了合同的终稿。

滕恒跷着腿，签上名字，把合同递给助理："搞定了。"

确认无误后，助理走出办公室。滕恒看向周孟言，一抬下巴："今晚一起吃饭，江南会所，我已经订好了。"

"我不一定有空。"

"怎么？不会要回去陪你老婆吧？！这才几点，吃个饭而已。"滕恒摸摸下巴，"上次你就推了，这次我们高副总和市场部总监都在，你得去。"

"行。"他淡淡地说。

两人乘电梯下楼。

周孟言兜里的手机响了，他拿起一看，是阮烟的电话。

"烟儿。"

滕恒听到他温柔的声音，啧了一声。

周孟言："吃火锅？你闺密不是约了你一起吃饭吗？"

阮烟噘嘴："祝星枝有点儿事，提前走了，你能来接我去吃火锅吗？"

周孟言沉默了一下，温柔地劝她："烟儿，现在天气很热，我怕你吃了会难受。"

不知道阮烟说了什么，周孟言道："好，你别不开心，我现在去接你，嗯？"

结束通话，周孟言看向滕恒："我要带阮烟去吃火锅，今晚不能

约了。”

滕恒震惊地说：“你又放了我鸽子！”

“下次吧。”

滕恒嗤笑一声，拍着他的肩调侃道：“你老婆也太矫情了，大热天的叫你吃火锅，你还去？我要是你，肯定受不了。这种要求你都答应？换成我肯定不答应。”

周孟言开口道：“没事，她现在比较敏感，我平时都哄着她。”

电梯门开了，周孟言淡淡地瞥了滕恒一眼，往外走：“也难怪，你这样的人的确找不到老婆。”

滕恒沉默了。

饮品店里，阮烟用手肘撑着脑袋，翻看着段星景的动态，刚要拿起边上的果茶，就听到了周孟言低沉的声音：“打算什么时候注意到我？”

阮烟飞快地抬起头，对上周孟言的视线，喜笑颜开：“孟言你来啦！”

她拉着他在旁边坐下，周孟言冷冷地看着她的手机：“难怪我进来都没看到我。”

阮烟笑了笑，把手机关上：“没有，我就是随便看看。”她亲了下他的脸，“我现在就看我的老公。”

周孟言把她揽住：“今天累不累？买什么了？”

“今天我挑了一套睡衣，还有一双鞋。我还买了几个给小宝宝的玩具，超可爱……”阮烟说完，问他，“你今晚有安排吗？”

“没有。”

阮烟点点头：“我还以为会打扰到你呢。”

他揉了揉她的头：“刚才是谁听到我不陪她吃火锅就闹小脾气的？”

“那你要是真忙，就拒绝我，我难过一会儿就不难过了……”

他嘴角含笑：“难过一会儿也不行。”

两个人聊了一会儿，到了饭点。周孟言带着她去找火锅店。阮烟怀孕后，口味变得重了许多，喜欢一些酸酸辣辣的、能够刺激她的味蕾的食物。

周孟言从来都不喜欢吃火锅。但是只要阮烟爱吃，他就一定会陪着她。

两人走进店里，点了几个阮烟爱吃的菜。阮烟吃着火锅，鼻尖冒汗，他拿纸巾给她擦拭着："吃慢点儿……"

阮烟忽然问："孟言，你感觉我变胖了吗？"

他愣了一下，看了她微微圆润的脸颊一眼，淡淡地笑道："我觉得你现在还是很瘦，需要增肥。"

阮烟听到答案，满意地晃了晃脚丫："我哪里还瘦了……"

"你得为宝宝多吃一点儿。"

"也对。"提到肚子里的宝宝，她就认真起来了。换作平时，周孟言劝她增肥，她肯定左耳进右耳出。

两人吃完火锅去结账。店长认出了阮烟，激动地要和阮烟合影，还给他们打了折。

出了火锅店，阮烟感慨道："果然长得漂亮就是讨人喜欢，嘿嘿，你说对吧？"

他勾起唇角，牵住她的手："嗯，你最讨我喜欢。"

回到家中，周孟言接到工作电话，阮烟就先去洗澡了。

泡着澡，她竟然有点儿困，就靠在浴缸边眯起了眼。周孟言处理完公事，回到卧室，发现阮烟还没从浴室出来，就敲了下门。

"烟儿。"

他叫了半天，最后阮烟轻轻地应了一声。他推开了门，看到她靠在浴缸边揉眼睛。他走了过去，看着她："洗个澡把人洗丢了？"

"嗯……"

他笑出了声："丢了的话，我得去找回来。"

他把她从水中抱了出来，给她擦拭着身体。阮烟懒得动弹，就任由他伺候。

回到卧室里，阮烟躺在床上，开心地伸了个懒腰："感觉孟言已经被我训练得温柔无比了，这样的好老公去哪里找呀！"

他扯开领带，正在解衣服上的扣子。阮烟转头看向他，突然往后缩去："你要干吗？"

他停下动作，抬眸看她，把她拉进怀中。

“你觉得我要干吗？”

阮烟面红耳赤，推搡了一会儿。最后，周孟言狠狠地亲了她一口，笑着松开手：“我去洗澡。”

这人就知道逗她。

周孟言洗完澡出来，回到床上。阮烟问他：“你明早有空吗？”

“有，怎么了？”

“你还记得之前卖中草药给我的那个阿婆吧？我前些年不是捐了些钱，给村里的小学翻新教学楼吗？前几天，我给那些孩子买了许多书，想明天送过去，你要不要一起？”

阮烟给学校捐赠钱款——以她和周孟言的名义。当时有一部分钱来自周孟言，但她一直没向周孟言提起。

“我想去走走，放松一下。”

他闻言，揉了揉她的头：“明天我陪你去。”

第二天，周孟言就带阮烟去了那个村庄。两人去了阿婆家，阿婆看到阮烟怀了宝宝，特别开心。得知阮烟说最近白天容易犯困，阿婆主动帮她挑了几种药材，教她怎么熬制：“我们村里有很多孕妇，怀孕的时候身子不舒服，都找我拿中草药。我有经验，这些药对身体特别好。”

阮烟笑：“谢谢阿婆。”

过了一会儿，几个学生走了过来，说书已经搬完了，邀请周孟言和阮烟过去。

两人去了学校。校长和几个老师、同学出来迎接他们。大家对周孟言夫妇一直特别感激。当初有许多孩子上不了学，阮烟的帮助点燃了很多孩子的希望。

老师正在给孩子上兴趣手工课。阮烟和大家打完招呼，被邀请一起做手工。

阮烟和周孟言坐到一个小圆桌旁，只见同桌的孩子们正在做手工贺卡。阮烟加入他们，周孟言就在一旁看着。

一个穿着白裙子、扎着两个小麻花辫的女孩儿走到周孟言的身边，把贺卡递了出去，用奶声奶气的声音道：“哥哥，这是我给你做的贺卡。”周孟言三十多岁，长得不显老，所以孩子们觉得他是哥哥。

周孟言接过贺卡，转头看向小女孩儿，淡淡地笑了：“谢谢。”

女孩儿眨了眨水汪汪的眼睛，眉眼弯成了小月牙：“不客气，哥哥要不要一起画？我可以教你。”

“嗯。”

阮烟转头看到周孟言在小朋友的教导下认真地做贺卡的情景，不禁笑了。

上完手工课，两人走出教室，周孟言牵着她往楼下走，忽然说：“我希望烟儿生的是女孩儿。”

“嗯？”阮烟歪头看他，“你以前不是说男女都好吗？”

他回想起刚才小女孩儿的模样，吻了下她的唇：“如果是女儿，一定和烟儿小时候一样可爱。”

阮烟反驳他：“我生的儿子也一样可爱，好不好？”

“女孩儿更可爱。”

阮烟见他这么早就“偏心”了，轻哼一声：“我如果生男孩儿，你就不爱了吗？”

他无奈地一笑，把她搂紧：“怎么会？”

一天天过去了，阮烟的肚子越来越大，她行动不便，需要人照顾。在周孟言的眼里，排在第一位的永远是阮烟和孩子。

有时候他工作忙，白天不在家，一闲下来，就会给阮烟发信息或者打电话。有一次，阮烟待在家里将近一周，终于受不了了，发了脾气。周孟言当即推掉一个会议，赶回了家，带她出去，哄她开心。

阮烟的脾气一直很好，只是她最近偶尔会闹情绪。晚上睡不着的时候，她会很难受，周孟言能体谅她，甚至觉得她闹起情绪来都格外可爱。

阮烟没有放纵自己沉溺在不好的情绪中。在他的温柔关心之下，她很快就恢复了。

祝星枝和陈容予知道阮烟待在家很无聊，经常来探望她。阮烟带他们去参观了婴儿房：“这些都是孟言让人布置的。”

"哇，你老公也太喜欢孩子了，将来宝宝出生一定很幸福。"

祝星枝问陈容予："你是不是也喜欢女孩儿？"

陈容予揽住她："我说我更喜欢男孩儿，你信吗？"

"我才不信。"

阮烟临近生产，秦锡和周斯礼回了国，接她回老宅住。

一天晚上，阮烟正要睡觉，突然感觉痛。此时，距离预产期还有一周多，周孟言立刻拨打了120，一家人陪阮烟去了医院，阮云山也赶去了。

在病房里，阮烟痛得汗如雨下，周孟言在一旁看着，心乱成一团麻。他握住她的手，竭力安抚她。

"孟言，我有点儿害怕……"阮烟难受得快哭了。

"没事，我在呢。"

阮烟选择顺产，不行再剖宫产。整整十四个小时的阵痛过去后，阮烟被推进了产房，开始分娩。接下来的时光才叫人难熬。

周孟言站在产房门口，紧蹙眉头。他看着阮烟难受了多久，就跟着难受了多久。

秦锡拍拍他的肩膀，让他坐下来："烟烟和孩子一定没事的。"

时钟嘀嘀嗒嗒地转。

周孟言在走廊上踱步。

六个小时后，产房里传来一阵婴孩的啼哭声。周孟言立刻站了起来，往门口走去，大家纷纷跟了上去。产房的门被打开，护士抱着宝宝走了出来。

周孟言走过去，看到护士抱着的孩子。只听护士喜笑颜开地道："恭喜周先生，周太太生了个六斤半的男孩儿，母子平安。"

周孟言看着孩子，心情复杂。两秒后，他突然反应过来："什么？男孩儿？"

护士笑："对，是个小少爷呢。"

孩子出生后，阮烟听到护士说是个男孩儿，也蒙了。

恍惚间，周孟言出现在她的眼前，然后握住她的手，温柔地说了些什么。她累得睡了过去。

几个小时后，她迷迷糊糊地醒来。

一旁的周孟言看到她睁眼，立刻站起身注视着她："烟儿，怎么样？"

阮烟抿了抿唇："口渴……"

"来。"他慢慢地把她扶了起来，给她垫了枕头，把水拿到她的面前。

喝完水，阮烟看向他："好累哦。"

他放下水杯，捧起她的脸，轻轻地吻着："以后不生了。"这种罪，她受一次就够了。这两天，他在旁边看着，心疼坏了。

周孟言把她揽进怀中，温柔地哄着，这时病房的门被推开了。

"烟烟醒了呀。"

阮烟看到秦锡和周斯礼走了进来："爸、妈。"

秦锡走到床头，笑看着她："辛苦了，怎么样？现在有没有哪里不舒服？"

"还好……"

"接下来坐月子，你还要辛苦一段时间。再熬一个月就舒服了。"

"嗯，对了，我爸爸呢？"

"刚才我让亲家先回去休息，等你醒了再叫他来。"秦锡想起一件事，"孟言，把小宝贝抱过来给烟烟看了没？"

周孟言面无表情地开口："没。"

阮烟感到惊讶："是男孩儿啊。"

周斯礼附和着说："没关系，男孩儿、女孩儿都好。"

阮烟笑着问："现在能抱孩子过来给我看看吗？"

秦锡说："孟言，你快去抱孩子。"

周孟言对上阮烟满是期待的目光，沉默了两秒，起身往外走。

周孟言走后，秦锡捂着嘴笑，小声地和阮烟说："刚才他听到是儿子，还挺失望的。"

"看出来了……"

期望有多高，此刻希望破灭的感觉就有多强烈。

前段时间，周孟言为迎接女儿做了很多准备，阮烟能想象他听到是

男孩儿时，会出现什么表情。阮烟有点儿想笑。

几分钟后，周孟言在护士的陪同下，把小宝宝抱了过来。阮烟从周孟言的手中接过孩子，看着他的小脸。他正在熟睡，阮烟摸着他小小的手，心都化了：“他多重呀？”

“六斤半，比当初孟言出生的时候轻一点儿，但是长得和周孟言一模一样。”秦锡逗着小宝宝，周斯礼也走到秦锡的旁边：“嘴巴像烟烟……”

“确实，哎呀，他真好看……”

三人逗着小孩儿。周孟言沉默地坐在病床的另一侧，仿佛和他们不在同一个世界。他还在努力地消化“自己有了个儿子”这件事。

阮烟转头看着周孟言，笑了笑：“要不要抱抱他？”

周孟言淡淡地道：“没事，你抱吧。”

“干吗？男孩儿你就真的不喜欢了呀？”

“不是，我不太会抱孩子。”

“来来来，我教你。”秦锡走到周孟言的旁边，手把手地教他，“你得学着啊，别不会抱、不会哄的，这段时间小孩儿会哭闹，你不能让烟烟一个人操心。”

周孟言勉为其难地认真学习。

过了一会儿，阮烟吃了点儿东西。秦锡和周斯礼把孩子抱回去，病房里只剩下了阮烟和周孟言。

“老公——”她唤他。

他坐到床边，握住她的手：“怎么了？”

阮烟看着他，笑得眉眼弯弯：“谁之前肯定地说是女孩儿的？”

周孟言闻言，沉下脸。原本以为到手的小棉袄，飞了。

阮烟笑：“儿子不好吗？”

周孟言回想起小孩儿的模样，冷冷地说：“不可爱。”

“啊？不是挺可爱的吗？”

“是女儿肯定更可爱。”

阮烟嗤笑了一声：“不论是女孩儿、男孩儿，刚出生时都是那样，你以为和电视剧里演的一样，一出生就白白净净的？”

周孟言没吭声。

阮烟环住他的腰，仰脸亲他："周孟言，不会我生了个儿子，你就不爱我了吧？"

他低头看着她："怎么可能？"他只会更喜欢她，毕竟现在只有她可爱了。

"那你好好地消化一下，儿子也是很好的。我就喜欢儿子，他和你小时候一模一样，就更好了。"

"你看我就好了。"

阮烟笑了："那你这几天赶紧回去重新安排人布置一下房间，去买一些儿子的衣服。"

"嗯。"

阮烟在陪护中心坐月子，让家里人带来了字典，打算给宝宝取个名字。本来她打算让周斯礼或阮云山取名，但是这一重任还是落到了他们小两口的身上。

午后，阮烟翻看着字典，找了半天，一直没有中意的。她抬眼看向坐在一旁的周孟言："你别光让我想呀，你也帮忙想想。"

他茫然地问："想什么？"

"儿子的名字。"阮烟用手肘托着下巴，"孟言，你说取什么名字好？"

周孟言翻了一页书，淡淡地说："'周末'吧。"

阮烟："你怎么不说叫星期六或者星期天呢？"

周孟言抬眸看她："周默，沉默寡言的默。"

"啊？"

"希望他话少一点儿，以后少惹我生气。"

最后，儿子的名字就这样被周孟言"随随便便"地定了下来。因为读起来跟"周末"一样，所以孩子的小名就叫"末末"。刚开始听，还有点儿别扭，但是念久了，阮烟觉得也不错。

在月子中心待了一个月后，阮烟终于可以回家了。宝宝住进了公主房，大家准备日后再给他重新布置房间。买的那些小裙子，阮烟没舍得

扔，先放在那里。如果祝星枝生个女孩儿，阮烟还可以送给祝星枝。

晚上，阮烟在婴儿房里忙碌。周孟言忙完，从书房出来，走进婴儿房。阮烟在逗宝宝，他从背后抱住了她："周太太可以跟我回房了吗？"

阮烟莞尔，小声地道："他刚睡着。"

"没事，保姆会照顾他的，你和我回去睡觉。"

他俯下身，把她打横抱起。阮烟瞪大了眸子："喂……"

回到卧室，阮烟看着他不悦的面色，乐不可支："又吃儿子的醋了。"

"你每天花多少时间陪他？花多少时间陪我？"

"那你见过我对其他小孩儿这么好吗？还不是因为这是我们俩的儿子。我喜欢他的前提，是你。"

阮烟见他不说话，咧开嘴："怎么样，有没有觉得这句话有点儿耳熟？你之前就是这么和我说的，哈哈哈。"

阮烟正在哈哈大笑，就被周孟言按住了。他给了她一个火热的吻……

第二天，阮烟醒来的时候，发现男人已经不在旁边了。她洗漱完，去了婴儿房，推开门，看到周孟言在里头带孩子。看着高大的男人怀抱着那么小的宝贝，阮烟觉得心里很暖。

她一直以为周孟言对周默不算上心，但其实母爱是天生的，父爱也是天生的。虽然现在周孟言还不能完全接受儿子，但是可以慢慢来嘛。

周默在一家人的关爱之下逐渐长大，到了蹒跚学步、咿咿呀呀的年纪。

这个时候，小孩儿变得好玩起来，阮烟经常陪他玩一下午。周孟言坐在旁边，在阮烟的要求之下，才会抱一会儿孩子。小家伙不出意外地更依赖妈妈，平时没少霸占阮烟的时间，像上天专门派来折腾周孟言的一样。

某个周末，阮烟要去外省参加一个有关话剧的活动，家中除了保姆，就只有周孟言。

她叮咛了几句，周孟言道："没事，家里有人照顾他。"

这人还真是轻松。

“我不管，早晨末末要是醒了，你得陪他玩一个小时，听到了吗？”

最后他勉勉强强地答应了。

把阮烟送去机场后，他回到家，问保姆：“周默醒了吗？”

“刚喝了奶粉，才睡着。”

周孟言心情舒畅，淡淡地说：“他醒来再和我说。”

周孟言回到书房里，处理公事。过了两个小时，保姆进来，说周默醒了。

周孟言走到婴儿房，看到在床上爬的小家伙。他走了过去，坐到床边，拿起孩子最喜欢的小铃铛：“周默。”

小家伙似乎听懂了，慢慢地爬来，爬到他的腿上。周孟言沉默了片刻，把孩子抱起。周默玩着小铃铛，嘴里叽叽咕咕的，在吐泡泡。

过了一会儿，小家伙重新爬到床上，抱着一个粉红色的小兔子，喃喃自语。周孟言看到粉红色的兔子，想起这是当初为女儿买的，后来成了周默的玩具。

周默竟然喜欢粉色。

周孟言拿起一只棕色的小熊，塞到周默怀中：“你玩这个。”

啪。周默把小熊扔到一边，继续玩着兔子。周孟言偷偷地笑了一声。

过了一会儿，保姆拿着泡好的奶粉进来，周孟言接过奶瓶：“我来喂吧。”

“好。”

保姆离开后，他摸着奶瓶，把小家伙抱了过来。他忘记给周默围围嘴了，偏偏小家伙不配合他，到处乱动，喝完之后就变成了小花猫，衣服还湿了。

小孩子真是麻烦。周孟言叹了口气，拿毛巾擦了擦周默的脸。但是周默的衣服脏了，肯定要换一件。他打开柜子，找到周默的衣服，突然看到好几条漂亮的小裙子——都是阮烟和自己买的，有好几件还是他找人定制的。他本来想着将来有了女儿，女儿可以穿这些漂漂亮亮的裙子。

周孟言沉默半晌，想到了什么，拿起一条粉色的小裙子，看向床上的周默。

周默恰好也在看着他。

周孟言看了裙子一眼，又看了儿子一眼，忽然开口道："要不你穿裙子吧。"

周默还很小，别人看不出来他是男孩儿还是女孩儿，穿一下裙子似乎也不会奇怪。反正这些裙子放在那里也是浪费，不如让周默穿一下，周孟言如是想。

周孟言拿着裙子，走到床边，把可爱的小家伙抱到腿上。他要脱周默的衣服，小家伙偏偏不老实地动来动去，拿着小兔子，上下晃动着。

周孟言沉下脸，拿走周默的玩具："配合点儿。"

周默红了眼眶，周孟言赶紧把兔子拿给他。

"不许哭。"周孟言不自然地放轻了声音，"听话点儿。"

周默完全当他不存在，低头继续玩兔子，咿咿呀呀的。

最后，周孟言终于给周默换上了裙子——粉红色的裙子，配上粉红色的兔子，非常可爱。

小家伙坐在床上，用小手揪着兔子的耳朵。

周孟言静静地看了他一会儿，舒展眉头。他还挺可爱的。

周孟言拍了一张照片，然后又拿出几套裙子，给周默依次换上，最后把照片发给了阮烟："有没有你小时候那么可爱？"

一分钟后，阮烟回信息了："那是我的儿子！他是男的！"阮烟要被这个魔鬼气哭了。

周孟言："他还小，可以这样穿。"

这人就是为了满足他的"女儿情结"！阮烟控诉："你把我的儿子当成'工具人'了，太过分了。虽然……儿子穿裙子也挺可爱的。"

周孟言："后面的那句话是重点吧？"

阮烟在心底闷哼一声。

周孟言放下手机，把小家伙揪了过来。见周默玩得不亦乐乎，他笑了一声："看来你穿裙子也挺享受的。"

裙子事件过后，阮烟和周孟言有时候会起坏心思，故意把周默打扮成小女孩儿的样子。

渐渐地，周默会叫“爸爸妈妈”了，还能说一些简单的话。有时，阮烟会抱着儿子去梵慕尼找周孟言。许多员工看到小周默，都喜欢得不得了。

阮烟成为梵慕尼箱包的代言人。某天晚上，有一场冬季高定秀，她受邀出席。本来她打算把儿子放在家里，但是出门前小家伙哭闹个不停，最后只好把他也带了过去。

阮烟到了现场，周孟言正在从公司赶过来的路上。为了避开采访，阮烟在工作人员的带领下从后门进去。

阮烟抱着周默，去了趟洗手间。出来后，她带着孩子沿着较为安静的过道往前走，路过一个虚掩的休息室，听到里头传来几个女人的说笑声。

“你够了啊，你是来看周孟言的，还是来走秀的？”

“我可太喜欢他那张冰冷的脸了。”

“打住啊，人家有老婆了。”

“我就是想象一下，谁敢真打这主意啊……”

里头的模特正在聊天，就听到门口传来一个声音：“太太，周总已经到了，在前面等你呢。”

“好。”

几个女人吓得捂住嘴，等到外头的声音没了，才小声地道：“周孟言的老婆不会刚好在外面吧？！”

“好像真是，你完了，你的工作丢了。”

“呜呜呜……”

此时，阮烟抱着周默往前走，看到周孟言站在进场入口的灯光汇聚处。

她来到周孟言的面前，他垂眸看她：“刚才去哪儿了？”

阮烟轻哼一声，别过头，不想搭理他。

他一愣：“怎么了？”

阮烟没吭声，一副闹脾气的样子。周孟言站到她的面前，笑着搂住

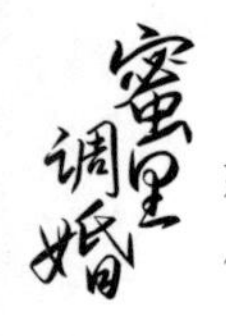

她，旁若无人地低头吻了一下她："怎么不开心了？因为我太迟结束工作，没去接你？"

"没有。"

周围有人路过，阮烟羞赧地推了他一把："你站好。"

"到底怎么了，嗯？"

阮烟移开目光，嘟囔道："刚才我听到有女的说很喜欢你。"

周孟言愣住了。

"你说我们都结婚这么久了，居然还有人觊觎你。"阮烟气鼓鼓地说，"都三十好几的人了……"

"嗯？是谁这么说的？我让助理去处理一下。"

"你别……我没看到脸，其实这件事也没那么严重。"她不是真的生气，只是和周孟言调侃一下。

"以后这些话不要听。"他用指腹摩挲着她的脸颊，不禁笑了，"烟儿吃醋了？"

阮烟没承认，他就低下头又亲了她一口，在她的耳边呢喃道："别吃醋，我只想和你在一起。"

阮烟脸红了。

"爸爸……"周默开口叫他。

周孟言才注意到这个小电灯泡："我来抱吧。"他怕她手酸，从她手中接过了小家伙。

高定秀场里，灯光璀璨，高朋满座。过了一会儿，众人看到西装革履的男人从两排司仪人员之间走了进来。

周孟言又高又瘦，眼神深沉，散发着成熟男人的魅力。他怀中抱着一个穿着小西装的男孩儿，还用另一只手牵着穿着黑色鱼尾裙的阮烟。

人们的目光随着闪光灯汇聚了过去。看到周孟言一家三口同时出席，众人无不投去惊讶的目光。这一家人的长相实在太养眼了。

周孟言牵着阮烟坐到最中间。他始终握着阮烟的手，温柔地看着阮烟，阮烟从他怀中把小家伙抱了过来，笑容明媚。

高定秀开始之后，现场的灯光暗了下来。阮烟看着台上走过的模特，和周孟言探讨着："其实小时候我还有过当模特的想法呢。那时候我看电视上的表演，觉得走 T 台可好看了。可惜呀，我个子不够高。”

周孟言淡淡地笑着说：“没事，你回去可以走给我看。”

阮烟莞尔：“不行，我才不让你饱眼福。”

高定秀结束之后，周孟言谢绝了一切采访，带着阮烟和周默离开。

三人走到门口，冷风呼啸而过。

阮烟蹲下身，给周默系上围巾。她站起来，周孟言又给她系上围巾：“别着凉了。”

阮烟左手牵着周默，右手牵着周孟言，心里暖暖的。

“走吧，我们回家。”

周默两岁时，已经变成了一个上蹿下跳的小机灵鬼。跟名字相反，小家伙一点儿都不沉默寡言，还非常爱闹腾。

最让周孟言不爽的是，周默在阮烟面前一套，在阮烟背后一套——阮烟在的时候，周默就格外乖巧懂事；阮烟不在的时候，就原形毕露，在家里作威作福。

只有周孟言才能收拾得了周默。

周末，阮烟从睡梦中醒来，伸了个懒腰，打算爬起来。周孟言搂住她：“再睡一会儿。”

“痒……”

她迷迷糊糊地闭上眼睛，没过一会儿，卧室里就钻进来一个小家伙。

周默在床边转了一圈，唤道：“妈妈……”

见阮烟没反应，周默爬上了床，轻推阮烟：“妈妈——”

“嗯，宝贝怎么了……”阮烟被周默叫醒，转过身来。

“妈妈，玩积木。”

周孟言冷冷地看着周默：“现在是几点？”

周默眨着眼睛，一动不动地看着周孟言。谁都不知道周默是听懂了，还是没听懂。

阮烟坐起身，安抚了一下周孟言：“老公你继续睡。”她下了床，把小家伙抱下来：“走，妈妈去刷牙洗脸，然后就陪你玩积木好不好？”

“好。”周默乖巧地应了。

周孟言沉下脸来。

忙完家务后，阮烟要和一个导演聊新剧本。她把水果拿给周孟言：“等一会儿，你帮我把这碗水果沙拉喂给末末吃。”

“他自己不会吃？”

“他不爱吃里头的苹果，你就发扬你的严父作风，让他全部吃掉。”阮烟踮起脚吻了下周孟言的脸颊，“老公，求求你了。”

他亲了她一口，才放她走。端着水果，他走到二楼的客厅，看到小家伙在玩赛车。

他坐到沙发上，交叠着双腿，对上周默投来的目光，淡淡地说：“过来吃水果。”

“不吃……”周默嘀咕着，背对着周孟言坐在地毯上，低下头继续摆弄赛车模型。

“再说一次，过来吃水果。”

小家伙假装没听到，几秒后，周孟言把他拎了起来，放到了沙发上。

周孟言捞起茶几上的财经杂志，把碗摆到他的面前：“是你妈让你吃的。”

周默闻言，做了一番思想挣扎，最后乖乖地拿起叉子，一口一口地慢慢吃着。但是他会不时地停下来玩一会儿玩具。

周孟言翻完杂志，看到周默吃完了碗里的大部分水果，但剩下了三四块苹果。

“苹果也要吃。”周孟言道。

周默皱眉：“爸爸，我不想吃……”

“都要吃掉。”

周默噘了噘嘴，不想吃。下一刻，周孟言拿走了周默手中的赛车：“不吃就不要玩了。”

周默跳起来，要去抢周孟言手中的赛车。周孟言把赛车举到周默够不到的地方：“吃不吃？”

“赛车。”

周孟言又问了一遍："吃不吃？"

周默气鼓鼓的，一副要和周孟言对着干的样子："我不吃，你还给我……"

周孟言丝毫不怕周默发脾气，面无表情地说："哦，不吃就别想拿了。"

两人僵持不下，突然从书房传来了关门声。

小家伙听到声响，不抢玩具了，坐到沙发上，垂着头，捧起装水果的小碗。

周孟言见状，嗤笑了一声。

周默笨拙地拿起叉子，叉了块苹果送到嘴里，一边嚼水果，一边从眼角挤出几粒小金豆子，一滴滴地砸在碗中。

周孟言愣住了："你干吗？"

阮烟从书房出来，还未开口，就看到周默小脸通红，顿时一愣，走到周默的面前。

"末末怎么哭了？"

周默噘着嘴，一边吃，一边可怜地抽噎着："爸爸抢我玩具，还打我……"

阮烟看向周孟言："你干吗打他？"

周孟言蒙了："我什么时候打他了？"

"那他怎么哭成这样？"

小家伙可怜兮兮的，像极了被欺负的样子。

周孟言沉下脸："又开始表演了？"

周默埋着头，假装没听到，周孟言被周默气笑了——真行，一套一套的。

阮烟从周孟言手里拿过赛车玩具，放到儿子怀里，给他擦掉眼泪："妈妈把赛车拿回来了，不哭了，宝贝这么乖，还把水果都吃完了，对不对？"

周孟言起身走回书房。

过了一会儿，周默不再哭了。阮烟摸摸他的头："小男子汉不能哭，要坚强一点儿，是不是？"

周默乖乖地点头。

阮烟坐到他的身边，温柔地问："现在爸爸不在，你告诉妈妈，刚才爸爸到底有没有打末末？"

周默没有吭声，阮烟道："不可以撒谎哦。"

"爸爸没有打我。"周默低着头，把手指绞在一起，"我是骗妈妈的。"

阮烟蹲在他的面前，莞尔："那末末为什么要说爸爸打你呢？"

"他拿走我的赛车。"

"爸爸让你吃苹果，你不想吃，对不对？"

小家伙点了点头。

阮烟笑："首先，末末说实话了，值得表扬，末末还是妈妈喜欢的宝贝。爸爸让你吃苹果，是为了末末好，吃了苹果身体好，才能快快地长大，对不对？"

"嗯……"

"这个赛车是谁买的？"

"爸爸。"

"末末，很多玩具都是爸爸买给你的，爸爸最疼末末了。刚才你那样说爸爸，他肯定难过了。"

周默闻言，轻声问："那我要不要去和爸爸道歉？"

"你想不想道歉呢？"

他犹豫了一下，点了点头。

阮烟笑着亲了一下他的脸："真乖，那你去找爸爸，和爸爸道完歉，爸爸肯定就不难过了。"

周默放下赛车，跳下沙发，往书房走去。

到了门口，他踮起脚，拉下门把，推开了门，与周孟言四目相对。周孟言冷漠地收回目光。

周默走了进去，纠结了半天，开口道："爸爸，你能小人不计大人过吗？"

周孟言挑眉："小人？我们之间谁是小人，谁是大人？"

周默道："我是小孩儿。"

周孟言嗤笑了一声。

“爸爸，刚才你没打我，我是故意那么说的，对不起，我不应该和妈妈撒谎……”

过了一会儿，阮烟看到周默走了出来，就问他：“怎么样，和爸爸说了吗？”

“说了。”周默咧开嘴，“爸爸说还会给我买赛车。”

阮烟笑了：“你看，爸爸果然对你好吧？”

周默继续玩游戏，阮烟去书房找周孟言。

“老公——”她笑意盈盈地走到他的身旁，把手搭在他的肩膀上，讨好地亲他的唇角，“气消了吗？”

他揽住她的腰：“你儿子的演技真好，一定是你遗传给他的。”

阮烟扑哧笑了：“他就是爱调皮捣蛋，还敢在你的面前这样。幸好我老公大人有大量，原谅他了。”

“我是懒得和他计较。”

“你怎么还答应他给他买赛车呢？”

“我让他每天坚持吃苹果，能坚持的话就给他买。”

阮烟笑笑：“果然还是你有一套。”

周孟言捏住她的下巴，吻了吻她，眼神深沉：“就知道帮着你儿子。”

阮烟弯起眉眼：“在我心里，你比末末更重要。”

她最爱的永远是他呀。

阮烟的话剧事业发展得如火如荼。她成立了一个话剧社团，招募那些年轻、有天赋、肯努力的话剧演员，排了好几部反响热烈的话剧。

她吸取了之前的教训，没有给自己安排繁忙的工作，坚持调养身体，多囊卵巢综合征带来的不良影响基本消失了。

周默三岁的时候，阮烟主演的一部电影《父爱》上映。这部电影上映的第一天，票房就过亿了，观众纷纷推荐。阮烟在剧中饰演的女儿形象深入人心，再次刷新了大众对她的认知。

凭借这部电影拿到影后之后，阮烟对外宣布，接下来会休息一段时间，多陪陪家人和孩子。

晚上，周孟言从机场把她接回家。她看了睡着的儿子一眼，就被周孟言扛进了卧室。

阮烟倒在床上，扯着周孟言的领带："孟言……我们再生一个好不好？"

他一怔："再生一个？"

"嗯，我是认真的。"阮烟搂住他，"你不愿意吗？"

周孟言看着她，眼神炽热："怎么会不愿意？我怕你辛苦。"

阮烟笑："我考虑很久了，我们生二胎吧。"

阮烟把脑袋搭在他的肩膀上："孟言，我想给你生个女儿。"

"为什么这么说？"

"儿女双全多好呀，而且我知道你很喜欢女孩儿。"

她知道周孟言非常渴望有一个女儿。之前他答应过她，只让她生一胎。阮烟觉得如果没有女儿，周孟言会有遗憾。她前段时间拍了《父爱》这部电影，更是深深地感受到了父亲对女儿的那种爱。

两人决定生二胎后，科学备孕，还提前给周默做了心理疏导，问他想不想有一个妹妹或者一个弟弟。周默很乖，没有反对，反而不时地问爸爸妈妈，弟弟妹妹什么时候会来家里。

三个月后，阮烟有了好消息。

令所有人都没有想到，这次竟然是双倍的"惊喜"——阮烟怀了双胞胎，以后家里就会有三个孩子了。

怀孕三个月时，阮烟做 B 超，查出是异卵双胞胎，但是医生不确定是同性别还是龙凤胎。阮烟还打趣过周孟言："如果是两个男孩儿怎么办？"

周孟言想了想，不敢说大话了："是男是女都好，反正有周默一个已经够让我头疼了，也不怕再多两个儿子。"

怀了双胞胎，阮烟肯定更辛苦了，所以周孟言更加细致入微地照顾阮烟。他们有经验，不再手忙脚乱，心里满是期盼。

周默会充当周孟言的小帮手，在家里帮着照顾妈妈。

阮烟怀了两个孩子，肚子格外地大。到怀孕八九个月的时候，她基本上没有办法走路，连坐着也难受。这段时间特别难熬，阮烟也有撑不住的时候。因为一些小事，她会忍不住掉眼泪。周孟言心疼坏了，温柔地哄她。好在阮烟的情绪来得快，去得也快。

现在阮烟是家里最重要的人。秦锡回国来照顾她，舒缓她的压力。

有段时间，阮烟基本不登录微博。网络上有人说阮烟和周孟言疑似感情破裂，还有人拿出了证据，说之前有个阮烟的颁奖典礼，周孟言没有到现场。

阮烟对此哭笑不得——那次周孟言出差不在。最后她只好拍了一张自己的全身照，说最近正在怀二胎，所以不经常在公众面前出现，反驳了那些谣言。

临近预产期的时候，阮烟做了 B 超，发现两个胎儿的胎位不正。为保险起见，最后她选择了剖宫产。

到了预产期，阮烟被送去了医院，全家人一起去了。

阮烟被推进手术室，周孟言站在手术室前，四年前那种煎熬的感觉，在今日又体会了一遍。几个小时，如同几天几夜一般难熬。

最后，手术室的门被打开，两个护士各抱着一个孩子出来了。

“恭喜周先生，是龙凤胎！老大是五斤八两的小少爷，老二是五斤二两的小千金，周太太和两个孩子都平安。”

周孟言看着两个宝宝，勾起唇角，眼睛通红。

阮烟还没苏醒时，周默饿了，周孟言牵着他去医院外面吃饭。

吃完饭后，两人路过一家雪糕店。店里在做活动，甜筒买一送一。周默买了两个，左手拿一个，右手拿一个。

回到医院，周默问：“妈妈醒了吗？”

“还没。”

“我想把其中一个甜筒拿给妈妈吃。”

周孟言摸摸他的头：“你自己吃吧，妈妈现在不能吃甜筒。”

“好吧。”

两人走回病房，看到秦锡正在逗两个小宝宝。周孟言走上前抱过孩子，眼里满是温情。

周孟言放下一个孩子，抱起另外一个，坐到旁边的椅子上。周默走了过来，看着小宝宝皱巴巴的脸：“爸爸，他是妹妹，还是弟弟？”

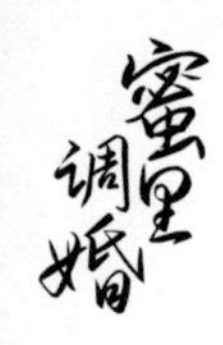

“这是妹妹。”

周默两只手都拿着甜筒，不能上手去摸：“妹妹怎么那么丑？”

“你小时候也这么丑。”

周默跑去看了弟弟一眼，又回来了：“弟弟和妹妹长得一样。”

“嗯。”

周默歪了歪脑袋，问：“爸爸，你不是说我只会多一个妹妹吗？”

周孟言沉默了片刻，然后说：“刚开始我也没想到会有两个。”

周默看了手中的雪糕一眼：“我知道了，和我手里的雪糕一样。”

“什么？”

“买一送一呗。”

“妹妹是要生的，弟弟是妹妹出生的时候赠送的。”

麻醉药的药效过后，阮烟醒了过来。

周孟言陪在她的身边，看到她睁开眼睛，连忙起身：“烟儿醒了？”

“嗯……”她被扶起来，想起最牵挂的人，“两个宝宝……”

“他们俩都很健康，放心。”

阮烟喝完水：“那……那是两个女孩儿，还是两个男孩儿？”

周孟言吻了下她的脸颊，笑：“你猜猜看？”

阮烟看到他的笑容，发现他很开心：“是两个女孩儿吗？”

“不是。”

阮烟愣了一下，几秒后反应过来：“不会是……龙凤胎吧？！”

“嗯。”

阮烟瞪大眼睛，被这一让人惊喜的事冲击到，大脑空白。

周孟言温柔地道：“是哥哥和妹妹。”

“我想看看他们。”

“我去抱。”

周孟言和护士把两个婴儿抱了回来，阮烟接过他们，看着小小的孩子：“他们比末末出生的时候还小。”

“对，两个都是五斤多……”

阮烟抱完了男孩儿，又去抱女孩儿。

阮烟看向周孟言，弯起了唇：“孟言，你的愿望终于实现了。”

周孟言心心念念的女儿，终于来到他们身边了。他们等了好几年，好在最后所有的期待都没有落空。

这是多么可爱的小天使呀。

周孟言坐到阮烟的身边，揽住她，在她耳边道："烟儿，谢谢你。"

"嗯？"

"儿女双全，佳人陪伴——人生这两个和你有关的愿望，都实现了。"

他再无其他可愿。

一对龙凤胎的出现，给两个家庭带来了不少的欢乐。小儿子的名字是周斯礼取的，叫周淮。

周斯礼希望孩子的一生可以像水一样，清澈明朗，没有杂质和黑暗。

阮烟知道周孟言太喜欢这个女儿了，所以让周孟言给女儿起名。周孟言取了一个"绵"字，意为柔软可爱，"软"字还和阮烟的"阮"字同音。

两个小家伙刚出生的时候，阮烟格外辛苦，因为要给两个孩子喂奶。女儿的体质较差，她经常哭闹，即使请了保姆，阮烟和周孟言也很费心力。

不过好在周孟言在哄周默的时候积累了点儿经验，现在哄起周绵来，得心应手，往往不需要阮烟操心。

周孟言经常抱着周绵，一抱就是个把小时，满眼都是温柔和宠爱之意。阮烟终于看到愿当"女儿奴"的周孟言到底有多"恐怖"了。当初让他抱周默，周孟言还不情愿呢！太过分了。

不过没关系，两个宝贝儿子由她来疼。

阮烟也和周孟言谈过，此刻最应该关心的是周默，不能让他觉得有了弟弟妹妹以后，爸爸妈妈就不爱他了。所以两人也经常陪周默，不让他觉得少了关爱。

阮烟坐完月子，回到家里，用人又布置了一个新的房间，给周淮和周绵住。

晚上，阮烟坐在婴儿房里。周孟言走了进来，看到两个孩子都闭着眼：“睡着了？”

“嗯，刚睡着。”阮烟晃着摇篮，“今天绵绵好乖，没有哭闹。”

周孟言勾起唇角：“知道心疼妈妈了。”

阮烟靠在他的肩头：“好累呀，可是看到他们睡着，又突然觉得好幸福。”

周孟言揽住她：“烟儿辛苦了。”

“辛苦也是值得的。”她笑。

时间流逝，两个孩子慢慢地长大，三岁多了。

冬天，临近过年的时候，周孟言在书房里开视频会议。

“去了解一下西岸集团具体的投标方案，和那边的市场部对接一下，下个月我们……”

他话音未落，书房的门被打开，周绵钻了进来。

女孩儿跑到周孟言的身边，用手攀着他的腿，一张白瓷般的小脸上带着笑容，眉眼弯弯：“爸爸……”

周孟言停了下来，把她抱到腿上，严肃的表情立刻变得温柔：“怎么了？”

“我在和淮淮哥哥玩捉迷藏。”

“躲到爸爸这来了？”他笑了。

“嘘，不要告诉他……”

周绵用白乎乎的小手抱住他，嘿嘿地笑着，钻进他的怀中。周孟言笑得更开心了。

视频会议里的几个员工看着周孟言忽然停下的举动以及面色，又听到奶声奶气的声音，猜到是谁来了，果然下一刻周孟言看向镜头：“你们先说。”

一分钟后，书房的门被打开，周淮跑进来环视一圈，最后看到书桌后露出的周绵的脑袋，笑了：“我找到了！”

他飞奔到周孟言的面前，抓住周绵的手：“妹妹在这里！”

“你是怎么发现我的？”

"我看到你的头了。"

两个小孩儿咯咯地笑，周淮也抱住周孟言的腿："我也要爸爸抱……"

周孟言把他抱了起来。周淮问："爸爸，你要不要和我们玩捉迷藏？末末哥哥不和我们玩。"

"现在还不行，等一会儿我陪你们玩，好不好？"

"好！爸爸，你来抓我们。"

周孟言把两人放了下去，摸摸他们的头："先去玩。"

周淮牵着周绵跑了出去，回到客厅。周默坐在地毯上拼赛车，两人走到他的面前："哥哥，等一会儿一起玩捉迷藏呀。"

周默抬头看他们："不玩，我还没有拼完。"

"爸爸说要陪我们一起玩，他要抓我们。"周绵道。

周默微微地愣了一下："爸爸陪你们一起玩？"

"对呀。"

周默低下头，轻轻地哦了一声。

过了一会儿，书房的门被打开了。周淮和周绵看到走出来的周孟言，激动地蹦到他的面前："爸爸，捉迷藏！"

"好，玩捉迷藏。"

"末末哥哥——"周绵叫周默。

周默转过头看着他们，动了动唇，没说话。周孟言摸了摸双胞胎的头，看向周默："末末，要不要一起玩？"

周默抿了抿唇，站起身："嗯。"

周孟言坐到沙发上，闭上眼睛："我开始数数，数到三十就来抓你们了。"

"一、二……"

游戏开始后，周淮和周绵激动地躲了起来。周默跑到游戏室里的篮球投篮器底下，缩在角落里。

周孟言数完之后，就去各个房间找孩子们。他能大致猜到几个小家伙喜欢躲的地方，首先就去了游戏室。他一推开门，果然看到了蜷缩在角落里的周默。

周孟言没作声，往里走去。周默闭紧嘴巴，一动不动，殊不知自己早就被周孟言看到了。周孟言走到游戏室里头，逛了一圈，往外走去。周默偷偷地咧开嘴。

周孟言去了卧室，把窗户后面的周绵揪了出来。周绵笑着躲："爸爸……"

他抱起她，在她的脸上亲了一下："被我抓到了。"

然后他又在阳台找到了周淮。双胞胎问："末末哥哥在哪里？"

"你们俩去找找看。"

三人最后去了游戏室，周淮终于看到了周默："哥哥在这里！"

"末末哥哥是最后一个被找到的，他最厉害！"

周绵拉住周默的手。

周默发现自己是最后一个被找到的，格外开心，看向周孟言，眼睛亮亮的。周孟言笑着摸摸他的头："嗯，末末比较会藏。"

周默藏不住开心的表情，眼睛发光。

周孟言陪着孩子们玩了许久，三个孩子都特别开心。

晚上阮烟工作完回到家，先把周绵和周淮哄去睡觉，最后去看周默。周默正在看儿童漫画。

阮烟坐到他的旁边："听弟弟妹妹说，爸爸今天陪你们三个玩捉迷藏啦？"

周默点头："嗯。"

"怎么样，玩得开心吗？"

"开心。"周默小声地说道，"我小时候，爸爸很少和我一起玩捉迷藏。"

所以今天周默听到周孟言要陪弟弟妹妹玩，第一反应是羡慕，没想到周孟言也叫上了他。

阮烟闻言，弯起唇角："那以后多让爸爸陪末末玩捉迷藏，好吗？"

"好。"

阮烟回到卧室，周孟言刚好洗完澡从浴室出来。她走上前，抱住他："老公。"

周孟言俯身亲她："怎么今天忙到这么晚？"

“我们最近正在挑剧本，比较忙。”阮烟莞尔，“我也要去洗澡了。”

“要不我再陪你洗一次？”

阮烟用手掌抵住他的胸膛：“想得美，我自己去。”谁还不知道他想干什么？

过了一会儿，阮烟洗完澡，躺到床上。周孟言把书放下，把她搂进怀中。

两人聊着天，阮烟说起今晚和周默的对话：“我觉得末末还是很喜欢你的，想让你多陪陪他。你今天陪他玩，他特别开心。你明明也疼末末，但老是装出一副对他特别严格的样子，他就觉得你更爱淮淮和绵绵。有时候，小孩儿不说，不代表心里没有别的想法。”

周孟言闻言，回想起平时自己对待周默的态度，陷入沉默。

过了半晌，他温柔地开口：“我知道了。”

新的一周，周孟言去外省出差，周六早晨才回来。

今天，阮烟带着周淮和周绵去外公家吃饭。周默因为要上游泳兴趣班，所以没有和他们一起去。傍晚，他回到家里，看到周孟言竟然坐在客厅里——原来爸爸出差回来了。

“爸爸。”他走进客厅。

周孟言放下手机，转头看他：“末末过来。”

周默走过去，坐在周孟言的旁边。

“今天游泳学得怎么样？”

周默立刻汇报：“今天老师表扬我了，我现在憋气能憋五十秒了。”

周孟言拍拍他的头：“改天爸爸带你去游泳，看看你学得如何。”

周默的眼睛一亮：“好。”

他喜欢和爸爸一起游泳。他就是看到爸爸游那么快，才想学游泳的：“爸爸，我们到时候可以比赛吗？”

“嗯。”

周孟言把茶几下的一个袋子拿了出来，倒出里头的东西：“这是我出差给你和弟弟妹妹带的礼物。只是时间仓促，我只买了两个。末末想要哪个？”

一个礼物是超级漂亮的赛车模型，还有一个礼物是梦幻的木马水晶球。周默看着赛车模型，刚要伸手拿，就听到周孟言说“只买了两个”，于是停下了动作。

犹豫了两秒，他道：“我不要了，给弟弟妹妹吧。”

赛车可以给弟弟，水晶球可以给妹妹，妹妹一定会喜欢的。

“为什么？不喜欢赛车？”

周默看着赛车，抿了抿唇，低下头，道：“我有很多赛车了，弟弟却只有几个，还是给弟弟吧。”

周孟言闻言，笑了笑，把玩具收了起来。

“末末很乖。妈妈说你这周有作业，写完了吗？”

“写完了。”

周孟言站起身：“上楼给我看看。”

两人往楼上走去。到了卧室，周默推开门，整个人都愣住了——房间里，窗户前，立着一个将近一米八的钢铁侠模型。

钢铁侠是周默最喜欢的超级英雄之一。

“钢铁侠……”周默看呆了。他的房间里什么时候多了一个这么大的钢铁侠？！

周孟言半蹲在周默的旁边，揉揉他的头，勾起唇角道：“谁说我忘记给末末准备礼物了？”

周默看着房间里的庞然大物，震惊地叫了一声，双眼发光。

“要不要去看看？”周孟言摸摸他的头。

“要！”

他激动地跑到钢铁侠模型的面前，仰头看着钢铁侠：“他好高……”

周孟言把他举了起来，周默摸到了钢铁侠的肩膀，惊叹道：“好酷！”

周默被周孟言放了下来，骄傲地说：“我们班有个同学有钢铁侠，但是他那个比这个小，我们这个超级大！”

周孟言笑着问：“喜欢吗？”

周默点头如捣蒜：“爸爸，我以后可以邀请同学来家里参观钢铁侠吗？”

“可以啊。”

“耶！”周默开心地围着模型蹦了一圈，“爸爸，这个是你拼的吗？”

周孟言逗他：“你觉得爸爸拼得来吗？”

“嗯。”

“这是爸爸下午和别人一起拼的。”

“爸爸，你以后教我拼，我也想拼。”

“好。”

晚上，阮烟带着周绵和周淮回家。两个孩子看到了哥哥房间里的超大钢铁侠，也激动坏了。

今天周孟言跟阮烟说，给周默准备了一个礼物，原来是这个。

“妈妈，这个是爸爸给我买的钢铁侠。”周默拉着她来到模型面前。

阮烟笑：“怎么样，末末喜欢吗？”

“喜欢！”

“爸爸很疼末末的，对吧？”

周默点头。

周绵和周淮从周孟言那里拿走礼物后，又过来看钢铁侠。过了一会儿，周淮跑去书房找周孟言。

“爸爸，哥哥的钢铁侠好好看……”周淮钻到周孟言的怀中，摊开手比画，“有那么大。”

周淮的性格比周默活泼很多，但是他不淘气，格外地依赖爸爸。

周孟言听出他的言外之意，笑着说：“以后淮淮长大了，我也给淮淮买。”

“好。”

过了一会儿，周绵也跑了进来：“淮淮哥哥，妈妈叫你去吃西瓜。”

“西瓜！”周淮跑了出去。

周绵抱着一个盒子走进书房，把盒子放到周孟言旁边的沙发上。

周孟言把她抱了起来：“怎么了，绵绵？”

“爸爸，这个给你。”

周孟言愣住了：“不喜欢这个水晶球？”

女孩儿摇摇头，轻声道：“我想把这个水晶球给淮淮哥哥。”

“为什么？”

“淮淮哥哥没有钢铁侠，我就想把我的水晶球送给他，这样淮淮哥哥就有两个礼物了，他会更开心的。”女孩儿的脸上出现了两个酒窝。

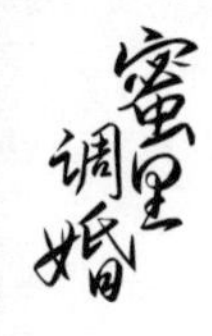

周孟言听到这句话，笑着摸摸她的长发："绵绵怎么这么乖？"

女孩儿腼腆地笑。

"没关系，水晶球是爸爸给你买的，你自己收着。以后我还会给淮淮买钢铁侠，好不好？"

"好。"

周绵出去后，阮烟端着一盘西瓜走了进来，放到茶几上："吃西瓜。"

"烟儿过来。"

阮烟走到书桌旁，被周孟言拉进怀中。阮烟搂住他的脖子："原来你给末末准备了那么好的礼物。"

"他之前一直说喜欢钢铁侠，我就买了。"

"果然，我说得没错，你就是很疼他。"

周孟言含笑问阮烟："之前你不是还说我偏心吗？"

阮烟笑了笑："那不是和你开玩笑吗？"

周孟言把她打横抱起，往外走去。阮烟一怔，搂住他："你干吗？"

他垂眸看她："你紧张什么？"

"嗯……"

"我们去洗澡，睡觉。"

这一年，周绵和周淮上初二了，周默已经读高三了。

三人在林城一家最好的私立学校——林枫高中读书。

学校地处市区。如果你绕过学校后面的中山花园，能看到那里有一条酒吧街。酒吧街的对面是一所职专，职专里许多混社会的学生晚上会来这里喝酒，林枫高中的学生偶尔也会过来。

十月，月考结束。周五，周绵接到母亲的电话，说今晚要和父亲参加晚宴，不回家。

这正合周绵之意，因为今天学校社团组织聚会，大家要去酒吧街。从小到大没去过酒吧的周绵挺好奇的，特别想去看看。于是，她跟家里的用人扯了个谎，说学校有事，所以不回家了。

放学后，社团里的人先找了一个地方吃饭。

周绵坐在位子上，收到了一条来自周淮的消息："今晚你不回家吃饭？去干吗？”

周绵：“和社团的人出去聚餐。”

“那我先回家了，本来还想去找你，给你买鸡排的。”

“鸡排！”

“趁我没吃完前，你早点儿回家。”

“你一定得给我留着！”

社团的几个男生转头看向正在发信息的周绵，女孩儿把乌黑的头发扎成马尾辫，几缕碎发落在白皙的脸颊上。她红唇轻抿，眸子像葡萄似的，不笑的时候看起来也很“甜”。

几个男生对视了一下，其中一个男生鼓起勇气开口问：“周绵，你要喝什么？我给你拿。”

女孩儿闻声，抬起头来，笑了笑：“谢谢，我喝茶水就好啦。”

“好。”男生被她的笑容弄得腼腆起来。

确认周淮今晚回家之后，她这顿饭吃得很安心。

吃完晚饭，天已经黑了，一行人往酒吧街走去。大家都是初二或者初三的学生，有几个男生个子很高，走在最前头，让他们看起来像一群高中生。

其中一个男生去过酒吧，看上去很有经验，一路上唠叨个不停。

周绵是个子最小的，背着个粉白色的书包，和几个女同学走在后头。

周绵小声问：“我们可以不喝酒吗？”

一个男生说：“不喝酒去酒吧还有什么意思？”

“嗯……”可是，如果让爸妈发现她喝酒，她要挨骂。

周绵没说话，想等一会儿找个理由搪塞过去。她今晚只想去酒吧看看，听说酒吧里有个驻唱歌手，唱歌特别好听，是林枫高中的毕业生。

他们进了酒吧后，绕过一条长廊，走进了一个灯红酒绿的新世界。周绵好奇地环视四周。

大家找了个能看到舞台的位置坐下，酒吧里播放的是 *The Cure*（《治愈》），现场气氛火热。

酒保拿来酒水单子，大家挑选着饮品，周绵挑了西瓜汁：“我喝这个就好。”

“好吧。”

饮料端上来后，驻唱歌手也上了台。大家正在聊天听歌，突然从角落里传来一个男生的哀号声：“默哥我错了，我真的错了！”

几人的注意力瞬间被吸引了过去，他们看到角落里的皮质沙发上坐着几个人，有个男生被围着站在沙发前，就差跪下了。从他嘴里不停地发出哀求的声音。

大家愣住了：“哇，他们在干吗？”

“不会是黑社会在打架吧？”有人激动地道。

“什么黑社会？沙发上那几个好像是我们高中部的。他们穿着高中部的校服。”

“不会是高三周阎王那群人吧？好可怕啊……”

周绵正低头喝着西瓜汁，闻言转头看向沙发，一眼就认出了那个人。坐在沙发正中间的男生，穿了一件黑色短袖，一条军装裤。他慵懒地靠在沙发上，像是睡着了一般。黑色鸭舌帽的帽檐盖住了他半张脸，旁人只能看到他分明的下颌线。这个男生带着闲人勿近的气质。

周绵愣住了。周默怎么会在这里？！他难道不是该在上晚自习吗？

周默那桌人似乎还在争执。忽然，周默抬起手，托了下帽檐，露出被遮住的鼻子和眼睛。周默微垂着眼皮，眼里满是被吵醒的不耐烦之意。他站起身，用舌尖舔了下后槽牙，向身边的人说了句话，然后往旁边走去。

周绵看到周默往他们的这个方向走来，立刻低下头，用手掌盖住半边脸颊，恨不得躲到地洞里。

几秒后，面前传来低冷的男声：“周绵。”

她放下手，和站在桌前、单手插兜的周默四目相对。

周绵的心里咯噔一下。完了……

周默蹙着眉，棱角分明的脸上挂着冷漠的表情。周围的同学看到那桌的“老大”过来了，全吓呆了。

三秒后，周默从薄唇间吐出几个字：“还不出来是吧？”

下一刻，周绵站起身，乖乖地走到他的面前：“大哥。”

周默用审视的目光扫了一圈周绵身边的人，似笑非笑地道：“胆子大了。”

“我……”她刚想开口，就看到周默走回角落里。

他俯身拿起桌面上的机车钥匙，淡淡地说：“你们自己解决，我有事先走。”

“啊？默哥，你干吗去？”

“对啊，你为啥要走？”

周默指了指不远处的女孩儿：“我把我妹带回家。”

“你妹妹也来了，带她一起过来坐坐啊。”这个人话音刚落，就被周默砸了一瓶矿泉水。他看着周默，不知道周默是真生气了还是开玩笑的，乖乖地闭嘴了。

周默转身走到周绵的面前，一把抓过周绵的手腕，要带她出去。

周绵和同学告辞，被周默拽出了门。她跟不上他的步伐，踉跄了一步，欲哭无泪地说：“哥，你慢点儿……”

十五分钟后，机车停在依南公馆的停车库里。

周绵下了车，摘掉头盔。周默往玄关处走去，周绵追了上去，道：“哥，你别生气，我今天真的是第一次去酒吧，没喝酒，就想听听歌。”

周默转头看她：“和你说过不准去酒吧吗？”

周绵噘了下嘴：“我就是去看看……你不也在吗？”

两人一前一后地往楼上走。周淮听到楼下有声音，走了出来，看到他们：“哥，绵绵，你们怎么是一起回来的？”

周默没说话，往客厅走去。周淮看到他的脸色不善，拉住周绵的手臂：“干吗？你惹他生气了？”

“嗯。”

“怎么了？”

“我去酒吧，被他发现了。”

周淮倒吸一口冷气：“你疯了啊？去酒吧？要是被爸爸知道，你肯定完了。”

“二哥，你去帮我跟大哥求求情。”周绵揉揉鼻子。

“得了吧，我能求得动他才怪，你自求多福。”周淮比周默矮了一截。小时候，周淮和周默打过几次架，被周默教训得服服帖帖的。别说

周绵怕大哥，他也怕啊。

两人乖乖地走进客厅，只见周默跷着腿，坐在沙发上。

周默长得和爸爸很像，剑眉星目，眉眼深邃。只是周孟言的气质沉稳成熟，而周默的样子则带着“痞”和“野”。

“周阎王”是林枫中学的高中生给周默取的绰号。周默在学校的势力很大，无论是校内还是校外的人，一听到他的名字，都会感到敬畏。

周绵坐到周默的旁边，拉住他的手，晃了晃：“哥，我保证没有下次了。”

“你今晚和谁去的？”

“和社团里的那些人。”

“你们那个不到十人的诗词社？怎么，天天去酒吧写诗？是不是喝点儿酒灵感就来了？”

“我没喝啊。”

“你知道酒吧里都是些什么乱七八糟的人吗，就跟那群人进去玩？还弄了一身烟酒味。”

周默不也是……周绵垂下头：“下次不会了……”

“你明天自己和爸妈解释吧。”

周绵慌了：“大哥，你别告诉他们！”她求助般地看向周淮。

周淮立刻心疼妹妹了，开口求情：“哥，算了吧，去就去了，不是没出什么事吗？”

周默冷眼看着周淮：“你就护着她。”

周绵闻言，也不服气了：“告诉爸妈，你也逃不了。我会告诉他们，你今晚没上晚自习，跑去酒吧了，还打人。”

周默扯起嘴角：“行啊，我欢迎你去告状。”

周默走回卧室，周绵抱着抱枕倒在沙发上。周淮走了过来，见她难受的样子，揉揉她的头，温柔地道：“下次别去了，大哥也是担心你。”

“嗯。”

“我给你拿鸡排，别不开心了。”

周绵点点头：“好。”

两人在客厅吃完了鸡排。周绵回到卧室，坐在书桌前，用手肘撑着脑袋发呆。她怎么做才能让周默不生气？

她思考了一会儿，拿出手机，点开和周默的聊天界面。她酝酿了下情绪，给周默发了条语音信息："哥，你刚才拉着我走得太快了。我不小心磕到了，现在好疼。"她说话的声音带着隐隐的哭腔，委屈极了。

她知道周默吃软不吃硬。她威胁周默，只会让他更来劲。

"哥，我错了，你能不能原谅我……"

她发完消息，咧开嘴，等待着周默回复。然而十分钟过去了，对方还是没回复信息。

周默不会真生气了吧？周绵心情低落地又发了几条消息给周默："我今天想去酒吧逛逛，以前没有去过，很好奇。我知道你害怕我有危险，还好有你在，不是吗？

"我会自己和爸妈坦白的。我做错事了，就该认错。你不理我也没关系。

"大哥晚安……"她叹了口气，把手机放在一旁，趴在桌子上。她知道，其实周默很疼她，所以才不放心她去那样的地方。

周绵正在郁闷，忽然听到敲门声。她站起来去开门。

推开门，她愣住了。

周默拿着个药箱。他刚洗完澡，黑发上还有水珠。他抬眼看她，轻叹一声，嗓音低沉："磕到哪了？"

周绵看着他，不禁咧嘴笑了："哥——"

周默走了进来，把药箱搁在沙发上，看了她几秒，眉头微皱："骗我的？"

"没……是真的疼。"

他又叹了口气："疼还不过来？"

周绵含笑走了过去，坐在他的旁边，撩开裙摆，露出膝盖："刚才不小心磕了。"

他看到她的膝盖，笑了："再晚点儿，我看就痊愈了。"

其实这是周绵今天在班上磕到课桌受的伤。谁让周默逼着她用苦肉计呢？

"我确实还疼……"她的声音很低。

"把腿放上来。"

周绵把腿搭到他的腿上。他从药箱里拿出一瓶活络油，涂在伤处，帮她揉膝盖。

周绵靠在他的肩膀上，轻声唤他："末末。"

平时只有阮烟才会叫周默的小名，学校里没有人这样叫他。周默顿了顿动作，没理她。周绵又扯了下他的袖子："末末……"

周默："有事就说。"

周绵笑："我发觉你好像爸爸，比爸爸还严格。"

周默瞥了她一眼，绷紧了下颌线："那以后随便你。"

周绵抱住他撒娇："那可不行。"

他涂完药，抬手用力地揉了下她的脑袋："以后不许和乱七八糟的人去酒吧，知道了吗？"

"嗯。"周绵点头，"对了，哥，你是不是要解释一下，为什么没上晚自习，反而跑去酒吧？"

他笑了："反过来教育我了？"

"你们是不是在酒吧里打人？妈妈说过，不许你乱搞。"

她话音刚落，就被周默弹了下脑门："你看到我们打人了？"

"那你也不能不上晚自习，跑去酒吧。"

"我不上晚自习能考年级第一，你呢？"

周绵语塞："二哥是年级第一，我是年级第二，不行吗？"

周绵说完，凑上前闻了下他的脖子，周默无奈地问："你干吗呢？"

"我要闻一下你有没有烟味。"

他的嘴角噙了抹笑："我洗过澡了。"

"所以你抽了？"

他用手掌摸了下她的头发："没抽。"

"你不许抽烟，爸爸都戒烟了。你要是抽烟，我第一时间告诉妈妈。"

"天天就知道打小报告，是吧？"

周绵笑着躲过他的手："我就要告状，就要监督你。"

忽然，敲门声响起。周绵跳下沙发去开门。打开门，她就看到了阮烟："妈妈，你回来啦。"

阮烟把手上的甜品递给她："爸爸给你买的。"

“哇，拿破仑。”周绵笑，“爸爸呢？”

“他有点儿事，先去书房了。”阮烟看到沙发上的周默，“末末也在这儿？”

周默站起身，走上前，倚在门口。周绵解释道：“刚才大哥帮我揉膝盖呢，我今天磕到了。”

阮烟皱眉问：“怎么磕了？”

周绵转头看向周默，咬着嘴唇。几秒后，周默淡淡地说：“刚才她不小心磕到茶几了。”

“这样啊，有没有事？”

“没事。”周绵朝周默狡黠一笑，他无奈地移开目光。

阮烟和周绵聊了几句，离开了。周绵奔到周默的面前，嘿嘿地笑：“哥，你真好。”

“下不为例。”

“好的。”

“我去睡了。”他转过身。

“好，大哥晚安呀。”周绵关上门，咧开嘴笑了。

周淮和周默时常会吵架，两人在打打闹闹中长大。周默沉默寡言，性格很野，周淮则很活泼。两人在一起生活，一有冲突就“着火”，但是也有例外的时候。

周绵的初二下学期，学校举办了运动会，时长三天。

周绵虽然个子矮，但是擅长短跑，初一的时候就参加过二百米赛跑，还拿了第三名。这次学校开运动会，周绵就在体育委员的怂恿下报了名，要参加二百米赛跑和立定跳远的比赛。

下课前，周绵发信息给周默：“大哥，妈妈让我找你吃饭。”

中午放学，她一般会回家，但是今天下午要去图书馆，就没回家吃午饭。

过了一会儿，周默给周绵回消息：“想吃什么？”

周绵：“就在食堂吃，可以吗？”

周默：“来我教学楼前面的花圃等我。”

周绵：“好。”

下课后，周绵先去隔壁班等周淮。见周淮走了出来，周绵忙上前打

招呼："二哥走呀，我们和大哥一起吃饭。"

周淮皱起眉头："你要和他吃午饭？"

"对呀，我和他说了。"

"算了，你们吃吧。"周淮别过脸。

"怎么了？"周绵惊讶地问，"你还在和大哥闹别扭呢？"

前两天，周默和周淮打篮球，周默不让着周淮，把周淮狠狠地教训了一顿。最后，周淮恼羞成怒，说周默占据着身高优势，比赛不公平。两兄弟又吵了起来。

周淮现在压根儿不想搭理周默。

"反正我就是不想和他一起吃。"

周绵笑："一年有三百六十五天，你俩有三百天都在吵架。"

周淮揉了揉女孩儿的头："本来二哥想带你去校外吃的，但你太没良心了。"

"下次吧，我今天想早点儿吃完去图书馆。"

周绵告别了周淮，去了高三的教学楼下，恰巧看到周默和几个男孩儿走了过来。

周默身高一米八六，是他们中个子最高的。他穿着白衬衫和黑校裤，随意地把领带搭在脖子上，挽起袖子，露出骨节分明的手腕。即使和一群吊儿郎当的人走在一起，周默也有一种脱俗的气质——从周孟言身上遗传的清冷和矜贵的气质。

周默看到朝他挥手的周绵，走到她的面前，低头看她："走了。"

"嗯。"

周默旁边的朋友走了过来，笑着打招呼："妹妹！"

"妹妹今天过来找默哥吃饭啊？"

周绵认得这些人，他们是周默的好兄弟。她刚要开口打招呼，周默就揽着她转过身："不用理他们。"

"喂，什么意思啊……"

周绵朝他们甜甜地一笑，白瓷般的小脸上出现两个酒窝。然后，她抬头看向周默："大哥，我们中午去二楼吃还是去三楼吃？"

"随便。"

他提了下她的书包："你在包里放铁块了？"

"就是各种书。"

他举起书包："给我。"

周绵把书包给了周默，就立刻感到轻松了。

"别读傻了，笨蛋。"他道。

"才不会，反正我有不懂的就来问你。"

两人到了食堂，周绵想去二楼吃麻辣香锅。两人端着麻辣香锅和饭，找了位置坐下。

周默喝了口矿泉水："周淮呢？"

"嗯……他说不和我们吃，好像还在生气。"

周默嗤笑了一声："幼稚。"

"哥，你能不能别和他计较了？"

"我和他计较？打不过我就和我闹脾气，我为什么要惯着他？"

周绵抿着嘴，乖乖地不说话了。她可别越劝越乱了。

周默的几个朋友买好饭也走了过来，和他们坐在一起。其中有个女生，一坐下就打量着周默和周绵。大家插科打诨似的聊了几句，周默基本没说话。周绵吃着吃着，瞥到了周默盘子里的食物："哥，我想吃你碗里的培根……"

周默把盘子推给她。

她夹了两片："哥，我还想吃鹌鹑蛋。"

"自己夹。"

那个女生见到周绵和周默的关系竟然如此亲密，愣住了。周默和周绵吃完离开，女生连忙小声地问朋友："那个女的是谁？是周默的女朋友吗？"

"你没看到那女生穿的是初中部的校服吗？默哥又没有疯，不会去找个念初中的女朋友。那是他最宝贝的妹妹。"

"啊，原来如此……"

此时，兄妹俩走出餐厅。周绵讲到下周要参加运动会的事："大哥，到时候你会来看我比赛吗？"

"学校不让高三年级没参加比赛的学生去看运动会。"

周绵叹气："好吧，我还想让你看看我这个短跑小健将的精彩比赛呢。"

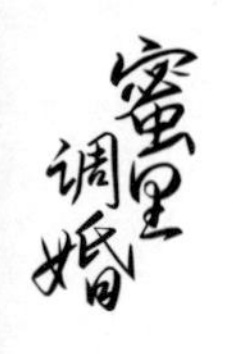

周默压抑住笑意："让我看你怎么跑倒数第一的吗？"

"才不是呢……"

很快就到了运动会举办的那天。二百米赛跑被安排在第一天下午举行。

《运动员进行曲》开始播放后，周绵和同桌走到楼下操场的大本营。再过一个小时，就到了二百米赛跑的时间。

周绵坐在大本营里，有许多男孩儿过来给她送水，和她搭话。

检录完毕后，周绵被带到起点处等待。她活动着手脚，听到一个温柔的声音："绵绵。"

她站起来："二哥。"

"紧张吗？"他把水递给她。

"有点儿，我感觉比去年还紧张……"

"没事，二哥在终点等你。"

周绵点头。

周绵被裁判领到起点处，站在第四跑道。双手插兜的周默站在终点处的看台上，把目光落在周绵的身上。

全体运动员各就各位，枪声响起，周绵立刻开跑。

二百米赛跑考验选手的爆发力和耐力。

周绵一开始跑在第四位，过了弯道，跑到了第三位。她小小的身体里有着大大的能量。

还剩下最后一百米，她提高速度，进行冲刺，前方却突然出现了几个女生，她们穿过围栏，想跑去看台。周绵看到她们，担心撞上去，只好一个急刹车停住脚。她的身体出于惯性向前扑，一下子摔在了地上。

耳边的风呼啸而过，所有的运动员都超过了她。

下一刻，有两个男生拨开人群，朝她飞奔而来。

顿时，人们的注意力被这两个逆向奔跑的男生吸引了。

有人认出其中一个男生："那不是周阎王吗？"

"他怎么在这儿？"

周绵撑起身子，听到一个声音："怎么样，没事吧？"

周默蹲在她的面前，眉头紧锁。

“绵绵、绵绵！”周淮也冲了过来，“疼不疼？我背你去医务室。”

周默冷冷地说：“我来背。”

周淮看到他，瞪过去：“我背！”

“就你那力气，把她摔了怎么办？”

“我的力气又不小！”

周默嗤笑了一声：“一边去。”

“你说什么……”

两人转头一看，周绵已经站了起来。

周绵叹了口气，拍拍手：“你们再吵一会儿，我就到医务室了。”

周默瞥了周淮一眼，走到周绵的面前，背对着她蹲下身，用不容拒绝的语气说：“上来。”

周绵垂着脑袋，趴了上去，圈住他的脖子。周默看了她膝盖上冒着血的擦伤处一眼：“是不是很疼？”

周绵吸了吸鼻子：“嗯。”

他温柔地道：“再忍忍，哥带你去医务室。”

周默往前走，周淮跟了上去。周默的几个朋友也走了过来：“妹妹没事吧？”

周默沉下脸：“我带她去医务室。”

“刚才那几个走到跑道上的女生已经被裁判老师带走了，老师肯定会狠批她们一顿，让她们写检讨的。”

周默冷冷地说：“现在写检讨有用吗？”他的妹妹已经摔了。只是现在，周默没时间去计较这件事。

在很多人的目光中，周默带着周绵离开操场。周绵趴在周默的背上，声音低而轻：“哥……”

周默停住脚步：“怎么了？”

“我这样是不是就没有成绩了？”

周默舔了舔后槽牙，说：“没事，还有下次机会的。”

周绵闻言，难过地垂下眼帘，眼眶红了。她真的准备了很久，每天傍晚都来操场练习。本来她有可能拿第二名……

旁边的周淮见她快哭了，连忙轻拍她的背，安抚道："绵绵你别哭。没关系啊，只是一次比赛而已，你已经很棒了，别哭……"

周淮温柔的声音让周绵觉得鼻子更酸了，眼泪流了下来。周淮也不知道周绵怎么了，一脸蒙地看向周默。

周默感觉到周绵的一滴滴泪砸在了自己的脖子上，蹙起眉头，冷冷地说："绵绵，不许哭了，听到没有？"

周绵含混不清地应了一声，把脸埋在周默的背上。周淮轻轻地摸她的头："医务室很快就到了。"

三人穿过高中部的教学楼，很快就到了医务室。校医看到她腿上的擦伤，先用碘酒帮她消毒。

周默和周淮分别坐在她的左右两边。校医看着他们，眼神微妙："这个女同学是你们俩的……"

"妹妹。"周淮和周默同时开口，然后看了对方一眼。

校医夸张地松了口气："吓死我了。"

周淮问："怎么了？"

校医轻咳一声："我以为你们俩是……情敌呢。"那这故事可就离奇曲折了。

校医拿着碘酒过来："有点儿疼啊，同学你忍忍。"

周绵从小最怕疼了，拧起了眉头。下一刻，周默向她伸出手臂："握着。"以前周绵发烧去医院打针，周默就会陪着她，让她握住他的手。

校医开始消毒后，火辣辣的感觉使周绵倒吸一口冷气，看向医生的动作。

周淮举起手，挡住她的眼睛："别看了，越看越疼怎么办？"

消完毒，上好药，校医嘱咐她："伤口这几天尽量不要碰水，等一会儿我给你拿点儿擦伤药，每天涂个两三次，一定要小心一点儿。"

"好。"

医生给周绵涂着药，周淮侧首看着周绵："绵绵，你要不要喝点儿什么？二哥去给你买。"

"都可以。"

"那你等着，我去趟小超市。"

周淮走后，周默看着她的伤口，说：“今晚我带你回家。”

“啊？你不是还要上晚自习吗？”

他勾起唇角：“你不是知道我不上晚自习吗？”

“妈妈要说你的。”

他揉揉她的头。

校医给周绵腿上的伤口涂好药，准备继续给手臂涂，周默道：“医生，我给她涂吧。”

“行。”

周默拿起棉签，蘸着药水，含笑看着她，道：“忍着点儿。”

“要不我自己来吧？”

“手臂抬起来。”

周默给她涂药，周淮买完水，走到他们的旁边，一边看着周默的动作，一边关注着周绵的表情。

周淮不忍心地说：“哥，你轻点儿。”

周默抬头看他，扯起嘴角：“不是说不和我说话吗？”

周淮说：“那还不是因为你在给我妹上药。”

“你妹？”

周绵无奈地笑道：“大哥、二哥，你们就看在我的面子上和好吧，别吵架了行吗？”

周淮嘴硬地说：“怪我吗？”

周默看向他：“难不成怪我？”

周绵无语。算了，她已经习惯了。

涂完药，周淮打开了一罐周绵最喜欢的香草味雪糕：“绵绵，你吃雪糕，吃完就开心了。”

“谢谢二哥……”

“我还买了糖，都是你喜欢的味道。你吃完雪糕，我再给你吃糖。你看这个，是你喜欢的西瓜味……”

周绵吃着雪糕，脸上渐渐地有了笑容。

周默看着周淮的幼稚哄法，不禁笑了一声。周淮抬起头：“干吗？你还想要吃糖？”

周默摇摇头，拍了下周淮的肩膀：“去帮我买瓶水。”

“你还使唤我？”

“买完水，我们带绵绵回班收拾一下书包。”

周淮最后还是去买水了。过了一会儿，周默蹲在周绵的面前：“上来。”

“算了吧，我还是自己走……”

“怕我把你背摔了？”

“我怕你背累了。”

周默抬手捏了下她的脸，笑了笑：“我能背着你跑回家，你信吗？”

周绵最后趴在了他的背上。

离开医务室后，周绵靠在他的肩膀上，莞尔：“哥，刚才我挺难过的，但是现在不难过了。”

“为什么？”

“你和二哥都陪着我，我就没那么难过了。”

他们陪在自己的身边，仿佛一切都会好起来。

晚上，三个孩子回到家。

阮烟最近刚拍完一部电影，在家里休息。客厅里，阮烟见周绵受伤了，忍不住问：“怎么搞的？”

阮烟和孩子们说了几句，周孟言从楼上下来了。他仿佛受到了岁月的眷顾，长相和年轻时没什么明显的变化，眉眼深沉，轮廓分明，却更显成熟的魅力。

周孟言走到沙发旁，周绵向他诉苦：“爸爸，我今天跑步摔了。”

“摔了？”看到周绵的伤口，周孟言皱着眉坐到她的旁边，“怎么这么不小心？”

周绵抱住他撒娇：“爸，今天我本来可以得奖的。”

周孟言是最疼女儿的，听说她今天摔了，心疼坏了。阮烟在一旁笑了笑：“行了，你在我们面前就爱撒娇。”

周绵努嘴：“我当然只会在你们的面前撒娇啊。”

周淮也下了楼，坐到阮烟的旁边：“妈，你这段时间拍戏拍得怎么样？我都没看到照片。”

“有，我给你看看。”

周绵坐到周淮的旁边："我也要看。"

两人翻看着阮烟在剧组的照片："妈妈穿这件衣服好好看呀。"

"这条裙子更好看。"

"哪里啊，这件明显更好看，不信你问爸爸。"周绵把手机给周孟言，"爸爸，你觉得这两套衣服哪套好看？"

周孟言揽住阮烟的肩膀，开口道："是我老婆，穿什么都好看。"

"哦。"周绵、周淮又吃了一口"狗粮"！

阮烟仰头看向周孟言："剧组里的人还说我胖了呢。"

"谁胖了？你别听他们乱说。"

"你摸摸我的腰。"

周孟言把手伸向阮烟的腰，阮烟感觉很痒，就笑着躲开："等等，你别摸了。"

周孟言笑得更开心了。

周淮和周绵对视了一眼，无奈地继续看照片。

过了一会儿，周默走了下来，周孟言看到他，问："你怎么在家？"

周淮走到旁边的沙发上坐下，跷起腿："把绵绵送回来，我就不去学校了。"

周孟言："你要还想开你的车，就注意点儿。"

周默移开目光，含混地应了声。

周绵幸灾乐祸地道："大哥，你表现不好，爸爸就要把给你买的机车收回来了。"

阮烟道："末末，你开车还是要注意点儿，知道吗？"

"嗯。"

用人出来通知他们晚餐准备好了。阮烟对周孟言说："都怪你，天天惯着末末。他要车，你就给他买。"

其实，最宠周默的是周孟言。周孟言对周默采取了"放养"政策。在某些方面，周孟言会严格地管教周默，其他时候基本任由周默去做想做的。

周默曾经去英国读了几年书，在那时候交了许多朋友，性格变得独立张扬。当时他和秦锡、周斯礼一起住，隔壁的邻居就是开机车的。从那时候起，周默就很喜欢开机车。

周默长大以后，周孟言很尊重他的想法。周默骨子里的野性，和周孟言年轻时执意接管梵慕尼的野心一模一样。

事实证明，周默在各方面都很优秀。

父子俩相处起来不会有很大的矛盾。周默谁都不怕，唯独对父亲有一种崇拜和敬畏之情，因为他也想变得像父亲一样优秀。

周孟言牵住阮烟，安抚她："没事，他自己知道分寸。"

周末，周默要去学校补课，周绵和周淮回外公家吃饭，周孟言则带阮烟去吃烛光晚餐，过二人世界的生活。

晚上，阮烟收到周绵的信息："妈，我和二哥今晚可以不回家吗？我们想在外公家住一晚，明早再回去。"

阮烟刚要问周绵有没有带英语作业，周孟言就拿走了她的手机："让绵绵他们别回来了。"

"啊？"

"别让他们回来打扰我们。"

阮烟害羞地问："你要干吗呀？"

他在她的耳边沉声问："你说呢？"

阮烟的脸红了。

十点多，周孟言和阮烟回到家，客厅里一片漆黑。

两人走到楼梯前，周孟言忽然揽住阮烟的腰，把她压在照片墙上，俯下身吻她。酒精味在唇齿间弥漫开来。两个人亲吻了一会儿，周孟言抱着她往楼上走去。阮烟听到他在耳边说的话，羞得浑身发烫。

两人走到楼上，周孟言转了个身，继续把她压在墙上，向她索吻。

忽然，两人听到了开门声。

阮烟吓了一跳，转头看到周默穿着一件纯黑色短袖，从卧室里走了出来。

周默看到他们，诧异了一下，然后打开走廊的灯，倚在门边："爸，妈。"

阮烟从周孟言的身上下来，周孟言沉下脸："你怎么在家？"

"我补完课，难道不该回家吗？明早有份资料要用，我忘记带了，就没去外公家，直接回来了。"

阮烟羞得恨不得把自己埋起来，强行保持镇定："嗯，那你把资料放到书包里。"

周默点点头："我去倒杯水。"

周默往客厅走去，突然想到了什么，转头看他们，挑起唇角："爸、妈，你们还是悠着点儿。再整出个弟弟或者妹妹，我抱着出去，别人就会误以为我生孩子了。"

阮烟和周孟言沉默了。

六月，期末考试临近了。周六早上，周绵上完辅导课，打算在附近找家店吃午饭。

最近阮烟在排练新话剧，不在家；周孟言这周也刚好出差，所以周绵打算把一整天的课上完再回家。

吃完午饭，距离下午上课还有一段时间，周绵坐在咖啡店里做了一会儿作业。她做累了，停下来，吹着店里的空调，感到百无聊赖，拿出手机给周默发信息："大哥，你在干吗呀？"

上一周，周默高考结束。因为成绩还没出来，空闲的时间比较多，周默白天也时常不在家。

几分钟后，周默给她回了消息："和朋友在一起，怎么了？"

周绵："没事，我就是吃完饭了，好无聊，在等着上课。"

过了一会儿，周默给她打来了电话，笑着问："无聊？"

周绵噘着嘴："中午我没回家。"

"现在你在杨家路那边？"

"嗯。"

她诉了一会儿苦，周默道："我去接你，你来我这里待一会儿。"

"啊？可是我三点还要补课。"

"时间来得及，到时候我送你回来。"

"也行。"

十分钟后，周绵听到店外传来车辆的声响，转头看到周默骑着一辆黑色的摩托机车等在门口。

周绵拿起书包，走到他的面前："哥。"

周默下了车，拿起头盔帮她戴上。他俯下身看向乖巧的她，勾起唇角，道："你怎么看起来特别可怜？"周绵耷拉着小脑袋，看起来挺委屈的。

周绵莞尔："哪里呀？"

"上车，外面太热了。"

她上了车，捏住他的衣角："哥，我们去哪儿？"

"我刚才在俱乐部，你去俱乐部坐一会儿吧。"

"是机车俱乐部吗？"

"嗯。"

周默把车子开得很快，十来分钟就到了目的地。两人下了车，周默牵着她走进一栋建筑物，坐电梯到地下一层。周绵看到了俱乐部的名字：Hilarity（狂欢）。

两人往里走去，有人向周默打招呼。俱乐部内部装修得很像酒吧，周默带着周绵进去后，坐在巨大的骷髅头墙壁前的一张桌子旁的男生转头看到他们："周默把妹妹接过来了啊。"

一个戴着金框眼镜的高瘦男生走了过来，笑道："你们俩长得挺像的。"

周默向周绵介绍，这个男生就是俱乐部的负责人之一。

周绵和负责人打了招呼，也和俱乐部的其他人打了招呼。大家看到冷冰冰的周默竟然有个这么可爱的妹妹，都对周绵格外热情，和她开了几句玩笑。

周默带着女孩儿坐到一个安静的角落："你先在这里待一会儿。"

周绵立刻拉住他："你要去哪儿？"

"那边还有点儿事。"

她以为他会守着自己："那你什么时候回来？"

"十来分钟。"他揉揉她的头，"你要不先写作业？"

"好吧。"

周默离开后，周绵郁闷地把作业拿了出来。五分钟后，有人拿来一杯橙汁和一块巧克力慕斯蛋糕："小妹妹，这是你哥给你点的。"

"谢谢。"她用笔尖点了下下巴。

她喝着橙汁，不时地看向周默那边，发现他们聊得不亦乐乎。

热闹和开心和她完全无关。她仿佛身在北极。

低下头，她继续写作业，忽然听到一个女孩儿的声音：“你是周默的妹妹吧？”

周绵抬起头，看到一个穿着黑色裙子、和周默年纪相仿的女生坐在对面的沙发上。

“嗯。”

女生笑笑：“我也是这个俱乐部的，你叫我小杨姐姐就好了，我比你的哥哥大一岁。”

周绵向她问好。小杨问她需不需要再吃点儿东西，周绵摆手拒绝。她不知道对方为何对自己这么热情，忍不住问：“小杨姐姐，你有什么事要找我吗？”

“也没什么，我就是想和你交个朋友，也想随便聊聊……有关周默的事。”

“我哥？”

女生笑着把头发撩到耳后：“对，你就和姐姐说一些关于他的事情，可以吗？”

“你喜欢我哥？”

周绵下意识地脱口而出，说完才反应过来自己太直白了。她面露尴尬，谁知对方直接承认了：“是呀，我打算追他。”

周绵怔了好几秒，这才明白过来。原来对方是想从她这里打探“敌情”。周绵犹豫了一会儿，轻声道：“小杨姐姐，这个你最好自己去了解，没得到我哥的允许，我不能随便和别人讲他的事。”

之前有个女生也想追周默，竟然找到了她，想要周默的联系方式。周绵把这事告诉了周默，周默让她以后都不要管这种事，就当什么也不知道。

女生闻言，表情僵硬：“我没有什么其他的意思，就想问问你哥哥平时有没有特别的兴趣爱好，你和姐姐说一下嘛。”

周绵想做作业，奈何对方一直缠着自己，非要从她这里了解一点儿关于周默的事情。周绵也不是没有脾气的人，淡淡地说：“小杨姐姐，你不用刻意去了解他。”

“嗯？”

“我哥哥不喜欢女生倒追，他要是喜欢谁，自己会追的。”

周绵这句话的意思是，周默如果不喜欢你，你再了解他也没有用。

女生感到不悦。碍于周绵的身份，她不敢反驳周绵，于是站了起来：“小妹妹，那你继续写作业吧。”

她走后，周绵转头看了还在和别人聊天的周默一眼，非常生气。好家伙，他不就是让她换个地方继续感到无聊吗？周默和她说好，跟朋友聊十分钟就来陪自己，这都二十分钟了。

她也懒得催周默，收起作业准备看书。她正在翻页，感觉身旁的沙发忽然塌陷下来，还闻到一股清冽的薄荷香。

她没出声，继续看书。

周默看她和自己赌气，不禁笑了起来：“怎么了，不开心？”

“没。”

“刚才俱乐部有点儿公事要处理，我就和他们多说了一会儿。现在那群人打算去玩密室逃脱。”

周绵哦了一声：“你怎么不去？”

他慵懒地靠在沙发上，抬手摸摸她的后脑勺，温柔地说：“密室逃脱有什么好玩的，还不如多陪陪绵绵。”

周绵轻哼一声，拿起果汁喝了一口，试图掩饰脸上的笑意。

“好喝吗？”他问。

“还行，偏甜。”她把果汁递给他。

他接过来吸了一口，把杯子放到桌上：“太难喝了，重新点一杯。”

“不用，都快两点半了。对了哥，我有几道题要问你。”

“嗯。”

周绵把几道不懂的题目拿给他看。趁着周默正在思考，周绵看向那个不时地打量自己的“小杨姐姐”。她轻轻地拉了一下周默的手，小声地说：“刚才有个女生来找我，就是那个穿黑色裙子的姐姐。”

周默淡淡地看了那女生一眼，收回目光：“她找你干什么？”

“她想从我这里了解一下你。”

周默蹙起眉头：“你搭理她了？”

"我没说。"周绵顿了顿，"其实我觉得你不会喜欢那个姐姐，因为我也不太喜欢她。"

他笑了："开始帮我判断了？"

"这是我的感觉。"

"嗯，我确实对她不感兴趣。"

周绵看着他："哥，你找女朋友可一定得慎重点儿！难道你已经有女朋友了？"

"乱说什么呢？"

周绵笑："你要是早恋，我就也敢早恋了。"

周默眯起眼，沉下脸："你再说一遍？"

周绵捂住嘴："我开个玩笑嘛。"

"你要是敢在大学之前谈恋爱，被我发现，你就完了。"周默弹了下她的脑门，"听到了没？"

"哦。"

家里有三个男的看着她，她哪里敢早恋？

"上大学之后，你也不许乱交男朋友。"

"你怎么生怕我被骗？"

"绵绵看起来不就特别好骗吗？"

周绵被气得笑了起来，跳起来打他："你乱说。"

周默握住她的手，把她拉到怀中，揉了揉她的头发："你要乖一点儿。"她别再让他担心了。

傍晚，周绵补完课，周默过来接她回家。

周绵走去二楼，周淮刚好从房间里走出来："绵绵"

"二哥。"

周淮看向她身后的周默，满脸堆笑："哥，你也回来了啊。"

周默抬头看他："你不是说和同学出去玩了吗？"

"对啊，玩完我就回来了。"

周默踏上最后一级台阶，往卧室走去。

周淮问周绵："绵绵要不要吃冰棒？我去给你拿。"

"不用啦，我去洗个澡，今天太热了。"

周默回到房里，窝在沙发上发信息，听到了敲门声。

“进。”

周淮拉开门走了进来。他拿着根冰棒，坐到周默的身边，笑道：“哥，你热不热？吃根冰棒。”

周默看着手机，伸出手。周淮把冰棒放到周默的手里，周默撕开包装，咬了一口。

“哥。”

“嗯。”周默随口答应。

“你今天出门玩得挺开心吧？”

周默侧首淡淡地看了他一眼：“你想说什么？”

周淮笑了：“没，就聊聊天嘛。”

“无事献殷勤。”

“什么叫献殷勤？我尊重你，所以给你冰棒，这是中华民族的传统美德。”

周默轻笑一声：“你吧——黄鼠狼给鸡拜年。”

周淮摸摸脑袋：“那你是鸡吗？”

周默转头看向他。

周淮立刻改口：“哥，我就是开个玩笑，你别当真。”

“有事就说。”

周淮凑近他：“是这样……哥，我记得《极限生存》这款游戏，你把账号练到满级了？”

“你想干吗？”

“你把你的号借我玩一个星期吧？”

“不行。”周默拒绝得干脆利落。

周淮怔住了：“为啥不行？我就玩一个星期！”

“就你那技术，给你玩也是浪费。”

“啥叫我这技术……”周淮哭诉道，“哥，我保证不乱碰其他东西！我们班有个男生也玩，但是他没你玩得好。”

周淮求了许久，然而周默就是不给，态度很坚决。

周默站起身来，周淮看着他：“哥……”

“出去，我换衣服。”

“你真不给是吧？”周淮见自己无法说服周默，叹了口气，“算了，不给也没事。”

周淮站起身，伸了个懒腰，慢悠悠地道：“对了，我突然记起一件事。”

周默转头看他。

“前几天我和妈妈聊了一下，现在我掌握了几张你的女装照片。”

周默闻言，冷冷地看着周淮：“女装照片？”

周淮拿出手机，给周默看照片——周默一岁那年穿女装拍的照片。

不管怎么样，周默就是穿裙子了！

周默看完照片，坐到周淮的旁边，把手搭在他的肩膀上，笑着问：“威胁我？”

周淮心虚地往旁边挪：“你把账号给我，我保证照片绝不外传。”

周默扯起嘴角：“行啊，我给你账号。”

一分钟后——

“啊！疼疼疼！饶命，我错了！我不要账号了！我把照片删了还不行吗？！啊啊啊！”

周绵闻声过来，周默刚好松开了周淮的手，气定神闲地窝在沙发里，嘴角含笑。周淮欲哭无泪地拿着手机，看起来可怜巴巴的。

家庭地位谁高谁低，很明显了。

周绵惊讶地问：“大哥、二哥，你们在干吗？”

周淮把手机递给周默：“哥，我全部删掉了。”

“挺好的。”周默把手机还给他，“下次还敢不敢威胁我？”

周淮心想：还敢。他嘴上却说：“不敢了。”

周淮站起身，往外走了几步，转头看向周默：“哥，游戏账号真的不能借给我玩一会儿吗？”

周绵走了进来：“二哥，你找大哥要游戏账号？”

“嗯，我就想玩个游戏，也太难了。”

周绵笑着替周淮求情：“大哥，你就让二哥玩几天嘛。”

周默终于表态了："今晚把账号给你。"

"行！你说的！"周淮瞬间乐开了花。

周淮离开后，周绵坐到周默的旁边："大哥，你刚刚是不是打二哥了？我大老远就听到他的叫声了。"

周默笑了笑："我压根儿就没用力好吗？"

周淮最会装可怜了。小时候兄弟俩打架，周淮看到父母来了，就会在第一时间哭出来，还委屈地要爸爸妈妈抱。周孟言经常教育周默，让他不要欺负弟弟。天知道最会演戏的是谁。

"那二哥刚才说删掉的是什么？"

周默面无表情地说："没什么。"

周绵凑到他的旁边，狡黠一笑："不会是大哥小时候穿裙子的照片吧？"

周默沉下脸："谁告诉你的？"

"二哥拿到照片之后，也给我发了一份。"周绵笑得眼睛眯成了一条缝，"哥，你小时候太可爱了，穿裙子真好看，妈妈还说你穿的裙子本来是爸爸给我准备的。"

周默掐住她的后颈："还笑？"

周绵笑得喘不过气来："干吗，难不成你也要打我？"

周默能揍周淮，但对周绵下不去手。看女孩儿咯咯地笑个不停，周默沉下脸来。

周绵偏偏拉住他的衣袖："哥，我要把照片存着，以后发给未来嫂子看，让她看看小时候可爱的你。"

周默被气笑了："行，以后你别想让我帮你瞒着爸妈。你之前去过酒吧，我觉得爸妈有必要找你好好地谈一谈。"

周绵就知道他要威胁她。周绵轻哼一声，抬手摸摸他的脸："哥，你小时候那么可爱，怎么长大之后和可爱一点儿也不沾边了？"

周默斜眼看她。

周绵莞尔："你不可爱，但是很帅，行了吧？"

"把照片删了。"

"我不，我就要留着。就算删了，我还能找爸爸要呢，爸爸肯定会给我的。”

周默想，全家人都在坑他。

周绵挽住他的胳膊，笑嘻嘻地说：“原来我哥小时候竟然喜欢粉色。”

“你还提？！”

初三下学期，周绵的学习压力很大。

她对自己的要求很严格，必须保持年级前三的成绩。

在一次市考中，她发挥得不好，掉出了年级前二十名。

她拿到成绩单的那天下午，被老师找去谈话。后来，她一个人趴在桌子上哭了许久，对自己的成绩和能力产生了质疑。她一直在反思，是不是最近题目做少了，知识点没有巩固好？自己到底是哪里出了问题？为什么在考试中没想出来解题方法？自己不该是这样的……

她慌了，自信之桥面临着坍塌。

阮烟和周孟言都安慰了她，但是她每次看到自己的成绩，理性就会被焦虑感打败。

周默给她打过电话，她没向周默提起这件事。听妈妈说，大哥最近在大学里很忙，她觉得跟大哥说了会让大哥担心，还不如不说。

市考成绩出来的第二周，学校举办了一次针对初三的家长会。

第二节课下课前，班级门口已经出现了许多家长。今天来给周绵开家长会的是阮烟。因为周淮的成绩很稳定，所以阮烟决定先去周绵的班上看看，再去周淮那边。

下课铃响起，老师让同学们整理好课桌，把家长带进教室。

周绵走到班级的门口，环视一圈，没捕捉到母亲的身影。她低头拿出手机正要给阮烟打电话，就感觉有人揽住了自己的肩膀：“我来了，不用打。”

她飞快地转过头，和周默四目相对。

“哥？！”

“嗯。”

“你怎么会来？”

他不是还在邻市念大学吗？！

周默靠在栏杆上，抬手揉了下她的头发："我抽空来监督你学习。"

两人已经有两三个月没见面了。周绵没想到他会来学校开家长会，开心之余，又有点儿难过。

"哥，我这次……没有考好。"自己可能要让他失望了。

周默笑了笑："考到年级二十三名也叫没考好吗？绵绵对自己的要求怎么这么高？"

"我退步了很多。"

"没事，再怎么退步，你也很优秀，毕竟我们家的基因摆在那儿呢。"

周绵无奈地笑了笑："二哥考得很好，是我自己没有好好地努力。"

周默把她揽进怀中，揉揉她的后脑勺，叹了口气："你为什么心理压力这么大都不和哥说？"

"这不是怕你忙吗？"

"我连安慰你几句的时间都没有了吗？"

周绵耷拉着眼，没有说话。

"因为一次考试就否定自己，我以前和你说的你都忘了？"

"嗯……"

他松开手，刮了下她的鼻尖："我是该回来好好地教育你一下了。"

家长会快开始了，周默说："等一会儿，我开完家长会，出来再和你说。"

"嗯。"

他进了教室，周绵和其他同学去了操场。

一个小时过后，周默走出教学楼，找到了坐在树荫下的周绵。

"哥，老师说什么了？是不是说我退步了？"

"他说你很努力，让我好好地鼓励一下你。"

"啊？"

"绷得太紧的绳子是会断的。"周默侧首看她，"你不能让自己太紧张。"

"嗯，其实我不想让你们失望。"

“我和爸妈宁愿你成绩差一点儿，也希望你每天都开开心心的，知道吗？”

周绵怔住了。

周默与周绵四目相对：“世界上有很多读书好的孩子，但是绵绵只有一个。”

她是一家人的宝贝。

同年暑假，周淮和周绵以优异的成绩考上了林枫中学的高中部。周默结束了大一生活，阮烟担任导演的电影上映了，票房、口碑双丰收。周孟言管理的梵慕尼集团已经成为世界一流的奢侈品企业。

然而这些事都没有一件事来得重要——周孟言和阮烟的结婚纪念日。

往年都是周孟言带着阮烟单独过纪念日，但是今年，周绵向两个哥哥提出，想和爸爸、妈妈一起过一个浪漫的结婚纪念日。

纪念日前一天，周孟言告诉阮烟，自己明天出差，纪念日只能回来补过。阮烟虽然难过，但也表示理解。

第二天，家里的三个孩子说要带她出去吃饭。阮烟没有想到，他们竟然带她去了月心湖湾风景区。

多年前的那个情人节，周孟言带她来这里坐船游湖，向她告白。

车子缓缓地驶进风景区，阮烟看到前方的空地上，有个男人西装革履、长身而立。他捧着一大束玫瑰，夕阳给他染上了金色。

阮烟下车后，看到周孟言朝她走来。他把玫瑰递给阮烟，顺势把她搂住，俯下身看着她，温柔地说：“周太太，结婚纪念日快乐。”

阮烟觉得有烟花在心头绽开，笑了：“原来你说出差是骗我的。”

“你也不想想，我怎么可能在今天出差？”

阮烟看着身旁的三个孩子：“你们也知道？”

周绵笑了笑：“对呀，妈妈，我们都在配合爸爸呢！”

阮烟闻言，甜蜜的笑容在脸上荡漾开来。周孟言揽住她：“走，我们先去吃饭。”

这是第一次和三个孩子一起过纪念日，阮烟感觉格外特别。

一家人坐在餐桌旁，周绵问：“妈妈当初是怎么被爸爸追到的？”

周孟言握住阮烟的手，阮烟与周孟言四目相对："当初结婚的时候，你爸爸还让我不要喜欢他呢。"

"啊？！"周淮诧异地问，"爸，你这么过分啊？"

周孟言无奈地笑笑，看向阮烟："抱歉，当初是我目光短浅，没有先见之明。"当时，在商场运筹帷幄的他，想不到会遇到一个自己为之倾心的女孩儿。

吃完饭，一家五口走出餐厅往湖边走去。今晚这里没有闲杂人，他们包下了这里。

他们到了湖边，船夫已经在等待了。周绵看到一艘大船，指了一下："爸爸妈妈，我们坐这艘吧。"

周默却拉住她，扯起嘴角："笨蛋，让爸妈单独坐一艘。"

"对哦！"周绵咧开嘴，"爸爸妈妈，那我和大哥、二哥坐一艘船。"

周孟言牵着阮烟上了船。

两艘船一前一后地往湖中心驶去，两岸亮起了明亮的路灯，如黑夜里的萤火虫一般。

徐徐晚风轻拂脸颊，阮烟看着周围的风景，感慨万千。

二十多年前的那个情人节，周孟言在船上把自己的心意告诉她了。

"我感觉好像回到了那晚。"阮烟靠在周孟言的肩膀上，"只是当时来这里的只有我们，现在我们有了末末、淮淮和绵绵。"

他笑了："当时烟儿想过会和我有孩子吗？"

阮烟摇头："当时我都不相信你会喜欢我。"

谁知道，时间给了他们这么多令他们惊喜的礼物。

从前，她从未想过会和他相爱；现在，他们每天都爱着对方。

晚风拂过阮烟耳边的碎发。

周孟言低下头，在她的唇上印下极其温柔的一吻："我爱你。"

他十年如一日地爱她，也一日比一日更爱她。

独家番外一

在平凡的岁月里，你是最美的风景

阮烟得了多囊卵巢综合征之后，也看过中医。

周末，她和周孟言到了医院，江承已经预约了妇科方面的老专家。

阮烟紧张不安，可周孟言在身边，她不想让他为自己担心，只能装出一副轻松的模样。

两人从门诊室出来后，在门口等候的江承拿了医保卡去取药，而周孟言牵着阮烟往前走。

医院长廊的尽头有一扇窗，灿烂的阳光从窗户照射进来。外面树荫翠绿，知了的叫声不绝于耳。

走到尽头，阮烟坐在窗户旁的椅子上，周孟言半蹲在她的面前，把她的手掌握在手心，抬眸看向她，没说话。

阮烟被他看得有点儿蒙："怎、怎么了？"

他注视她半晌，抬手蹭了下她的鼻尖，嗓音低沉地说："今天装轻松装得累不累？"

"嗯……"

他的手摩挲着她的掌心，语气无奈："手上出了这么多汗。"

阮烟轻咬着唇，心虚地没说话。

周孟言见她模样可怜，更心疼了，起身在她的唇上啄了下，低声哄道："傻乎乎的，前几天白和你说那么多了？"

其实这几天他安慰了她很多次，可她还是会不时地忧心。

周孟言把她从位子上拉了起来，搂进怀中："我不是说了，你不要担心这个，没有人催我们要孩子，你给自己这么大的压力干什么？"他轻笑一声，捏捏她的脸，"就这么着急想给我生小孩啊？"

阮烟脸红了，嘟囔道："你都三十多岁的老男人了，我是为了你着想，让你别和宝宝代沟太大。"

"有心情调侃我，看来还不算太紧张。"

阮烟看向他："孟言，如果万一……我真怀不上呢？"

"没关系，我们领养一个不是也挺好的？"他抚着她的后颈，"孩子不是最重要的，你才是最重要的，知道吗？"

这世界上没有任何事能减少他对她的爱，也不能改变"她是他唯一且最爱的太太"这一事实。

阮烟环住他的腰，靠在他的胸膛上："孟言，我会好好看病，你放心，我会努力不去胡思乱想。只要你陪着我，一切都会好起来的。"

他笑了："嗯，真乖。"

江承发来消息说已经取完药了。周孟言牵起阮烟："走了，我们回家。"

"嗯。"

两人往电梯走去，周孟言想到了什么，看向她："刚刚又说我是老男人？"

阮烟一缩脖子，心虚地摸摸鼻子，就被他搂进怀中，他含笑的声音落在她的耳中："回去再收拾你。"

在接下来的一段时间里，阮烟天天汤药不离口。

医生每周根据她的身体状况开不同的中药，有时那药味道特别苦，让人反胃。她实在喝怕了，便想逃。

某天晚上，周孟言要工作，不在家陪她吃饭。阮烟故意没提喝药的事，吃完饭就离开餐厅，赶忙溜到楼上，想要假装忘记喝药这茬儿。

今晚秋风凉爽，星空漫天，她坐在二楼阳台的藤椅上，心情大好，刚掏出手机准备打两把游戏，熟悉的男声突然在身后响起：“烟儿，今晚你是不是还没喝药？”

她倏地转头，就看到周孟言穿着一身白衬衫、黑西裤，像是刚从公司回来。他走到她的面前，把一碗黑乎乎的中药递给她：“来，先喝了再玩手机。”

阮烟的心里顿时凉了半截，她欲哭无泪：“孟言，你怎么回来了？”

“公司的事忙完了就回来了，”他挑眉，“怎么，我回来太早了？我不在家你是不是不打算喝药？”

她狡辩道：“哪里，我就是忘了。”她不情不愿地接过了药，“孟言，你饿不饿，是不是还没吃饭呀？你赶紧先去吃饭。”

他看出她的小心思，只是笑：“不着急，等你喝完我再去。”

“我等会儿放凉了就喝。”

“现在已经凉得差不多了，等到什么时候？”

阮烟一脸“生无可恋”的表情：“我不想喝，这周这个药真的好苦。”

“乖，一口喝完就没了。”

他平时是管她很严的，在这件事上一点儿不纵容她。阮烟本想着今晚能“逃过一劫”，没想到还是被他抓住了。

周孟言哄了几句没用，蹙起了眉，阮烟怕他生气，也知道他是为她好，最后眼睛一闭，咬着牙把又酸又苦的药一口闷了下去。喝完，她缓了片刻，压下反胃的感觉，委屈地把碗塞到他的手里，不想说话。

他把碗放到桌上，垂眸看着她，笑了：“苦不苦？”

她轻哼一声：“你说呢？”没人比她更懂喝药的痛苦了。

下一刻，周孟言俯下身，抬手扣住她的后脑勺，吻上她的红唇。怔愣间，她的唇齿被轻易地撬开，一股沁人心脾的西瓜味在唇舌间散开，而后一颗糖被送到她的舌尖处。

阮烟听到耳边传来他温柔的声音：“吃颗糖，看看会不会好点儿。”

阮烟不禁弯起眉眼，在他的唇上又亲了一下：“不苦了，特别甜。”

他给的糖，甜到了她的心底。

小半年的时间过去了，终于到了年末。

十二月底，平安夜那天下午，她在家打扮了一番，打算去找周孟言，今晚陪他一起过圣诞节。

在叶青的陪伴下，她到了公司，却得知周孟言此刻不在公司，而是去了其他地方谈生意。

阮烟又往那里赶去，谁知到那里后联系了江承，江承说他们现在在林城金融中心，刚到金融中心处理一些事。

阮烟晕了。她哭笑不得，却没放弃要去找他的念头："我们再过去。"

去金融中心的路上，阮烟接到了周孟言的电话，他得知了她在到处找他，无奈地数落道："怎么不提前和我说一声，这样跑多累？"

阮烟笑了："没关系，我挺乐意的呀。"

"笨蛋。"

阮烟想着，她虽然辛苦，但是他平日肯定比她辛苦百倍——他可不是简简单单地坐在办公室里就能管理这样大的集团，他的努力，她无法感同身受。可他这么忙，也没冷落她。

这么一想，她的心里就产生了一股感动和心疼感。她以后一定要更爱他一些。

傍晚，夜幕渐渐垂落，她到达了金融中心前的喷泉广场后，让叶青先下班。

周围高楼大厦林立，她有点儿迷路，不知道怎么走，最后只好给周孟言打了电话，他问她在哪儿，她说她在广场的圣诞树旁，他就道："你就在原地等我。我的事结束了，马上过去。"

"好。"

三分钟后，周孟言赶到了喷泉广场，一眼就看到了那棵闪闪发光的巨大的圣诞树。他往那边走去，便看到站在树下的阮烟。

她穿着一件红色的灯芯绒长裙，头顶戴着可爱的麋鹿发箍，乌发红唇，唇边带着浅浅的笑意，美到让周围的一切事物都黯然失色。周孟言意识到，即使爱上她这么久，他还是会忍不住为她怦然心动。

他的目光落在她的身上，他立刻朝她走去。

他快走近时，她看到了他，眼睛一亮，朝他小跑而来，就被他搂进怀中。

“老公——”她朝他莞尔。

人来人往，周孟言没松开搂住她的手，注视着她：“是不是等很久了？”

“等你不久，就是找你找太久了，只是最后还是被你发现了，不惊喜了。”她叹气。

他笑了，亲了她的脸颊：“没有，还是惊喜的。”

她嘿嘿地傻笑。

他牵住她的手：“今晚我好好地陪你。周太太是不是要过平安夜？”

“嗯，我现在好饿。”

“走，我们去吃饭。”

两人往街边走去，阮烟晃着他的手，道：“孟言，你有没有听说过，平安夜的时候圣诞老人会来家里，把礼物放进小孩子床头的袜子。”

“所以呢？”

她歪了歪脑袋：“我今天也要买圣诞袜，你说我明早起来会不会看到礼物？”

周孟言听出她话中的暗示之意：“你还是小孩子吗？”

“我不管，我也要。”

周孟言的脸上浮现出笑意，揉揉她的头：“好，我家小孩儿也一定会有礼物的。”

夜色温柔如水，伴随着路边商店里播放的*Jingle Bells*（《铃儿响叮当》），阮烟被周孟言揽在怀中，说笑着走向长街的尽头。

独家番外二

三兄妹的日常生活

这一年，周绵和周淮五岁了，周默也上了小学。

周孟言生日的前一天，春节刚过，因为工作，他要去外省见个生意场上的朋友，阮烟作为总裁夫人陪同。于是三个孩子就留在家里。

早晨，周绵起床后，照例给妈妈打电话，阮烟告诉周绵今天是周孟言的生日，自己和周孟言傍晚就会回家。

挂了电话后，周绵穿着小兔子睡衣，飞快地蹦跶去周淮的房间。

走到床头，她扯着床上的被子："淮淮哥哥，起床了。"

把周淮叫醒后，她趴在床边，用奶声奶气的声音道："哥哥，妈妈说今天是爸爸的生日！"

周淮从床上一下子爬起来："爸爸的生日？"

"哥哥，我们一起给爸爸准备生日礼物吧？爸爸今晚就回来了。"

周淮平日里和周绵形影不离，最爱在一起闹腾，两人达成"一起送礼物"的共识后，商量该送什么，最后周淮提议道："我们给爸爸做个生日蛋糕吧？"

"蛋糕……"周绵舔了舔唇，想到草莓蛋糕、芝士蛋糕、巧克力蛋糕等，眼睛瞬间亮了，"好呀！"

两人商量好后，跑去找周默。

周默平时像个小大人一样管着他们，两人有什么不敢做主的事都去找他。

周默早就醒了，此刻在楼下吃早餐。没一会儿，叽叽喳喳的声音在楼梯口响起，伴随着欢快的步伐声。

周默把视线从书本中微微抬起，看向餐厅的门口。几秒后，两个小身影就蹿了进来。

“末末哥哥！”两人跑到周默的身边。

“末末哥哥，今天是爸爸的生日！”

“今天是爸爸的生日，你知道吗？”

周默看了他们一眼，哦了一声，淡定地收回目光，也没说是知道还是不知道。

周绵把刚才商量好的事告诉周默：“我们给爸爸做个生日蛋糕吧，妈妈经常在家里做蛋糕，爸爸可喜欢吃了。”

周默闻言没反驳，但知道真相——爸爸其实不爱吃甜食，只因为那是妈妈做的，爸爸才爱吃而已。

周绵和周淮一脸认真的表情，周默听完，随后抛出一个致命的问题：“你们会做蛋糕吗？”

激动的周绵哑然，呆呆地看向周淮。周淮想了想，灵机一动：“我可以让张姨教我们。”张姨是家里的保姆。

“哥哥，你不跟我们一起做吗？”周绵扯了扯周默的袖子。

周默沉默了几秒，抿了抿唇：“你们自己先做吧。”

“好吧。”

于是吃完早餐，周绵和周淮两人在保姆的指导下，开始做草莓蛋糕。

周默没上楼，坐在餐厅里继续看书，不时地偷偷看向厨房里的兄妹俩。

兄妹俩毕竟年纪小，不会弄蛋糕——周默转头时，看到周绵坐在料理台上，刚好抱着碗在搅拌奶油，她没注意，手里的调羹一歪，奶油就飞到白白软软的脸颊上。

她愣了一下，抬手慢吞吞地擦脸上的奶油，因为没有镜子，只能靠自己摸索，却把奶油抹开了，动作格外憨傻。

周默勾起唇角，最后站起身，走去料理台边。他抽了一张纸，把周绵脸上的奶油擦干净，最后无奈地开口："我和你们一起做蛋糕吧。"

三个小家伙忙活了一整天。

傍晚，周孟言和阮烟回到了家。他一进门，周绵就跑了过去："爸爸、妈妈——"

周孟言的眼中泛起笑意，他把女儿抱了起来，在她的脸上亲了一下："绵绵想爸爸了没？"

"想了。"周绵抱住他的脖子，也亲了周孟言一下。

阮烟在一旁笑了："那绵绵想妈妈了吗？"

"也想妈妈。"

周淮也跑了过来讨抱，周孟言也抱了抱他。两个小孩平日都是"撒娇大王"，最喜欢和爸爸、妈妈待在一起。

周孟言把两个孩子放下去，而后看到站在玄关的周默："末末过来。"

周默听到周孟言叫他，露出欢喜的神情，也走过去，周孟言摸摸他的头，关心地跟他聊了几句。

在一旁的周绵想到最重要的事："爸爸，生日快乐！"

周孟言微愣，笑了："你们怎么知道的？"

周绵说："是妈妈告诉我们的。"

周淮说："爸爸，我们给你做了生日蛋糕！"

阮烟惊讶地道："你们还做了蛋糕呀！"

几人走去餐厅，桌上果然摆放着一个蛋糕，周孟言没想到三个孩子还给他准备了这样的礼物。周绵指着蛋糕，声音软软地说："这个蛋糕主要是末末哥哥做的，末末哥哥好厉害。"

周孟言笑着捏捏她的脸："那你和淮淮做了什么？"

"我们俩不会做蛋糕，只摆了草莓。"

周孟言再次看向桌上的蛋糕，不禁笑了："所以你们俩谁摆的时候偷吃了一个？"蛋糕上缺了一颗草莓。

周绵的眼睛变成了小月牙，她指着周淮，告发他："是刚刚淮淮哥哥等你们回来的时候偷吃的。"

周淮不好意思地摸摸脑袋，惹得大家都笑了。

周孟言揉了揉周默的脑袋，柔声道："谢谢末末，绵绵和淮淮也很棒。"

最后，蜡烛被点起，周孟言搂着阮烟，三个孩子站在面前，一起唱生日歌。橘黄的烛光下，餐厅里的氛围温馨又幸福。

其实从前周孟言对于过不过生日并不在意，但是如今给他过生日的不单有阮烟，还有三个孩子，过生日便变得有意义起来。

晚上，过完了生日，周绵和周淮被保姆带着去休息，周默回到房间，从床头的抽屉里拿出个盒子，摩挲了一会儿，而后偷偷地跑去父母的房间。

过了会儿，周孟言和阮烟回到卧室，周孟言走进去，站在床边，脱着西装外套，就看到床头放着一个没见过的小盒子。

他不知那是什么，随手拿起来打开，里头竟放着个黑色的皮革钱包。

盒子里还有一张小卡片，上头写着几个字："爸爸，生日快乐"。周孟言只看一眼便认出来这是周默的字迹。

周孟言怔愣间，阮烟坐到床边，看到礼物，露出笑容："收到末末给你的礼物了？"

"你知道这件事？"

阮烟的笑意更盛："末末一周前就知道你要过生日了，来找我说想拿压岁钱给你买个生日礼物，最后我陪他去商场挑了这个钱包给你，是末末挑的款式哦。"

阮烟把下巴搁在他的肩头："虽然末末不会在你的面前表达，也不会像淮淮、绵绵那样撒娇，但是他也很爱你。"

周孟言低头看着钱包，笑了笑："他怎么不当面给我？"

"你又不是不知道咱们儿子的性格。"周默那高冷内敛的性子十足十地遗传自周孟言。

"那我等会儿过去找他。"

阮烟亲了他的脸一下：“怎么样，生日过得开心吗？”

周孟言搂住她的腰，把她放倒在床上，目光灼灼地盯着她：“周太太，你的礼物呢？”

“我啊，我生了三个宝贝给你，这算不算是礼物？”

他低声一笑：“这也算？”

“当然算了，你看我当初十月怀胎多辛苦。”

他笑着揉揉她的头：“嗯，这礼物你可以说一辈子了。”

“逗你的，等会儿我再把礼物给你。”

他握住她的手，和她十指相扣，在她的额间落下一吻：“烟儿，谢谢你。”

“嗯？谢我什么？”

“是你让我体验到了当丈夫和爸爸的幸福。”

有儿有女、有爱人陪伴在身边的生活，从前他不渴望，可如今拥有后才知道，他这辈子最想要追求的，便是如此。

阮烟莞尔：“周先生，彼此彼此。”她也因为有了他，而变得不一样了。

三个孩子渐渐长大了。

周绵的性格不知遗传谁的，活泼爱闹，一点儿都不文静，小时候是这样，长大后更是如此。

初一下学期临近期末的时候，整个年级的学生需要留在学校上晚自习。某天晚上，周绵在教室里完成了作业，百无赖聊地趴在桌上发呆。

教室的灯光洒在她白净的脸上，映得一双眼睛澄澈透亮，如同水葡萄似的。她忽然想到什么，眼睛滴溜溜地转着，无声观察着四周。

直到确认在走廊里巡查的年段长走远了，她站直身子，拉开书包的拉链，偷偷地拿出手机，给周淮发消息：“二哥，我好无聊，我们去校外吃烧烤怎么样？”

一分钟后，周淮回道：“你疯了？不好好做作业又偷玩手机！”

周绵努嘴：“你还不是也偷玩了？”否则他怎么看得见她发来的消息。

周淮："别闹，等会儿被段长抓了，不怕挨骂？"

周绵："不会，我看到他下楼去办公室了，今晚所有的老师都在批改模拟考的试卷，没人管晚自习的。"

周淮："你要干什么？翻墙出去吃烧烤？"

周绵："我晚饭没吃，现在好饿。二哥，求求你了。"

她给周淮发了几个卖萌的表情图，他是最受不了他这个妹妹撒娇的，周淮平日都是无条件地宠她，有时都没原则了。

在周绵软磨硬泡下，周淮答应了，两人约定在教学楼前方的生物园见面，因为如果在教学楼碰头，两个人目标太大，很有可能被抓到。

周绵让同桌打掩护后，悄悄地溜下了教学楼。

她到了一楼，谁知恰巧遇到了班主任，班主任问她去哪儿。她吓得愣了几秒，胡诌说去图书馆借本书。

周绵成绩优异，也听话懂事，班主任并没有怀疑。

往生物园赶去的路上，周绵惊魂未定，掏出手机给周淮发消息："吓死我了，遇到了班主任！你到了吗？我到啦。"

她刚发出消息，忽而瞥到自己竟然因为紧张，手滑点错了聊天界面，把消息发给了周默！

她慌里慌张地飞速撤回消息。完了，完了，这不会被发现吧？应该不会吧，她撤回得那么快……要是让大哥知道她和周淮溜出去，估计他俩就要挨训了。

好在那头没有任何动静，等了几分钟，她终于看到姗姗来迟的周淮。他走到她的面前，轻拍了她的脑袋一下："你啊你，没有一天是不给你二哥找麻烦的，我刚才出来的时候遇到老师了，我说是去图书馆借书……"

他们俩不愧是龙凤胎，连理由都编得一模一样。

周绵笑着拉住他的手："哥，你的作业做完了吗？你陪我出去没事吧？"

周淮挑眉："你二哥这成绩还需要做作业？"

周绵轻嗤一声，对他的自恋不屑一顾。

"走了，我们从后门翻墙出去。"前门学生没有请假条是不能出去

的，所以他们只能翻墙，好在周淮不是第一次干这种事了，倒还算有经验。

他们往后门走去，小路灯光昏暗，周淮从口袋里掏出一包小饼干，递给周绵："不是饿了？先吃点儿。"

"哇，二哥真贴心！"

"今晚怎么没有好好吃饭？爸爸说了，你要是在学校不好好吃饭，我回去要向他汇报。"

"没有，就是傍晚老师留堂了，我又去找物理老师问了个问题，所以来不及吃饭了，你别和爸爸说哦。"她可不想让爸爸担心。

周淮摸摸她的头："要是没吃饭就和哥说，哥给你送点儿吃的啊。"

"所以现在不是拉你出来陪我吃晚饭了吗？"她笑了。

"哎，今晚这件事千万别跟大哥说漏嘴啊，要是被他知道了——"他朝周绵做了个抹脖子的动作吓唬她。

她朝他眨眨眼睛："没事，这事就你知我知。"他们有经验了，经常做"坏事"都瞒着周默呢。

正得意着，周绵口袋里的手机响起，她拿出来一看，上头显示着"大哥"二字。

事情要不要这么巧？！

周淮看着这来电，也倒吸了一口凉气。

周绵的反应很快，她意识到自己此刻应该假装还在教室，晚自习期间是不能接电话的，所以她不接也有理由！

电话自动挂断后，周绵和周淮都傻乎乎地笑了。谁知道下一刻，周默的消息发来了："接电话，你以为我不知道你不在教室？"

周绵欲哭无泪。最后她战战兢兢地接通了周默的电话，那头传来冷而低沉的声音："你和周淮又去干什么了？"

"你怎么知道的？"

周绵怀疑周默是她肚子里的蛔虫，否则怎么她的什么事他都清楚！

周默冷笑一声："你撤回有用吗？"

消息果然还是被他发现了。

周淮不忍心看妹妹被骂，拿过手机，和周默讲了片刻，然后他挂断电话。周绵问他什么情况，周淮叹了声气："他让我们在原地待着，他过来找我们。"

"完了，估计要被骂了。"

可怜的他俩要再一次被冷酷的大哥"制裁"了。

过了一会儿，周绵看到朝他们走来的身影——周默清瘦高挑，穿着白衬衫、黑校裤，五官在路灯的照射下轮廓分明，只是不笑时冷冷的，坐实了"周阎王"的称号。

周默走到面前，周绵飞快地说了句"哥，我错了"，就挽住他的手臂，一副委屈乖巧的模样。

周默垂眸看了她几秒，舔了舔唇，训斥她的话在喉间滚了滚，被压了下去，他冷眼看向周淮："她要胡闹你就依着她？"

周淮没说是周绵怂恿自己的："哥，我这不是想着她饿嘛，她又不爱吃食堂。"

"你还打算带绵绵从后门翻墙出去？她摔了怎么办？"

"那没办法嘛……"

周绵不忍心让周淮替她挨骂："哥，你别生气，这件事是我提的，我和二哥乖乖回教室，我们保证不出去了。"

周绵和周淮分别站在周默的左右首，又是认错，又是保证。

三人往教学楼走去，周默全程无语，到了初中楼的楼下，两人正要上楼，周默抬眼看向他们，淡淡开口："校门口在这边，你们往哪儿走？"

三分钟后，学校门口。

三人大大方方地走了出来。周绵和周淮欢喜坏了："大哥，你什么时候拿的请假条呀？"

"哥，你太牛了。"

刚才周默把请假条递给校门口的保安，胡诌了一个理由，保安就把他们放了出来。周默扯起嘴角，没理会激动如狂的两人。

周绵晃着他的手："大哥，原来你没有生我们的气，其实你刚才下楼的时候，就已经想带我们出去了对不对？"

周默看向她，吐出几字："下不为例。"

"一定！"

"想吃什么？今晚我请客，"周默看向周淮，嘴角含笑，话锋一转，"你二哥买单。"

周绵哈哈大笑，周淮也没生气："行啊，我请客，绵绵，哥带你去吃那个烤鱼怎么样？"

"好啊，等会儿我还想要来一盘糖醋排骨。"

周淮牵着周绵，两人激动地往前小跑而去，周默看着他俩的背影，无奈地轻叹一声。他怀疑爸妈给他生了这两个弟弟妹妹，是特意为了对付他的，让他整天都不安生。

周绵和周淮说笑着，转头看向走在最后的周默，又跑了回来拉上他："哥，快点儿！"

周默无奈地被两人拉着向前走。

路灯下，温柔的橘黄色灯光打在他们的身上，三人的影子被拉得很长，很长。